U0451271

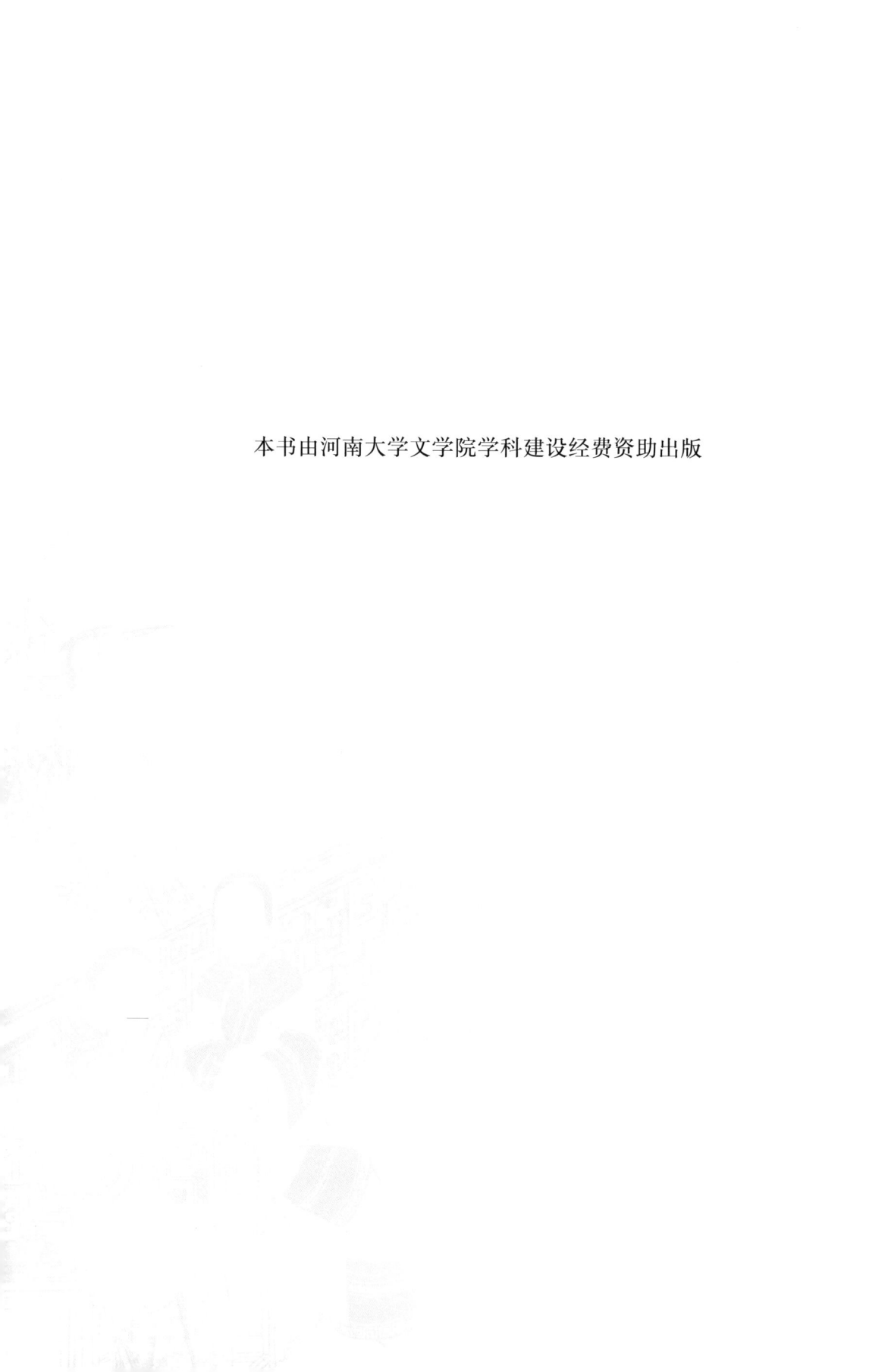

本书由河南大学文学院学科建设经费资助出版

赵思奇 著

近代女性文学视域下女性观念转型研究

中国社会科学出版社

图书在版编目(CIP)数据

近代女性文学视域下女性观念转型研究/赵思奇著. --北京：中国社会科学出版社，2024.3
ISBN 978-7-5227-3094-3

Ⅰ.①近… Ⅱ.①赵… Ⅲ.①妇女文学—文学研究—中国—近代 Ⅳ.①I206.5

中国国家版本馆CIP数据核字(2024)第037569号

出 版 人	赵剑英
责任编辑	王小溪
责任校对	师敏革
责任印制	戴　宽

出　　版	中国社会科学出版社
社　　址	北京鼓楼西大街甲158号
邮　　编	100720
网　　址	http://www.csspw.cn
发 行 部	010-84083685
门 市 部	010-84029450
经　　销	新华书店及其他书店
印　　刷	北京君升印刷有限公司
装　　订	廊坊市广阳区广增装订厂
版　　次	2024年3月第1版
印　　次	2024年3月第1次印刷
开　　本	710×1000　1/16
印　　张	18.75
插　　页	2
字　　数	293千字
定　　价	99.00元

凡购买中国社会科学出版社图书，如有质量问题请与本社营销中心联系调换
电话：010-84083683
版权所有　侵权必究

序

  一百多年来，伴随着女性解放与文化日新的进程，性别立场与性别视角研究蔚然成风，女性文学研究以及女性研究逐渐成为学术界别具特色的一片天地。女性文学研究者不断开拓研究领域，从外国到中国，由现代而古代，昭示了重写文学史的巾帼之志。与此同时，原本分期而治的各段研究者转而将目光投向女性文学世界的也不乏其人。

  赵思奇具有良好的性别研究基础。她对西方相关理论早有钻研，她从山东大学博士毕业时，即以研究女性文学而被河南大学刘思谦教授招至麾下，予以精心指导。这本新书就是赵思奇以女性视角进军中国近代文学研究的阶段性成果，其特点鲜明，多有可圈点处。

  该书思路清晰明确，由女性文学作品出发，以女性观念为观照，用"转型"这一关键词将女性文学研究与近代文学研究做了有机结合。世运文风一脉相承，"三千年未遇之变局"中，"转型"实属近代文学文化发展一重要特征。近代文学研究最宝贵的取径在于开掘此期文学进程中丰富的文学现象及其所蕴含的文学与文化价值。该书恰提供了丰富的个案观测基础，这些个案毫无例外地具有典型性。如女词人沈鹊应是"戊戌六君子"之一林旭的遗孀，国家危亡、民族苦难赋予其创作有类于易安词的气质，而题材与风格的新颖又或过之。单士厘是晚清著名外交家钱恂的夫人。钱恂是钱玄同长兄，其"好治小学"又思想开明。清末时单氏随钱恂历游日本、俄国、德国、法国、英国、意大利、比利时以及埃及、希腊等国，足迹遍布东西洋，其眼界非一般士子可比。单氏既是身世特殊的女诗人、游记作家，又是近代较早的女性文学研究者（著有《清闺秀艺文略》，胡适曾为之作序），因此具有多重考察价值。类似这些典型个案使研究中的微观分析与宏观考察、文学史料与文化思想的互证有效避免了狭隘与孤立的流弊，更具支撑性和说服力。作者的个案编排又自觉具有一定的历史意识，从道咸才女吴藻到清末"命妇"单士厘，从巾帼英雄秋瑾到传奇女子吕碧城，几乎标识了近代女性解放、女性文化转进的整个坐标系。同时，个案论证中又各有侧重，具有明确的问题指向，如吴藻重在"女性意识"，沈鹊应是"民主思想"，单士厘重在"国民意识"，显示出作者谋篇布局的用心。

近年来，文学与教育成为近代文学研究的一个热点。该书所关注的女学，体现着近代文学演进中多重因素交织变奏的重要特征。近代社会中，从传统文化与旧式家庭中走过来的女性，与从西方传教士那里舶来的新型女学一旦相遇，便自然而然演绎出无数丰富多彩的文化故事。女学演进伴随着中国社会、中国文化现代化的进程，"半边天"得以"浮出历史地表"，女学是一重要推手。从1844年英国人阿尔德赛女士在宁波设立近代中国第一所女子教会学校，到1898年经元善在上海创办国人自办的第一所女学堂——经正女学堂；从1907年学部奏设女学，颁布女学校章程，到1908年北京女子高等师范学堂成立，再到1913年"壬子癸丑学制"规定可以单设各类女学，小学男女同校；从1921年后各大学开始招收女生、男女同校，到翌年"壬戌学制"颁布，男女享有完全平等的受教育权利，再到1925年北京女子高等师范学校改名女子师范大学——中国第一所女子师范大学诞生，以女性现代教育确立为标志的中国教育近代化的实现走过一个甲子，为中国近代文学尤其是近代女性文化转型做出了重要贡献。

该书还继承了近代文学研究重视报刊文献的底色，文中征引《申报》《湘报》《警钟日报》《学部官报》《时报》《妇女时报》《中国新女界杂志》《通俗日报》《礼拜六》《眉语》《游戏杂志》《小说画报》等近代报刊文献之处颇多，作者对《女学报》《女报》《北京女报》《醒俗画报》

《中国女报》《妇女杂志》《女星》《益世报·妇女周刊》等女报研究的情况也掌握得较好。

从女性文化的视角观照近代女性文学，这本书具有一定的总结性价值和意义。希望该书的出版能成为又一个起点，开启作者新的学术历程。期待赵思奇能不断努力，再著新编。

关爱和

2021年12月

目 录

绪 论 …………………………………………………………（1）

第一章 闺中奇才:吴藻 ……………………………………（8）
  第一节 闺怨愁绪的抒写 …………………………………（8）
  第二节 女性意识的萌发 …………………………………（21）

第二章 志哀遇悲:沈鹊应 …………………………………（32）
  第一节 前期的慨旧伤今 …………………………………（32）
  第二节 民主思想的形成 …………………………………（44）

第三章 走出国门:单士厘 …………………………………（55）
  第一节 启蒙思想的产生 …………………………………（55）
  第二节 国民意识的流露 …………………………………（66）

第四章 诗风新变:徐氏姐妹 ………………………………（79）
  第一节 徐氏姐妹的闺阁吟咏 ……………………………（79）
  第二节 徐氏姐妹的时事诗词 ……………………………（111）

第五章 香国女杰:吕碧城 …………………………………（134）
  第一节 去国前的思想及创作 ……………………………（134）

第二节　去国后的思想及创作 …………………………… (161)

第六章　巾帼须眉:秋瑾 ………………………………………… (186)
　　第一节　早期感世抒怀 ………………………………… (186)
　　第二节　赴日后慷慨悲歌 ……………………………… (207)

第七章　女性小说 ………………………………………………… (229)
　　第一节　女学教育 ……………………………………… (229)
　　第二节　女性婚恋 ……………………………………… (242)

结　语 ……………………………………………………………… (259)
　　第一节　放足 …………………………………………… (261)
　　第二节　兴女学 ………………………………………… (270)
　　第三节　媒体的推动 …………………………………… (274)
　　第四节　新文化思潮的催生 …………………………… (278)

参考文献 ………………………………………………………… (282)
后　记 …………………………………………………………… (290)

绪　论

一　研究背景

近代中国是一个新旧交替的时代，由于西方列强的入侵、自然经济的解体以及西风东渐和自由平等思想的冲击，人们的价值观念发生了前所未有的变化。这种变化必然会影响到女性群体，虽然传统社会一直用"女子无才便是德"等封建思想来禁锢女性，但在此巨变之时，中国女性的思想观念和历史命运不可避免地出现前所未有的改变。而文学，作为社会文化思潮的敏感载体，必然会对这一时期的女性变化作出回应。尤其近代女性文学，作为近代女性书写反映社会的晴雨表，体现女性视角，表达女性意识和女性情感，更能深刻表征近代中国特殊的社会现实。从这个意义上说，考察近代中国女性观念在女性文学视域下的流变，不仅具有史料价值、文学价值，更具有现实意义。当然，一旦女性意识和女性情感融入了时代格局和历史使命，便往往会突破传统意义上的性别局限。

具体而言，随着1840年鸦片战争的爆发，中国进入了近代史时期，这是一个激烈的大变动时期。西方列强的武力侵略和文化输入，促使中国思想先进的男性放眼世界，积极思索改变中国现状的有效途径，女性不可避免地成为他们拯救民族国家危亡的重要整合力量。戒缠足、兴女学的早期妇女解放思想，就是在这种背景下提出的，与之并行的是近代教会女校的兴起，它虽是西方文化侵略的产物，却在客观上给女性以入校学习的机会，不仅挑战了中国传统习俗，也有力配合了妇女思想解放。这样的一种社会背景，恰恰给近代中国女性提供了自我革新的机会，身体和思想的解放，促使一部分女性走出闺阁，接受欧风美雨的洗礼，并以独立的身份进入社会，参与职业。

可以说，教育推动了女性意识的产生和女性主体身份的确立，这种变革在当时女性知识分子的文学文本中有鲜明的体现，比如中国第一位女旅行家单士厘的游记、吕碧城的海外新词等。与此同时，时代的变革，促使社会风尚发生变迁，近代女子服饰和发型的变化是典型的表现，具体体现在清末民初的女装对洋装的借鉴、高跟鞋的流行、头饰的多样变化等方面，近代上海洋场竹枝词对此有大量描写，曾朴的《孽海花》、李伯元的《文明小史》等对此也有刻画。在女子婚恋观方面，近代女性较传统女性的"三从四德"，开始摆脱对男性的依附，大胆追求自由爱情，反抗传统婚姻制度，这一变化比较集中地体现在近代民间歌谣和清末狭邪小说中。在女子择业观方面，随着清末民初女子教育的发展，女性获得职业成为一种可能，她们开始向各个行业渗透，由此引发了女性在职业、家庭、婚恋等方面的选择问题，这一现象在当时的流行刊物《妇女杂志》及小说《黄鹂语》中体现得比较明显。综观上述，近代女性从封建时代的沉默无语，发展到浮出历史海面，她们思想观念的变化，折射出了近代中国社会的历史变迁和文化变迁，因此，以近代女性一隅的视角研究，就具有了较大的史料价值。

近代女性在教育、择业、婚恋等方面观念的革新，以及她们变革的勇气，给当前中国女性以极大的启发意义，启迪着她们思索与女性相关的一系列现实问题——包括女性独立、女性身份的模塑、女性价值的实现等，为女性自我定位提供指导，并且对当下女性写作也不无借鉴意义。近代文学中女性思想观念和主体意识的变化，已经流露出朴素的女性主义倾向，与当下女性写作具有内在的一脉相承性，为当下具有女性意识的女作家创作提供了借鉴和支持。自20世纪80年代西方女性主义理论传入中国，国内研究者一直在践行着西方理论话语的本土化努力，在译介西方理论作品的同时，寻找和中国本土的对接点。从这个意义上说，以近代中国女性研究作为切入口，提供了一个较好的整合西方女性主义批评资源的立足点，可以有效实现中西方女性研究的话语对接，以上也是此研究的现实意义和理论价值。

二 国内研究现状

就笔者所搜集到的资料而言，目前国内涉及这一问题的研究，首先是专著，主要集中在近代女性教育方面，以卢燕贞的《中国近代女子教育史》、孙石月的《中国近代女子留学史》、乔素玲的《教育与女性——近代中国女子教育与知识女性的觉醒》以及黄新宪的《中国近现代女子教育》为代表。专著基本围绕近代女性教育的兴起和发展历程，资料翔实。研究近代女性与社会关系方面的专著以罗苏文的《女性与近代中国社会》、杨剑利的《女性与近代中国社会》、郑永福和吕美颐的《近代中国妇女生活》、马庚存的《中国近代妇女史》以及夏晓虹的《晚清女性与近代中国》为代表，涉及近代社会与中国近代女性生活密切相关的各个重要领域，展现了近代中国女性生活的多维图景。研究近代妇女运动的著作以陈三井等主编的《近代中国妇女运动》、刘巨才的《中国近代妇女运动史》为代表，著作以开阔的视野和科学的研究方法，展示了中国近代妇女运动史的壮美画卷。此外还有针对近代女性的个案研究，如郭延礼的《秋瑾文学论稿》《秋瑾研究资料》《徐自华诗文集》，李保民的《一抹春痕梦里收——吕碧城诗词评注》，等等，著作以翔实的史料和多侧面、多层次的分析，对近代女作家的生活和创作进行总体而又细致的把握。除此之外，还有对近代女性文学创作体裁的研究，以薛海燕的《近代女性文学研究》为代表，著作以文体为线索，重点探索近代女性文学的新质。

除了专著，还有相当一部分学位论文围绕近代女性进行研究，主要集中在关注近代女子的服饰，如《近代中国城市女子服饰变迁述论——以京沪地区女子流行服饰为重点》（吉林大学中国近现代史专业）、《从近代江南女性服饰探究女性生活方式的变迁》（江南大学艺术设计专业）；近代女子的角色、地位，如《近代中国女性法律地位的嬗变》（河南大学中国近现代史专业)、《近代女性社会角色的建构》(华中师范大学中国近现代史专业)、《论戊戌维新至五四时期的女性角色定位》(湖南师范大学中国近现代史专业)等;近代女性与媒体,如《清末民初女性期刊的演化与传播探析》(西北大学新闻学专业)、《〈妇女杂志〉研究》(山东师范大学中国近现代史专业)。此外还有论及近代女子人格学识方面的论文,主要有《清末女性才德观研究——以上海为中心(1897—1907)》(复旦大学中国近现代史专业)、《梁启超近代女性人格思想研究》(首都师范大学思想政治教育专业);研究近代女子教育,如《清末民初女子职业教育述论》(吉林大学中国近现代史专业);探究近代女性解放,如《近代女性自我解放思想的历史轨迹》(苏州大学专门史专业);近代女性的个案研究,如《吕碧城思想及其词作研究》(暨南大学中国古代文学专业);等等。还有一些期刊论文,内容广泛,一般选取一个切入点,涉及近代中国女性生活、思想的方方面面。

综上可见,无论专著还是论文,或集中于研究中国近代女性的某一方面,如教育、服饰、创作、妇运、女性与媒体的关系等,在这一个方面深入探讨,自成体系;或侧重于对近代女作家作个案研究。从这个意义上说,以近代女性文学视域下女性观念转型作为研究对象,具有较大的可开拓空间。首先,立论的视角新颖,以近代女性思想观念的转型与文学呈现之间的关系作为研究的切入点;其次,研究方法新颖,引入西方女性主义批评的成果,将之与近代中国女性和关涉近代女性的文学文本进行对接;再次,研究思路新颖,将近代女性放置在一个更广阔的发展脉络中,以个体女作家作为研究主体,考察其思想观念变化的前后过程。通过此项研究,全面梳理出反映近代女性新变的文学形态,借助丰富的史料和女性主义文学批评的理论指导,考察造成近代女性思想观念变化的外部因素及她们的内在诉求,展现出近代女性承前启后的重要地位及其在除旧布新大转型时期的重要价值。

三　本书结构框架

本书计划从以下几个方面展开研究。以近代女作家创作的主要体裁为标准，对近代女性诗词（包括少量散文）和近代女性小说两大文学部类，分别进行具体研究。

在诗词篇中，按照女作家活动时间的先后顺序，分别选取吴藻、沈鹊应、单士厘、南社徐氏姐妹、吕碧城、秋瑾等作为研究对象。她们是近代女性诗词创作领域的佼佼者，通过梳理她们作品的意蕴内涵和艺术风格，展现出近代女性思想观念的转型轨迹。

首先，就女性诗词创作而论，生活于清朝末期的才女吴藻，时代的变革，影响了其前后期诗词的风格和内涵。前期着重抒发少女情怀和闺愁幽怨，后期深刻感受到社会压抑女性才华的不公平，产生出强烈的社会参与思想和朴素的女性主义意识。第一次鸦片战争爆发后，面对积贫积弱的现实，吴藻开始借词作表达爱国情思，寄寓兴亡之感，将女性解放提升到家国之高度。女词人沈鹊应的创作以丈夫林旭殉国为界，前期多为怀古伤今之作，表达对故乡的情思和与亲人的离愁别绪，后期由于林旭殉国，沈鹊应不再拘泥于个人之不幸，开始关注国家危亡、民族苦难，支持变法，其诗词超越了传统闺情的樊篱，彰显强烈的民主思想和无畏的革命精神。

单士厘敢于突破封建樊篱，戒缠足，兴女学，提倡文明开化，以启蒙之姿态独立于社会，强调闺阁教养与家庭意识，践行"贤妻良母"的角色；后由于随夫游历海外，看到了西方国家国外国内政策的反动性，对之口诛笔伐，浸润着强烈的国民意识。南社徐氏姐妹早期擅长闺阁吟咏；后在秋瑾的引导下，接受新思想，参加革命活动，诗风新变，巾帼铁笔，为反清革命高呼。吕碧城因幼年遭遇了家庭的不幸，其早期作品大多吟叹个人不幸遭遇和孤独命运；而后的欧西之行，为碧城提供了丰富而充实的创作素材，作品中留下了她漫游欧美的足迹；后期碧城皈依佛教，通过作品表达对佛教道理的参悟。秋瑾的创作以东渡日本为界，前期诗词虽常有咏花吟月，眼界不够开阔，但已彰显出叛逆性格；后期则彰显男女平权和武力革命，呈现出鲜明的革命英雄主义和女权思想。

其次，在近代女性小说创作中，通过梳理小说所关注的主题类型，包括女学教育、婚恋等方面，分析小说中女性角色在面对上述问题时产生的新思想、新态度，勾勒出近代变革时期女性群体的思想转型轨迹。就女学教育而论，近代女性小说中的女性角色，一个明显的转变是开始接受新式学堂教育；就婚恋而言，近代女性小说作家笔下的女性角色，开始摆脱对男性的依附，甚至流露出对男性和婚姻的质疑乃至逃离。

再次，从放足、教育、新文化思潮、媒体等几个方面，探讨造成近代中国女性观念转型的因素。缠足是中国封建社会特有的一种习俗，盛行了近千年，尤以明清两代为盛，是否缠足成了衡量女性美的重要标准。缠足之所以被如此推崇，主要因为它符合传统社会对女性美的期待，并且决定着女性的生存状况，但缠足极大地损害了女性的身体健康，造成了国民的羸弱。鉴于此，甲午战后，维新人士将废缠足提升到了"国之存亡"的高度，虽然放足的过程比较曲折漫长，但从一定程度上解放了女性的身心，客观上推动了近代女性的解放进程。与放足差不多同时进行的，便是"兴女学"，1844年，英国人阿尔德赛女士在宁波设立了近代中国第一所女子学校，后随着西风东渐的浸润，教会女校向女子中等教育乃至高等教育纵深发展。

对于民间兴办女学，清政府初始并不反对，但主张民间女学以蒙养教育为旨归。直到1906年慈禧太后面谕学部实行女学，女学开始正式解禁。1921年以后，各大学都招收女生，开始实行男女同校。1922年，国民政府教育部颁布"壬戌学制"，规定男女享有完全平等的受教育权利，标志着中国教育实现近代化。同时，媒体也在近代中国女性观念的转型中起了重要的推动作用，比如上海广学会创办的《女星》，受众主要是半文盲的中下层妇女，该报创建初始旨在帮助妇女，使之家庭生活更和谐。随着时局的变化，《女星》开始注重培养女性的社会责任意识。再比如上海商务印书馆创刊的《妇女杂志》，塑造出一系列中国近代都市新女性形象，呈现出近代都市女性的身体意向、生活理念和价值取向的建构与变化过程。

当然，近代中国新文化思潮的产生，对女性思想观念的转变也起了重大作用。一些知名人士纷纷提出自己的女性观，陈独秀从中西女性的异同之处入手，倡导女性解放，希望中国女性有勇气冲破封建樊篱。李大钊则用阶级观点分析女性问题，他认为经济状况的变化决定女性社会地位的变化，经济是社会制度的基础，只有通过阶级斗争才能解决经济问题，为女性解放指出了社会主义方向。可以看出，近代中国女性的解放，已经从单纯摆脱身体的束缚，发展到追求精神的解放，从被剥夺人格过渡到追求人格独立，在这种情况下，女性尤其知识分子女性，其思想观念和历史命运不可避免地出现前所未有的转变，而文学，作为社会文化思潮的敏感载体，必然会对这一时期女性观念的变化作出回应。近代历史上留有其名的知识女性数目众多，她们才学斐然、关注民生、积极参与社会进程，是女性中的翘楚，从她们的人生历程和文学建树中可以窥见近代女性思想的流变轨迹。

第一章 闺中奇才：吴藻

第一节 闺怨愁绪的抒写

吴藻，字蘋香，号玉岑子，陈文述弟子，与徐灿、顾春、吕碧城并称"清代四大才女"。关于她的生卒年，说法不一。黄嫣梨、钟慧玲认为已不可考。冯沅君在《古剧说汇》中提出，吴藻的生年或在1795年前后。[①]谢秋萍在《吴藻女士的白话词》一文中认为，吴藻大约生于清仁宗嘉庆初年。[②]姜亮夫、陶秋英在《历代人物年表里碑传综表》里则认为，吴藻生于清仁宗嘉庆四年己未（1799），卒于清穆宗同治元年壬戌（1862）。[③]无独有偶，陆萼庭在《〈乔影〉作者吴藻事辑》中也持大致相同意见。[④]就目前国内研究现状来看，最后两种说法比较流行，如江民繁的《吴藻词传：读骚饮酒旧生涯》就认同陆氏的考略，[⑤]但也有一些研究者去掉了陆萼庭的笼统说法，直接将吴藻的生卒年确定为1799—1862年，较有代表性的如郭延礼主编的《中国近代文学发展史》。[⑥]鉴于资料繁多，为了

---

① 冯沅君：《古剧说汇》，商务印书馆1947年版，第374页。
② 谢秋萍编：《吴藻词》，词学小丛书之九，文力出版社1947年版，第4页。
③ 参见吴永萍《清代女作家吴藻生平考述》，《新世纪图书馆》2009年第1期。
④ 陆萼庭：《清代戏曲家丛考》，学林出版社1995年版，第209页。
⑤ 江民繁：《吴藻词传：读骚饮酒旧生涯》，浙江大学出版社2014年版，第6页。
⑥ 郭延礼：《中国近代文学发展史》（第一卷），高等教育出版社2001年版，第265页。

行文方便，本书采取通行的说法，认同吴藻生于嘉庆四年己未，卒于同治二年癸亥。

据资料可见，吴藻一生经历嘉庆、道光、咸丰和同治四朝，不仅经历了清王朝的由盛而衰，也感受到了明清才媛文化的发展带来的性别松动。受时代进步思潮的影响，明清出现了一批大力提倡女性文学、广收女弟子的文人，如吴伟业、毛奇龄等，当然首推袁枚和陈文述。他们直接招收女弟子，甚至为女性不公的命运疾呼，这对当时的社会产生了很大的影响，出现了一批相当有影响力的女性集卷，如《国朝闺秀诗柳絮集》《小檀栾室汇刻闺秀词》等，盖因编纂者深谙"闺秀之学，与文士不同；而闺秀之传，又较文士不易"[1]的缘由，故大力推举，使之流传后世。吴藻是其中的幸运者，她在世时，就有集卷出版，作品广为传诵，并且是陈文述碧城仙馆中词名最高的女弟子，一些前辈及同辈的重量级作家都争相与她唱和。又因晚清江浙一带商业文化的迅速发展，出现了文人士子广泛交游的景观，吴藻的作品最初就是因为其兄吴梦蕉与名士交游而得以流传。而吴藻本人也经常和大姊蘋香、二姊苣香和三兄梦蕉相聚偕游，浅斟低唱。不仅如此，她与汪端、沈善宝等名媛情同手足，与赵庆熺、张应昌等词坛耆宿交谊甚密，还结交了商人、歌伎等。据黄嫣梨统计，吴藻的《花帘词》和《香南雪北词》中提及的朋友名字共有73个。[2] 在封建礼教规约的前提下，吴藻通过文学创作接触到社会各阶层人物，结识许多异性、同性朋友，很大程度上开拓了女性原本窄狭的视野。

关于吴藻的祖籍说法不一。她的老师陈文述在《西泠闺咏》卷十六说她是安徽人，施淑仪在《清代闺阁诗人征略》卷八中说："藻，字蘋香，号玉岑子，仁和人"，吴藻的文友魏谦升在《花帘词·序》中，说她初居"吾杭会城之东"，这是浙派大家厉鹗旧居所在地，水木明茂，人杰

---

[1]（清）沈善宝：《名媛诗话》，光绪年间鸿雪楼刻本，《续修四库全书》第1706册，卷一，第1页。

[2] 黄嫣梨：《清代四大女词人——转型中的清代知识女性》，汉语大词典出版社2002年版，第88页。

地灵，秀丽可比西湖，于词为宜。马叙伦《读书续记》中称她"小居西湖之南"。而来自安徽方面的资料显示，吴藻的祖籍在黟县，比如《民国黟县四志》《安徽名媛诗词征略》《安徽人物大辞典》都有记载。其父葆真，字辅吾，侨居杭州经商。梁绍壬《两般秋雨盦随笔》中说，吴藻"父夫俱业贾，两家无一读书者"。事实上，吴藻虽不是出身书香世家，但她和她的兄弟姐妹都接受了良好的艺术熏陶。且不说二姐莒香多才多艺，会弹琴，"兼善词画"，三兄梦蕉不乏文人雅兴，吴藻本人也"独呈翘秀，真凤世书仙也"。这主要受清初以来"吴越女子多读书识字，女红之暇，不乏篇章"（《听秋声馆词话》卷十九"清闺秀"词条）的时代文化氛围影响，再加上吴藻本人的兰心蕙质，"金粉仙心，烟霞逸品"（陈文述《花帘词·序》），以及她对诗词的兴趣，"居恒庀家事外，手执一卷，兴至辄吟"（魏谦升《花帘词·序》），所以她才情极高。黄燮清评价她"辄多慧解创论，时下名流往往不逮"，魏谦升赞她"灵襟独抱，清光大来，不名一家，奄有众妙"（魏谦升《花帘词序》）。有将其比之李清照、朱淑真，称其作品为"《漱玉》遗音、《断肠》嗣响"，胡云翼《中国词史略》更是将吴藻推举为"清代女词家中第一人"。然而命运给她开了一个很大的玩笑，她未能找到一个能和她同声唱和、比翼双飞的丈夫，而是听由父母之命，嫁给了商人黄某。关于吴藻的婚姻，黄燮清《国朝词综续编》称为"同邑黄某室"，徐乃昌《小檀栾室汇刻闺秀词》亦以此称之，陈芸《小黛轩论诗诗》说她"归黄某"，胡文楷《历代妇女著作考》亦称其"黄某室"。这一说法从张景祁《〈香雪庐词〉叙》中"从孙黄君质文，搜兰畹之剩枝"句可得到证实。不过《民国黟县四志》和《安徽名媛诗词征略》另有说法，据记载，她的丈夫并不姓黄，而是钱塘县望平村许振清，并且吴藻十九岁就守寡了，但这种说法并无考证。作为业贾的丈夫，虽对吴藻宠爱宽容有加，但终因两人交流有阻，使吴藻在孤寂苦闷之中，将对婚姻的失望和愁苦表现在辞赋中，《百字令·题〈玉燕巢双声合刻〉》是其中的典型：

春来何处，甚东风、种出一双红豆。嚼蕊吹花新样子，吟得莲心作藕。不隔微波,可猜明月,累尔填词手。珍珠密字,墨香长在怀袖。　　一似玳瑁梁间,飞飞燕子,软语商量久。从此情天无缺憾,艳福清才都有。纸阁芦帘,蛮笺彩笔,或是秦嘉偶。唱随宛转,瑶琴静好时奏。

《玉燕巢双声合刻》是女诗人陆惠和丈夫张淡的唱和之作,词人称道和艳羡这对佳偶的琴瑟和鸣、夫唱妇随,希望能有一个和自己"一似玳瑁梁间,飞飞燕子,软语商量久"的丈夫,这样才能"从此情天无缺憾,艳福清才都有",然而这终究只是幻想罢了。在《乳燕飞·读红楼梦》中,词人感叹黛玉的悲惨结局,折射了自身的悲苦:

欲补天何用。尽销魂、红楼深处,翠围香拥。呆女痴儿愁不醒,日日苦将情种。问谁个、是真情种。顽石有灵仙有恨,只蚕丝、烛泪三生共。勾却了、太虚梦。　　喁喁话向苍苔空。似依依、玉钗头上,桐花小凤。黄土茜纱成谶语,消得美人心痛。何处吊、埋香故冢。花落花开人不见,哭春风、有泪和花恸。花不语、泪如涌。

黛玉有幸得到宝玉的爱情,然而两人的爱情到头来幻化成空,当想到宝玉在晴雯死后所作《芙蓉女儿诔》时,黛玉心惊于"黄土茜纱",终究竟成谶语,怎不让人痛哭流涕?词人借典故抒发了爱情理想破灭后的同悲之感,丝毫不亚于宝、黛二人的悲剧。尤其"问谁个、是真情种"的浩叹,更将词人婚姻不遇的哀伤抒发得淋漓尽致。女性长期以来被剥夺了介入社会事务的权利,受限于闺阁庭院,无法开拓更大的人生舞台,男性和爱情无形中成了她们生活的重心,一旦婚姻不幸,她们整个的人生就充满了悲剧,即使才情堪比男性文人。在这种情况下,书写爱情的悲欢离合自然就成了女作家们的创作主题。吴藻也不例外,由于封建礼教的束缚、个人境况的不如意,她的心境颇为压抑,虽然她"幼好奇服,崇兰是纫"(张景祁《〈香雪庐词〉叙》),"奇服"和"纫兰"出自屈原的《涉江》和《离骚》,吴藻以此表达志存高远、不甘做附庸的品格。

但她也写了大量缠绵悱恻、抒发闺愁幽怨的词作。如《卖花声》：

> 渐渐绿成帷。青子累累。廿番风信不停吹。病是愁根愁是叶，叶是双眉。　无药补清羸。闷倚红蕤。碧纱窗外又斜晖。明日落花香满径，一道春归。

深春浅夏之际，每日闷闷不乐半卧绣枕，看那夕阳逝去又复归，听那二十四番风信轮流响吹，也许明日就可在庭院中看到一地落花了吧？所谓"满院落花春寂寂，断肠芳草碧"，自古至今，落花总和人的离愁别恨相联系，而对词人来说，她那满腹无以言说的失落，丝毫不亚于窗外生机勃勃的绿意，人生的愁苦就被定格于此。同样，《酷相思》也抒发了相似的情绪：

> 一样黄昏深院宇。一样有、笺愁句。又一样秋灯和梦煮。昨夜也、潇潇雨。今夜也、潇潇雨。　滴到天明还不住。只少种、芭蕉树。问几个凉蛩阶下语？窗外也、声声絮。墙外也、声声絮。

深秋季节，最易引发蛰伏在内心深处的孤寂，对于常年生活在缺乏精神交流的家庭生活中的女词人来说，这种感受尤其强烈。黄昏的降临，给庭院笼上沉沉的暮气，然而在这深秋之夜，又偏偏下起绵绵秋雨。听着雨打芭蕉，词人久久无法入眠，"伤心枕上三更雨，点滴霖霪。点滴霖霪，愁损北人，不惯起来听"，然而这让人痛苦难耐的雨打芭蕉之声却到天明还没有停！更残忍的是，此情无计可消除！此外还有《蝶恋花》，也将愁苦表现得淋漓尽致：

> 旧句新吟窗下比。一种凄凉，两样愁滋味。往日伤心谁得已。而今怕又从头起。　揽鬓刚窥明镜里。青入长眉，那有悲愁意。一笑抛书帘自启。携琴去向花前理。

第一章 闺中奇才：吴藻

站在窗下，又一次吟出内心的愁意，和往日相比，更增添了些许不一样的滋味。词人不愿让自己平添伤感，然而又无法制止那"缘愁似个长"，坐在镜前，揽鬓观那长眉，竟有深深的悲愁之意。包括《风流子》，也将词人的愁意表达得十分到位：

> 黄河远上曲，旗亭句、唱到木兰舟。正北里胭脂，玉人窈窕，东山丝竹，名士风流。绿波外、垂杨千万树，恰恰啭莺喉。茶灶书床，短篷双桨，罗衫团扇，锦字银钩。　莲心红彻底，鸳鸯七十二，飞过回头。不记西湖湖水，闲了盟鸥。甚前尘如梦，青春十载，落花万点，点点生愁。惆怅鹊华山色，画里成秋。

这首词的"愁"，与前面相比，多了更多旷达之意，有一种穿越人生低谷后的豁然开朗，词人可能为眼前秀丽的自然风光所感染，即使言"愁"，也不再有太多的沉重和压抑，而有了一种洒脱和超然。"青春十载，落花万点，点点生愁"，虽然过往十载，愁意不曾间断，然而融于画中，自有一番韵味在其中。除此之外，表现愁苦之意的还有另一首《酷相思》：

> 寂寂重门深院锁。正睡起、愁无那。觉鬓影、微松钗半軃。清晓也、慵梳理。黄昏也、慵梳理。　竹簟纱橱谁耐卧。苦病境、牢担荷。怎廿载、光阴如梦过。当初也、伤心我。而今也、伤心我。

词人囿于闺房，打发寂寥时光，因为内心被愁绪充溢，每日挣扎于中，无心梳洗打扮，"女为悦己者容"，可词人面对的却是"病境""担荷"，在这样的环境中生活十几年，恍然如一梦，然而梦醒后留下的却只有"伤心"，这真是生命中无法承受之重。还有《苏幕遮》：

> 曲栏干，深院宇。依旧春来，依旧春来去。一片残红无著处。绿遍天涯，绿遍天涯树。　柳花飞，萍叶聚。梅子黄时，梅子黄

时雨。小令翻香词太絮。句句愁人，句句愁人语。

重复是此词的一大特色，在这种语气的加重中，花开花落、春去春回、四季更迭，让人无奈而又无能为力。任时光飞逝，光阴荏苒，不变的是词中抒写的愁人之句。怎一个愁字了得？再如《清平乐》：

弯弯月子，照入红闺里。病骨珊珊扶不起。只把碧窗深闭。几家银烛金荷。几人檀板笙歌。一样黄昏院落，伤心不似侬多。

冷月如钩，将霜色洒入窗内，寂寥心事，慵懒地卧于深闺之中，感慨几家欢乐几家愁？感伤不已之际，遥想假如有一位和"我"同病相怜的女子，应该不会像我这样有那么多化解不开的伤心吧？另如《乳燕飞·愁》：

不信愁来早。自生成、如形共影，依依相绕。一点灵根随处有，阅尽古今谁扫。问散作、几般怀抱。豪士悲歌儿女泪，更文园、善病河阳老。感斯意，即同调。　助愁尚有闲中料。满天涯，晓风残月，夕阳芳草。我亦人间沦落者，此味尽教尝到。况早晚、又添多少。眼底眉头担不住，向纱窗、握管还吟啸。打一幅，写愁稿。

这首词直接以"愁"作为题目，表现愁意极为醒目。历来"愁"都是和"晓风残月，夕阳芳草"联系在一起，而"满天涯"的荒凉更暗示了女词人心事的荒芜。以前都是体味别人诗词中的满腹荒凉事，而今"我亦人间沦落者，此味尽教尝到"。在此，词人已经超越一己之感受，而上升到人生命运的飘忽不定、不可捉摸。此外还有"忏旧愁、愁还翻新"（《寿楼春》），"怕不伤心，无可伤心处"（《点绛唇》），"春去还来，愁来不去，春奈愁何"（《柳梢青》），"芳草何曾解断肠，人自伤心耳"（《卜算子》），"侬是人间伤心者"（《金缕曲·题张云裳女士〈锦槎轩诗集〉》），等等。赵庆熺于《花帘词序》中评道："花帘主人工愁者也，花帘主人之词善写愁者。不处愁境，不能言愁；必处愁境，何暇言愁？袅袅然，荒荒然，幽然悄然，无端而愁，即无端而词其词。落花也，芳草也，夕阳明月也，皆不必愁者也。不必愁而愁。斯视天下无非可愁之物，无非可愁之境矣。此花帘主人之所以能愁，而花帘主人之所以能词也。"①以至于词人披露"十年心事"，得出的竟是无比凄凉的感慨：

  一卷离骚一卷经。十年心事十年灯。芭蕉叶上几秋声。　欲哭不成还强笑，讳愁无奈学忘情。误人犹是说聪明。(《浣溪沙》)

"欲哭不成还强笑"，人生最大的悲哀莫过于此，如果来自事业和功名的磨砺，这种愁滋味即使"欲说还休"，倒也有建功立业的雄心壮志在其中，然而这悲伤竟来自无言的婚姻，挥不去，抹不掉，一点一滴啃噬着女词人鲜活的生命，这是多么残忍的事情！后人统计，吴藻词作中"愁"字出现79处之多，曲作中亦有9处。吴藻夫父均从商，她没有生活方面的压力，很容易让聪慧的心灵萌生一缕闲愁，词人让其洒落于笔端，重重心事随笔墨游走，所有的情绪，由一"愁"字代言。正如邓红梅所言："她与丈夫的不睦，主要是在精神交流的阻断上。她对丈夫所不满的，并非是他在身份上是个商人而不是文人，而是因为他在精神上是个商人而不是文人，她与他永远无法在精神需要上和谐。"②而在抒发愁意的过程中，"虽然她笔下的外境大体不离夕阳芳草、花月春秋，但其内情品质的独特性，则使她能借旧象传写出他人笔下所无的意境，散发出个人特征明显的情采魅力"③。

  男女性别差异造成的才与命妨，婚前的自由快乐与婚后空虚愁苦的巨大落差，与传统秩序抗争的失败，吴藻只得独善其身，她最终选择的道路是礼禅拜佛。当然，这也与她中午丧偶有关，从张景祁《〈香雪庐词〉叙》中所言，吴藻"中更离忧，幽篁独处"可见一斑。作为陈文述

---

① 江民繁：《吴藻词传——读骚饮酒旧生涯》，浙江大学出版社2014年版，第245页。
② 邓红梅：《女性词史》，山东教育出版社2000年版，第426页。
③ 邓红梅：《女性词史》，山东教育出版社2000年版，第422—423页。

碧城仙馆的得意弟子，老师也曾劝吴藻修道，并赐以法名"来鹤"，而且陈文述还强调"诸女弟子'皆诚心礼诵，参悟真如，尤以钱塘吴蘋香为巨擘'"①。老师看到了弟子婚姻不幸，在《花帘词序》中，陈文述论道："然而聪明才也，悲欢境也。仙家眷属，智果先栽；佛海姻缘，尘根许忏。与寄埋愁之地，何如证离恨之天；与开薄命之花，何如种长生之药，诵四句金刚之偈，悟三生玉女之禅，餐两峰丹灶之云，饮三洞玉炉之雪。则花影尘空，帘波水逝，何仿与三藏珠林、七签云笈同观耶？"②这段文字借参禅论道，希望吴藻摆脱悲欢离合之心，寻找适合自己的修炼之径。吴藻奉道，自然也受到汪端的影响。汪端，字小韫，浙江钱塘人，著有《自然好学斋诗钞》十卷。汪端父母早卒，由姨母抚养长大，后嫁给陈文述之子陈裴之。吴藻与汪端二人交情深厚，经常借由诗词寄怀、赠和。后陈裴之早逝，汪端悲痛难抑，中年之后开始潜心修道，据沈善宝《名媛诗话》卷六云："闻小韫自赋柏舟，即奉道教，讽经礼斗，修炼甚虔。常语人曰：名士牢愁，美人幽怨，都非究竟，不如学道。"③昔日的闺中挚友，成为清虚道侣，两人在谈经论道中实践着自己的生命理念。事实上，在《香南雪北词》自记中，吴藻就指出，"香南雪北庐"乃"取梵夹语颜其室"，而自"移家南湖，古城野水，地多梅花"，而"香山南、雪山北，皈依净土。几生修得到梅花乎？"故"自今以往，扫除文字，潜心奉道"。很显然，吴藻对于修道是心之向往的，不仅是《香南雪北词》，在《花帘词》中，都曾出现佛教、道教用语。如《金缕曲·题王兰佩女士〈静好楼遗集〉》下阕：

> 玉台人本工烦恼。也非关、兰因絮果，春风劫小。自古清才妨浓福，毕竟聪明误了。岂忏向、空王不早。我试问天天语我，说仙娥、偶谪红尘道。今悔过，太虚召。

---

① 参见张宏生《明清文学与性别研究》，转引自钟慧玲《陈文述与碧城仙馆女弟子的文学活动》，江苏古籍出版社2002年版，第788页。
② 江民繁：《吴藻词传——词骚饮酒旧生涯》，浙江大学出版社2014年版，第242页。
③ 参见江民繁《吴藻词传——读骚饮酒旧生涯》，浙江大学出版社2014年版，第179页。

空王是佛的别称，而太虚指的是道教仙界。吴藻的佛道言语，主要在赠他人的题词中，可见其个人喜好。再比如《念奴娇·题韵香空山听雨图》：

> 珠眉月面，记前身、是否散花天女。寂寞琳宫清梵歇，人在最深深处。一缕凉烟，四周冷翠，几阵潇潇雨。剪灯人倦，鹤房仙梦如煮。　　恰好写到黄庭，画成金粟，总合天真趣。疏竹芳兰传色相，不似谢家风絮。香火因缘，语言文字，唱绝云山侣。拈来一笑，玉梅春又何许。

词中一连串的佛道典故，信手拈来，由此可见吴藻的道心佛性，是早已有之的。尤其到了后半生，词人思想渐趋沉稳，参禅之意益浓，参透世间所有之后，便撒手现世，为心灵找到一个寄居的归宿。《浪淘沙·冬日法华山归途有感》：

> 一路看山归。路转山回，薄阴阁雨黯斜晖。白了芦花三两处，猎猎风吹。　　千古冢累累。何限残碑。几人埋骨几人悲。雪点红炉炉又冷，历劫成灰。

据释明开《流香一览》记载："武林西湖西，一山其阳为玉泉、鹫岭、天竺；其阴自秦亭抵留下，辇道磐山足，东西横亘一十八里，俱名法华山，穿云度涧，历山坞村市，有桥有亭，西溪入望，皆梅花竹树，极尽奥僻之胜。"[①] 词人冬日游法华山，随着山回路转，看到满目冬景，不禁生出"千古冢累累。何限残碑。几人埋骨几人悲"的感叹，有一种参透人生后的怆然。赵庆熺（秋舲）于道光二年壬午进士及第，引见后以县令待选，道光二十年入都谒选。作为吴藻的异性知己，在临行之际，

---

① 参见江民繁《吴藻词传——读骚饮酒旧生涯》，浙江大学出版社2014年版，第174—175页。

吴藻作《金缕曲·送秋舲入都谒选》：

> 羌笛谁家奏。问天涯、劳劳亭子，几行秋柳。侬是江潭摇落树，猎猎西风吹瘦。算往事、不堪回首。阅尽沧桑多少恨，古今人、有我伤心否？歌未发，泪沾袖。　浮沤幻泡都参透。万缘空、坚持半偈，悬崖撒手。小谪知君香案吏，又向软红尘走。只合绾、铜章墨绶。指日云泥分两地，看河阳、满县花如绣。且快饮、一杯酒。

这首词的情感很复杂，邓红梅在《吴藻词注评》中说："有对于行人远去的祝福，也有依依惜别的深情；有自伤命运不谐的怨艾，也有坚心学佛的表白。"① 尤其"浮沤幻泡都参透。万缘空、坚持半偈，悬崖撒手"，将找不到出路的痛苦和悲伤尽数抒发，在半世半隐的生活中，将宗教作为自己的精神寄托，也是一种幸运的解脱吧。道光二十年庚子前后，魏谦升以五言古诗见赠，吴藻作《金缕曲·滋伯以五言古诗见赠，倚声奉酬》回赠，表白皈依佛门之意：

> 一掬伤心泪。印啼痕、旧红衫子，洗多红退。唱断夕阳芳草句，转眼行云流水。静夜向、金仙忏悔。却怪火中莲不死，上乘禅、悟到虚空碎。戒生定、定生慧。　望秋蒲柳根同脆。再休题、女媭有恨，灵均非醉。冠盖京华看衮衮，知否才人憔悴。只满纸、歌吟山鬼。五字长城诗格老，子言愁、我怕愁城垒。正明月、屋梁坠。

词人将满腹的伤心愁绪向友人倾泻而出，从"一掬伤心泪"到"却怪火中莲不死，上乘禅、悟到虚空碎"，但求皈依佛门，"戒生定、定生慧"，归于内心的宁静。事实上，吴藻的隐逸思想在早期作品中已露端倪，主要表现在她咏梅的词作中，如《摸鱼子·同人重建和靖先生祠于孤山，许玉年明府为补梅饲鹤，填词记事，属和原韵》：

---

① 参见江民繁《吴藻词传——读骚饮酒旧生涯》，浙江大学出版社2014年版，第187页。

绿裙腰，年年芳草，春风老却和靖。段家桥畔西泠路，寂寞古梅香冷。空自省。便荐菊、泉甘那许吴侬认。旧游放艇。记图画中间，玻璃深处，曾吊夕阳影。　先生去，抱月餐霞无定。几时鹤梦能醒？重来风景全非昔，一角楼台新证。栏欲凭。觉树底、霜禽小语留清听。行吟翠岭。把谢句闲携，巴龡拭和，对面碧山应。

古梅的寂寞香冷，在吴藻笔下被描绘得栩栩如生。黄昏时分，清幽的古梅独自绽放在段家桥畔，西泠路边，散发阵阵清香。词人感受到梅花的卓尔不群，也看到了梅花的寂寞。自林和靖先生仙逝之后，词人观梅，不由省察自身情感体验与梅花特性的相通之处。在这里，梅花已不仅表征词人香冷孤寂的情感体验，亦流露出词人追求隐逸、超脱尘世的思想倾向。现实无望，不如就此清心寡欲，寻求后半生的解脱。林和靖，字君复，隐居西湖孤山，二十余年足不及城市，以布衣终身，以种梅养鹤自娱，人称"梅妻鹤子"，"疏影横斜水清浅，暗香浮动月黄昏"成为他咏梅的经典。吴藻受林和靖影响比较大，观其词作，借鉴之意比较明显。比如《鬓云松令·题自锄明月种梅花图》："一径凉烟都碎也。疏影横枝，补到阑干罅"，再如《鹊桥仙·沈湘佩女士属题红白梅花卷子，图亦女士所作》："断桥流水，小窗横幅，一样黄昏时候"，又如《洞仙歌·二十六日再过超山，梅花盛开，复拈前调写之》："看不足、横斜万千枝，早一角僧楼，夕阳红了"，等等。此外，吴藻词中还时常提及仙鹤，比如《摸鱼子·同人重建和靖先生祠于孤山，许玉年明府为补梅饲鹤，填词记事，属和原韵》中"先生去，抱月餐霞无定。几时鹤梦能醒"，《疏影》中"有故园、仙鹤飞来，说与藐姑愁独"，等等。同样生活于杭州，吴藻对林和靖的情况自是了然于心，林和靖的淡泊与隐逸对女词人有潜移默化的影响，而梅花素与佛教有因缘，不如像林和靖那样，隐逸山林，也不失为一种幸运。《虞美人·题锄月种梅诗画卷》就表达了词人笃定的参禅情怀：

月华满地梨云碎。自劚金鸦嘴。寻常一样碧窗纱。纵此玉台夜夜咏梅花。　苔枝三尺和烟种。罗袜春泥冻。翠禽飞到不成眠。认得前身原是藐姑仙。

眼前景物和以前一样，没有什么变化，变化的却是心境，如今参禅决心已下，往日的愁怀就此放下，夜夜咏梅，以此获得内心的平静。同样，在《浣溪沙·周暧姝夫人修梅小影》中，词人通过赞美周暧姝夫人至高的修梅境界，表达自己对修炼之境的孜孜以求：

修到今生并蒂莲。前身明月十分圆。梅花如雪悟香禅。　姑射炼魂春似水，罗浮索笑梦非烟。王郎何福作逋仙。

周暧姝画有"修梅小影"，在梅花下修行；吴藻也有"几生修得到梅花"的设问；而《浣溪沙·周暧姝夫人修梅小影》中又有"梅花如雪悟香禅"之句。据邓红梅《吴藻词注评》所言，佛教净土宗以为，梅花至为清洁，人若要达此境界，须经七世轮回的专心修炼。吴藻虔心于此，她在后期对梅花的热爱，主要表现在她与亲友观赏梅花以及独自静观梅花时的个人所悟，如《台城路·自锄明月种梅花图》：

一襟幽思无人会，园林暮寒时候。小阁迟灯，闲阶就月，漠漠香凝衫袖。花师替否。恰鸦嘴轻锄，软苔冰溜。遍插横枝，碧纱窗外画阑右。　姮娥乍惊睡起，镜奁凉照影，清艳同瘦。警梦霜禽，梳翎雪鹤，偷掠疏烟寻久。梨云半亩。似金屋安排，未容春漏。漫唤红儿，弄妆呵素手。

傍晚梅花色疏香淡，词人看那窗外，但觉满目清爽，仿佛与满园春色融为一体，花人两映，显出清幽空灵的意境。而《鬓云松令·题自锄明月种梅花图》更是融入了词人对梅花超凡脱俗品性的理解：

碧无痕，香满把，小剧金锄，雪片摇空下。一径凉烟都碎也。疏影横枝,补到阑干罅。　　画中诗,诗中画,画里诗人,可是神仙亚?好个江南花月夜。翠羽飞来,说甚啁啾话。

女词人将自己的身形画入画中,梅花与人的境界已如出世之仙,非尘世所有。而"图开九九,尚清寒如许。有约扁舟探梅去。甚翠禽无影,红萼无言,寻不出、雪后疏香半树"(《洞仙歌·二月初九日,偕蘅香大姊、茝香二姊、梦蕉三兄超山探梅》)中,梅花已不再是无生命的观赏之物,浸染上女词人的情感体悟,富有平和的生命气息。"湖边小住,不著闲鸥侣。开落玉梅花一树,伴我冷吟幽句"(《清平乐·花朝后一日,寓居湖上富春山馆,小遂幽楼,如隔尘世。倚声寄兴,不自计其词之工拙也》),则表明女词人幽居独处,摆脱了尘世纷扰,在梅花的开落之间,平复了悲苦无奈的不平,获得了心灵的宁静。玉梅也由此被赋予淡泊的特质,花与人在精神上融而为一,难分彼此。由此可见,吴藻词中的梅花意象有一个比较清晰的演变过程。由早期梅花被她用来寄托少女情怀,到中期梅花凸显词人的幽寂孤苦,到晚期梅花被赋予高雅脱俗的精神特质,这个过程表明,词人在饱尝世事的辛酸与无奈之后,对人世有了更深刻的体悟,梅花作为精神载体,"承载了她对前半生愤懑幽苦的隐讳以及对余生的淡泊空灵的追求,以抚慰对现实逐渐绝望的悲苦心灵"[1]。

第二节　女性意识的萌发

由词人书写小女儿愁怀的闺怨之作,到忘却红尘、参禅信道的隐世之作,表明作为一位女性,吴藻很难逃脱那个时代赋予女性的悲剧性,即便如此,作为一位兰心蕙质的知识女性,吴藻仍堪称奇迹。嘉庆二十二年丁丑前后,也即是在吴藻十九岁的时候,她的名气已在文坛传播开来,有人劝她:"何不自作?"遂援笔赋《浪淘沙》:

---

[1] 郭姮姮:《吴藻及其作品研究》,硕士学位论文,安徽大学,2006年,第49页。

莲漏正迢迢。凉馆灯挑。画屏秋冷一枝箫。真个曲终人不见，月转花梢。　　何处暮钟敲。黯黯魂消。断肠诗句可怜宵。莫向枕根寻旧梦，梦也无聊。

梁绍壬于《两般秋雨盦随笔》卷二"花帘词"条对此评论道："轻圆柔脆，脱口如生，一时湖上名流，传诵殆遍。"① 由此可见，吴藻绝不是一个安于"雌伏"状态的女性，她出口成章，有着超凡的才华和远大的抱负，贯穿她一生的，是对传统女性角色的背离。观其词作，所流露出来的反封建礼教束缚、对独立自由的追求，使她的思想呈现出朴素的女性主义意识，在她所生活的那个特定时代，已属星星之火，具有开时代女性解放先河的特殊意义。

吴藻把文艺创作作为书写理想的方式，不甘心仅安于庭院内做"房中天使"，而是渴望和男性比肩，能够建功立业，在社会上有一番作为。如《水调歌头·孙子勤看剑引杯图，云林姊属题》：

长剑倚天外，白眼举觞空。莲花千朵出匣，珠滴小槽红。浇尽层层块垒，露尽森森芒角，云梦荡吾胸。春水变醽醁，秋水淬芙蓉。　　饮如鲸，诗如虎，气如虹。狂歌斫地，恨不移向酒泉封。百炼钢难绕指，百瓮香频到口，百尺卧元龙。磊落平生志，破浪去乘风。

这是一首题画诗，音调豪迈，气势磅礴，想象与历史、现实融为一体，剑、杯与心灵相互契合。"长剑倚天外，白眼举觞空"，描绘出了词人的慷慨之气，既有不与世俗同流合污的气魄，又有英姿飒爽的凛然之气。而"浇尽层层块垒，露尽森森芒角"，则是词人理想的淋漓尽致的呈现，也是她向不公平的现实挑战的宣言。尤其两个"尽"字，颇有指点江山之势，词人在赏剑、赏画之时，不由得将自己幻化到理想的层面中

---

① 江民繁：《吴藻词传——读骚饮酒旧生涯》，浙江大学出版社2014年版，第30页。

去。下阕"饮如鲸,诗如虎,气如虹",则用一种想象的浪漫主义笔法,表达了词人渴望济世的强烈愿望,如鲲鹏展翅一般,翱翔在理想世界中。词作气度恢宏、格调雄奇,充溢着男儿的阳刚之气,"表现了吴藻对传统以阴柔为主的女性文学在精神气质上的颠覆"①,展现了词人超越一般女性的胸襟和境界。而《蝶恋花》则以奇幻大气的构境和不同凡响的艺术表现手法,体现了女词人的社会参与意识:

  石磴穿云修竹绕。未到罗浮,只说西泠好。眷属神仙春不老。玉龙呼起耕瑶草。 试向初阳台上眺。日月跳丸,扰扰红尘道。鹤梦千年迷翠窈。香泥何处寻丹灶。

  词中抒发的那种傲视一切的胸怀,正是女词人豪迈气概的体现,这使吴藻超越了一般的闺怨之畴,上升到社会历史的层面,眼界的开阔、气魄的宏大和胸襟的宽广,即使在男性词人中,也不多见,堪与豪放派比肩。这当然与吴藻的个人性格有关,从她幼好奇服,喜作男子装就可略窥一二,更与她生活的时代氛围密不可分,封建时代扼杀女性的尊严,压制女性的个人自我意识,这对于吴藻来说,是生命中无法承受之重。因此,即使作困兽斗,也要与这个社会抗争,让个体的情感得到自由的宣泄。正是这种主体与社会的矛盾,使词人的使命感和自我价值凸显出来,哪怕和时代相悖,哪怕被看作超越时代的异人,主体性的追求不可被忽视,更不可被磨灭。这正是女性意识的萌芽和展现,带着原始的懵懂,带着坚强的锐性,呈现出一种时代的悲剧性。就吴藻来说,她的社会参与意识,是她对封建宗法观念和传统文化意识的背叛,《金缕曲》典型地反映了词人的叛逆精神:

  闷欲呼天说。问苍苍、生人在世,忍偏磨灭。从古难消豪士气,也只书空咄咄。正自检、断肠诗阅。看到伤心翻失笑,笑公然、愁

---

① 徐峰:《吴藻词曲创作中的女性觉醒意识》,《中华女子学院山东分院学报》2005年第3期。

是吾家物。都并入,笔端结。　英雄儿女原无别。叹千秋、收场一例,泪皆成血。待把柔情轻放下,不唱柳边风月。且整顿、铜琶铁拨。读罢离骚还酌酒,向大江、东去歌残阕。声早遏,碧云裂。

这首词不单单展现词人的气魄和豪迈,更具有深刻的理性思考,尤其"英雄儿女原无别",无疑是女词人向时代发出的振聋发聩的呼喊。在中国女性文学史上,女性的觉醒,大多始于婚姻问题,但若仅止步于此,难有深度。吴藻的可贵之处,在于她把自身的际遇和人生和社会联系起来。上阕首先"问天",世道不公,扼杀才性,然而"豪士气"难消时,最激烈的形式却是"咄咄书空",所以没有理由让女性将"愁"视成"吾家物",没完没了地形诸笔端。这是吴藻对女性普遍弱点的自省,把女性从"愁"中解脱出来,挣脱的实质上是一个软弱的情结。下阕紧承自省而来,"英雄儿女"既然"无别",那么女性就应该放下"柔情",和须眉男儿一起去唱"大江东去"。秋瑾在《满江红》词中呼吁"身不得,男儿列;心却比,男儿烈",而吴藻则在大半个世纪之前,便有了这种觉醒意识,她以深刻的洞察力,揭示出那个时代所造成的无论英雄还是女子,大多不得志的现实,抒发了对时代压抑女性才华的强烈不满。

"在被数千年来礼教所压服的女性中间,一旦有人忽然发现了自己也是人,是和男性一般有独立人格的人,在当时绝不会作反抗的呼声的,柔弱一些的只有付之一叹,慷爽一些的只怨老天不把她们变为男子,去做男子一般的事业。"[1] 吴藻属于后者,在她初识张襄之际,便觉相见恨晚,受邀客居织云仙馆,与张襄剪烛西窗,联床夜话,读曲吹箫,饮酒论剑,此次相聚,令词人日后记忆犹新,在《忆江南·寄怀云裳妹》中,吴藻回忆了当时的情景:

江南忆,最忆绿阴浓。　东阁引杯看宝剑,西园联袂控花骢。儿女亦英雄。

---

[1] 谭正璧:《中国女性文学史——女性词话》,上海古籍出版社2012年版,第320页。

第一章 闺中奇才：吴藻

词人表达了报国理想，她想要像历代英雄那样，"引杯""看宝剑""控花骢"，做一个持剑报国的女英雄。很显然，吴藻对自身的价值有着清醒的认识，对履行自己的历史使命有着自觉的追求。在她那里，"女人"和"人"统一了起来，她并未把自己放在从属的弱者地位，她的价值追求是包含性别又超越性别的，她将自己的性格棱角深入社会批判领域，这使她的思想呈现出强烈的倾向性。《金缕曲》更坦白地表露了词人对男性身份的向往：

生本青莲界。自翻来、几重愁案，替谁交代。愿掬银河三千丈，一洗女儿故态。收拾起、断脂零黛。莫学兰台悲秋语，但大言、打破乾坤隘。拔长剑，倚天外。　　人间不少莺花海。尽饶他，旗亭画壁，双鬟低拜。酒散歌阑仍撒手，万事总归无奈。问昔日、劫灰安在？识得无无真道理，便神仙、也被虚空碍。尘世事，复何怪。

抛掉"断脂零黛"，洗去"女儿故态"，大胆立誓"打破乾坤隘"！这"乾坤隘"即是封建社会设定的"男尊女卑""男主外，女主内"等带有性别歧视和性别偏见的性别角色模式。词人就要打破这种既定的模式，打破这对女性自由的局限，追求与男性平等的社会地位。可见，吴藻的呼吁，无论是"英雄儿女原无别"，还是"儿女亦英雄"，抑或"一洗女儿故态"，没有丝毫的"犹抱琵琶半遮面"，完全是直白的、挑战性的表达，这是挑战时代的宣言。这宣言，正是对传统文化所设定的女性角色的反叛。陈文述这样评价吴藻之词："疏影暗香，不足比其情也；晓风残月，不足方其怨也；滴粉搓酥，不足写其缠绵也；衰草微云，不足宣其湮郁也。顾其豪宕，尤近苏辛。宝钗桃叶，写风雨之新声；铁板铜弦，发海天之高唱。"（《花帘词序》）这说明了吴藻词风的多样化，不仅有"女儿故态"的"弱性"，更有苏辛的大气豪放。当代学者严迪昌也盛赞吴藻："其词豪宕悲慨，迥异闺秀常见气韵，几欲与须眉争雄一时。"[①]

[①] 严迪昌：《近代词钞》，江苏古籍出版社1996年版，第451页。

而词人也毫不掩饰对自身才气的自信,像历代以才气闻名的男性文人一样,表露出"画船载妓泛中流"的名士情怀,《洞仙歌·赠吴门青林校书》是其中代表:

珊珊琐骨,似碧城仙侣。一笑相逢淡忘语。镇拈花倚竹,翠袖生寒,空谷里、相见个侬幽绪。　　兰釭低照影,赌酒评诗,便唱江南断肠句。一样扫眉才,偏我清狂,要消受玉人心许。正漠漠、烟波五湖春,待买个红船,载卿同去。

这首词是赠给当时的歌伎青林的。非常之人,必有非常之事,正是凭借着卓异的天才和满身的豪宕之气,吴藻得以结交许多词客,跻身于文士的诗文酒会中,吴门之行,给了词人一次绝佳的机会。吴藻在词中俨然以男性自居,字句间表露的心理完全与男性作家相吻合,或者说,词人已将自己幻化为士大夫,但词人绝无玩弄女性之意,也并非借携伎同游宣泄一己之愁意,而是表达一位闺秀作家对青楼女艺人的认同与理解,有一种惺惺相惜之意在其中。毕竟,吴藻所赏识的仍是具有"扫眉才"的佳人,而这种审美标准,蕴含着词人自己的影子。杂剧《乔影》,更是刻意背离了传统文化中女性的刻板形象,塑造出词人心目中理想的女性角色。《乔影》又名《饮酒读骚图曲》,属于案头剧,只有一折一角色,吴藻化身为剧中人,通过看画、饮酒、读骚,以他人酒杯浇己之块垒。此剧本一出,"吴中好事者被之管弦,一时传唱,遂遍大江南北,几如有井水处必歌柳七词矣"(《花帘词·序》)。剧本写东晋有"咏絮之才"的才女谢道韫,改作男儿装,在书斋展玩自绘的男装小影。谢道韫在这幅题为《饮酒读骚图》的小影前借酒抒情,感叹自己因性别所限,平生抱负不得施展,天地之大,只有这幅小影是自己平生的"第一知己"。在古代,"学成文武艺,货与帝王家"是男人们的事,作为女子,纵使才比天高又于何处施展?着男装,痛饮酒,读《离骚》,表现出吴藻对魏晋风度的向往与追求,她塑造的女扮男装的谢道韫这一形象,逾越了当时社会中的性别界限,表现了女性解放意识。剧作开篇借谢道韫的

第一章 闺中奇才:吴藻

一段自述,说明了吴藻创作此剧的动机:

> 百炼钢成绕指柔,男儿壮志女儿愁。今朝并入伤心曲,一洗人间粉黛羞。我谢絮才,生长闺门,性耽书史,自惭巾帼,不爱铅华。敢夸紫石镌文,却喜黄衫说剑。若论襟怀可放,何殊绝云表之飞鹏;无奈身世不偕,竟似闭樊笼之病鹤。咳!这也是束缚形骸,只索自悲自叹罢了。但是仔细想来,幻化由天,主持在我。因此,日前描成小影一幅,改作男儿衣履,名为饮酒读骚图。敢云绝代之佳人,窃诩风流之名士。今日易换闺装,偶到书斋玩阅一番,借消愤懑。

剧中的谢絮才哀叹自己,虽有雄心壮志和满腹才华,无奈因女儿身而成为樊笼中的病鹤,但她并不就此沉寂,"幻化由天,主持在我",她要女扮男装,饮酒读骚,一抒胸中闷气。中国历史上女扮男装屡见不鲜,替父从军的花木兰,易装读书的祝英台,金榜题名的黄崇嘏,众多奇女子借男装展现自己的才华,这实质是与束缚女性的社会抗争。吴藻也不例外,谢絮才的心理正是吴藻内在思想的外化,她要超越男性社会秩序的樊篱,争取与男性同等的社会地位和角色实现。她借谢絮才之口,"且把我平生意气,摹想一番":

> 我待趁烟波泛画桡,我待御天风游蓬岛,我待拨铜琶向江上歌,我待看青萍在灯前啸,呀,我待拂长虹入海钓金鳌,我待吸长鲸贳酒解金貂,我待着朱弦作幽兰操,我待着宫袍把水月捞,我待吹箫比子晋还年少,我待题糕笑刘郎空自豪,笑刘郎空自豪。

词人连用十个排比句以及一连串的典故,以王子乔、李白、韩愈、刘禹锡等历史上著名的豪放洒脱文士自喻,气势磅礴,表现出一种绝对的与男儿共比肩的自信和自豪。已然超越狭隘的专属女性的两性平等,展现出了真正意义上的个性解放,代表了"人"的全面解放与自由的理想:

知我者尚怜标格清狂，不知我者反谓生涯怪诞。怎知我一种牢骚愤懑之情，是从性天中带来的哟！

东晋名士王恭有句名言："但使常得无事，痛饮酒，熟读《离骚》，便可称名士。"《乔影》剧中人物于这几个条件之外，还幻想着有几个佳丽红袖添香：

似这等开樽把卷，颇可消愁。怎生再得几个舞袖歌喉，风裙月扇，岂不更是文人韵事！

呀，只少个伴添香红袖呵，相对坐春宵。少不得忍寒半臂一齐抛，定忘却黛螺十斛旧曾调，把乌阑细抄，更红牙漫敲，才显得美人名士最魂销。

名士风流情韵倾泻而出，剧情虽无曲折穿插，却也自抒怀抱。清道光五年秋，《乔影》在沪上举行广场演出，由苏州男子顾兰洲独唱，他"曼声徐引，或歌或泣，靡不曲尽意态"，感动了无数观众，"见者击节，闻者传抄，一时纸贵"（吴载功《乔影·跋》），当时名流许乃穀为之题词曰："我欲散发凌九州，狂吟一写三闾忧。我欲长江变春酒，六合人人杯在手。世人大笑谓我痴，不信闺中先得之"，可见对吴藻推崇至极，就包括演出时，"雏伶亦解声俱泪，不屑情柔态绮靡"（许乃穀《乔影·题辞》）。如果说诗词作为中国文学的正统形态，词人内心碍于礼法，尚不敢过于抒发自己的情怀，那么借助戏曲这个舞台虚幻场景，词人可以"精骛八极，心游万仞"，超越时空的限制，自由挥洒。身心的放纵，让词人脱去了闺阁的脂粉气，流露出率性的刚毅与豪放。"她（吴藻）一直追寻着隐匿于心灵最深处的自我，一个能展现自我的'他者'（男子）的形象。"[①] 明清女性剧作中，此剧影响甚大，不仅后辈女曲作家受其影响，就英文翻译也已有两种行世。

---

① 邢丽冰：《从"双性同体"评吴藻词曲中的女性形象》，《语文学刊》2008年第1期。

第一章 闺中奇才:吴藻

既有强烈的社会参与意识,便不会不对社会有所关注。吴藻生活于清王朝末期,历经嘉庆、道光、咸丰和同治四朝,在外国殖民侵略和国内农民起义的内忧外患下,封建王朝摇摇欲坠,特别是第一次鸦片战争的爆发,使灾难深重的中华民族沦为半殖民地半封建社会。面对积贫积弱的现实,吴藻和许多爱国词人一样,饱含忧思,她借词作表达爱国情思,如《满江红·谢叠山遗琴二首。琴名号钟,为新安吴素江明经家藏》:

半壁江山,浑不是、莺花故业。叹回首、萧条野寺,凄凉落月。乡国烽烟何处认,桥亭卜卦谁人识?记孤城、只手挽银河,心如铁。　才赋罢,无家别。早殉此,余生节。尽年年茶坂,杜鹃啼血。三尺焦桐遗古调,一抔黄土埋忠穴。想哀弦、泉底瘦蛟蟠,苔花热。

怨羽愁宫,算历劫、沉埋燕代。恸今古、电光石火,人亡琴在。南国穿云谁挈去,西台如意空敲坏。剩孤臣、尚有未灰心,垂千载。　冬青落,花无赖。枯桐活,天都快。试一弹再鼓,只增悲慨。凄烈似闻山寺泣,箫骚不减松风籁。叹伯牙、辛苦旧时情,知音解。

这首词,为题谢叠山遗琴而作,是为英雄立传,抒发对爱国志士的崇高民族气节的敬仰之情。谢叠山,与文天祥同科中进士。元兵入侵,组织民兵抵抗。信州失陷后,遁于建宁唐石山中。宋亡后,寓居闽中,元朝屡召出仕,坚辞不应,后被迫北行,至大都,坚贞不屈,绝食而死。"半壁江山,浑不是、莺花故业"以南宋的衰败之势隐喻清王朝岌岌可危之状况,"记孤城、只手挽银河,心如铁"高度赞扬了谢叠山顽强抗敌、保卫疆土的豪情壮志,暗指作者有策马扬鞭、为国杀敌的不平凡愿望。"三尺焦桐遗古调,一抔黄土埋忠穴",英雄已逝,但他的事迹和精神永存,更激励着后人追随英雄的脚步,忠心报国。"剩孤臣、尚有未灰心,垂千载",暗指在清王朝国势衰微的境况下,仍有像谢叠山那样的臣子,抗击外敌,坚持到底,"赢得生前身后名"。吴藻将一腔感情投入词作中,以饱含爱国激情的笔调,表达了对民族英雄的追慕和对国家民族的热爱,在她所生活的时代,有这样开阔的眼界和崇高的理想,在女性中实属罕见。除此之外,还有《满江红·洪忠宣公祠和俞少卿世兄作》:

> 北去孤臣,在汉代、苏卿之列。伤心处、桃梨谁献,薪刍自掇。一寸丹忱传密奏,千秋青史垂清节。恨南归、不奉两宫还,肝肠裂。　十五载,燕山雪。三十里,西湖月。复中原反掌,金瓯误缺。故国已消天水碧,灵祠犹荐寒泉冽。半闲堂、蟋蟀几秋风,无人谒。

洪忠宣公即洪皓,字光弼,宋徽宗政和五年进士。于建炎初受朝廷之命持节使金,被金人扣押、流放,威武不屈,备尝艰辛,十五年后持节归宋,死后谥"忠宣"。"一寸丹忱传密奏,千秋青史垂清节",洪光弼对宋王朝的耿耿忠心,名垂青史,"故国已消天水碧,灵祠犹荐寒泉冽",赵宋王朝已逝,然忠良之人和他们的精神却一代代流传下去,让后人感念。又如《满江红·栖霞岭岳武穆王》:

> 血战中原,吊不尽忠魂辛苦。纷纷见、旌旗北指,衣冠南渡。半壁莺花天水碧,十围松柏云山古。最伤心、杯酒未能酬,黄龙府。　金牌急,无人阻;金瓯缺,何人补?但销金锅里,怕传金鼓。墙角读碑残照冷,墓门铸铁春泥污。爇名香、岁岁拜灵祠,栖霞路。

这首凭吊民族英雄岳飞之词充溢着沉郁的激愤,豪放中寓深深的悲凉,其气势若与岳飞的《满江红》相较,并无逊色。上述对历史人物的追忆之词,已经表现出词人独立的价值评判体系,传统女性的价值规约已在吴藻身上失效,她开始关注国家民族的命运。这种吊古伤今的历史忧患意识,既融入了时代的内容,又渗透了她对社会人生的感悟,寄寓兴亡之感、家国之恨,展现出女性的生命之思,打破了传统的女性创作视野。沈善宝在《满江红·题吴蘋香夫人〈花帘词稿〉》中评论道：

  续史才华，扫除尽、脂香粉腻。记当日、一编目睹，四年心事。残月晓风何足道，碧云红藕浑难比。问神仙、底事谪尘寰，聊游戏。　　写不尽，离骚意。销不尽，英雄气。尽绿笺恨托，红牙兴寄。浣露回环吟未了，瓣香私淑情难置。倘金针、许度碧纱前，当修贽。

"续史才华，扫除尽、脂香粉腻"，"写不尽，离骚意。销不尽，英雄气"，这是对吴藻最中肯的评价。法国女性主义者西蒙娜·德·波伏娃在《第二性》中提出一个重要的观点："女人并不是生就的，而宁可说是逐渐形成的。"[①] 综观吴藻的一生，都在与这个要将她塑造成"女人"的社会抗争，她追求两性平等和个性解放，致力于打破封建束缚，虽囿于时代的局限，找不到冲出牢笼的道路，但却以一以贯之的努力，为近代女性解放奠定了坚实的基础。反观她的思想变化轨迹，有个性使然的成分，更多的是时代的反射。可以说，正是近代中国特殊的国情和社会文化习俗，模塑了吴藻昭示自我存在的一生。

（本章所引吴藻词均出自江民繁《吴藻词传——读骚饮酒旧生涯》，浙江大学出版社2014年版。）

[①]［法］西蒙娜·德·波伏娃：《第二性》，陶铁柱译，中国书籍出版社1998年版，第309页。

第二章 志哀遇悲：沈鹊应

第一节 前期的慨旧伤今

沈鹊应（1877—1900），清末女诗人、女词人，字孟雅，又字静仪，福建侯官（今福州市）人。她是清代大臣、洋务派重要人物沈葆桢（1820—1879）的孙女。沈葆桢是道光年间进士，入翰林院，曾任福建船政大臣、两江总督兼南洋通商大臣等职，著有《沈文肃公家书》《沈文肃公政书》《夜识斋剩稿》等。沈鹊应的父亲是沈瑜庆（1858—1918），他在光绪年间曾任广东按察使、江西布政使、江西巡抚及贵州巡抚等职，所至多有善政，办学堂、劝农事、惩奸商，还捐资倡修福州西湖宛在堂。辛亥革命后，寓居上海，与遗老结社吟诗，后受聘为福建通志局总纂修。沈氏善诗，熟于史事，有《涛园诗集》《涛园集》《正阳集》传世。沈鹊应的丈夫是"戊戌六君子"之一林旭（1875—1898）。林旭，字暾谷，号晚翠。少时聪颖，博览群书，长于诗文，学宋人黄庭坚、陈师道，有汉魏宋人遗风。甲午战败，林旭愤而上书，反对签约割地。后因钦佩康有为政见，拜其为师，"治义理经世之学"，积极参加变法维新运动。为挽救民族危亡，1898年，林旭与张亨嘉在京组织"闽学会"，协助康有为召开"保国会"，宣传"保国、保种、保教"，受到光绪皇帝召见，授四品卿衔，以军机章京参与新政。维新运动失败后，林旭被杀，其著作有《晚

第二章　志哀遇悲:沈鹊应

翠轩诗集》。沈鹊应是沈瑜庆的长女,天资颖悟,性情刚烈,多愁善感,崇尚气节,深得其父喜爱。11岁时,拜陈衍为师,能诗擅词,所作诗词温婉深致,妙有寄托。1892年和林旭结为夫妻,1894年,沈鹊应随父亲居长淮,并与林旭皆师从同乡幕僚陈书,学习诗词。后因林旭入京,沈鹊应与丈夫聚少离多,音讯违隔,常作诗词以寓思念。1898年闻林旭遇害,于悲痛中整理亡夫遗稿,曾多次欲饮药殉夫,皆未果,终因哀伤过度而早逝。沈鹊应不仅善于作诗,而且善于填词,著有《崦楼遗稿》,内存《崦楼词》35首、《崦楼诗》27首。王赓《今传是楼诗话》中云,"君殁后,哀毁逾岁卒。所谓'嘉名端合与孤孀'者,盖不胜惋惜之意矣"[①]。其词以林旭殉国为界,在词风和词情上转换很明显,反映了女词人在丈夫殉国前后的曲折经历和思想感情。

沈鹊应前期词作颇多慨旧伤今之篇,她从小跟随父亲四处宦游,经年的漂泊生活,使她对乡情、亲情、友情、爱情有着不同于一般人的感受。尤其是婚后6年与丈夫林旭聚少离多,孤独寂寞时时困扰着她。所以对故乡的情思和与亲人的相思离愁成了她早期词作的主要内容,风格上既感慨又萧散。如《点绛唇·对镜,用周美成韵》:

深院无人,梦醒小雨敲窗润。算来春近。故遣催花信。　　慵自梳头,怕见落红阵。非关闷。宝奁频趁。慰此因循恨。

词人空守闺房,深夜被雨声惊醒,更觉心思寂寥,思量着时间已接近春天,更激起了对远方亲人的思念。慵懒中对着奁台独自梳头,唯恐看到落发,更生出年华易逝、时不我待的感慨!还是趁着好时光,多多梳妆奁,慰藉这颗寥落之心吧。而另一首《点绛唇·春早犹寒》,同样书写了与丈夫离别的痛苦:

春早犹寒,阑干倚偏人微困。征鸿飞尽。苒苒无音信。　　独

[①] (清)沈瑜庆等:《涛园集(外二种)》,福建人民出版社2010年版,第322页。

隔天涯,萱草难蠲忿。谁行问?从行无分。多少思亲恨。

春天伊始,万物复苏,最容易引起少妇对亲人的思念,在春日寒风中,她倚着栏杆,长时间眺望远方,人已微困,仍然执着地企盼亲人早日归来,望眼欲穿。征鸿飞尽,亲人仍然杳无音讯,他独自漂泊天涯,连忘忧草都难以蠲忿。少妇思念亲人情深意切,不尽的泪水、无限的忧愁,"多少思亲恨"亦包含着"多少思亲泪",这正是词人彼时内心世界的真实写照。《淡黄柳·春雨》表达了同样的离愁别绪:

小楼晓色。一片同云黑。做雨飞来声滴滴。欲访芳菲径里。争奈空阶几番湿。　最堪惜。韶光任虚掷。杏花信、杳消息。叹西园、寂寞天涯隔。最是无情,一池春水,比似当初更碧。

沈鹊应借用了宋代姜夔自度曲的词牌,当时姜夔客居南城,其时已近寒食,春光明媚。但由于金人的入侵,百姓四散流离,人去苍茫,只有绿柳夹道,仿佛在向作者呜呜倾诉,有感于此,作者便作了此曲。沈鹊应深知姜夔词的意境,便借用《淡黄柳》描绘了一幅春雨迷蒙的图景。在一个春雨霏霏的早晨,词人欲沿着芳菲径里寻找春意,可惜空阶雨湿,最让人不堪忍受的,是阻挡不住的春光飞逝,亲人远在天涯,杳无消息,令人叹息不已。词人通过饱含感情的春景描写,深刻表达了心中难以排遣的思念之情。《角招·豫留别季兰三妹》也表达了与亲人的相思离愁:

春还又如何,一点离情,暗逗垂柳。新愁相合就,悔却旧时何事厮守。别时尚久,早苦透。心花前后,明月低穿窗牖。听二十五弦声,问谁家还奏?　相对。俱成消瘦。频年欢笑,化作愁盈袖。拟同拚撒手。行路迟迟,寸心难朽。思量㾀㾀。且共此、论文尊酒。休想长亭时候。天涯若比邻,君曾知否?

词人善于借用典故,融入新词,但自成新意,抛却旧调。在《角招》

中，词人描绘了一幅与亲人依依惜别的图景，虽有万般不舍，行路迟迟，但离别在即，也应放下"难朽寸心"，将苦恼深埋于心中。词人没有像柳永那样，抒发离愁别绪，"寒蝉凄切，对长亭晚，骤雨初歇"，而是学作男儿的洒脱，"海内存知己，天涯若比邻"，友情深厚，江山难阻，勿在离别之时悲伤。沈鹊应将与季兰三妹依依惜别的离愁，以似豪放的风格表达出来，别有一番特色。与季兰妹的惜别兼见《南乡子·呈冯庵先生兼别季兰妹》：

学识综群流。绛帷教女预从游。长日书声知可惜，难由。淮水东流身上舟。　阿妹莫深愁。掩卷还应相忆不？问字玄亭须已矣，谁俦？难与为言是可忧。

词人描述了昔日读书论诗的情况，可见其志向高远，学习勤奋。当与阿妹惜别后，劝勉其莫要悲伤，希冀日后读书掩卷之时，尚能忆起与词人秉烛夜读的情形。无独有偶，《高阳台·怀蘋妹西洋女塾》也表达了同样的思念之情：

海上春风，淮堧寒食，相望独自离家。街北高楼，记曾携手同车。鲸铿报午停船桀，颤金钗、蹴鞠喧哗。共流连，一半吴娃，一半蛮花。　如今姊妹勤相忆，况亚洲异日，天共人遐。欲寄鱼书，江长不到天涯。危阑独倚斜阳下，似迢迢、一水蒹葭。最无聊，满耳鹃啼，满目云遮。

遥想昔日和姐妹"蹴鞠喧哗""携手同车"的快乐情景，今日的顾影独怜，更添失落。"寄鱼书"已难以送达千里之外，只能借助"勤相忆"，回味少年时的姐妹情谊了。只是听着杜鹃的啼叫，看着漫天的云彩，如何慰藉得了那颗无聊的心呢？同样，《鹧鸪天·寄郑氏舅母，忆堂子巷小楼》也抒发了对亲人的思念：

回忆楼头赏雪时。钟山如黛照传卮。如今赢得离愁苦,惟有檐前风絮飞。　春寂寂,梦依依。风流林下系人思。凭高不见江南路,玄鸟归时人未归。

如今孤身一人,看着门外柳絮纷飞,不由回想起昔日在家乡弄堂尽头的小楼上,和亲人一起赏雪的情景,即使在梦中,也依然清晰难忘记。家乡的一草一木,都系人相思。可如今,却"相思相见知何日"?《凤凰台上忆吹箫·忆菊花》同样抒写了对故乡的怀念:

枫冷吴江,雁飞南浦,家家黄叶堆门。听暮砧声急,日已黄昏。记忆当时三径,尽飘零、松菊犹存。荒城里,止看摇落,未见花繁。　销魂。故乡此际,佳节醉西园,篱畔芳樽。念秋光狼藉,安得移根?屈指重阳将近,思往事、杳杳无痕。伤情处,但看鸦飞,水绕孤村。

深秋又如期而至,尤其到了黄昏,风声更紧,家家门前黄叶堆积。追寻记忆中隐者的庭院,此时正是落叶满地,唯有松菊仍傲然开放。小城内,满目荒凉,繁花早已谢尽。如果此时在故乡,定是和家人于深秋佳节,饮酒唱和,热闹非凡。如今重阳将近,最易回想起过往的种种,令人神伤。《少年游》也表达了对往日的追忆:

难追往事去如波。岁月又蹉跎。衣袂京尘,昔曾染处,何日重过?　而今日近长安远,回首夕阳多。少年曾听,凤凰池上,过客鸣珂。

词人以"恰似一江春水向东流"的气势,感叹岁月蹉跎,如白驹过隙,"昨日之日不可留",如若回首,平添怆然。再比如《甘州·怀金陵梁间燕子》,同样具有慨旧伤今的色彩:

叹一年一度此淹留,软语话温柔。傍雕梁绣户,惊人好梦,故蹴帘钩。旧宅重来风景,换却一番愁。可念征蓬转,淮海漂流。

同是倦游羁旅,误匆匆柳色,岂为封侯?止凭谁吩咐,珍重羽毛修。向天涯、殷勤凝望,对斜晖、不见旧妆楼。遄归罢、怅繁华谢,金谷荒丘。

在这首词中,词人将对往日繁华的回忆,和今日"倦游羁旅"作对比,感情更力透纸背。这只金陵梁间的飞燕,不仅是她的"王谢家世"盛衰的见证,也隐含着为国事辗转奔波的丈夫的身影。所谓"误匆匆柳色,岂为封侯",也算是对丈夫奉献国事的肯定吧,那么"怅繁华谢,金谷荒丘"的感慨,也是能够让人理解了。

而《如梦令·帘钩》则将词人的闺怨之情抒写得淋漓尽致:

明月一弯新样。终日傍人帘幌。挂起玉纤纤,草色增人怊怅。低放,低放,莫对平芜凝望。

月亮意象向来寄托着词(诗)人的思念幽怨之情,或望月抒怀,表达对故人的想念,"海上生明月,天涯共此时"。或烘托悠闲自在、旷达的情怀,"明月松间照,清泉石上流"。而在失意者的笔下,月亮又引发了许多失意文人的空灵情怀,寄寓了文人墨客的身世感伤和流离之苦,"举杯邀明月,对影成三人",等等。词人沈鹊应也不例外,她将女子的惆怅、失落寄托于月光,通过月下女子的寂寞凝神,表达闺中情思的怅然。田剑光《福建女作家评传》:"其词如《如梦令·帘钩》一首,写作殊为新巧。"[1]

而《解连环·用姜白石元韵代书寄棣先》则表达了同样的离思别愁:

西楼才倚。被杨花千点,勾人离思。念去年、南浦牵衣,如今

---

[1] (清)沈瑜庆等:《涛园集(外二种)》,福建人民出版社2010年版,第328页。

眼穿，南浦唯春水。回首倾襟，小窗对镜同梳洗。踏青湖畔路，那日游春，依约曾记。　东风又吹雨霁。问音书断绝，何事相弃？空欲往、难越关山，算只有今宵，梦魂能至。绣户谁推？似行近、疏帘下底。又却是、衔泥燕子，搅人午睡。

词人倚望西楼，见杨絮万点，不由愁上眉梢。往日的交游，历历在目，而如今却物是人非，音信断绝，让人愁肠寸断。想追寻昔人的足迹，但恐身无彩凤双飞翼，"除非梦里相逢"，不如执着于梦中达成夙愿，谁料又被衔泥的燕子搅了午睡。词人将对离人的相思离愁刻画得入木三分，尤其最后一句，和"啼时惊妾梦，不得到辽西"有异曲同工之妙。《临江仙》对于离人的幽怨也刻画得入木三分：

屋上斜阳墙上草，晚来相映清幽。小窗频倚独凝眸。角声欲断，呜咽总添愁。　双鲤不来音信杳，恼人欲说还休。春秋佳日去难留。离情一缕，随水送悠悠。

傍晚夕阳西下，独自倚着窗儿，听那远方传来的时断时续的号角声，愁绪油然而生。春华秋实的美好时光倏忽即逝，那让人思念的离人却杳无音信，着实惹人气恼，不如将那一缕离愁放入悠悠的江水中，寄给远在天涯的人吧。还有《如梦令》：

岁月真如弹指。又是苦寒天气。帘外雨和风，搅起一腔愁思。无寐，无寐，别有凄凉滋味。

风雨交加的苦寒天气，最易撩起人的愁思。虽卧于室内，但帘外雨声不止，搅乱了一腔春水，翻来覆去，无法入睡，孤独感油然而生，真是"别有一番滋味在心头"啊。

《西河·江州琵琶》则抒发了"同是天涯沦落人"的慨叹：

行复止。归舟尚滞沙际。荻花瑟瑟夜江头，月明似水。未归反作送归人，临风愁杀居士。　　寻声问，幽寂地。哀弦一曲谁理？京华旧迹已茫然，铮铮又起。相逢一样可怜生，天涯沦落憔悴。

萧娘暮洒老大泪。感当时、司马情意。漫拨数声无俚。剩长歌、写恨孤亭，凭吊千载悠悠，伤心事。

这首词吟咏了唐代诗人白居易的《琵琶行》。白居易当年作此诗时，甚不得意，因得罪朝中权贵，被贬为江州司马，一日在浔阳江头送别客人之时，偶遇一位年少因艺技红极一时，年老被人抛弃的歌女，联想到自己的仕途遭遇，不由心情郁闷，创作了这首千古奇唱。女词人借凭吊为名，推人及己，抒发了美人迟暮，以及壮志难酬之感。《渡江云·重九》同样抒写了对亲人的相思：

秋深风渐紧，虫声应和，唧唧透窗纱。异乡佳节至，何处登高，隔水尽蒹葭。登楼凝望，只一片、疏柳啼鸦。想此日、茱萸遍插，分不到天涯。　　堪嗟。卷帘人瘦，瑞脑香斜，念旧时篱下。辜负了、黄昏时候，谁对黄花？如今且尽樽前酒，怕秋光、又落谁家？秋有信、奈何水隔天遮。

蒹葭来自《诗经·国风》，描写对心上人可望而不可即的苦恼和思念，而茱萸一词则由唐代诗人王维《九月九日忆山东兄弟》一诗而浸染了游子的思乡之情。此词借用"蒹葭""茱萸"意象，将深秋佳节，怀念亲人故友的惆怅和孤身异乡的愁苦和盘托出，而"秋虫""秋鸦""黄花"，更增添了心情的萧索凄凉。

当然，沈鹊应长于官宦之家，从小受到祖父辈的疼爱，生活幸福，且与林旭的婚姻符合她内心的期盼。所以，其前期的词作也不尽是"愁""思"，还有一部分表达了无忧无虑的快乐。如《虞美人·鲇鱼风筝》：

野塘春水连天碧。化作烟波色。忽听何处弄鸣筝。又是东风卷入、碧云声。　迢迢直上干霄汉。儿女争呼唤。从容不傍逆风飞。何事竹竿难上、笑男儿。

词人回忆了年少时,"野塘春水"边,"弄鸣筝"的快乐情景。"儿女争呼唤"的欢笑声直上云霄,融入"连天碧"的"烟波色"之中,相随的,是随风冉冉而飞的风筝。王蕴章《然脂余韵》卷五评论道:"《虞美人·赋鲇鱼风筝》云云,妙有寄托。"① 再如《祝英台近·灯花》:

漏声微,香烬炷,夜永寂人语。瞥眼银釭,金穗垂垂吐。忽惊一朵红鲜,游蜂寻到,又却是、飞蛾翾舞。　正无绪。细认凝笑蛾眉,为伊久延伫。护住风帘,红焰尚如许。是他报与人知,休教落去,尽无寐、替防饥鼠。

词人描写了上元节之夜放灯花的欢乐场景。"忽惊一朵红鲜,游蜂寻到,又却是、飞蛾翾舞"一句,栩栩如生地描绘出烟花燃放瞬间的妖娆飞舞之状。还有《少年游》:

华灯番市影迢迢。夜夜似元宵。流水过车,暗尘逐马,歌响云飘。　春风还共荒城里,客思独无聊。昨宵梦去,慈亲温藉,小妹招邀。

词人夜游番市,车水马龙,载歌载舞,摩肩接踵的热闹情景,恍如元宵佳节。此情此景,不由引发了词人对昔日家庭生活的怀念,有慈祥的双亲疼爱,有活泼可爱的小妹陪伴,温情脉脉。另有《喜晴·杜韵》:

细雨昨宵过,清和气象生。趁晴书自理,散倦线无声。　鸟语喧相应,花枝灿倍明。春光无限好,因忆阛阓城。

---

① (清)尤振中、尤以丁:《清词纪事会评》,黄山书社1995年版,第1066页。

第二章　志哀遇悲:沈鹊应 ❖❖❖

一夜雨过,天气晴朗,万象清明。词人受了这情景的感染,心情豁然开朗。遥望窗外,鸟语花香,因生出"春光无限好"之叹,在这明媚春光的感染下,回忆历史中的旧址,倒别有一番情趣。再有《摸鱼儿·织竹团扇》:

弄团囵、组成蕲竹,传看纤手难释。生绡纨素难比似,换却向来成式。霜雪质。更隐映斜纹,不与甘蕉匹。细看成碧。似绿水生波,雁行云外,疑是个人织。　谁行倩。妙手丝丝轻擘。此君再世踪迹。从来尤物难长久,止恐秋风先逼。须护惜。为巧夺天工、造物偏乘隙。深藏满月。怕瘦减清辉,雪香飘堕,无处觅消息。

蕲州所产竹子,能编织各种精美用具,自古盛名。词人喜其质地,"生绡纨素难比似",更喜由其编织而成的艺品,"似绿水生波,雁行云外",而观看织造的过程,则是一种至美的享受,"妙手丝丝轻擘"。可贵的是,词人并未止于欣赏,而是上升到对人生的思考,"从来尤物难长久,止恐秋风先逼"。后人将其引申,意指慈禧太后见逼光绪帝,鹊应其夫林旭所坚持的变法,前途艰险难行。另有两首描绘季节气候的词作,文笔轻盈,思绪幽缈,超脱了闺怨旧调,别有一番韵味。如《湘春夜月·晴天养片云》:

正新晴,闲闲一片低垂。莫道出处无心,此便恰宜时。欲问迟回何待,待青天护养,渺尔神怡。怪前宵风雨,深藏远岫,此意谁知?　高横天际,静依日下,不解迷离。淡影轻身,氤氲气、任人遥指,难与幽栖。多情美荫,怕日光、晒上醇醨。凭似汝,化无知误信、司天台说,佳气能奇。

晴朗的天空,万里无云。趁此良日,外出踏青,感受天地日月精华,心旷神怡,何必着急返回?莫怪前日风雨,因为其后隐藏着晴空万里,也许这就是"山重水复疑无路,柳暗花明又一村"的深意吧。另一首

《惜红衣·绿阴清润似花时》：

  泼绿淋漓，残红狼藉，春归无迹。罨画林塘，如今尽成碧。重重翠幄，似障断、花开消息。难得。晴日暖风，似江南寒食。
  依依绮陌。天气清和，连朝弄春色。韶光莫绊却解，伴诗客。岑寂丰姿依旧，何事无人追惜？倩画图谁写，掩映向来词笔。

窗外墨绿逼人，落英缤纷，春天在不知不觉中隐去了。在这好似江南寒食节的暖风晴日中，欣赏翠色风景，也是难得。走在繁华的街道上，两边杨柳依依，激起过往诗客的雅兴，此情此景怎不撩人思绪？这两首词虽写风景，却不同于一般的女性吟风弄柳之作，气势磅礴，犹如绘制水墨风景画，用意颇深。沈鹊应诗词中还有相当一部分咏物之作，词人融情入物，寄寓理想追求。如《点绛唇·千叶水仙》：

  黄晕冰绡，并刀剪就明玑碎。自然仙态。仿佛添环佩。 昔日凌波，依旧丰姿在。功夫耐。层层轻载。欲共梅花赛。

水仙花瓣如洁白的丝绸，泛着模糊的黄色，自然天成。长在水中，犹如步履轻盈的美人，乘碧波而行。其品格形态，可与梅花的幽独清绝一较高低。无独有偶，《如梦令·腊梅》则展现了梅花的卓然不群：

  蝉翼黏霜初透。别样风光中酒。偏占玉奴先，一例暗香盈袖。三九，三九，试过宫黄时候。

越是寒冷的季节，梅花越是傲霜开放。独天下而春，它不畏冰袭雪侵，不惧霜刀风险，不屈不挠，"为有暗香来"，独具风采。这不正是词人所追求的高洁品质吗？《绮罗香·花露水》则借花露水讽喻了帝王的昏聩：

  红袖香风，琼筵佳气，都异麝尘兰炷。吹馥欺花，偏要氤氲如许。喷罗绮、珍重堪嗟,惹蝶蜂、痴迷无数。甚扬州、十里繁华,美人认作金茎露。　　铜仙愁绪万缕。羞见璃琉满贮,泪零如雨。臭味差池,总觉恼人无语。记当时、滴粉搓酥,从此便、不须相妒。叹而今、柏上囊空,误求仙汉武。

汉代人相信神仙可以降露人间,饮服甘露,能使人长生不老,汉武帝对此深信不疑。为求神仙降露,他下令在长安建章宫内建造神明台,上面铸造铜仙人双手捧铜盘,以此求得仙露,再由方士炼成仙丹,延年益寿。沈鹊应借用了这个典故,今昔对比,尽显历史的沧桑感。还有《琵琶仙·樱桃》:

春雨才过,正无数、浪蕊浮花开遍。一绺红溜低垂,宫中摘初荐。娇欲滴、朱盘满贮,记曾饤、照园欢宴。圆比明珠,红疑起玉,凝伫生眩。　　最无据、缥缈青衣,赚游子、瑶台梦留恋。漫笑荔枝卢橘,见蔗浆还羡。鹦啄出、珊瑚粒粒,落个人、寂历庭院。遥想樊素当年,微迹歌扇。

词人描绘了樱桃成熟季节,满树低垂、娇艳欲滴的样子,"圆比明珠,红疑起玉,凝伫生眩"。由此联想到白居易的家姬樊素,此人能歌善舞,文采极高,深得白居易的喜爱,他曾作诗云:"樱桃樊素口,杨柳小蛮腰。"沈鹊应词作,颇有怀古风范。另有《金银花》:

四月清和日初永,清晨寂寞人犹倦。小鬟新进金银花,令我身轻手足旋。臭味泯泯入帘清,香风脉脉染衣遍。借问此物何处得,答云新开人初荐。黄白二色间深浅,青蔓千条蟠庭院。荒城觅花俱乌有,偶然见汝倍留恋。三代所贵不贪宝,世人误认惟利善。繁华能使文胜质,名字遂到邦之媛。我家旧有夜识亭,此花烂漫美如练。命名寄慨大父心,深意流传子孙见。平生脾冷患寒湿,对此清凉心空羡。今朝叹赏笑口开,远地相逢似深眷。

词人对金银花情有独钟，在百无聊赖的清晨，忽见丫鬟拿来金银花，立刻神清气爽。花的颜色和形态甚具吸引力，"荒城觅花俱乌有，偶然见汝倍留恋"。更令词人欣赏的是，"三代所贵不贪宝"，在"天下熙熙，皆为利来；天下攘攘，皆为利往"的现世中，这种遗世独立的精神，也确是词人心之向往的啊！再如《石榴》：

耐熟偏宜五月风，更逢照眼一枝烘。庄容例入姬姜谱，麰线偷来织女工。试映裙看疑绛草，暂停车处似丹枫。任从着意夭桃李，岂傍千红万紫中。

在词人的眼中，石榴花是端庄美丽的，"庄容例入姬姜谱"，尤其从远处看去，犹如经霜泛红的枫叶，"暂停车处似丹枫"借用了"停车坐爱枫林晚"，表达对这一片红的情有独钟。难能可贵的是，在桃李争春之际，石榴花却不与百花争艳，"岂傍千红万紫中"，这不正是词人耐得住寂寞、坚持理想的真实写照吗？综观沈鹊应的咏物诗，"或是借物情自照，或是借物态寓理，总之给读者留下了穿透物表、深入境中的深邃空间，这样的词，也能意余言外"①。沈鹊应的前期词作不乏抒写闺情之作，但她并未止于此，而是将个人的理想、对爱情和生活的追求都纳入词作中，尽情展露内心情感世界，蔑视封建礼教。虽也有理想受挫时发出的岁月蹉跎、人生无常的慨叹，但绝非无病呻吟，而是情真意切，一唱三叹，具有很高的思想和艺术价值。

第二节 民主思想的形成

沈鹊应生活在晚清之际，正是西方列强瓜分之潮愈演愈烈之时，她所生活的环境，充溢着进步知识分子要求革故鼎新的呼声，耳濡目染，

---

① 邓红梅：《女性词史》，山东教育出版社2000年版，第564页。

激发了沈鹊应御辱图强的激情。尤其作为林旭的妻子，被丈夫忧国忧民、尽忠报国的精神感动，她走出了传统词作中闺情的樊篱，不仅表露出对高洁人格的追求，更生出敢于涉入闺房之外世界的豪情，并将之淋漓尽致地展现在她的咏史抒怀之作中。如《浪淘沙·虬髯客传》：

越国意扬扬。不惜红妆。剧令深夜出严装。蹀躞叩门茅店里，颜色仓皇。　慧眼识三郎。委地青长。虬髯顾盼思如狂。锁钥尽教将一妹，来佐秦王。

《虬髯客传》是唐传奇，李靖于隋末在长安谒见司空杨素，为杨素家伎红拂所倾慕，随之出奔，途中结识豪侠张虬髯，后同至太原，会见李世民。虬髯本有争夺天下之志，见李世民器宇非凡，自知不能匹敌，遂倾其家财资助李靖，使之辅佐李世民成就霸业。李靖、红拂、虬髯三人，被后人称为"风尘三侠"。沈鹊应借用唐传奇故事，意指康有为、林旭等维新志士，辅佐光绪皇帝实行新政，乃顺应民意、强国富民之举，具有进步性和民主性。《燕山亭·读〈列女传〉》：

薄晚寒闺，轻盈弱质，井水心情自守。触目惊心，栋折榱崩，何恤玉颜消瘦。针管慵拈，误几度、窗前停绣。回首。叹周道游观，将非君有。　嗟彼女伴何知，把慷慨情怀，认萦丝藕。葵践兄亡，冷眼年来，已知大弓难彀。无限伤心，当商女、后庭歌奏。能否？比例似、无盐觅偶。

词人读《列女传》，心情沉寂似古井，当政权崩溃、国家危难之际，有谁会怜惜红颜薄命？感慨女伴把"我"的慷慨情怀误认作儿女私情，冷眼观看当今的形势，即使心忧国事，也难以施展抱负。词人化用杜牧《泊秦淮》中"商女不知亡国恨，隔江犹唱后庭花"两句，指出"商女式"女子的无知，将之与齐宣王后无盐作对比，希望能再出现"无盐式"的女子，为治国安邦、救亡图存献计献策。可见，无论是《浪淘沙·虬髯客传》，还是《燕山亭·读〈列女传〉》，都寄托了词人对国家中兴的期望，表现了她的爱国主义情怀，具有强烈的民主性。再如《洞仙歌·文君当垆》：

门前柳色，浸入罗衣碧。斜倚垆边倒金液。最销魂、更拔剔火金钗，钗欲坠，犹自新妆半额。　往事成陈迹。酤肆琴台，化作寻常酒家宅。旧日笑春风、娇眼难醒，柳花碎、也无人惜。思恹恹、已作白头吟，甚问讯、离恨茂陵病客。

词人追忆了西汉才女卓文君，想当年，为了追求爱情，文君不惜放弃优渥的生活，与司马相如酤酒营生。文君当垆卖酒，掌管店务，其美艳与才干，惊叹世人。直到晚年，司马相如移情别恋，意欲纳茂陵女子为妾之时，卓文君作《白头吟》，诗中一句"愿得一心人，白头不相离"感动丈夫，挽回爱情。昔日的酒肆，如今已成"寻常酒家宅"，而这段"凤求凰"的传奇爱情，也已传为千古佳话。鹊应在词作中，将文君塑造为德才兼备、人格独立的知识女性，她的勇气和智慧，为后世女性树立了"自由恋爱"的典范，在封建壁垒森严的时代，沈鹊应发出这样的呼声，其民主进步思想可见一斑。另有《古人》：

怅望古人事，令人蓦地惊。苦心谁识汝，余意任公评。异代同荒冢，千秋空剩名。感时一凭吊，何必问生平？

词人研读古人故事，内心受到了很大的震动。古人苦心孤诣，成就一番业绩，留下身后名，任后人任意评说，历代皆如此。正是出于这种感触，沈鹊应凭吊古人丰功伟绩的同时，生出何必探听英雄生平的疑问。《兰陵王·鸡声》则对实事有所影射：

梦初阁。残倦余醒尚著。纱窗外，晴报远钟，曙色阴阴透帘幕。醒来夜情恶。更听。胶胶声作。中心警，颠倒着衣，却被苍蝇弄听

第二章 志哀遇悲:沈鹊应

错。　　长鸣意谁托？甚风雨凄凄，都未忘却。宁同宛转调弦索。惊茅店羁旅，金闺朝士，一例繁雄并冷落。底更促梳掠。　　寂寞。岂漂泊？搅无睡残更，翻依鸣柝。同声唱晓天涯各。怅问寝犹隔，栉笄如昨。干卿何事，向耳畔，触悲乐。

清晨醒来，意识尚不清醒，望纱窗外，天刚蒙蒙亮。半夜醒来时，就听到鸡鸣的声音，此长鸣之声，所谓何意？如今国家前途未卜，诗人壮志难酬，诸多矛盾困苦萦绕于心，未曾忘却。而羁旅漂泊之寂寞，更让人无法入眠。词人的感时恨别之情力透纸背，而对艰险时事的警觉，也流露无遗，表现出她敏锐的政治觉悟和对国事的关注。到她后期，其作品篇数不多，却"字字泣血，语语含悲"①。1898年6月11日，光绪帝下"明定国是"诏书，宣布变法，朝廷命四品以上各官荐举人才。翰林学士王锡藩以"才识明敏，能详究古今，以求致用，于西国政治之学，讨论最精，尤熟于交涉、商务，英年卓荦，其才具实属超群"之由，将林旭推荐给光绪帝。9月5日，他与谭嗣同、杨锐、刘光第四人被授予四品卿衔，在军机章京上行走，参与新政事宜。此后10天里，皇帝谕旨多出自他的手笔。9月21日，慈禧发动政变，再次"训政"，军机四卿被捕入狱。9月28日，"戊戌六君子"于宣武门外菜市口被杀害，临刑时，林旭长啸："君子死，正义尽！"慷慨就义，时年23岁。林旭殉国后，给沈鹊应造成极大的精神冲击，她终日以泪洗面，整理亡夫遗稿，抒写饱蘸血泪之词。据林纾《剑腥录》记载，林旭"自念身受不次之擢，年未三十，死以报国亦无所愧。特娇妻尚在江表，莫得一面，英烈之牲，必从吾死，不期酸泪如缏"②。不出林旭所料，沈鹊应最终因哀毁过度而香消玉殒。他们的尸骨被运抵福州后，鹊应之父沈瑜庆将他们安葬于北门义井，竖石墓曰"千秋晚翠孤忠草，一卷崦楼绝命词"，现今墓及联已不复存在。清代雷瑨、雷瑊《闺秀词话》中评论："侯官林暾谷先生旭，负异

---

① 邓红梅：《女性词史》，山东教育出版社2000年版，第562页。
② 孔庆茂：《林纾传》，团结出版社1998年版，第62页。

才，以救国为己任，遭前清戊戌变政之祸，朝衣东市，竟罹极刑，海内无不哀之。其夫人沈孟雅，闻耗亦以死殉。一死国，一死节，呜呼，可谓烈矣！海内无不哀之。夫人……博学能文章，尤工诗余，有《崦楼词》一卷。"① 沈鹊应的后期诗词，多为悼夫之词，"不施一些粉饰，全是朴素之词，为血泪所凝成。历代女词人悼夫之事，从未有如作者所写那样，丈夫是陷于不测之祸，为国事而死者"②。词人一面缅怀林旭为国捐躯的未酬壮志；一面痛斥清廷的腐败昏庸、残害忠良，具有强烈的进步性。如《凄凉犯·墨梅》：

幽奇妙笔。传神处、横斜一片难折。水边竹外，无言独自，盈盈清绝。墨香染颊。任羌笛飞声自咽。但凄然、冰魂一缕，掩映夜深月。　索笑人何处，弄蕊吹香，欢情销歇。罗浮梦断，思恹恹、怨怀谁说。洗尽残妆，入横幅余姿更洁。有凝波、缥缈冷淡，不可接。

林旭殉国后，词人将满腔幽恨寄托于墨梅，"欢情销歇"，剩下的是已不可能再得到婚姻之爱的孤独，美好的生命失去了颜色和热度，冰冷到极点的哀怨渗透在字里行间，"冰魂一缕"，"罗浮梦断"。郭则沄在《清词玉屑》里评说此词："借花自况，酸苦如揭。结拍则纯乎变徵音矣！"③ 词作中的梅花，即使处在恶劣的环境中，依旧"无言独自，盈盈清绝"，"入横幅余姿更洁"，词人的理想不言而喻。再如《菩萨蛮》：

旧时月色穿帘幕，那堪镜里颜非昨。掩镜检君诗，泪痕沾素衣。明灯空照影，幽恨无人省。展转梦难成，漏残天又明。

词人苦苦思念夫君，泪水沾衣，忧伤不已。残灯孤影，内心的哀痛

---

① （清）尤振中、尤以丁：《清词纪事会评》，黄山书社1995年版，第1067页。
② 钱仲联选注：《清词三百首》，岳麓书社1992年版，第419—420页。
③ （清）尤振中、尤以丁：《清词纪事会评》，黄山书社1995年版，第1067页。

无人诉说,这哀痛来源于悲悼丈夫,更因自己的可悲命运。辗转反复,彻夜难眠,在不知不觉中熬到天明,这样的生活真是度日如年啊!陈声聪《闽词谈屑》评论此词道:"寡鹄哀音,闻之惨沮。"① 其最感人的悼亡之作当数《浪淘沙·悼晚翠》:

> 报国志难酬,碧血谁收?箧中遗稿自千秋。肠断招魂魂不到,云暗江头。 绣佛旧妆楼,我已君休。万千悔恨更何尤?拼得眼中无尽泪,共水长流。

词人歌颂了夫君宏伟的业绩,他矢志报国,杀身成仁。作为妻子,不能进京为丈夫收殓,不知有谁收埋他的尸骨,心情异常沉重。丈夫虽已逝,但他的伟业千秋长存。词人肝肠寸断,为夫召唤灵魂,弥漫于眼前的却是乌云笼罩江头。自己的灵魂已随丈夫而去,就把无尽的思念化作不尽的泪水,同江河之水一起日夜长流。邓红梅认为,此词"最感慨悲咽的却是'我已君休'这一句",因为"林旭的壮志未酬之恨和自己虽生犹死的无望痛苦,写得令人透骨生寒"②。郭则沄在《清词玉屑》里评说此词:"闻暾谷耗,赋《浪淘沙》述哀,字字沉痛,侍者哀之。"③ 还有《除夕,影前设奠》:

> 空房莫初夕,对影倍凄然。守岁犹今夜,浮生非去年。心随爆竹裂,眼厌灯花妍。况是无家客,银筝悲断弦。

除夕是一家人团圆的时候,词人却对着亡夫的遗像,内心凄凉无比。听着爆竹的声音,感到心都裂开了,不愿看到五颜六色的灯花,连"银筝"都悲痛得断了弦。词人用夸张的笔法,描写了除夕之夜,一个遭受

---

① 钱仲联选注:《清词三百首》,岳麓书社1992年版,第420页。
② 邓红梅:《女性词史》,山东教育出版社2000年版,第563页。
③ (清)沈瑜庆等:《涛园集(外二种)》,福建人民出版社2010年版,第328页。

深哀巨痛的女子的倾诉。除此之外,还有《春夜八首》:

坠雨凄风夜,无眠思欲殚。死生千里路,忍忆嫔官寒。
试灯春几日,剪烛泪千行。好语偏憎耳,尊前不敢言。
此恨何时已,思量声暗吞。淮堧三载客,摇落一身存。
黾勉均无着,宁论身后名?药炉经卷在,即此了吾生。
病骨寒将断,炉香烬更添。遗编和泪叠,字字是华严。
残灯已无焰,拥被更论文。老父怜吾憨,推敲到夜分。
那堪当死别,尤恐得生归。我已无肠断,诗成寄与谁?
蔽罪朝无典,遗章世所闻。吾从柳下妇,私谥拟贞文。

这是一首组诗,记叙了林旭被杀后,沈鹊应的生活和精神状态。从诗中可以看出,"悲"是情感基调。诗人用了不同类别的词语来形容心情。比如"凄风夜""泪千行""了吾生""残灯""肠断"等,一方面高度评价林旭的诗文成就,"遗编和泪叠,字字是华严";一方面控诉朝廷无法度,"蔽罪朝无典,遗章世所闻"。万千遗恨泪千行,唯有诗留天地间。悲怆至极,绝望至极,令人不忍卒读。到了《读晚翠轩诗》,词人已然看破红尘,无有留恋:

人生谁氏免无常?离合悲欢梦一场。何事为荣何事辱?只求到死得留芳。
西风拂槛雨推窗,别泪离愁溢满腔。深夜诵君诗一卷,教人无语对寒釭。
暗坐悲君泪不禁,聊将诗卷谱桐琴。凄凉曲罢声声血,拥鼻妆台学苦吟。

词人将世间生活看作悲欢一场,对于何为荣辱,也体悟到家。她坚信,亡夫必会流芳千世,想到这一点,即使生活于水深火热,满腔愁苦,诵读亡夫的诗卷,也会得到心灵的慰藉。沈鹊应的咏史和悼亡之词,不

第二章 志哀遇悲：沈鹊应

再局限于描写个人的遭遇，而将个人的不幸上升到国家危亡、民族苦难的高度，这说明她已经对当时社会的黑暗、政治的腐败有了较为清醒的认识。她勇敢地把批判的矛头指向最高统治者，和前期她的作品围绕少女、少妇生活相较，有了很大的突破，与当时社会政治的风起云涌相合拍。这说明词人超越了旧有闺情的樊篱，放眼社会，关心时局，支持变法，具有强烈的爱国思想和无畏的革命精神。这种品格，使词人在那个特殊的时代具有耀眼的光芒。这当然受她生活环境的影响，更是时代变革的产物。沈瑜庆在《〈崦楼遗稿〉题语》中云："人之有诗，犹国之有史。国难板荡，不可无史；人虽流离，不能无诗，此崦楼之诗所由作也。过此以往，以怨悱之思，写其未亡之年月，其志可哀，其遇可悲。冯庵行矣，父唱子和，有不足为外人道者，亦藉以摅其郁积也欤！"[①] 邓红梅评价道："她的每一首词，那感情都是先在胸中酝酿许久，然后因缘发出的。这就使她的词，一首有一首创意，一首有一首风貌，显得气貌浑成。"[②]

综观沈鹊应的诗词创作，她前期词作无论内容还是艺术性，都具有明显的借鉴性。首先是对易安词的模仿和借鉴。沈鹊应擅长将典型性的动作和特征性的表情以一种长镜头式的方式刻画出来。具有代表性的如《如梦令·帘钩》："明月一弯新样。终日傍人帘幌。挂起玉纤纤，草色增人惆怅。低放，低放，莫对平芜凝望。"从词的语言风格来看，纤细婉约，从词的意境来看，词句精妍而流畅完整，自成一体，从词的内容来看，描写少妇闺中相思之愁，尤其"挂起"和"低放"两个动词，很有层次感地描画出少妇内心的思想变化轨迹，而"惆怅"一词，则尽在不言中。具有相似特点的还有另一首《如梦令》："岁月真如弹指。又是苦寒天气。帘外雨和风，搅起一腔愁思。无寐，无寐，别有凄凉滋味。""搅起"和"无寐"两个动词，使词人内心的烦乱跃然纸上。这两首词都写相思离愁，婉转低回，一唱三叹，颇具李清照词的神韵。比如李清照

---

① （清）沈瑜庆等：《涛园集（外二种）》，福建人民出版社2010年版，第305页。
② 邓红梅：《女性词史》，山东教育出版社2000年版，第563页。

的《一剪梅》：

红藕香残玉簟秋。轻解罗裳，独上兰舟。云中谁寄锦书来？雁字回时，月满西楼。　花自飘零水自流。一种相思，两处闲愁。此情无计可消除，才下眉头，却上心头。

词中，"轻解""独上"，标志性地表明了词人的性格和心理状态，对于"愁"的描述，可谓经典，"两处闲愁"，而这种心情，又无法消除，"却上心头"。可以说，在描写"愁"的词作中，沈鹊应的《如梦令》可与之相媲美，不论对于词语的把握，还是对于情绪的渲染，两者有异曲同工之妙。再比如沈鹊应《兰陵王·鸡声》中"梦初阁。残倦余醒尚著"，《点绛唇·对镜》中"慵自梳头，怕见落红阵"，《淡黄柳·春雨》中"最是无情，一池春水，比似当初更碧"，《高阳台·怀蘋妹西洋女塾》中"危阑独倚斜阳下，似迢迢、一水蒹葭"，《解连环·用姜白石元韵代书寄棣先》中"被杨花千点，勾人离思"，《临江仙》中"小窗频倚独凝眸"，等等，惟妙惟肖，堪称传神。

其次，沈鹊应善于借用典故，融旧调入新词。如《点绛唇·春早犹寒》中"萱草难蠲忿"一句，借用西晋嵇康《养生论》："合欢蠲忿，萱草忘忧，愚智所共知也"，合欢能让人消除郁愤、萱草能让人忘记忧愁，这是人所共知的常识。而沈鹊应在词中却反其道而用之，萱草尚且难蠲忿，由此可感受到女词人内心由于思念而郁结的愤懑有多么深、多么浓烈。再比如《角招·豫留别季兰三妹》中"休想长亭时候。天涯若比邻，君曾知否"，借用了柳永《雨霖铃》中"对长亭晚"和王勃《送杜少府之任蜀州》"海内存知己，天涯若比邻"几句。女词人一反传统闺调描写离别时的缠绵悱恻，泪洒千行，而作男儿的洒脱状，劝告表妹，无须悲伤，四海之内只要有了你这个知己，即使远隔天涯海角，都像是在一起。而《西河·江州琵琶》"荻花瑟瑟夜江头"，"天涯沦落憔悴"则借用了白居易的《琵琶行》中"枫叶荻花秋瑟瑟""同是天涯沦落人"，抒发"心在天山，身老沧州"的英雄落寞之感。其中的"孤亭"，甚有渊源可考，宋代梅尧臣《会胜院沃洲亭》"孤亭一入野气深"，朱熹《再用韵题翠壁》"孤亭一目尽天涯"，金代元好问《横波亭》"孤亭突兀插飞流"，尽显孤独寂寥之意，沈鹊应借用其旨，用意深远。《渡江云·重九》中"茱萸遍插，分不到天涯"借用了唐代诗人王维《九月九日忆山东兄弟》中"遍插茱萸少一人"，抒写女词人异乡异土生活的孤独凄然。而《高阳台·怀蘋妹西洋女塾》中"欲寄鱼书"，则借用了《雍熙乐府·古调石榴花·闺思》中"总是伤情别离，则这鱼书雁信，冷清清杳无踪迹"，《凤凰台上忆吹箫·忆菊花》中"家家黄叶堆门"则有李清照《声声慢》中"满地黄花堆积"的韵味。

再次，沈鹊应的词融会了《诗经》中"比、兴"的传统。"比、兴"是中国古典诗歌的常用技巧，最早出现于《诗经》。所谓"比"，即"以彼物比此物"，把不同事物属性中某一相同点联系起来，使难言的情状变得鲜明，抽象的事理变得明白易懂。比如《卫风·硕人》中"手如柔荑，肤如凝脂，领如蝤蛴，齿如瓠犀，螓首蛾眉"，就是典型的"比"。沈鹊应的诗词中也不乏此种手法，如《鹧鸪天·寄郑氏舅母》中"钟山如黛照传卮"，《如梦令》中"岁月真如弹指"，《祝英台近·灯花》中"细认凝笑蛾眉"，《点绛唇·千叶水仙》中"昔日凌波"，《琵琶仙·樱桃》中"圆比明珠，红疑起玉"，《石榴》中"暂停车处似丹枫"，等等，都体现了这一特征。正是因为采用了"比"，让形象清晰生动，难写之景如在目前，含不尽之意见于言外，使无论情感的抒写，还是景物的刻画，都跌宕有致、参差错落。所谓"兴"，即"先言他物以引起所咏之词"，借助其他事物作为诗歌发端，以引起所要歌咏的内容。比如《邶风·泉水》中"毖彼泉水，亦流于淇。有怀于卫，靡日不思。娈彼诸姬，聊与之谋"，将水有源头，流进淇水和诗中这位离开父母而远嫁的女子见水思源、想念父母联系在一起。沈鹊应的词中也贯穿了"兴"的手法，比如《凄凉犯·墨梅》中"无言独自，盈盈清绝""入横幅余姿更洁"等句，词人以墨梅自比，虽然梅花花香四溢，却不能和心爱的人一共赏花，独自一人，即使生存环境恶劣，仍然不屈不挠，保持气节。梅花的"但凄然、冰魂一缕"，恰似词人浇注于墨梅的满腔幽恨，"罗浮梦断，思恹恹、怨怀谁说"。

邓红梅在《女性词史》一书中,将沈鹊应与同为晚清词人的邓瑜、萧恒贞进行比较,虽然同属晚清女词人,邓瑜对因父亲和丈夫仕途冷落造成的生计艰难感触良深,再加上对自己婚姻生活的失望,故她的词倾向于抒写对于母家的依恋和向往,甚至对神仙生活的慕想。如《乳燕飞》中"叹空炊、无米慈劳甚。长太息,恹恹病","回忆孩提真乐趣,二十余年一瞬。常漫把、思亲泪揾",《忆萝月·辛巳闰秋病感》中"伶仃母弟江乡,可怜夜短忧长",等等。萧恒贞则由于和丈夫琴瑟和谐,时常闺中唱和,经济生活无忧,故仍以闺情词擅长,在内容上略显单薄、狭隘,"难以给人带来阅读的新意"①。如《生查子·书所见》中"残荷红渐稀""秋梦无痕迹",《苏幕遮·袁浦寓庐绛桃一株》中"嫩烘霞,娇腻雨,一树桃鬟,艳到红如许","燕子泥香晴昼午,梦影分明,记得双栖处"。与这两位词人相较,邓红梅认为,"沈鹊应是她们之外的人,她是晚清词坛上的异类","不仅在生活经历上为前二人所难以追及,即使是词的题材的开放性和情思内容的时代性,也都为前二人所难以追并"。② 赵玉林在《沈鹊应殉夫》中写道:"涛园有云:'人之有诗,犹国之有史。国难板荡,不可无史;人虽流离,不能无诗,此崦楼之诗所由作也。'呜呼!暾谷孟雅,皆当年吾闽之杰出青少年也。才华奕奕,劲节硁硁,彪炳千秋,可以无愧。今日辑缀遗诗,于宣扬我中华民族之优良传统不无裨助,岂只图不令故纸生蟫、名留死豹哉!"③ 从这个意义上说,沈鹊应的词无论是艺术性,还是思想性,都称得上晚清词坛上的精品之作,这也使她当之无愧地被人称为优秀的女词人。

[本章所引沈鹊应诗词均出自沈瑜庆等《涛园集(外二种)》,福建人民出版社 2010 年版;钱仲联选注《清词三百首》,岳麓书社 1992 年版。]

---

① 邓红梅:《女性词史》,山东教育出版社 2000 年版,第 557 页。
② 邓红梅:《女性词史》,山东教育出版社 2000 年版,第 561 页。
③ 赵玉林:《灵响居随笔》,中华诗词出版社 2007 年版,第 10 页。

第三章 走出国门：单士厘

第一节 启蒙思想的产生

单士厘（1858—1945），又名钱单士厘，字受兹，祖籍浙江萧山，太平天国期间为躲避战乱而迁居海宁硖石镇。单士厘出生在一个文化教养很高的家庭，父亲单棣华，系饱学之士，曾任中国最早的外语学校之一的上海广方言馆教习，后又任嘉兴等地的县学教谕。单士厘幼年丧母，在外祖父家长大，随舅父读书。舅父许壬伯，号渭阳，著有《景陆粹编》《杭郡诗续辑》等著作十余种。舅父家藏书很多，家学的渊源，使单士厘受益匪浅，她阅读大量书籍，在诗词等方面都达到了很高的造诣。单士厘感念舅父一家，后有"不能见母幸见舅"的诗句，表示对给自己提供了"读书灯下音四壁"环境的舅父的感激。单士厘的夫家钱氏家族，在中国文化史上名声显赫。其公爹的兄长钱振伦，系清朝体仁阁大学士翁心存之婿、光绪名臣翁同龢的姐夫，曾任翰林院编修、国子监司业等职，晚清著名的骈文家，著有《示朴斋骈体文》《示朴斋随笔》《樊南文集补编》等。单士厘的公爹钱振常，生二子钱恂、钱玄同。单士厘的丈夫钱恂（1853—1927），维新派知名人士，清末著名的外交家，青年时即随薛福成出使欧洲，光绪年间，先后出任清政府驻日本和欧洲各国使节。他受资产阶级民主观念影响较大，思想进步，加入光复会，并参加了辛亥革命，后成为民国政府的顾问。钱恂之子钱稻孙，著名的翻译家，意大利原文汉译但丁《神曲》第一人。钱恂的弟弟钱玄同，五四新文化运动的倡导者、近代著名的思想家和文字音韵学家，其子钱三强，当代著名的物理学家，"两弹一星"之元勋。"结缡廿五载，今岁始营家"（《己酉除夕步夫子原韵》），这是单士厘跟随丈夫自国外归来之初写下的诗句，其时（1910）她五十岁出头，由此可推算她26岁结婚，在那个时代实属罕见，不过也可从中窥见单士厘家庭的开明。婚后，单士厘以外交使节夫人身份，随同丈夫遍游日本和欧洲各国，观光名山大川，采集社会风土人情，将所见所闻，撰写成《癸卯旅行记》和《归潜记》，记载了近代早期知识女性迈出国门看世界的所思所感。1927年，丈夫钱恂去世，她与次子寓居沈阳。1936年次子病故，她又移居北京。此间她潜心写作，整理出版著述，除将自己的诗作辑成《受兹室诗稿》，还撰有《家政学》《家之宜育儿简读》《清闺秀艺文略》等11种著作。1945年3月，这位启蒙中国妇女解放、传播西方文化知识的知识女性病逝于北京。在逝世前三年，她还写了一首忆侄儿钱三强的诗《庚辰端节家宴，忆三强侄，时在巴黎围城中》：

  今岁天中节，阶兰得二雏。一家兼戚党，四代共欢娱。不尽樽前话，难忘海外孤。烽烟怜小阮，无计整归途。

可见单士厘直到暮年，仍能融入世情，关心身外之人，其启蒙精神显著。彰显此类精神的还有《和长子稻孙戏咏飞机》：

  直上青霄气机足，依稀可听云璈曲。远镜俯视如布局，能使一一眼帘触。豁然无障开心目，超出尘埃如梦觉。国防关塞纷相促，世界分明藏一粟。

很显然，单士厘通过与钱稻孙的唱和，借吟咏飞机，表达了对"国防关塞纷相促"的关心。另外《和长子稻孙喜晴》：

第三章　走出国门:单士厘

霢霂乍霁晚霞明,行潦纵横路不平。紫燕含泥倏尔过,花猫捕蝶悄然行。绕庭高唱儿童乐,比户欢腾黎庶声。几欲成灾今幸免,天心仁爱听民评。

则借和长子的喜晴,表达对"行潦纵横路不平"的灾情的忧虑,对民生的关切自然流露。

鸦片战争后,清政府闭关锁国的状态被打破,中外交流日益增多,但清末知识女性走出国门之例仍很少见,有案可查的更是凤毛麟角,如留美的金雅妹、康爱德等,"在1900年以前到欧美的中国人中,妇女只占百分之几以下的少数,其中称得上观察者的知识妇女屈指可数,能够用著述表明自己思想和见解的更是绝无仅有了"[①]。单士厘就属于这"绝无仅有"之人,她"以三万数千言,记二万数千里之行程,得中国妇女所未曾有",极大地开阔了当时中国女性的眼界。当然,单氏的著作之所以得以流传,和家学渊源及丈夫的鼎力支持不无关系,更重要的是"方今女学渐萌,女智渐开,必有乐于读此者"[②],在这种背景下,单氏表露在书中的启蒙思想,对于中国新女性的培养,必然起着潜移默化之作用。光绪二十五年,单氏追随丈夫到了日本。她到日本,比秋瑾早五年,比何香凝也要早,彼时正是秋瑾献身革命、何香凝思索中国未来的时代,单士厘没有被卷入轰轰烈烈的革命洪流,但这并不意味着她落伍于时代,她将整个身心投入用西方文明启迪中国民智的现代化潮流,这需要以国民自任的勇气和启蒙蒙昧的智慧。对于单氏来说,她首先看重的是教育,这当然受中国教育近代化的影响,也和当时社会的男性精英大力提倡女子教育密不可分。在《癸卯旅行记》开头,单氏记叙离开东京后,赴大

[①] 钱单士厘:《癸卯旅行记·归潜记》,康有为、梁启超、钱单士厘:《欧洲十一国游记二种·新大陆游记及其他·癸卯旅行记·归潜记》,钟叔河主编"走向世界丛书",岳麓书社1985年版,第657页。

[②] 钱单士厘:《癸卯旅行记·归潜记》,康有为、梁启超、钱单士厘:《欧洲十一国游记二种·新大陆游记及其他·癸卯旅行记·归潜记》,钟叔河主编"走向世界丛书",岳麓书社1985年版,第683页。

阪参观日本"第五回内国博览会",参观教育馆时她发出了这样的感慨:"日本之所以立于今日世界,由免亡而跻于列强者,惟有教育故……国所由立在人,人所由立在教育。有教必有育,育亦即出于教,所谓德育、智育、体育者尽之矣。教之道,贵基之于十岁内外之数年中所谓小学校者,尤贵养之于小学校后五年中所谓中学校者。不过尚精深,不过劳脑力,而于人生需用科学,又无门不备。日本诚善教哉!"[①]

教育可以拯救民族危亡。门类齐全、分层合理的教育,不仅可以强国民,亦可以强国家。单士厘以日本为典范,向国人介绍了"跻于列强者"的教育模式,德育、智育、体育兼备,注重吸收新技术,重视小学和中学基础教育,十五岁以内的青少年都可以在学校接受基础教育,在她看来,这恰恰是彰显教育重要性的根本。而日本和中国近邻,"道德教育、精神教育、科学教育均无如日本之切实可法者"[②],故日本教育成为她推崇的对象。尤其日本的小学教育,让单氏十分欣赏,当她参观水族馆时,恰逢一小学老师率二三十名幼生来参观,"师指壁上所悬图及字示诸生,诸生欣然领悟,盖正与读本相印证",观及此,单氏感叹:"予见所未见,目不暇给。"[③] 之所以有这种认识,自然是联想到中国孩童的命运,单氏在《汽车中闻儿童唱歌》中这样写道:

天籁纯然出自由,清音嚓呖发童讴。中华孩稚生何厄,埋首芸窗学楚囚!

[①] 钱单士厘:《癸卯旅行记·归潜记》,康有为、梁启超、钱单士厘:《欧洲十一国游记二种·新大陆游记及其他·癸卯旅行记·归潜记》,钟叔河主编"走向世界丛书",岳麓书社1985年版,第686—687页。

[②] 钱单士厘:《癸卯旅行记·归潜记》,康有为、梁启超、钱单士厘:《欧洲十一国游记二种·新大陆游记及其他·癸卯旅行记·归潜记》,钟叔河主编"走向世界丛书",岳麓书社1985年版,第685页。

[③] 钱单士厘:《癸卯旅行记·归潜记》,康有为、梁启超、钱单士厘:《欧洲十一国游记二种·新大陆游记及其他·癸卯旅行记·归潜记》,钟叔河主编"走向世界丛书",岳麓书社1985年版,第692页。

第三章 走出国门:单士厘

鲁迅先生亲历留日生活后,对中日孩子的不同进行了对比,得出"温文尔雅,不大言笑,不大动弹的,是中国孩子;健壮活泼,不怕生人,大叫大跳的,是日本孩子"(《且介亭杂文集》)的结论,鞭辟入里地揭露了封建教育体制对孩子身心的摧残。很显然,单士厘对此也很不满,这种教育靠死记硬背强灌知识,与能力的培养毫无干系,不尊重教学规律,根本无法培养学生的创新能力和思辨精神,故日本新式的教育方式和教育手段引起了单氏的极大关注。至于教育的终极目的,单氏认为,"乃是为本国培育国民,并非为政府储备人材",之所以有这样的认识,单氏发现,中国的教育,向来注重培养"人材",即令其"多材多艺","大之备政府指使,小之为自谋生计",从无"国民"意识。何为"国民"?单士厘认为,很重要的一个标准即是对于国家的责任感和使命感,这恰恰是中国教育缺失的,故而单氏发出如此感叹:"况无国民,安得有人材?无国民,且不成一社会!中国前途,晨鸡未唱。"[①] 单氏的思想,和中国近代化的潮流一致,她追求的,不是为光耀门楣或为封建社会当奴隶的所谓"教育",她认为"学而优则仕"的教育理念培养出来的所谓"人材",不过是巩固封建专制政权的工具而已。单氏看重的是"国民教育",这种教育超脱了"家天下"的狭隘性,且有和国际接轨的超前远见。不仅如此,单士厘看重日本教育,还有非常重要的一点,即日本教育"男女并重,且孩童无不先本母教",所谓"男女并重",是要求女子享有和男子平等的受国民教育的权利。在当时的中国,这是不可能的,故而单氏让两子一妇一婿留学东京,"正是诸稚弱幸福,何惜别之有?"及至多年后,孙辈又将留学日本时,单士厘作《诸孙又将东渡再用前韵》相唱和:

  三载暌离聚浃旬,一家宴乐拟仙津。团圆情话犹无尽,迅速光

[①] 钱单士厘:《癸卯旅行记·归潜记》,康有为、梁启超、钱单士厘:《欧洲十一国游记二种·新大陆游记及其他·癸卯旅行记·归潜记》,钟叔河主编"走向世界丛书",岳麓书社1985年版,第687页。

阴只觉频。老我又看将别候,此生可有再逢晨?不随流俗能绳武,愿尔联翩继后尘。

单氏认为,母亲在孩子的教育中影响甚大,甚至重于师教,"外子每谓中国人类尚不至遽绝者,徒以人人得母教故。世禄之家,鲜克由礼,然五六岁时,必尚天良未泯,何也?母教故也。迨出就外傅而渐即浇漓,至应考试、得科第、登仕版,而日就于不可问。何也?离母远也"①。"欲培佳种先诸母,长养新苗去蓬莠",母亲对儿童的教育是最直接的,对儿童身体健康、智力开发包括道德品质的培养都有不可替代的作用,这就更加凸显了女学的重要性。从这个意义上来说,单士厘所言教育的"男女并重",实质上强调了女子教育比男子教育更加重要,因为女子教育肩负着民族未来的重任,"中国女学虽已灭绝,而女德尚流传于人人性质中,苟善于教育,开诱其智,以完全其德,当为地球无二之女教国。由女教以衍及子孙,即为地球无二之强国可也"②。

在《丙午秋留别日本下田歌子》中,单士厘对日本教育家下田歌子给予了高度的赞美:

六载交情几溯洄,一家幸福荷栽培。扶持世教垂名作,传播徽音愧译才。全国精神基女学,邻邦风气赖君开。骊歌又唱阳关曲,海上三山首重回。

"邻邦风气赖君开",正是基于此,单士厘夫妇极力倡导中国学子游学日本,"盖留学日本之举为外子所创议,而以幼楞(钱恂之弟)为先

---

① 钱单士厘:《癸卯旅行记·归潜记》,康有为、梁启超、钱单士厘:《欧洲十一国游记二种·新大陆游记及其他·癸卯旅行记·归潜记》,钟叔河主编"走向世界丛书",岳麓书社1985年版,第698页。
② 钱单士厘:《癸卯旅行记·归潜记》,康有为、梁启超、钱单士厘:《欧洲十一国游记二种·新大陆游记及其他·癸卯旅行记·归潜记》,钟叔河主编"走向世界丛书",岳麓书社1985年版,第697—698页。

导。外子每自负,谓日本文明、世界文明得输入中国而突过三、四十年曾文正国藩之创游美学生议,沈文肃葆桢之创游英法学生议,而开中国二千年未开之风气,为有功于四万万社会,诚非虚语"①。不仅如此,单氏身体力行,主张女性自我解放。她跨出国门,随夫出洋游历本身就是开风气之举,她所生活的时代,虽然"女学渐萌,女智渐开",但封建礼法仍钳制着女性的思想行为,使她们足不出户、愚昧无知,"中国妇女本罕出门,更无论冒大雨步行于稠人广众之场"②,"中国妇女向以步行为艰"③,这是封建妇德制约的结果,更是缠足对中国女性的戕害。单士厘"幸不病此",她去朋友李兰舟家中做客,与家中女眷谈及卫生事,"因谆戒缠足,群以为然","兰舟又极言中国女教女容,必宜改良,盖借予之稍知女学,欲以劝励其姊妹也"④。戒缠足,兴女学,一直是单士厘呼吁的,她反对将女子禁锢于家中,在日本参观第五回内国博览会时,她携儿媳冒雨游览,"饭于会中,晚归寓所",并这样劝慰儿媳:"今日之行专为拓开知识起见。虽踯躅雨中,不为越礼,况尔侍舅姑而行乎?"⑤ 即使回到家乡,她仍然引领新风,"晚乘月率朝日婢步行至东南湖母舅家,距予家不足三里",虽在东京时,步行是常事,"然在中国,则势有所不能。此硖石为幼年生长地,今已老,乡党间尚不以予为非,故特以步行风同

---

① 钱单士厘:《癸卯旅行记·归潜记》,康有为、梁启超、钱单士厘:《欧洲十一国游记二种·新大陆游记及其他·癸卯旅行记·归潜记》,钟叔河主编"走向世界丛书",岳麓书社1985年版,第695页。

② 钱单士厘:《癸卯旅行记·归潜记》,康有为、梁启超、钱单士厘:《欧洲十一国游记二种·新大陆游记及其他·癸卯旅行记·归潜记》,钟叔河主编"走向世界丛书",岳麓书社1985年版,第692页。

③ 钱单士厘:《癸卯旅行记·归潜记》,康有为、梁启超、钱单士厘:《欧洲十一国游记二种·新大陆游记及其他·癸卯旅行记·归潜记》,钟叔河主编"走向世界丛书",岳麓书社1985年版,第697页。

④ 钱单士厘:《癸卯旅行记·归潜记》,康有为、梁启超、钱单士厘:《欧洲十一国游记二种·新大陆游记及其他·癸卯旅行记·归潜记》,钟叔河主编"走向世界丛书",岳麓书社1985年版,第699页。

⑤ 钱单士厘:《癸卯旅行记·归潜记》,康有为、梁启超、钱单士厘:《欧洲十一国游记二种·新大陆游记及其他·癸卯旅行记·归潜记》,钟叔河主编"走向世界丛书",岳麓书社1985年版,第692页。

里妇女"①，由此可见，单氏不愧为提倡文明开化的新知识女性。她不仅率以"步行"，观赏旖旎风光，而且参与国家事务，接见外国宾客，"午后，日本之代理贸易事务官铃木阳之助君及外务书记生佐佐木静君来访，予亦出见，为外子传译"②。在江苏老家，青年向她请教日本女学事，她尽心告知，虽然"论乡曲旧见，妇女非至戚不相见"，单士厘仍然摈弃乡间陈规陋俗，创男女社交之新风尚，"予固老矣，且恒与外国客相见；今本国青年，以予之略有所知，欲就谈女学，岂可不竭诚相告？"于是，"乃偕伯宽（单士厘之弟）接见"③，此举打破了"男女授受不亲""男尊女卑"的封建束缚。单士厘虽然思想开放，但同时也很看重女德，她曾经比较欧美女性和日本女性，认为日本女性更值得中国妇女效仿，"东国人能守妇德，又益以学，是以可贵"，"西方妇女，固不乏德操，但逾闲者究多。在酬酢场中，谈论风采，琴画歌舞，亦何尝不表出优美；然表面优美，而内部反是，何足取乎？"④

很显然，在单氏看来，西方女子虽长于应酬，但享乐思想严重，且流于表面而忽视内在修养，故西方女德不足取，相较之下，日本女性的妇德倒是中国女性习仿的对象，"近今论者，事事诋东而誉西，于妇道亦然，尔慎勿为其所惑可也"⑤。单氏理想中的女性并非和传统决然对立，虽然近代以来有很多叛逆的女性和开明男性抨击传统的两性关系，为性

---

① 钱单士厘：《癸卯旅行记·归潜记》，康有为、梁启超、钱单士厘：《欧洲十一国游记二种·新大陆游记及其他·癸卯旅行记·归潜记》，钟叔河主编"走向世界丛书"，岳麓书社1985年版，第697页。
② 钱单士厘：《癸卯旅行记·归潜记》，康有为、梁启超、钱单士厘：《欧洲十一国游记二种·新大陆游记及其他·癸卯旅行记·归潜记》，钟叔河主编"走向世界丛书"，岳麓书社1985年版，第713页。
③ 钱单士厘：《癸卯旅行记·归潜记》，康有为、梁启超、钱单士厘：《欧洲十一国游记二种·新大陆游记及其他·癸卯旅行记·归潜记》，钟叔河主编"走向世界丛书"，岳麓书社1985年版，第697页。
④ 钱单士厘：《癸卯旅行记·归潜记》，康有为、梁启超、钱单士厘：《欧洲十一国游记二种·新大陆游记及其他·癸卯旅行记·归潜记》，钟叔河主编"走向世界丛书"，岳麓书社1985年版，第692—693页。
⑤ 钱单士厘：《癸卯旅行记·归潜记》，康有为、梁启超、钱单士厘：《欧洲十一国游记二种·新大陆游记及其他·癸卯旅行记·归潜记》，钟叔河主编"走向世界丛书"，岳麓书社1985年版，第693页。

第三章 走出国门：单士厘

别制度打开缺口，对国人妇女观念的转变产生巨大影响，但整体而言男尊女卑的制度并未改变。单氏生活在这样一个中西文化发生碰撞的时期，尤其她到日本之后，日本维新变法提出的"开民智、兴学校、固国本"等思想，给了她很大的影响。她亲身感受到中西文化的巨大差异，并清楚认识到西方现代文明的先进性，这些构成了她反观自身文明的一面镜子，她从中窥见中国女性生存状况的尴尬，故而不遗余力地在家乡推行新风尚。但是，她并没有盲目地褒西贬中，这和她的家庭出身及接受的教育有关，从她对东西方女德的比较中可见一斑。她理想中的女性是将闺阁教养、家庭意识与国民身份融为一体，女性不能抛弃相夫教子的传统职能，故而也不应该放弃纲常伦理下的女德，女德和女学是并行不悖的，新知识女性应是女学和女德并重。单氏站在新旧两个世界之间，既没有和传统彻底决裂，同时对西方文明冷静地观看，在当时的中国，她的思想具有更多的现实可行性。从大阪到京都，单士厘见到日本景观处陈设朴素，与欧美景观有天壤之别，"西国宫殿，一石之嵌，一庸之雕，动以千万金相夸，陈列品无非珠钻珍奇"，又"益知日本崇拜欧美，专务实用，不尚焜耀。入东京之市，所售西派品物，亦图籍为多，工艺为多，不如上海所谓洋行者之尽时计、指轮以及玩品也"。[①] 单氏观察入微，以日本和欧美相比较，指出维新之要务，并非为彰显时髦，或尽显奢华，乃是为更新一国之气象。若论及文明进化，单士厘的启蒙思想更加突出，她以中日海关相较，指出两国在文明程度上的差距，过日本税关，"行囊四十余，一一运入验场，待检视且标'入许'二字，乃得携出场。虽旅客数十，物件数百，亦不免呈混杂状，然无敢拣越，无敢喧嚷，固由关役驯和，亦由旅客自重"，而中国的海关，则远没有如此的秩序与规整，"上海所谓洋关者矣，初无验场，关役在栈桥上，择人拦阻而验之，雨雪亦然。又不尽阻，亦不尽验，使人不知所从。关役又尽

[①] 钱单士厘：《癸卯旅行记·归潜记》，康有为、梁启超、钱单士厘：《欧洲十一国游记二种·新大陆游记及其他·癸卯旅行记·归潜记》，钟叔河主编"走向世界丛书"，岳麓书社1985年版，第691页。

西人，语言不通，且或染中国习气，旅客困苦可想而知"。① 海关的先进与否是一个国家进步程度的标志之一，上海作为当时中国著名的对外港口，必然代表着国家的形象，然和日本海关一比较，进步与否自见分晓。同时，单士厘以自身经验为据，指出使用阳历纪年的便利与进步，"世界文明国，无不用格勒阳历，一岁之日有定数，一月之日有定数，岁整而月齐，于政治上得充分便利，关会计出入无论矣，凡学校、兵役、罪惩，均得齐一"。单氏从关注国计民生的角度，认识到使用公历不仅是政治的需要，亦是人民大众生存之必要，还是鉴别一个国家文明与否的重要标志，所以日本"毅然改历，非好异也，欲得政治齐一，不得已也"，单氏从中受到启发，并现身说法，将家中经济账簿也改成公历纪日，"予知家事经济而已，自履日本，于家中会计用阳历，便得无穷便利"。②

在这里，单士厘将俄国与日本进行了比较，她批评俄国不用"格勒新历"是一种守旧的行为，实际上是在影射中国反对"改正朔"的守旧论调，"世人误以'改正朔'三字为易代之代名词，故相率讳言，不知此三代以前事耳。汉兴，承用秦历，代易矣，而正朔未改也。太初更历，正朔改矣，而代未易也"③。同样，单氏《游俄都博物馆》云：

> 只今新世带，生理益繁广。欧美竞文明，宜思所以抗。露虽非立宪，民志籍开赐。远游饶眼福，学界无尽藏。

---

① 钱单士厘：《癸卯旅行记·归潜记》，康有为、梁启超、钱单士厘：《欧洲十一国游记二种·新大陆游记及其他·癸卯旅行记·归潜记》，钟叔河主编"走向世界丛书"，岳麓书社1985年版，第700页。
② 钱单士厘：《癸卯旅行记·归潜记》，康有为、梁启超、钱单士厘：《欧洲十一国游记二种·新大陆游记及其他·癸卯旅行记·归潜记》，钟叔河主编"走向世界丛书"，岳麓书社1985年版，第710页。
③ 钱单士厘：《癸卯旅行记·归潜记》，康有为、梁启超、钱单士厘：《欧洲十一国游记二种·新大陆游记及其他·癸卯旅行记·归潜记》，钟叔河主编"走向世界丛书"，岳麓书社1985年版，第710页。

第三章　走出国门：单士厘 ❖❖❖

　　这是单士厘1903年住居俄国之初，参观沙俄首都彼得堡的博物馆之后，有感而发的诗句。"露"即日译俄国的旧称。专制独裁的沙俄帝国尚且用近代文明开启"民志"，相较之下，号称有"五千年历史"的"文明吾邦"，其落后是不言自明的。对"国家"的看法，也彰显出单氏对文明进化的追求，她选取荷兰为例。荷兰女王颁赠佩章予国家有功之臣，善士厘仔细观察了绶带佩章的颜色和形状，"故绶色从橘，绶缘为白色，白色外更镶蓝色……绶由右肩斜下，终于结。结下悬小章一，如各国通制。小章为王冠，冠之下为蓝心白缘之八锐十字，端阔而中狭，如马尔太十字……以月桂冠联结十字四臂，四臂交中一圆，蓝心白缘。一面圆中金狮。缘上法文，悉如正章。一面圆中上有金王冠，下一金W字，为威尔黑米那字之省母，所以示族创于威"，佩章绶带形状新颖，让善士厘耳目一新，颇感西方文明之风。"综观章绶采饰，虽族名与国无关，族叙大权，又操于君主一人，而事事不肯偏废国家，诚以为国非一人所私有也。欧洲立国，莫不皆然"，"国非一人所私有"是文明开放的标志，当时欧洲各国，均实行此种政体，和清政府的封建家族统治形成了鲜明的对比，单士厘感慨颇深，"和以女王驭民，王室特谦，而民敬亦弥诚。余旅和二年，每见夫彼国君民共乐，不啻家族，即于章饰之微，亦见其立意之切。和民颂其女君为一国之母，信有出于至诚者矣！"[①] 由此可见，不论是教育思想，还是对妇德的认识，抑或对文明进步的看法，都体现出单士厘站在中国传统文化的立场上以异域为镜，审视中国文化，尤其中国文化中女性形象的意识。她并未偏向于某一极，在本土文化与异域文化的碰撞中，站在一个"中和"的立场，以一种"互补"的视角，看待两者的对立，通过比较，区分异同，进而确认自我身份。在这个过程中，中西方女性的生存状况所存在的巨大差异，不能不引起单士厘的思考，国情不同，文明进化程度不等，女性的地位自然也就不同。但可贵

[①] 钱单士厘：《癸卯旅行记·归潜记》，康有为、梁启超、钱单士厘：《欧洲十一国游记二种·新大陆游记及其他·癸卯旅行记·归潜记》，钟叔河主编"走向世界丛书"，岳麓书社1985年版，第908—909页。

的是，单氏并未盲目地认同西方，比如她对中西方妇德的比较，就清楚地表明了这一点。她立足于本土，期待中国女性能够走出家庭，走向社会，虽然其间要跨越的难度很大，但对当时中国的女性而言，在启蒙她们拥有双重身份的同时，让她们不必与自我完全割裂，具有相当的可行性。意大利学者翁贝尔托·埃科提出，两种异质文化相遇，有三种结果，或者征服，或者文化掠夺，或者交流。单士厘的女性启蒙思想显然符合第三种，在相互影响的前提下，实现"和而不同"，吸收外来文化的有利因素，同时保留自身文化中的精髓，进而提升自身文化的内涵，既不轻易把认同的原则强加于人，也不毫无原则地认同别人，真正做到"并行不悖"。

第二节　国民意识的流露

诸如单士厘这样有才学和见识的女性，在中国历史上不乏其人，但由于封建正统礼法的局限，她们大多只能在狭小的闺房中度过一生，即使留下诗篇，也会不时受到卫道者们的指责。单士厘是幸运的，在她所生活的年代，坚冰已开始融化，她虽出身闺秀之家，但有幸成为"朝廷命妇"，随夫游历海外，呼吸到广阔天地的气息。这种经历对她的思想有很大影响，她意识到中国女性的落后，敢于突破封建樊篱，戒缠足，兴女学，提倡文明开化，以启蒙的姿态独立于社会。但单士厘也清醒地意识到，对于当时落后的封建中国而言，向西方学习先进的技术、文化是必须的，这是西方的进步性之所在，同时她也看到了西方国家国外国内政策的反动性，并对之口诛笔伐，这是单氏以国民自任的爱国热情之体现，虽然她很少谈政治，但在出访过程中记述了很多事情，都表达了对制造愚昧和不公正的专制的不满，及对侵略扩张的西方国家的气愤。癸卯年正是日俄战争爆发前一年，当时中国东北已经沦为俄国的势力范围，单士厘在横过西伯利亚大陆时，遇见时任中国驻海埠商务委员李兰舟，此人曾在未有铁路之时，"万里长途，三马敝车，冰雪奔驰，较缪君祐孙之仅至伊尔库次克者过之，盖中国一人而已"①。他曾于乙未末条陈总署，"言俄人志在接路中国地上，凡六道，西三道利多害少，东三道利少害多。其东三道，一为由斯特列田斯克经齐齐哈尔而至营口，一为由赤塔经齐齐哈尔而至旅顺，一为由恰克图经张家口而至天津，皆据俄人所撰之书"，故呈请清政府注意利害，及早对策，然得到的答复竟是"可以无庸置论"，所谓"一语扫空"，单氏感叹道："不知答者于丙、丁、戊间，亦曾追悔前言否？"② 对于清政府的轻敌与大意，她毫不留情地予以批评。从日本长崎到符拉迪沃斯托克的航程中，轮船曾在朝鲜釜山停泊避风，单士厘上岸游观，见"密树一山，为日民万余群居地。有驻兵约一大队，有临时宪兵队，有领事，有警察，有学校，有幼稚园，有病院，有邮电局，一望而知为日本之殖民地，且已实行其殖民之政策矣"，沦为殖民地的朝鲜人民处境又如何呢？"彼朝鲜土人除运木石重物及极劳极拙之事外，无他业。见土人运木者，横负长五六尺之大木于背，喘步市街，几不知市街尚有他人他物者。孩童除拾草芥弃物外无他事。思欲一睹土风，乃觅人导至土村，望去尽宽博白衣，污成灰色，坐立颇倚，口衔烟管，土舍板屋，所售烟草、草履及不洁之食物而已。"③ 国之不存，民将焉附？一个国家没有政治、经济、军事和外交方面的独立权利，该国的民众势必地位低下、生活贫困，在此对清政府的警示之意清楚地流露出来。当轮船在符拉迪沃斯托克靠岸后，单士厘对海港进行了介绍："海参崴者，中国人旧名。近海产此，故名。俄人得地必改名，且屡改，今名务拉的乌斯托克。此为咸丰十年所'赠'与俄国者，俄建为东方第一之重要军

---

① 钱单士厘：《癸卯旅行记·归潜记》，康有为、梁启超、钱单士厘：《欧洲十一国游记二种·新大陆游记及其他·癸卯旅行记·归潜记》，钟叔河主编"走向世界丛书"，岳麓书社1985年版，第699页。

② 钱单士厘：《癸卯旅行记·归潜记》，康有为、梁启超、钱单士厘：《欧洲十一国游记二种·新大陆游记及其他·癸卯旅行记·归潜记》，钟叔河主编"走向世界丛书"，岳麓书社1985年版，第699页。

③ 钱单士厘：《癸卯旅行记·归潜记》，康有为、梁启超、钱单士厘：《欧洲十一国游记二种·新大陆游记及其他·癸卯旅行记·归潜记》，钟叔河主编"走向世界丛书"，岳麓书社1985年版，第704页。

港，而附设商港。"事实上，海埠仅为割让地之一，"自光绪廿四年又'慨赠'辽东半岛与俄，于是旅顺大连湾为俄人东方不冻之第一良港，而海参崴次之"。① 频繁割让本国领土予以洋人，除了见证清政府的无能和腐败，又能说明什么？钱单士厘此处的批判之意不言自明，而她的爱国思想在此也可见一斑。

在符拉迪沃斯托克登岸后，入境旅客必须接受世界上最严厉的检查，"其无验场如中国，其严检过中国，遇东方人尤严，盖无方寸之包不开视，甚至棉卧具亦拆视，一盆栽之花亦掀土验之"，因为钱恂是外交官，单士厘等得以免受检查，但目睹此情形，单士厘仍然十分气愤，中国人在本国领土上仍须接受俄人检查，"外子云，昔游土耳其，土关向称严检，犹不至如此"，② 单氏叹曰："中国妇女闭笼一室，本不知有国。予从日本来，习闻彼妇女每以国民自任，且以为国本巩固，尤关妇女。予亦不禁勃然发爱国心，故于经越国界，不胜慨乎言之。"③ 当访观符拉迪沃斯托克港著名建筑"纪念门"时，单士厘谈到此门建筑由来，乃因俄帝尼果赖司二世当为太子时，在此港举铁路起工式，故建此门以为纪念。单士厘从俄此举中看到其侵略中国的狼子野心，"彼国蓄意通西伯利铁路于海参崴，诚谋国之必要，岂知更横贯满洲，出于意外乎！"④ 俄人肆虐，往往又有献媚乞怜的卖国官吏为虎作伥，最使单士厘对清政府卖国行径印象深刻的，是宁古塔副都统讷荫，"率属官员铺商等建"献给"大俄国东海滨省巡抚迟公"的一座"功德碑"。这个"大俄国东海滨省巡抚迟

---

① 钱单士厘：《癸卯旅行记·归潜记》，康有为、梁启超、钱单士厘：《欧洲十一国游记二种·新大陆游记及其他·癸卯旅行记·归潜记》，钟叔河主编"走向世界丛书"，岳麓书社1985年版，第707页。

② 钱单士厘：《癸卯旅行记·归潜记》，康有为、梁启超、钱单士厘：《欧洲十一国游记二种·新大陆游记及其他·癸卯旅行记·归潜记》，钟叔河主编"走向世界丛书"，岳麓书社1985年版，第709页。

③ 钱单士厘：《癸卯旅行记·归潜记》，康有为、梁启超、钱单士厘：《欧洲十一国游记二种·新大陆游记及其他·癸卯旅行记·归潜记》，钟叔河主编"走向世界丛书"，岳麓书社1985年版，第733页。

④ 钱单士厘：《癸卯旅行记·归潜记》，康有为、梁启超、钱单士厘：《欧洲十一国游记二种·新大陆游记及其他·癸卯旅行记·归潜记》，钟叔河主编"走向世界丛书"，岳麓书社1985年版，第711页。

第三章　走出国门：单士厘 ◆◆◆

公"乃迟怯苛夫，于庚子年率兵侵占中国领土宁古塔，干尽了坏事，作为塔城地方长官的讷荫，不仅不抵抗侵略，反而以建碑的方式为俄人歌功颂德，碑文无耻地恭维俄国军队镇压中国人民的"功绩"："公乃统节制之师，珝戈电举；拥貔貅之众，铁骑风驰。竟以八月初旬据塔。斯时也，睹山城之烽燧，襁负塞途；闻火器之砰轰，哭声遍野……其始则军容甚盛，阗若雷霆；其终则恺泽旁流，沛如雨露……欣此日干戈已戢，俾环海群登衽席之安；冀将来和睦恒修，幸吾辈共享升平之福也"，读了这座碑文上的"新镌汉文"，单士厘愤而冷嘲，"讷荫满洲世仆，其忠顺服从，根于种性，见俄感俄，正其天德，但文字非其所长也"[1]，更荒谬的是，当这等"引为国民之大辱"之事被录告于北京政府时，得到的结果竟是"政府不答"。单士厘又提到，在哈尔滨，有一个"满洲世职"恩祥，"恃其世官之焰，本鱼肉一方，自俄人来此，更加一层气焰，每霸占附近民地，以售于俄人，冀获微价"，哈尔滨有一处地方名傅家店，居民约万户，铁路上的华工聚居于此，亦有俄人屯居，俄人早就想将此地圈入界内，为了扩张路域，虽屡次向华人提出，但碍于各种因素，一直没有得逞，但"恩祥又肆其霸力于傅家店，俄人利用之，故土人畏之，官宦又媚之"，单士厘看到，因为土豪恩祥的为虎作伥，俄人占据傅家店，"想实行此事亦必不远"[2]。而在傅家店聚居的路工，生活又如何呢？"此等最下最苦之华工，昼役于路，夜宿于傅家店，彼俄工固列板屋而居于路侧者也"，如此的生活环境，必然造成不洁的卫生状况，可俄工和华工境况竟截然不同，"俄工污秽亦不亚华工，然公司每以华工污秽，易肇疫气，傅家店距路不足十里，易于传染，啧有烦言。其意非尽逐华工不止，徒以佣值廉而工事未竣，不得已耳"，当一个国家丧失主权时，本国的人

---

[1]　钱单士厘：《癸卯旅行记·归潜记》，康有为、梁启超、钱单士厘：《欧洲十一国游记二种·新大陆游记及其他·癸卯旅行记·归潜记》，钟叔河主编"走向世界丛书"，岳麓书社1985年版，第712页。

[2]　钱单士厘：《癸卯旅行记·归潜记》，康有为、梁启超、钱单士厘：《欧洲十一国游记二种·新大陆游记及其他·癸卯旅行记·归潜记》，钟叔河主编"走向世界丛书"，岳麓书社1985年版，第722页。

民亦没有尊严和地位，单士厘感叹道："任我如何清洁，彼必有词，岂但尽逐华工！"①不仅如此，当单士厘夫妇从满洲入俄境时，行驶途中，一直无座位，后在一位通华语的德国老妇人帮助下，才勉强腾出一间二等座室，单氏夫妇挤入此室时，"已倦极矣"，单士厘一语中的地揭露出俄人的对华政策，"俄人动辄自夸优待华人为他国所不及，今果见其'优待'如此"②。

谈及俄国的侵略野心，单士厘发现，俄人每割人土地，必易新名，"欲使人无怀旧之感"，符拉迪沃斯托克自不必说，双城子亦是一例，被俄人占领后，先以俄帝尼果赖司科之名名驿，"然今又不名尼果赖司科矣，自彼本年一月一日始，改用东方海军大将之名，名曰司柯里乐夫矣……今此地入俄手已四十余年矣，即铁路告成，亦已八年，而忽又改名，殆以乌满铁道分歧点，其名惹世界耳目，故易名以避之欤？"③而占领了中国土地之后，再用强盗思维予以经营，从中牟利，这是俄国的一贯思维。单士厘记述了俄国侵占和经营哈尔滨的情形："旧哈尔滨，土名香坊，旧为田姓者烧锅所在。五年前，俄铁路公司人欲占为中心起点，乃逐锅主而有其地……俄公司既占香坊为起点，初意亦就香坊经营都会。乃续见冈地爽垲，濒江而不患水，尤占形势，于是于冈建都会。今划入界内者一百三十二方华里，已建石屋三百所，尚兴筑不已，盖将以为东方之彼得堡也。兵房已可容四千人，亦兴筑不已……俄人在哈尔滨购地，固以己意划界，不顾土宜，以己意给价，不问产主，然全以势力强占，毫不给价则未也。"④至于俄人在东北的侵略罪行，更是罪恶滔天，"俄人

---

① 钱单士厘：《癸卯旅行记·归潜记》，康有为、梁启超、钱单士厘：《欧洲十一国游记二种·新大陆游记及其他·癸卯旅行记·归潜记》，钟叔河主编"走向世界丛书"，岳麓书社1985年版，第722—723页。

② 钱单士厘：《癸卯旅行记·归潜记》，康有为、梁启超、钱单士厘：《欧洲十一国游记二种·新大陆游记及其他·癸卯旅行记·归潜记》，钟叔河主编"走向世界丛书"，岳麓书社1985年版，第737页。

③ 钱单士厘：《癸卯旅行记·归潜记》，康有为、梁启超、钱单士厘：《欧洲十一国游记二种·新大陆游记及其他·癸卯旅行记·归潜记》，钟叔河主编"走向世界丛书"，岳麓书社1985年版，第717页。

④ 钱单士厘：《癸卯旅行记·归潜记》，康有为、梁启超、钱单士厘：《欧洲十一国游记二种·新大陆游记及其他·癸卯旅行记·归潜记》，钟叔河主编"走向世界丛书"，岳麓书社1985年版，第721—722页。

第三章　走出国门：单士厘

肆虐杀淫掠于东三省，自以海兰泡之杀我男妇老幼三千余人于一日，为最著称。黑龙江沿岸，被杀者数十数百，不可枚举……辛、壬以来，被杀一二命，见公牍于三交涉局者以百数，不见公牍者不知数。至于毁居屋，掠牲畜，夺种植，更小事矣"①。如此的肆虐，却又逍遥法外，"此在民间被害，初亦愤；愤而诉，诉而无效，亦姑忍耐；忍耐久，且以为非人力所能回矣。即在华官确知民间被害，初亦愤；愤而诉，诉而无效，亦姑忍耐；忍耐久，亦以为非人力所能回矣"，就在单士厘等到哈尔滨的前一日，"有俄兵刃杀一解饷华官之仆于途，并伤二同行人"②。钱恂的一位旧友李佑轩，当时任哈尔滨俄国铁路公司的高级职员，某日休假，从香坊乘车至秦家冈，因车马劳顿，至饭店就餐，并令车夫就食，"可谓毫无过误"，而作威作福的俄国警察，"怒车之驻于肆门也，捽车夫殴之"，"李君亦闻声趋出，向警役用俄语声说。讵警役骤加殴辱于李君，可谓奇极"，单士厘闻听此事后，甚为震惊，"李君以铁路公司之高等华员，且善俄语，竟以一车夫就食之故，大受警辱"，而事后的处理方式更是匪夷所思，总监工仅抚慰了李君，对犯事的警役毫无惩戒，单士厘对此评论道："俄政固如此，不足怪也。"③俄人侵占满洲后，为防止华人官民反抗，罗列出各种借口，搜括器具，"先借拳乱为名，尽搜括官用武器，更以检查隐匿为名，纵兵役任入人家，搜括铁器，甚至田器亦被取去"，俄人此举意欲一举两得，"先欲民间无抵抗盗贼之力，则盗贼自炽，而彼得以武力治盗为名，益张其兵力耳"④。

为了处理中俄交涉纠纷，"奉、吉、黑三省各设一交涉局于哈，例以

---

① 钱单士厘：《癸卯旅行记·归潜记》，康有为、梁启超、钱单士厘：《欧洲十一国游记二种·新大陆游记及其他·癸卯旅行记·归潜记》，钟叔河主编"走向世界丛书"，岳麓书社1985年版，第723页。

② 钱单士厘：《癸卯旅行记·归潜记》，康有为、梁启超、钱单士厘：《欧洲十一国游记二种·新大陆游记及其他·癸卯旅行记·归潜记》，钟叔河主编"走向世界丛书"，岳麓书社1985年版，第723—724页。

③ 钱单士厘：《癸卯旅行记·归潜记》，康有为、梁启超、钱单士厘：《欧洲十一国游记二种·新大陆游记及其他·癸卯旅行记·归潜记》，钟叔河主编"走向世界丛书"，岳麓书社1985年版，第723页。

④ 钱单士厘：《癸卯旅行记·归潜记》，康有为、梁启超、钱单士厘：《欧洲十一国游记二种·新大陆游记及其他·癸卯旅行记·归潜记》，钟叔河主编"走向世界丛书"，岳麓书社1985年版，第724页。

候补道府司之",因"此三局住屋员薪,均由俄人供支",故"华员感俄人之为增差使也,其视俄为主,而视本省为客也,固宜。局员惟恐失俄欢,仰达尼尔鼻息惟恐不谨",达尼尔何许人也?"代茹古维志而为铁路总监工者也。然名为铁路监工,实于哈尔滨地方操立法、行法、司法三大权者也",故"局有谳案,非达诺不敢判,且非达诺不敢讯也"[1]。钱恂曾因事到交涉局,见门外用木笼囚禁着好几个戴枷锁的中国"犯人",一俄国车夫正"用华语毒詈此荷校人,作极村辱语。一中国所谓'二爷'者出,笑餍向车夫,怒目视荷囚",钱恂把这件事情告诉了单士厘,单士厘冷叹道:"献种种媚于车夫,真不愧为局中人矣!"[2],对卖国官员的失望和鄙视表达得淋漓尽致。而官员的腐败更让单士厘感受颇深,"去年疫盛时,俄人好行其德,散给茶与糖于华民,而委其事于交涉局员,局员散其茶而匿其糖",此事让俄人颇为惊讶,"后知为中国官场常态,遂不语"[3]。官场中贪生怕死之辈也不乏其人,单士厘谈到,庚子之乱时,黑龙江有一位协领曰"庆益斋"者,率领军队在松花江北岸向江沿发炮,当时哈尔滨没有俄兵驻扎,总监工聚集二十个工人,驾一艘小船,渡江仅以吹喇叭的方式恐吓之,结果"协领果闻喇叭率兵狂遁,所遗物品不少"[4]。由满洲入俄以后,单士厘真实地观察到了俄国的社会状况,她发现,"俄商之不得自由贸易","俄学生之不得自由读书",俄国著名的监狱"西伯利亚大监狱","待遇囚徒之残忍,举世无双",而当局者为了粉饰太平,却言"待遇之亲切,无异父兄之待子弟",不仅如此,当地的社

---

[1] 钱单士厘:《癸卯旅行记·归潜记》,康有为、梁启超、钱单士厘:《欧洲十一国游记二种·新大陆游记及其他·癸卯旅行记·归潜记》,钟叔河主编"走向世界丛书",岳麓书社1985年版,第724页。

[2] 钱单士厘:《癸卯旅行记·归潜记》,康有为、梁启超、钱单士厘:《欧洲十一国游记二种·新大陆游记及其他·癸卯旅行记·归潜记》,钟叔河主编"走向世界丛书",岳麓书社1985年版,第725页。

[3] 钱单士厘:《癸卯旅行记·归潜记》,康有为、梁启超、钱单士厘:《欧洲十一国游记二种·新大陆游记及其他·癸卯旅行记·归潜记》,钟叔河主编"走向世界丛书",岳麓书社1985年版,第725页。

[4] 钱单士厘:《癸卯旅行记·归潜记》,康有为、梁启超、钱单士厘:《欧洲十一国游记二种·新大陆游记及其他·癸卯旅行记·归潜记》,钟叔河主编"走向世界丛书",岳麓书社1985年版,第725页。

会风气恶劣,"杀人放火,习为常事",导致百姓人人自危,"无论田舍与市内,夜间人人警戒,不敢外出"。而被放逐到此地的人,各式各样,"有剥夺公权之强制移住民,有并夺公私权之定期追放民,有因行政处分而被追放者,狞奴恶汉、豪杰志士均不少",竟多达"五十万人",此举遭民"怨毒",使俄政颇失人心,单士厘认为"于今日行政上未必便利"①。俄国宗教氛围浓厚,而新闻事业却不发达,自然有政治上的考虑,专制政府"务欲使人迷信宗教,则一切社会不发达与蒙政治上之压迫损害,悉悉诿于天神之不佑,而不复生行政诉愿、行政改良之思想"②,以宗教麻痹人的思想,是专制政府的一贯策略。宗教作为一种特殊的社会意识形态,在阶级出现之前的原始社会就已经产生,由于当时人类的认识能力和生产水平极其低下,在自然力量面前无能为力,他们需要寻求一种慰藉和寄托,于是便寄希望于超自然的力量,原始宗教崇拜由此产生,它本质上是人与自然关系在原始人类意识中的一种异化反应。进入阶级社会后,阶级的压迫超越了自然力量对人类的压迫,这沉重的压迫使劳动人民产生绝望和恐惧的心理,欲追求自由幸福而不能得的处境,使被压迫阶级转向宗教,寻求情感寄托。马克思在考察了宗教产生和形成的社会根源后,指出"宗教是被压迫生灵的叹息,是无情世界的心境,正像它是无精神活力的制度的精神一样。宗教是人民的鸦片"③。马克思用形象的比喻说明宗教对"苦难中的人民"的精神安慰作用,当人们对现实的苦难感到无可奈何时,便寄希望于有超凡力量的救世主,在这种前提下,宗教成了被压迫者为排遣痛苦而发的呻吟,"宗教鸦片论"表征了阶级社会中宗教社会功能中很重要的一面,即麻痹人民的精神,对充满剥削和压迫的"颠倒的世界"

---

① 钱单士厘:《癸卯旅行记·归潜记》,康有为、梁启超、钱单士厘:《欧洲十一国游记二种·新大陆游记及其他·癸卯旅行记·归潜记》,钟叔河主编"走向世界丛书",岳麓书社1985年版,第740页。

② 钱单士厘:《癸卯旅行记·归潜记》,康有为、梁启超、钱单士厘:《欧洲十一国游记二种·新大陆游记及其他·癸卯旅行记·归潜记》,钟叔河主编"走向世界丛书",岳麓书社1985年版,第750页。

③ 《马克思恩格斯选集》(第一卷),中共中央马克思恩格斯列宁斯大林著作编译局编译,人民出版社1995年版,第2页。

进行道德和理论上的辩护，为统治阶级的统治进行辩解和粉饰。

俄国统治阶级利用了宗教的欺骗性，稳定因"颇失人心"的政治造成的人心涣散、社会不安。与宗教的流行相照应的，便是新闻事业的落后，而这一点亦是专制的重要方面。"政府对报馆禁令苛细，不使载开民智语，不使载国际交涉语，以及种种禁载"，再加上"俄本罕施小学教育，故识字人少，不能读新闻纸"，而撰写新闻之人恐遭受政治迫害，总是隔靴搔痒，顾左右而言他，阅读之人又"以所载尽无精彩而生厌"，诸种原因综合在一起，造成俄国新闻事业的落后。而新闻是传递社会信息、引导舆论导向、影响公共决策的一种民主方式，新闻媒介的监督可以增强民主政治的透明性，它通过无形而又巨大的舆论压力，对政府的不良行径予以揭露，激励公众的公民意识和参政热情，公众通过媒体"苛刻的眼睛"，发现政府及其公职人员的工作中暴露的种种弊端，通过大众传媒对其批判，从而完善政府效率。可以说，新闻舆论监督是人类文明的产物，是现代国家的标志之一，只有实行民主政治才能有效开展新闻舆论监督，因此，新闻事业的发达，客观上加速了民主化进程。由此可见，媒体是群众的口舌，而新闻撰稿人又是媒体的口舌，他们的从业良知和实事求是的态度非常关键，否则新闻就成了某些人专政的工具和敛财的手段，要使媒体的信息传播活动产生社会效益，首先需要解决的就是新闻撰稿人的职业角色和职业道德与现实之间的冲突。而俄国专制的政体、严酷的政治环境，束缚了新闻媒体的正常发展。单士厘认为，此种状况乃"政府所便，而非社会之利也"。至于俄国动辄称为"仁厚"的国政，更让单士厘感到不可思议，明明情况糟糕，还偏要粉饰太平，"譬如水旱偏灾，发帑移粟，乃行政者分内事。而在俄国则必曰：'此朝廷加惠穷黎''此朝廷拯救民生'。一若百姓必应受种种损害，稍或不然，便是国政仁厚。此俄之所以异于文明国也！"[①] 在俄境内，单士厘见到一名山东

---

① 钱单士厘：《癸卯旅行记·归潜记》，康有为、梁启超、钱单士厘：《欧洲十一国游记二种·新大陆游记及其他·癸卯旅行记·归潜记》，钟叔河主编"走向世界丛书"，岳麓书社1985年版，第744页。

第三章　走出国门:单士厘

人兜售山东所织绢物。俄对外来入境者限制非常严格，尤其对外来生意人更是苛税重重，这位山东小贩生活状况如何，是不言自明的事情。单士厘感叹"小贩人所获几何，而不远万里作此营生，想见吾民生计之艰"，而像这位山东小贩一样在俄国谋生的华人，数量不少，他们没有任何社会地位，享受不了任何社会权利，连基本生活都无法保障，甚至无名无姓，"间被杀死，且或加以有疫之名而虐死之"，即使死了，也只会被草草处理，并不能引起社会注意，"死后彼官以一纸空言达彼内部，转达外部，而告于我使馆，我使馆本不知此等人姓名来由踪迹，亦遂置之"①。对于被俄人灭取的芬兰，俄对之施行严酷苛政，"不允给出境凭纸，且设种种苛例，不遵例者不给准婚凭纸。其禁设学校（俄设高等学校，亦禁不准入），断其入仕之途（俄官无一芬人），在武备尤禁。又强设医院（选极下等之医生设院于芬，俾收不杀而杀之效），无非欲塞其智慧，绝其种嗣（禁婚嫁），又不欲留种他土，故禁不使出境"②。

此种政策和罗马迫害犹太人如出一辙，单士厘在《罗马之犹太区——格笃》篇中记叙了当时的情形，"古罗马习惯:凡俘来者皆为奴隶，即犹太王希律及其后阿格里伯之来罗马，居于帝宫，隆夷王礼，然亦亡国末君，其去俘虏几何哉……又迫令犹太人于喀尼乏尔节日，竞走于群民嘲讪之中，如竞马然，此虐习行二百年而后已。竞走者，驴驱于前，犹太人逐驴后，仅许围一缕布于腰下，四肢尽裸，犹太人后为水牛，牛后为野马，凡不以人类视犹太人也"③。尽管俄对芬兰实施苛政，仍然阻止不了有民主意识和正义感的有志之士，尽自己之力，帮助被压迫之人民。

---

①　钱单士厘:《癸卯旅行记·归潜记》，康有为、梁启超、钱单士厘:《欧洲十一国游记二种·新大陆游记及其他·癸卯旅行记·归潜记》，钟叔河主编"走向世界丛书"，岳麓书社1985年版，第744页。

②　钱单士厘:《癸卯旅行记·归潜记》，康有为、梁启超、钱单士厘:《欧洲十一国游记二种·新大陆游记及其他·癸卯旅行记·归潜记》，钟叔河主编"走向世界丛书"，岳麓书社1985年版，第754页。

③　钱单士厘:《癸卯旅行记·归潜记》，康有为、梁启超、钱单士厘:《欧洲十一国游记二种·新大陆游记及其他·癸卯旅行记·归潜记》，钟叔河主编"走向世界丛书"，岳麓书社1985年版，第877—878页。

单士厘谈到了俄国作家托尔斯泰,"托为俄国大名小说家,名震欧美。一度病气,欧美电询起居者日以百数,其见重世界可知。所著小说,多曲肖各种社会情状,最足开启民智,故俄政府禁之甚严。其行于俄境者,乃寻常笔墨,而精撰则行于外国,禁入俄境。俄廷待托极酷,剥其公权,摈于教外。徒以各国钦重,且但有笔墨而无实事,故虽恨之入骨,不敢杀也。曾受芬兰人之苦诉:欲逃无资。托悯之,穷日夜力,撰一小说,售其板权,得十万卢布,尽畀芬兰人之欲逃者,籍资入美洲,其豪如此"①。在《罗马之犹太区——格笃》篇末尾,单士厘明确作此文的目的,是"以示亡国遗黎受辖于白人治权下之情况",因此在正文之后,又特别加了一句话标志:"此格笃记,阅者宜细心味之。数百年后,吾人当共知之。"单士厘上述所记无非在暗示激励同胞,如果中国还不力疾自强,保国强种,犹太人的惨况就会落到中国人的头上。可见,即使在描述史事的时候,单氏依然没有忘记国家和人民,始终保持了"以国民自任"的激情。包括她的诗文,也浸润着强烈的国民意识,如《游俄都博物馆》:

  只今新世带,生理益繁广。欧美竞文明,宜思所以抗。露(俄罗斯)虽非立宪,民志籍开畅;远游饶眼福,学界无尽藏。

另一首赠给嫁给中国驻荷兰公使陆徵祥的一位欧洲籍女性的《乙巳秋留别陆子兴夫人》,也表达了同样的民族责任感:

  俊眼识英才,于归我国来。神明仰华胄,未许谤衰颓。

《庚子秋津田老者约夫子偕予同游金泽及横须贺》,更对中国女性寄予了希望:

---

① 钱单士厘:《癸卯旅行记·归潜记》,康有为、梁启超、钱单士厘:《欧洲十一国游记二种·新大陆游记及其他·癸卯旅行记·归潜记》,钟叔河主编"走向世界丛书",岳麓书社1985年版,第753页。

第三章 走出国门：单士厘

嗟予疏绘事，空对屠门嚼。东作未耕耔，秋成安望获？譬犹覆杯水，未旱已先涸。寄语深闺侣，疗俗急需药。劻学当斯纪（原注：英人论19世纪为妇女世纪，今已20世纪，吾华妇女可不勉旃！），良时再来莫。

与以倡导"女权"闻名的秋瑾所叹"时局如斯危已甚，闺装愿尔换吴钩"相较，气势自然略逊一筹。但单士厘深爱吾国吾民，有着"未许谤衰颓"的强烈爱国心，所以她才会疾呼"吾华妇女可不勉旃"。综观她的思想和经历，与秋瑾、吕碧城等有很多相似之处，更有相迥之点，这当然有时代之故，更有个人性格在其中。就秋瑾而言，她和单士厘一样，出生书香门第，幼时便学诗习文，但两人对待婚姻的态度和走出国门的初衷却大相径庭。单士厘因丈夫是晚清外交官而随夫出洋，且夫妇夫唱妇随，携手并进。而秋瑾却嫁予无赖的纨绔子弟，"行为禽兽之不若"，故她并未安于"父母之命，媒妁之言"，而以拯救民族危亡作为矢志不渝的理想，最终与丈夫决裂，弃夫别子"只身羁旅"，远走东瀛。单士厘虽以身表率女性解放，但她并未和传统的女性职能决裂，始终强调闺阁教养与家庭意识，践行"贤妻良母"的角色。而秋瑾则超越"脂粉堆"，置身"男儿列"，且不说她好着男装、骑马饮酒，更引介欧美诸国婚姻自由的理念，用开放型的"欧风美雨"冲击封建主义的厚重冰层。虽然二人都有鲜明的家国意识，单士厘的爱国更多表现在通过游历所闻所见，警醒晚清政府提出对策。而秋瑾则是文韬武略、冠盖须眉的女革命家，不仅使枪弄棒、拳术柔道无一不通，还亲自指挥武装起义，推翻清廷的腐朽统治，被捕后，宁死不屈。反映到诗文中，单士厘力图寻求一个合适的"中和之点"规约革新、突破守旧，而秋瑾则慷慨放歌，"粉身碎骨寻常事，但愿牺牲保国家"，"危局如斯敢惜身，愿将生命作牺牲"，淋漓尽致地展现大无畏的革命气概。就吕碧城而论，她的出生环境和单士厘相似，出身于一个有着较高文学素养的仕宦家庭，本可以生活无忧、幸福美满，然而家庭的变故和定亲人家的强行退婚，让她过早饱尝了生活的辛酸坎坷，形塑了她性格中孤傲、叛逆、特立独行的特质，她终生未婚，严复评价她："心高意傲，举所见男女，无一当其意者。"① 论及女子教育，吕碧城和单士厘一样，提倡发展女学，但较之单士厘，碧城更激进，她身体力行，亲自创办女学，并兼任总教习，为存学事宜呕心沥血。她虽和单氏一样，认为女学"有强国强种之益，有助于国家"②，然她的教育理念不仅是"开女智"，她更看重"兴女权"，通过抨击男权压迫，破除女子的"第二天性"，实现男女平等。恰恰这一点使她与单士厘产生了实质性的分歧。当然，吕碧城将"兴女权"的最终目的与国家自强联系在一起，使女性和男性一样，承担起作为国民的义务和责任，以挽国家之颓势，和单士厘"以国民自任"的民族责任感倒是有内在的一致性。但她晚年将一腔情怀化作风流云散的凄凉，执着于天命宿缘，遁入空门，过着"白莲香里，缟衣参佛"与世无争的生活，这种"出世"的生活态度与直到暮年仍然关心世界局势、关心身外之人、启蒙精神显著的单士厘形成了鲜明的对比。特殊的时代造就特殊的群体，单士厘立足于本土，期待中国女性能够走出家庭，走向社会，启蒙女性拥有双重身份，对后世女性具有非常之意义，也使她的名字长留天地。

（本章所引单士厘诗词均出自康有为、梁启超、钱单士厘《欧洲十一国游记二种·新大陆游记及其他·癸卯旅行记·归潜记》，钟叔河主编"走向世界丛书"，岳麓书社1985年版。）

---

① 严复：《与甥女何纫兰书》，《吕碧城词笺注》（附录五），上海古籍出版社2001年版，第574页。
② 吕碧城：《信芳集》（1929年吕碧城门人黄盛颐于北京刊印）。

第四章　诗风新变：徐氏姐妹

第一节　徐氏姐妹的闺阁吟咏

徐氏姐妹是南社中浙江籍女性社员的代表，她们兴办女报，宣传革命和教育，结识天下有志之士，积极支持南社的发展，是20世纪女性文人的重要代表人物。柳亚子在《南社纪略》里列举了"足以担当女诗人之名而无愧"的南社四位著名女诗人，其中两位便是徐自华和徐蕴华。徐自华（1873—1935），字寄尘，号忏慧，浙江石门（今桐乡县）人。她出身于书香士大夫之家，生性聪慧，过目不忘，在兄妹中天分甚高，钱仲联在《南社吟坛点将录》中，称自华为"地阴星母大虫顾大嫂"①。祖父徐宝谦，号亚陶，光绪六年进士，曾任刑部郎中、安徽庐州府知府，著有《琴言室诗稿》和《倡和雪泥集》等诗稿。其父徐多镠，字杏伯，有名士之气，作《醉经阁集》。同族中人徐益棠辑有《语溪徐氏三世遗诗》，除选祖父《亚陶公遗诗》入辑，还选入了父亲多镠《杏伯公遗诗》，叔父多绅、多鉁及多绥诗各一卷。由此可见，徐氏家族诗学传统之浓厚，家学渊源。徐珂《清稗类钞》中记载："石门徐迓陶太守宝谦工诗文词，一门风雅，论语溪门望者，当首推之。太守尝与其妇蔡氏唱和于

---

①　钱仲联：《南社吟坛点将录》，《苏州大学学报》（哲学社会科学版）1994年第1期。

月到楼，女孙畹贞、蕙贞、自华、蕴华咸侍侧，分韵赋诗，里巷传为盛事。"① 其母马氏亦出身儒家，其舅父马彝卿先生为江南名儒，自华自幼便和诸兄妹跟随其学习诗文。在《听竹楼诗稿自序》中，徐自华追忆道："先祖庐州公性爱词章，命女孙辈读书，习吟咏。余年甫五龄，即从学舅父。性寡慧，日受书六、七行，常恐诸兄妹先背诵，勤读不辍。晨兴间或少晏，色便不豫。十岁时，师试以五言八韵诗，构思颇苦。笄年出学，家君曰：'汝非男子，何必学此试帖式。'遂命改学唐人近体。愈长愈好，愈好愈专。迨至庐阳郡廨，先祖见诗，以为可教，复加指授。"② 南社诗人陈去病《题忏慧诗集》之一盛赞自华云："天生风雅是吾师，拜倒榴裙敢异词。为约同人扫南社，替君传布廿年诗。"后嫁予湖州南浔梅韵笙，梅为光绪十九年秀才，家境殷实，为当地望族。光绪二十六年，梅病逝。自华开始了"寡鹄孤雏，形影相吊"的生活，因寡居婆家，处处受制，最终走出家庭。1906年应张静江胞兄张弁群之邀，出任浔溪女学校长，同年3月，秋瑾经褚辅成之荐，来校任教，两人一见如故。"她们白天在学校教书育人，晚间或剪烛谈心，或依窗唱和，评诗论文，乐趣无穷。"③

"纵论家国"，"如骨肉姐妹矣"。④ 秋瑾利用各种机会向自华宣传妇女解放的思想，讲述日本和欧美男女平权情况，令自华大开眼界，精神振奋。在秋瑾的感召下，徐自华思想有了很大的转变，由同情革命到投身革命，加入光复会和同盟会。秋瑾"出格"的言行，让南浔的封建卫道士视若洪水猛兽，迫使秋瑾离开浔溪女校，徐自华也愤然辞职以示抗议。后来秋瑾在上海创办《中国女报》，筹集款项无着，自华变卖房产，筹足资金1000元，亲自交给秋瑾。1907年5月，秋瑾与徐锡麟在绍兴组织光复军准备起义，徐氏姐妹筹足30两黄金交予秋瑾作为军饷，在革命活动的紧要关头，徐自华全力相助，义无反顾，给秋瑾很大的支持和鼓舞。1907

---

① 徐珂编撰：《清稗类钞》，中华书局2010年版，第3988页。
② 郭延礼编校：《徐自华诗文集》（卷一），中华书局1990年版，第1页。
③ 郭延礼编校：《徐自华诗文集》，中华书局1990年版，前言第2页。
④ 王绯：《空前之迹——1851—1930：中国妇女思想与文学发展史论》，商务印书馆2004年版，第340页。

年7月，秋瑾壮烈牺牲，自华悲痛欲绝，撰《祭秋女士文》以表哀悼。因秋瑾家人不敢安葬，自华为实践秋瑾"埋骨西泠"的遗言，冒风雪渡钱塘江到绍兴，亲赴文种山找到秋瑾的棺木，迁至杭州，葬于西湖西泠桥畔，并撰《鉴湖女侠秋瑾墓志铭》。

1908年，为纪念秋瑾，自华与陈去病、姚勇忱等组成"秋社"，自华为社长。10月，御史常徽奏请清廷削平秋瑾墓，严惩营葬活动发起人吴芝瑛和徐自华，朝廷准奏，两月后，秋瑾墓被平毁，灵柩由瑾之兄运回绍兴，辗转迁至湖南湘潭昭山，徐自华被迫避居上海日侨丸乔医院半年。1909年11月，陈去病、高旭、柳亚子等在苏州成立革命文学团体南社，与同盟会遥相呼应，很快，徐氏姐妹都加入南社，成为早期社员，她们积极参加组织的进步活动，撰写诗文，成为社团骨干力量。1911年10月，武昌起义爆发，浙江相继光复，但家乡石门仍在清廷的统治之下，徐自华急电浙江都督府政事部长褚辅成派兵支援，革命军顺利攻占石门，选举县执事。辛亥革命胜利后，徐自华与陈去病同赴绍兴，在大善寺为秋瑾开追悼会，她亲自拜访绍兴军政都督王金发，搜集秋案材料，带到杭州秋社，以示纪念。她提出重建秋墓，请陈去病和秋瑾妹秋珵赴湘潭护灵归杭，同时在杭州积极筹建新墓和风雨亭，经浙江都督朱瑞批准。后朱瑞屈从袁世凯政府，将秋墓折低五尺，废除秋瑾石像，徐自华据理力争，以告民众，惹恼了朱瑞，扬言将对其不利，后在孙中山的建议下，徐自华去上海竞雄女校任职。竞雄女校由革命党人王金发、姚永忱创办，以之纪念秋瑾，徐自华接办该校后，执掌女学16年之久，她聘请名师执教，培养有为青年，当时同盟会和光复会的干部，很多都是竞雄女校教师，他们以此身份为掩护，从事反袁斗争。1916年，袁世凯复辟称帝，同盟会和光复会留沪会员齐集竞雄女校，商讨对策，决定攻占苏州，对南京形成威胁之势。徐自华与陈去病化装成母子进入苏州，因事先联络的警察所长首鼠两端，向军警告密，指挥中心受到围攻，徐自华在危急之中将旗帜和图记藏于裹腿中，巧妙脱险。后秋瑾女儿王灿芝学成归国，徐自华将竞雄女校交予她接管，之后离开上海，移居西湖秋社，与秋瑾墓朝夕相伴。期间，她多次参加南社活动，发表了大量纪念秋瑾的诗文，收集整理革命史料。1935年7月12日,徐自华病故于西湖秋社,葬于秋瑾墓侧,终年63岁。其作品散见于《南社丛刻》各集和当时的很多报刊,生前有《忏慧词》刊行,著有诗词《听竹楼诗稿》和《听竹楼诗稿续编》,未能刊行。郭延礼先生于1990年将徐自华作品辑校为《徐自华诗文集》,收录徐氏作品共590篇,其中诗498首,词75阕,文17篇,是迄今为止研究徐自华最为完备和重要的读本。

徐氏姐妹年龄相距十几岁,且两人生活轨迹不太相同,故分别将姊妹二人的创作过程予以描述,更能清晰地呈现二人的思想流变脉络。已有的资料显示,徐自华于1886年(光绪十二年)开始诗歌创作。她自幼接受传统诗学熏陶,早期诗歌具有传统女性诗人的典型风格,风花雪月,悲春伤秋,以女性特有的视角和感受入诗,或细腻缠绵,或清新活泼,生活情趣毕现。如《新晴晚眺》:

> 檐前残滴乍无声,冉冉轻风放晚晴。远眺城南山一角,余霞衬出月钩明。

诗人描绘了雨过天晴的夜晚,一派清新宁静的风景,令人心旷神怡。再如《西溪夜泛》:

> 轻舟才过板桥西,月色溶溶满小溪。一阵风来波面响,林间宿鸟尽惊啼。

夜晚泛舟,别有一番风味。轻舟荡漾在月色弥漫的湖面,微风拂来,波光粼粼,惊动了林间宿鸟,"时鸣春涧中"。再如《舟行即目》:

> 江流渺渺水浮天,风送轻舟箭脱弦。鸟影相随帆影后,近山断处远山连。

江水共长天一色,在这风轻云淡的时节,轻舟如箭般疾驰于水面,眺望江水远处，山体相连。

《题美人弹琴图》：

> 庭树绿成阴，无言奏玉琴。纵教才子笔，难写美人心。绝调《梅花引》，幽情柳絮吟。客中谁是伴？画里得知音。

这是一首典型的书写闺阁之音的诗作，"绿树""玉琴""柳絮"，汇成不尽悱恻之意，佳人幽情，旁人难测，但从书画里觅知音吧。

《前题寄兰秋姊》：

> 独自携琴至，瑶阶夜色寒。知音人不见，凉月上阑干。

在这清冷的寒夜，携琴独至台阶，高山流水觅知音，怎奈昔人不在，徒留一弯冷月。

《晚妆》：

> 月印窗纱梳样斜，慵来髻挽鬓堆鸦。晚妆理罢香盈袖，泽发新添茉莉花。

诗人以充满生活情趣的笔调，描写晚妆前后的形象变化，令人耳目一新。

《重九日偕兰湘姊登高》：

> 高台携手共徘徊，飒飒西风扑面来。满圃黄华新雨洗，一林红叶早霜催。云飞极浦雁声杳，枝挂五峰猿啸哀。客里何须惊岁月，登临且泛菊花杯。

重阳佳节，和亲人登高望远，感受飒飒西风，看那枫叶满林，听那雁声杳杳，岁月惊逝的沧桑感搅人情怀。

《梅花》：

琼姿雅称月为邻，咫尺罗浮入梦频。流水空山饶古色，竹篱茅舍斗清真。几生修到能超俗，一样开时独占春。未识故园花著否？雪中应更好丰神。

梅花的超凡脱俗，尤其梅花的不畏霜雪，是诗人由衷赞叹并向往的，期待能像梅花一样，"修到能超俗"，"开时独占春"。

《水仙花》：

娉婷影拟洛川神，水骨仙姿淡不春。怪道凌波波亦艳，锦袍捉月是前身。

诗人把水仙的优美姿态比作洛神，"翩若惊鸿，婉若游龙"，千娇百媚，如乘碧波而行的女子。而《观春色》则抒写了闺阁闲适少女特有的情怀：

阳回冻解条风至，吹送香车绣幰来。始信岭南春色好，小桃红让美人腮。

淑景乘时报早梅，五辛盘荐泼新醅。教他春色重重入，绣户朱门特地开。

彩花巧剪衬珠钿，眉翠轻颦效采莲。更比当年吴市好，西施尽看不须钱。

当垆有美醉颜沉，彩燕双挑绕鬓簪。好祝东皇勤护汝，他年莫赋《白头吟》。

诗人选取了桃花、梅花、莲花几种代表春天的花儿，以它们的颜色、形态入诗，"小桃红让美人腮""淑景乘时报早梅""眉翠轻颦效采莲"，表现春意盎然和春回大地、生机勃勃的繁荣景象，语言清新优美，表现

小女子心态。再如《西溪杂咏》:

> 一湾流水过桥东,倒影楼台入镜中。最爱夕阳溪上女,玉颜晕得小桃红。料峭春寒掩碧纱,晓来水阁静无哗。开奁正绾灵蛇髻,何处声声唤卖花?流莺百啭惜芳辰,才见迎春又送春。一片飞花香入水,卷帘愁煞隔溪人。

诗人描绘了一幅小桥流水、亭台楼阁的优美画卷,在这夕阳西下、晚霞映空之际,与亲友同游西溪,看溪边女子面若桃花,听耳边传来声声卖花的呼唤,千回百转的鸟鸣声不绝于耳,在这春归之际,"卷帘愁煞隔溪人",这是涉世未深的少女体验自然界风花雪月的真实感受。如《和兰湘姊偕韵清女史游西湖诗原韵》:

> 浓淡相宜西子湖,双娇同看藕花无。果然有句皆清韵,谱否新声一斛珠?楼阁参差倚绛霄,苏堤杨柳舞纤腰。输君独得湖山趣,载酒寻诗放画桡。

诗人描绘了西湖的优美风光,亭阁楼台,参差错落,杨柳婀娜,依依多情,真如诗画一般啊!再如《七夕叠前韵》:

> 为拜双星扫玉阶,秋闺无伴兴偏佳。针穿薛女灵心乞。果供仙郎信手排。假我年年增巧思,听谁默默诉幽怀?凤头鞋溅苔痕湿,戏扑流萤到夜齐。

七夕节至,在为节日做准备的当儿,想到牛郎织女,诗人不由得发出小女子的情思,"听谁默默诉幽怀"?再如《十四夜听雨四叠前韵》:

> 潇潇凉雨滴空阶,独坐楼中听最佳。对影无聊灯再剔,苦吟有兴韵重排。半床落叶难成寐,四壁鸣蛩易搅怀。不觉夜阑莲漏静,

香残犹自读幽齐。

窗外落叶成堆，四壁虫声唧唧。趁着雨夜，睡意阑珊，独坐闺楼，伴着灯光，听淅沥雨声，诵读诗书，是人生的至美享受。《闻箫》：

碧玉箫声入夜闻，许飞琼唱遏行云。魂消一曲天涯远，廿四桥头月二分。

夜半箫声悠扬，引人邈思。听这销魂一曲，仰望清冷月光，遥想天涯之外，内心的感受不言自明。《晚溪》：

日落月初升，偶来溪上立。渔子棹歌还，栖禽争树急。绮霞映水鲜，芰荷带烟湿。倚石听流泉，悠然何可及。

诗人对溪水情有独钟，尤其在清朗的月夜，立于溪边，听渔夫歌声，看飞鸟栖息于树，"清泉石上流"，此悠然之意真是人生至美的享受啊。《夜坐》：

宵深犹未睡，万籁寂中庭。怕暑灯皆灭，驱蚊扇不停。风来惊宿鸟，月黑见流萤。何处一声笛？长空欲堕星。

盛暑的夜晚，酷热难耐，翻来覆去无以入眠。夜风吹来，惊动了树上的宿鸟，漆黑的夜空，飞来的萤虫，星星点点。"风来惊宿鸟，月黑见流萤"可谓神来之笔，将盛夏夜晚的独有风情概括得入木三分，生活的情趣呈现得淋漓尽致。《折庭桂》：

露华香溢满庭金，月窟移来桂一林。今日居然侬折得，嫦娥不见彩云深。

第四章 诗风新变:徐氏姐妹

诗人描绘了中秋之夜,家人聚集一堂、充满欢声笑语的情景,"中秋月桂满园香,才子佳人折不妨",而"今日居然侬折得",此中的庆幸和欣喜不言自明。《归燕》:

衔尽香泥少落花,西风此日感天涯。秋归毕竟归何处?春到还须到我家。恋主忍抛庭院去,引雏飞带夕阳斜。空巢当为殷勤护,明岁朱门莫认差。

每年的春天,燕子都会衔泥归来,住进寻常人家。春去春来,莫要认错了家门,"春到还须到我家"啊。《雨窗夜坐有怀兰湘姊四叠前韵》:

自将尘拂案头尘,险韵拈来苦斗新。一别等闲犹自惜,怎教风雨不怀人!
玉树芝兰愧谢家,夜灯相对结寒花。展书犹自围炉坐,侍婢擎来雪水茶。

雨夜是易睹物思人的,尤其围炉夜坐,回望往昔诗作之时,姐妹欢聚一堂,作诗赋词的情形历历在目。《纳凉词》:

骄阳渐下晚风凉,雨过瑶阶茉莉香。忽见一钩新月上,采莲歌起绿池塘。
水晶帘卷影层层,万里无云碧宇澄。夜色楼台明似玉,茜纱衫薄好来凭。

诗人尤喜描绘夏夜的风景,尤其雨过天晴,晚风习习,一轮新月,耀明大地,在这"万里无云碧宇澄"的月夜,穿着"茜纱衫薄",感受着"晚风凉",清爽之意流露无遗。《晚泊燕子矶》:

薄暮风潮定,停舟燕子矶。渔家一水共,田垄半山围。远树衔残照,孤亭兀翠微。幽行殊未远,新月送人归。

这是一首风景诗,讲述了初春时分农家渔民清幽淡定的生活,充溢着闲适和清新之气。《秋日登楼》:

槐柳萧疏古渡头,濛濛烟霭晚初收。蛩吟凉雨时依砌,客思西风独倚楼。景物清幽堪入画,诗怀高洁最宜秋。一声新雁飞空阔,目送行云起暮愁。

这是一首典型的闺怨诗。秋高气爽,烟霭濛濛,在这"新雁飞空阔,行云起暮愁"的秋天,最适宜"客思"。思乡、思人、思物、思情,"西风独倚楼"即是客思之时最形象的描述吧,游子的不尽怅然之意毕现。《秋夜》:

萧森秋气逼,夜静自徘徊。砧急千家捣,风高万木摧。傲霜花影瘦,叫月雁声哀。不寐开青史,灯前读一回。

这又是一首咏秋诗。在秋意逼人的静夜,"花影瘦""雁声哀",听那高风和急砧之声,无限萧索之意涌上心头,夜不能寐,翻开史书,读前人心意吧。《夜泊关城东风大作倚枕口占》:

篷窗倚枕恼东风,明灭寒灯似豆红。记得昨宵犹未寐,凝香分坐检诗筒。

诗人尤其爱诗,夜泊关城,听那东风大作,透过篷窗的缝隙,吹得灯火摇曳不定,想起昨夜辗转难以入眠,在住处整理诗稿的情景。《晓渡巢湖》:

晓色苍茫里,冲寒急放船。断连山作岸,荡漾水浮天。雾湿孤帆重，风狂一叶颠。江南知渐近，归去足鸥眠。

这是一首独具特色的写景诗，诗人描述了天刚放晓，乘船渡巢湖的情景，眼前"山断连""水荡漾"，雾湿风狂，晓色苍茫，犹如一幅水墨山水画。1893年徐自华结束了少女时代，开始了为人妻的生活。此时家庭的变故、亲人的亡逝，给她带来不小的打击，直接影响了她这一时期的创作基调，少女时代的闲适渐渐远去，她的诗歌蒙上了悲伤和愁苦。事实上，1892年兰湘姊的去世，已然让她感到痛苦，《哭兰湘姊》：

客冬握别记河梁，噩耗惊闻痛断肠。语水离樽愁暮雪，明湖归棹恋斜阳。骖鸾人去庭寥落，化鹤魂归事渺茫。花谢六桥成谶句，一聊遗笔泣珍藏。

兰湘是诗人情同手足的好姐妹，两人一起切磋学问，互相砥砺，相互陪伴着度过了少年时代，这份感情弥足珍贵。所以当诗人得知兰湘去世的噩耗时"痛断肠"，"物是人非事事休"的寂寥感涌上心头，"物是人非空断肠"。此后，三叔的离世，更让诗人感到凄凉无比，《哭三叔父蓉史公》：

折腰嗤五斗，决志隐柴桑。南海称廉吏，西湖爱故乡。清标惭道韫，阿大有中郎。此后吟飞絮，谁评月旦章！
已登循吏传，归隐圣湖边。身外功名累，樽前翰墨缘。老妻难白首，娇女又黄泉。豪兴从兹减，书空涕泪涟。
同泛庐江棹，莱衣对舞新。向平迫婚嫁，张翰忆鲈莼。痛未迎佳妇，悲先作古人。电音何以报，骇绝白头亲。
养志庭闱喜，如何赴玉京。深恩蒙奏奖，惠政早流声。宦况终嫌俗，诗怀老更清。伤心期弱弟，继起好成名。

自华由衷地敬佩叔父蓉史公，她在诗歌中回忆了叔父的一生。为官之时，他廉洁奉公，两袖清风，然他志向高远，不为五斗米折腰，沉潜于"而无车马喧"的生活,精于辞赋评论。命运多舛,他未能夫妇白首偕老,又中年丧子,让诗人感到无比痛心。《哭祖父大人·四章》:

欲赋招魂泪雨涟,老人星忽损瑶天。归田屈指无多日,报国宣劳已暮年。那有桑株栽八百,且欣桃李列三千。臣心可谓清如水,只饮庐江一勺泉。

深蒙慈爱比诸姑,擎掌同夸一颗珠。每把课文评月旦,时将翰墨作清娱。鸡林望似香山重,鸿宝书传扁鹊呼。常说居官仗心迹,切休名利要兼图。

评诗谓我胜诸孙,格律津梁细与论。每惜非男空好学,自怜作妇负慈恩。数年隐抱西河痛,八秩刚开北海樽。忍听双亲悲失荫,凭棺一恸惨乾坤。

果然有志事能成,晚岁蓬山顶上行。且喜儿曹承祖志,更期孙辈振家声。伤心此别真千古,共惜斯人返九京。留得口碑长载道,官声诗笔两俱清。

自华自幼习诗,得祖父徐宝谦的指引,祖父深爱其才,将其视为掌上明珠。自华成为诗界才女,和祖父有莫大干系。在诗中,自华客观评价了祖父的一生,真心敬佩他的为人和德行。他兢兢业业培养后人,自己却心静如水,淡泊名利。他疼爱儿孙,教育她们读书,期望儿孙能学有所成。诗人为祖父的驾鹤西去异常悲痛,"伤心此别真千古"。1900年,丈夫因病去世,自华感到锥心痛苦,她作《悼亡·七章》,表达自己长夜孤灯下的愁苦辛酸:

黄鹄哀鸣泣赋歌,一场噩梦七年过。红颜大半才名误,恨抱千秋薄命多。

七载相依共唱随,可怜聚首两年期。书来从未催归棹,眷恋庭闱体寸私。

杞妇城崩未竭哀,一旬病竟赴泉台。草生独活非余志,强抚双

第四章 诗风新变:徐氏姐妹

孤万念灰。

幼儿稚女未知悲,顾影茕茕守穗帷。最是心伤翁已老,修齐营奠为支持。

才见遗孤上学初,君先朝露痛何如?断机愧乏三迁教,泣唤娇儿且读书。

追前思后倍心酸,血泪长流拭未干。真个龙泉趋死易,深愁虎尾立孤难。

百首哀词薄少君,寄声可得九泉闻。伤心一管描眉笔,今日拈来写诔文。

七年的婚姻生活,也称得上夫唱妇随,可丈夫的骤然离世,让诗人万念俱灰。上有七旬老翁,下有一双尚且年幼的儿女,她只得强打精神,孤苦经营。追忆以前的幸福,倍感心酸,涕泪长流,寄望于九泉之下的夫君,得知自己的哀伤。应该说,这七首哀悼诗,思想和情感抒发得淋漓尽致,尤其"龙泉趋死易,虎尾立孤难",画龙点睛地描绘出诗人生活的艰辛和不易。自此之后,徐自华的作品基本都笼罩着一层哀伤的基调,给她的闺阁之吟蒙上凄苦的色彩。《正月十日先夫子忌辰泪余赋此》:

荏苒三年泪眼枯,虽生犹死益伤吾。深尝艰苦空人世,反羡安眠在冥途。剩有啼鹃千古恨,可能化鹤一归无。忍哀营奠营斋事,还课双雏膝下孤。

这是诗人于光绪二十九年祭奠先夫的诗作。转眼夫君逝世三年,回望这几年光景,蓦然觉得反而羡慕逝去的人,不必再忍受人世的痛苦。而活着的人,不仅要打理祭奠之事,还要照顾膝下的幼儿。再如《感秋·四章》:

天惨淡兮雨漫漫,独含愁兮倚曲栏。望西溪兮目断,忆椿萱兮珠泪弹。

— 91 —

秋风萧瑟兮霜叶稀，嘒嘒蝉吟兮玉露微。罗帷月照兮不寐愁思，思复思兮雁序分飞。

尘生壁兮闲素琴，《广陵散》兮感难禁。吟盟零落兮孰是知音？追思往事兮伤我心。

烟霏云敛兮淡日无光，凭高一望兮天地凄凉。凋草木兮飞霜，悼余生之遭兮心郁郁而自伤。

秋风、秋雨、霜叶、凋草，向来在诗词曲赋中被用来作为书写愁苦的意象，诗人也不例外，"以我观物，故物皆着我之色彩"。当用彼时的情感看待昔日熟视的景物时，自然有了不同的感受和不同的审美效果。此四章感秋诗凸显的特色，就在于诗人以《离骚》之文风入诗，将内心的沉郁悲凉刻画得入木三分。《白秋海棠》：

泪痕洗出玉无瑕，素影摇风缟袂斜。月上瑶阶良夜静，断肠人对断肠花。

海棠常被用来描写女子的思绪，尤其秋后海棠，更能寄托女性的伤感。李清照于《如梦令》中如此写道："试问卷帘人，却道海棠依旧。知否？知否？应是绿肥红瘦"，发出了海棠虽好，然风雨无情，它不可能长开不谢的感叹。一语之中，含有不尽的无可奈何的惜花之意，可谓语浅意深。自华则将断肠人无尽孤苦之意倾注于这"断肠花"之中，此中之意，只有在"月上瑶阶良夜静"之时，才能细细体味。《和小淑新秋玩月原韵·二章》：

残暑却教爽气收，诗情清朗最宜秋。凭栏陡觉罗衫薄，露冷风凉月似钩。

病废针工懒废诗，今观佳句且酬之。月明三影瑶阶散，又见聪明笔一枝。

第四章 诗风新变:徐氏姐妹

初秋诗歌唱和,原本是无比尽兴之事,然而作者沉浸在女性所受苦难中无法自拔,也让诗作蒙上一层伤感之情。《叠前韵送蔡耿甫君之沪并示蕖阶弟》:

离愁如许未能降,借酒浇愁倒玉缸。漫道神交今已少,果然知己世无双。壮怀破浪思投笔,病骨当风每闭窗。落月停云企余望,旧游似梦忆申江。

抒写离别的诗句自古以来就有很多,如李白"桃花潭水深千尺,不及汪伦送我情",王昌龄"洛阳亲友如相问,一片冰心在玉壶",王维"劝君更尽一杯酒,西出阳关无故人",高适"莫愁前路无知己,天下谁人不识君",可谓各有千秋,有铿锵激昂,有沉郁顿挫。就徐自华这首送别诗而言,依旧不脱悲苦、愁绪之音,"借酒浇愁""离愁如许",然而也并非一味低落,"壮怀破浪""病骨当风"亦让人精神振奋。《泛舟西湖晚归遇雨·三章》:

秋山明净晓妆成,秋水澄清镜面平。我欲畅游寻胜迹,隔林愁听鹧鸪声。
段家桥下水边亭,苏小坟南即小青。一抹湖烟笼碧柳,美人何幸葬西泠。
炊烟几缕起渔汀,暮雨空濛野色溟。一路寻诗归去也,钟声隐隐出南屏。

诗中描摹的暮春景色,空灵清透,沁人心脾。少女时代出现在诗歌中明快、清新的风景,用如今的心境去审视,都带上了凄苦的色彩,这是从骨子里渗透出来的哀伤,已不同于少女时为赋新词强说愁的情感。《遣愁》:

画楼月到夜灯孤,况味年来倦世途。风雨消磨春已半,遣愁聊付笔头奴。

经年孤独的生活，使诗人对尘世产生了疲倦，将满腔倦怠付诸咏诗赋词、妙笔丹青，以此打发时光。《小淑以余词比清照口占答之》：

此调年来久不弹，声声慢咽玉笙寒。风鬟霜鬓都憔悴，敢望词宗李易安！

这是小淑以自华之词比清照，自华的自谦之词，饱含凄楚，抒发了精神屡受创痛的不幸体验，充满了未亡人的哀感与寂寞。当然，在从自华婚后到丈夫亡逝的这段时间，自华受到了丈夫的尊敬和宠爱，"梅君才不及女士，嫁后，不无天壤王郎之感。顾闺房静好，琴瑟犹未异趣"[①]。所以，这期间的自华，遵循着妇道规范，与当时大多数女性一样，相夫教子，而赋诗填词则成了她日常消磨岁月的功课。纵观这段时间内自华的诗作，少女时代特有的闲适已经逐渐离她而去，随着她年龄的增长和为人妻后生活的变化，家事、国事渐渐成为她关注的对象，已然让她的诗作露出凝重甚至悲愁的端倪。如《四时闺景·四章（前二）》：

深闺最与静相宜，春到帘栊镇日垂。微雨绿杨莺语晓，暖风红杏燕来时。惜花每喜晨妆早，拈韵常嫌夜月迟。九十韶华多乐事，清闲未许俗人知。

绿槐庭院净无尘，午倦停针入梦频。按谱围棋消永画，焚香临帖记清晨。溪边雪藕呼维婢，竹裹烹茶待雅人。傍晚催诗飞雨急，芰荷深处看垂纶。

自华笔下的四时风景，已大不同于待嫁闺中时的轻快活泼，而有了为人妻的稳重和端庄，烘托出她婚后忙碌而平静的生活，充溢着祥和的

[①] 郭延礼编校：《徐自华诗文集》，中华书局1990年版，第225页。

气氛。《茉莉词·四章》：

> 好风吹上玉搔头，清晓瑶阶带露收。簪过云鬟余几朵，漫拈彩缕结香球。
> 如梅清品似兰幽，小朵玲珑翠叶稠。闻说此花能醒酒，呼鬟留取点茶瓯。
> 一丛香雪画栏前，粉蝶寻芳总解怜。垂辫女郎争采摘，珠江风景忆当年。
> 著雨笼烟月下娇，清香时送暑全消。晚妆初罢帘初卷，两鬓斜簪白玉翘。

诗人笔下的茉莉，冰清玉洁、沁人心脾，且让人受益良多，可装扮、可闻香、可醒酒，又可让人追忆往昔。整首诗透着空灵幽静，照应了茉莉高雅的气质。《秋雨不止有怀诸姊妹》：

> 世事何匆匆，韶华暗中换。别来无几时，倏已秋光半。疏风复冷雨，薄暮乡思乱。怀我素心人，故园音信断。

诗人感叹年华易逝，时光难留，念及此，思乡之情油然而生，不由暗暗埋怨自己与故乡诸姐妹疏于联络。《晚柳》：

> 轻烟漠漠晚初收，远眺长堤景色幽。数点栖鸦争树杪，一痕新月上梢头。征人塞北惊闻柝，少妇江南怕倚楼。为问株株摇夕照，今宵系得几归舟？

这是一首思妇诗，渗透着幽怨和凄凉，"一痕新月上梢头"刻画了思人的孤独，而"今宵系得几归舟"又将思人望眼欲穿的焦急心态呈现得纤毫毕见。《病中感怀·二章》：

寂寞闲庭欲暮时，疏帘细雨织愁丝。忏除慧业拼焚稿，感触乡心又赋诗。瘦影怕临明镜照，吟怀剩有短檠知。比来悟得安心法，处世无才且学痴。

夜窗灯暗漏迢迢，病骨支离百感撩。诗境渐随心境改，壮怀已逐酒怀消。每因时局增烦恼，懒借琴樽破寂寥。况味自怜非昔比，只凭不律写无聊。

1894年甲午中日战争的爆发让诗人感受到了国事的艰难，时局的困顿、身体的病恙、思乡的心切，无不在侵蚀着诗人敏感的心灵。这种悲愁已不再是少女的伤春悲秋，而是加入了忧国忧民的凝重。《风雨秋窗幼儿卧病诗以遣闷》：

药鼎轻烟扬碧丝，况当风雨早秋时。吟窗尘迹嗔顽婢，病榻啼声厌幼儿。未识愁从何处至？剧怜俗到不堪医。痴呆生性终难改，暂得偷闲又咏诗。

生活的烦恼和早秋的风雨天气，让诗人内心充满了愁苦，如今识得愁滋味，又一次引发了她吟咏的渴望。《岳武穆王坟》：

莫须有狱杀英雄，坟在栖霞第几峰？半壁江山埋碧血，一生功业痛黄龙。饥餐胡虏悲歌壮，未报君仇怒发冲。墓木至今无北向，铁应羞铸佞臣容。

甲午战败后，诗人感到拯救国难的英雄难觅，借拜谒岳王坟之际，感叹国事，发出"半壁江山埋碧血，一生功业痛黄龙"的感慨，寓悲愤于其中，表征了女诗人超脱一己之愁，关心国事的胸怀。《病中口占·二章》：

药炉篆袅碧烟浮，逝水流光欲暮秋。正值疏风兼冷雨，那禁善病又工愁。蛩吟凉月依阶砌，雁叫新霜过画楼。闻说黄花开已遍，

第四章　诗风新变:徐氏姐妹

强临窗坐上帘钩。

尘生明镜掩芙蓉，无力梳头宝髻松。病久颊逾红晕淡，瘦来眉更翠痕浓。吟窗药裹抛残满，卧榻诗篇整理慵。已觉恹恹眠未稳，何堪风雨恼吴侬。

诗人内心的愁已不是"欲赋新词强说愁"了，每日与汤药做伴，又逢疏风冷雨，内心的凄凉有了现实的沉重。《寄怀杨韫青表姊·二章》：

水萍风絮易离分，十载神交望暮云。短札虽凭鱼有便，长空愁看雁成群。香奁此日传佳句，绛帐何时听讲文？叹我兰盟零落尽，天涯知己独留君。

不愧清才比左芬，扫眉笔亦健凌云。解围可设青绫障，写韵应题白练裙。琴案检书供斗茗，吟窗剪烛记论文。闺中尽有能诗者，福慧双修孰似君？

诗人深深想念表妹杨韫青，佩服她的诗才智慧，虽与她有书信往来，但不知何时能像从前那样，和她一起听讲诗文。纵观从自华婚后到丈夫去世，她的不幸遭遇，让她的"文字弥漫着年轻'未亡人'的薄命感"，呈现"浓郁的自悼悲鸣色彩"；[1] 让她的愁作渗透着生命的沉重，具有了沉甸甸的人生重量。

徐蕴华（1884—1962），字小淑，号双韵。和姐姐自华一样，从小聪明过人，七岁便能作诗，备受祖父喜爱。姐妹关系甚好，蕴华比自华年幼十一岁，自华便自愿担当起对妹妹的启蒙教育之责。在《先妣行述》中，自华曰："及自华稍长，又令课小妹蕴华读，一灯摇青，午夜不息，先妣顾之，愉色有加，此诚平生最乐之境也。"[2] 受姐姐影响，蕴华最终

---

[1] 王绯：《空前之迹——1851—1930：中国妇女思想与文学发展史论》，商务印书馆2004年版，第340页。
[2] 郭延礼编校：《徐自华诗文集》，中华书局1990年版，第25页。

选择了民族解放的革命道路："她已经预感到明天的时代将要变了，这剧变以前的暴风雨和这个大家庭的内幕里所包涵的是些什么，她已体验得很清楚，并且也知道它们的没落性了，她绝不愿在明天的废墟上去建筑她的象牙之塔。"① 得益于良好的家庭教育，蕴华才华横溢，尤善诗词，与自华一起被柳亚子誉为"浙西两徐""玉台两妙"②。1906年，蕴华就读于南浔浔溪女校，学习英文和自然科学，后拜秋瑾为师，加入同盟会。7月，转入上海爱国女学，结识陈巢南等诸位师长，接受新思想，开始参加革命活动。自秋瑾从日本回上海后，蕴华协助她创办《中国女报》，1907年，蕴华参加秋瑾在杭州的秘密集会。秋瑾起义前，向蕴华求助，蕴华倾其积蓄及所有陪嫁的首饰，秋瑾大为感动，随奋笔赠句曰"此别不须忧党祸，千秋金石证同盟"，连同泪巾、照片赠予蕴华。后秋瑾起义失败，在绍兴古轩亭口英勇就义，蕴华悲痛欲绝，遂作《吊璇卿先生》两首，发表于上海《时报》。1908年，蕴华在杭州凤林寺参加追悼秋瑾大会，杭州驻防旗人贵林发表谬论"我大清待汉人不薄""秋瑾革命'未免是非'"，蕴华当即以"扬州十日，嘉定三屠"等史实加以痛斥，会后组织秋社活动。光绪二十四年（1898），蕴华自上海爱国女学文艺系毕业。次年春，由陈去病介绍，与闽侯林寒碧在上海结婚，婚后两人切磋学问，感情甚笃。1908年11月，蕴华加入南社。宣统二年（1910），蕴华至江苏吴江贞丰女校任教，民国二年应聘至竞雄女学任教。民国五年袁世凯窃国称帝，徐蕴华丈夫林寒碧时任上海《时事新报》总编辑，因发表激烈的反袁言论遭到当局迫害，蕴华随丈夫至辽东本溪避难，同年夏返回上海。8月，林寒碧不幸遇车祸殒命，年仅30岁，蕴华痛不欲生。同年冬蕴华返回家乡崇德，创立县立女子学校，任校长。民国七年，创办崇德女子师范讲习所，蕴华自任所长。民国十六年，为避国民党右派迫害，蕴华出任国民党浙江杭县县党部妇女部长。国共分裂后，蕴华即辞职返乡，仍任崇德女校校长。民国十八年，蕴华任崇德县第一高等小学校长。

---

① 周永珍：《徐蕴华、林寒碧诗文合集》，社会科学文献出版社1999年版，第314—315页。
② 沈惠全：《西湖文化名人：林寒碧与徐蕴华》，《钱江晚报》2006年3月1日。

第四章　诗风新变:徐氏姐妹

蕴华在家乡办学20年,为家乡的教育事业做出了积极的贡献。抗日战争爆发,蕴华避乱诸暨南乡,后改道温州至上海,1943年迁居杭州。抗战胜利后蕴华返回家乡,住崇德东横街故居。1956年上海市市长陈毅聘请蕴华出任上海文史研究馆馆员,撰写《秋瑾烈士史略》,同年11月,她出席上海市纪念孙中山诞辰九十周年大会。1957年,她参加秋瑾牺牲五十周年纪念活动。1962年病逝于上海。蕴华作品有《双韵轩诗稿》《记秋瑾》《炉边琐忆》等,主要收录于周永珍编著的《徐蕴华、林寒碧诗文合集》中。

蕴华早期诗歌数量有限,更多继承了中国传统女诗人的特点,多为酬唱咏叹之作,清新婉丽。如《踏青词》:

且将刺绣暂时停,相约邻闺去踏青。行过西溪诗料好,柳荫斜系钓渔舲。

半月庵中景最幽,儿家随喜到乘游。蒲团戏询沙弥女,解诵心经一卷不?

一片平芜绿废园,同将陈迹细评论。可怜帝女繁华地,只有梳妆石尚存。

昨宵喜得雨霏霏,今日春郊过客稀。爱煞桃花映人面,呼鬟拗取一枝归。

诗歌洋溢着青春俏皮的味道,生活气息毕现。《癸卯除夕寄怀寄尘姊》:

频闻玉漏已三更,静夜思君梦未成。一盏寒灯半明灭,隔窗恼听雨风声。

小别迢迢无限思,浔溪为底信音迟。儿家姊妹真无忤,同伴吟窗半是师。

少女的愁思跃然纸上。《和水仙花》:

洗却铅华自淡妆，岂随凡艳列成行。幽姿楚楚神偏冷，倩影婷婷骨亦香。

此日托根宜水国，前身小谪在潇湘。冰霜历尽侬犹傲，乞借春阴笑海棠。

一片冰心绝点埃，天风吹坠小瑶台。不同桃李寻常艳，肯让梅花独自魁。

脾沁清泉饶道骨，神如明月本仙胎。岁寒只合诗人伴，冷蝶纷纷莫浪猜。

诗人描述了水仙的"楚楚幽姿"和"婷婷倩影"，赞美了它"冰霜历尽"的不屈傲骨和"不同桃李"的卓然不群。《和韵》：

扰乱干戈尚未收，壮怀好向日边游。思深屺岵应多感，珍重天涯莫惹愁。

淡淡暮云随碧水，茫茫春树望扁舟。凭栏欲问天边雁，可带新诗过画楼。

这是一首思怀诗，劝勉友人，感恩骨肉亲情，珍重知己。《乙巳冬再寄怀》：

月上窗纱夜已深，摊书默坐静沉沉。雁行南北知音远，忍对梅花再苦吟。

霁色初开雨乍收，剧怜目断寄书邮。思君一夜人憔悴，遥望长天独倚楼。

驹光如驶去难留，拈韵分题忆昨秋。几个诗人归几处，叫侬安得不生愁。

这也是一首寄怀诗，想念远方的知音，渴望收到鸿雁传信。徐自华曾对蕴华诗作如此称赞："仙露明珠清朗甚，宛如杨柳晓风时。"又在

《青玉案·题蕴华舍妹双韵轩诗草》中这样赞道：

裁红刻翠才何绮，喜会得、诗中意。花蕊百篇清似此。蛮笺小擘，彩毫初试，拈韵晴窗裹。

他年独树吟坛帜，道韫清才差可拟。笔架珊瑚花吐媚，《阳春》词丽，镂冰心细，三舍侬当避。

秋瑾也曾以诗作《赠女弟子徐小淑和韵》称赞蕴华：

素笺一幅忽相遗，字字簪花见俊姿。丽句天生谢道韫，史才人目汉班姬。愧无秦聂英雄骨，有负《阳春》绝妙辞。我欲期君为女杰，莫抛心力苦吟诗。

可见蕴华诗作的特点，语言"清朗""俊姿"，抒怀性强，极具女性词美。她和林寒碧结婚后，夫妻感情甚笃，志趣相投，写了不少抒怀唱和之作，以抒写爱情和亲情为主。如《西湖唐庄题壁八绝索外子寒碧和韵逊清己酉春日作》：

百花深处屋三椽，缺露春山一角尖。坐待风前双燕子，呼童未暮卷珠帘。

曲曲回廊竹里通，水亭遥在画桥东。一篙声响舟前渡，惊醒鸳鸯半梦中。

嶙峋怪石叠巍然，洞里山家别有天。半种梅花半种竹，看他风雪耐年年。

读书堂外曝书亭，西北高楼屋建瓴。三面琳琅堆满架，南窗留我写黄庭。

东边草阁俯临江，侵晓晴开六扇窗。流水桃花春意暖，闲看乳鸭浴双双。

面对南山作草堂，菊花时节好倾觞。疏篱一抹斜阳澹，瑟瑟西风送晚香。

　　空中楼阁雾冥冥，高卧南窗唤未醒。自笑胸无丘壑意，不堪着笔付丹青。

　　留来余地十分宽，曲径三三绕画栏。雅爱此君能免俗，庭空多种竹千竿。

婚后的生活安逸平静，夫妻赏花弄竹，生活惬意。既可以"坐待风前双燕子"，"半种梅花半种竹"，也可以"闲看乳鸭浴双双"，"菊花时节好倾觞"。读书写诗作画，附庸风雅。《遣兴寄寒碧》：

　　笔床茶灶又诗筒，安顿生涯且此中。酒为抱愁容一醉，画原写意不求工。

　　云开浑似疑团破，月上真同悟境通。世上子期如有望，等闲未必弃丝桐。

　　宵来独坐静沉沉，递到家书胜万金。斗室清幽宜养性，世途多险可惊心。

　　梅花耐冷无新故，柳叶逢春易浅深。不是逋仙真国士，肯教容易说知音。

　　欲觅诗人过小桥，空竹密竹暮萧萧。云随野鹤闲相趁，雪压孤松冷不凋。

　　耐岁似逢三益友，寻芳应待百花朝。归来莫道知音少，月上梅窗伴寂寥。

蕴华将对人生世途的感悟融到诗中，诉予夫君听。她本向往闲云野鹤般的生活，即使居于斗室，亦感"清幽养性"，而"多险惊心"的世途，让诗人对种梅养鹤、隐居西湖的林逋敬仰不已，称他是"真国士"，既然知音少，不如赏梅以伴寂寥。《湖楼夕眺偕寒碧作》：

　　底处浮家似雪东，个中台阁欲流虹。抱堤秋水无边绿，挂塔残

第四章 诗风新变:徐氏姐妹

阳分外红。

　　远到心明弥惨淡,劫来眼界转虚空。镜清楼外峰如画,待敛诗情付夕枫。

诗人将眼前景色与对人生的感悟融合到一起,"劫来眼界转虚空",人生似梦,不堪虚空,趁着诗情,赋咏夕枫,极富哲学色彩。《西湖秋社逭暑偕寒碧外子作》:

　　数丛浓绿隔窗摇,一半修篁一半蕉。午梦醒来凉意逗,北山暮雨正萧萧。

蕴华偕寒碧一起游西湖秋社,正值盛暑,"数丛浓绿",绿意满园,午觉醒来,略觉凉意,而此时,远处的北山正暮雨萧萧,诗人描绘出了一幅空灵的山居夏雨图。《画山题寄寒碧》:

　　爱山学画山,画山贵不俗。近山窈以深,远山缭而曲。一山复一山,山山自起伏。高低有峰峦,险夷有崖谷。豁然中开朗,布置数茅屋。岣嶙乱石间,长松更修竹。两峰忽夹峙,中有飞泉落。幽人携杖来,危桥支独木。呼童抱琴至,怡然心自足。对此当卧游,不厌临池读。一笑指烟鬟,春风几时绿。

诗人以画山为题,描述山峦叠嶂、高低起伏的山林状态,以及杂乱其间的嶙峋乱石和点缀的松竹。在这样的环境里,"怡然心自足","不厌临池读",流露出与世无争、自得自乐的心理状态。《清明客思有寄亮奇》:

　　频年作客怎为情,一度清明一梦惊。柳眼烟浓添别泪,蕉心雨碎作愁声。
　　纸灰到处空飞蝶,斗酒何人独听莺。遥望故乡无限意,桃花春涨水盈盈。

蕴华于清明之时感慨万千,"柳眼烟浓""蕉心雨碎",此愁声别泪,让人"一度清明一梦惊"。经年他乡作客,对于故乡的怀念,就像那盈盈涨水一般"无限意"。这首寄予寒碧的诗作,渗透着人生的凄凉和寂寞。而林寒碧也经常与蕴华以诗歌寄情,《送小淑归语溪》:

扇篷叶叶认苏州,旧客初经语水舟。岸柳不知渠意懒,尚摇冶翠助清愁。

河流树色底蓝斑,映带衫痕借眼看。端恐风前故无语,浑情涩笑宁为欢。

这首诗写于林寒碧送别妻子蕴华之时,"扇篷叶叶认苏州"表达了对蕴华依依不舍之情,而恼人的却是两岸的柳树不知离人意,仍旧婀娜多姿徒添离别的愁意。"河流树色底蓝斑",眼前的景物十分清晰,她将其牢牢地印在心中,唯恐离开后记忆发生偏差。又担心离别前纵有千言万语,却无语凝噎,强颜欢笑。此诗栩栩如生地描绘出蕴华夫妇离别前的留恋之意。《病中书状和小淑原韵》:

沉瘦容成怜我情,频年忧患意常惊。风临玉树亭亭影,雨损绀花簌簌声。

惶记儿愁添素鲤,谁堪客病似雏莺。更加珍重知心语,捡点巾纱眼泪盈。

人在病中与蕴华诗歌唱和,感叹自己为生活所累,"频年忧患"以致"沉瘦容",虽有亭亭玉树之貌,却像被雨水侵损的绀花一样纷纷坠落。又因担忧孩子的状况,与蕴华频添书信,倾吐"知心语",伤感无比,夫妻情深在诗中被刻画得入木三分。《寄小淑吴江》:

吴江万顷幻汍澜,递到家书未忍看。婉转不提儿女怨,鸳鸯容易凤麟难。

第四章 诗风新变:徐氏姐妹

无端圆月负今宵,别恨难从酒半消。安得鸱夷浮一舸,郎吹芦管妾吹箫。

世无可语总幽痴,冷淡休嫌不入时。说向吾乡谁好似,檞清词卷淹楼诗。

辋川诗句漫矜夸,尚有旁人爱浣纱。待到赤松归约后,藕花深处是侬家。

此诗作于吴江水灾之时,诗人与家人天各一方,对于妻子的想念,对于孩子的牵挂,让作者内心备受煎熬,加重了他对故乡的想念。以上唱和诗,展现了蕴华与寒碧之间的一种知音相随的眷恋之情,相互劝慰,彼此珍惜,给蕴华早年的生活和诗词创作平添了温馨的色彩。而《松江郊行》则抒写了江南气候的怡人:

芳郊雨足绿泱泱,吹散朝云日更长。蔬盒过陂唯午馌,缫声穿径喜春阳。

乍寒还暖江南候,带水连山笠泽乡。底用提壶唤归去,此中投旅亦何妨。

诗人在松江郊外足行,雨后的草地,绿意泱泱,早晨的云彩被清风吹散,更显白日的漫长。乍暖还寒的江南,山水连带,在此鱼米之乡投宿,亦不失为一处好地方。《晓行平顶山麓即景》:

秋风吹老柳丝长,揽景闲行怯晓凉。郭外青山遥挂瀑,溪边红树早经霜。

愧无好句留崖壁,应有高僧卧石床。画意诗情描不尽,谁家一啸马蹄忙。

诗人于深秋的早晨游览平顶山麓,看到老柳、挂瀑、霜树,一派秋景入目,不觉惭愧无好句留于游览的崖壁之处,正在感叹此等诗情画意

无法用语言描述之时,不知谁家的马啸声传入耳际,生活韵味十足。《秋宵对月赋此代简》:

　　北斗一天横,风来宿鸟惊。月移桐影动,露滴竹声清。
　　高咏怀兰渚,平安报凤城。嫦娥应笑我,到处诉离情。

　　秋夜北斗横天,秋风吹过,凉意惊鸟,月光下,树影婆娑,露水滴落,打在竹子上,声音清脆。如此感慨良多,恐怕连嫦娥都会笑"我"。诗人用揶揄的语调描述了自己在秋夜的所感,与秋夜所见遥相呼应,幽深玄远。《自题小影》:

　　寂寂闲庭夕照天,秋山一角耸吟肩。寒花影里低鬟立,不许人怜只自怜。

　　蕴华给自己曾经的一张照片题诗。夕阳西下,在寂静的庭院里,留下了诗人的倩影,照片的一角,露出远方秋山一角,彼时的诗人,还是一位不谙世事的小丫头,扎着鬟髻,立在庭院中,楚楚的模样惹人怜爱。《题芷畦〈柳溪竹枝词〉》:

　　余有辽沈之游,道出沪渎,芷畦约饮旅次,出新卷征题,翌日海涛摇漾中,倚窗展吟,即答两绝。
　　酒罢江天句未裁,秋风吹海绿成堆。歌人草草劳人意,那及君诗一笑开。
　　柳溪飞絮年年好,难挽归舷待买邻。分付竹枝词一卷,并时顾曲更何人。

　　这是一首竹枝词,是蕴华和同为南社社员的周斌于辽沈之游时舟行所作,描述旅游途中所见风景。"秋风吹海""柳溪飞絮",趁此大好风景,吟诗作赋,欣赏戏曲,乐趣无限。《除夕效吴体索外子和时寓沈阳》:

第四章　诗风新变:徐氏姐妹

　　梅轩酒热治春盘,少长喧呼笑语欢。一室灯光如白昼,四窗花气酝春寒。

　　廉纤何碍帘中月,料峭新添座上峦。斜倚炉薰剥江橘,翠裘无力独惊屏。

诗人于除夕之夜和家人团聚,酒热春盘,欢声笑语。室内灯火明亮,窗外酝酿着料峭春寒,虽帘外毛毛细雨,仍不妨碍一轮明月悬挂夜空,整首诗弥漫了家庭的温馨与和谐。此外,蕴华早期的词作和诗相较,添入了更多的人生思考,如《水调歌头·和林宗孟词人观菊》:

　　蓦地西风起,帘卷夕阳楼。问花何事晏放,可是为侬留。冷眼严霜威逼,回首群芳偏让,比隐逸高流。容易华年老,莫负一丛秋。　　待把酒,拼沉醉,度吟讴。珊珊瘦骨,更将佳色胆瓶收。笑口纵开须惜,只恐秋光轻别,对此暂消愁。但愿明年景,依旧赏清幽。

词人敬佩菊花的高义,"比隐逸高流",正因为年华易老,凭此秋意,盎然开放,隐喻了蕴华的人格理想。《金缕曲·题〈贰香词〉》:

　　凤负匡时志,竟蹉跎、名场氍毹,壮怀莫遂。万种伤心多少恨,写向清词托意。叹才人、每遭时忌。嫉俗徒然存气骨,问茫茫大地何人会。挥一掬,灵均泪。　　莲花幕里身犹寄,最悲凉、酒半牢骚,镜中憔悴。吊屈依刘千古感,同是一般滋味。且冷眼、纷纷人世。我向门墙来问字,诵诗余无限新声丽。呈拙句,聊相慰。

词人阅读前人诗卷,感慨负"匡时志"之才人却因"遭时忌"而"壮怀莫遂",为之伤心掬泪。想到屈原,"同是一般滋味",世事如此不公,何不冷眼人世,"诵诗余","呈拙句",聊以相慰。词人从女性的角度评论世间功名,和男性文人追求建功立业相较,视角独特。《满庭芳·

送别宗孟词人》：

> 风笛飞声，骊歌欲唱，绿波又向东流。萍踪吹散，送别动吟愁。纵有长亭弱柳，奈丝丝、不系行舟。雄心感，江山万里，已是缺金瓯。　　休忧长路远，东瀛胜地，两度豪游。好展须眉志，不为封侯。此去乘风破浪，卜他日、事业千秋。望南浦，片帆挂矣，云树两悠悠。

这是一首离别词，女词人送别夫君林寒碧堂兄宗孟时所作。词人的可贵之处，在于抛却了传统女性的伤感缠绵，词中虽出现传统离别词作的意象，如"长亭弱柳""风笛""骊歌"，但词人却满怀豪情，极为雄放，"休忧长路远""此去乘风破浪"，对亲人的鼓励洋溢在字里行间。同样，《满庭芳·寄亮奇》：

> 云淡长天，虫吟小院，月华浸入回廊。离愁怅触，今夜漏何长。病起自怜袖薄，凭栏处、不耐风凉。更何况，频年在客，憔悴为谁忙。　　思量堪自笑，劝游京国，懒整行装。非吴侬自弃，奈恋高堂。更有连枝花萼，忍分离、诗赋河梁。君莫笑，壮怀感也，儿女未情长。

这首词抒写对亲人的思念，缠绵婉约，表达词人对于亲情和爱情的注重与留恋。《清平乐·扇囊》：

> 抽来弱线，色艳丝丝软。剪锦成囊忘手倦，好贮聚头小扇。
> 终朝佩向罗衣，怀中出入偏宜。却笑团纨样拙，秋风容易抛离。

这是一首咏物词，扇囊乃女子随身好玩之物，色彩艳丽，质地柔软，让人爱不释手。词人描述了编织扇囊的过程，及和女伴赏弄扇囊的情景，充满生活气息。《齐天乐·乙卯夏秋逭暑刘庄，晚值平湖雨过，红香狼藉，荡桨荷丛，归桡写此，戏足玉溪之意》：

莲飙不约斜晖住，宜报北窗诗侣。柳际微波，堤根细叶，才看双凫眠处。平湖遇雨，爱携笛瓜皮，倚流容与。瑟瑟红衣，谁家楼上玉溪句。　　亭皋摇落又暮，凉陂三十六，留听凄舞。千点濛香，三更败翠，惹得惊蟾窥顾。江妃漫妒，怎弹指西风，暗中年度。只忆深宫，那人曾怯暑。

和《惜红衣》：

盎石堆冰，屏纱障日，晓来无力。强起推衾，含情镜花碧。炉熏细袅，赚软燕，帘前嗔客，湛寂。一枕藤阴，钓溪人将息。莲汀柳陌。来去鸣舲，清游半陈迹。经年兴致，胜忆断湾北。载得米家书画，烟水刺船寻历。只半峰残雨，犹待碧山才笔。

这两首是写景词，将女性的娇柔和景色的秀丽糅合到一起，颇具生活气息。《点绛唇·题自绘越牡丹双带鸟帐额，为淘芙四姊作》：

云染鲛绡，金壶细叶开秋璧。越香千叠。一笑南薰力。　　绣幂藏姿，不赛沉香客。今难觅。梦回烟歇。狂写双禽息。

《点绛唇·题自绘双燕白莲花帐额》：

旧是凌波，丰姿欲共江妃赛。新来愁寄。烟态谁能绘。　　翠羽参差，犹作轻怜意。寻无寐。野风门外。凉月应初坠。

《西江月·绘柳堂双燕图贺憎兰居士新婚即题此阕》：

一片莲香倚落，半堤柳浪风摇。玉京凉思动蓝桡，携手桥边应好。　　鸭绿才消微曲，宫黄细着柔条。又看娉燕结新巢，叶底双栖偕老。

这几首词是题画词，描绘帐额的图面颜色。《新雁过妆楼·题仲可叔〈纯飞馆填词图〉》：

翠宇高寒。银筝涩，猜疑夜夜停鸾。旧声入破，谁念刻骨家山。仿佛仙踪追辇画，低回密记补金銮。剩无端。琐窗玉户，江雨霏阑。　胜晴装池半幅，有古春送眼，浅绣成斑。郑笺无分，惊叹顾曲才难。匆匆一庭谢絮，沾题处，凌沧应笑屏。方回老，只断肠愁句，流出人间。

《丑奴儿令·题叶楚伧居士〈汾堤吊梦图〉》：

凝情最是堤前柳，烟也模糊，水也模糊，欲访灵踪兴已孤。词人怎识蕉窗梦，吟也生疏。图也生疏，一片苍凉指旧墟。

《声声慢·岁暮哀感忽得陈、柳诸贤先后手札或约西磧之探寻或征胜溪之题咏缅想世外游侪独能无怀为乐也倚歌此曲奉题亚庐先生〈分湖旧隐图〉后》：

鸱夷泛舸，鹤市吹箫。羁心早晚秋潮。且向临邛，琴台酤肆堪消。休标向年高。意对疏香，芳雪凝销伤神事，况松森永久，野圹萧条。　一角西山可住，甚赋牸孙绰。资薄郗超。藏海藏山，人间无地归桡。独临画图，深悯顾，淮南小隐，能招孀情地。想帆过别墅正遥。

《壶中天·巢南先生既刊〈笠泽词征〉客有为画〈征献论词图〉因题其后》：

云巢垂看。记当年浅斗，茶倾签满。一枕茶藦沉睡后，剩补吴侬横卷。午梦交光，浮眉高映，绰约冰花散。佩环夜里，也应低拜沾选。　　深念秋溟聆筊，瘴天搜乘，辛苦商量偏。旧卷千行重叠是，新卷疏疏谁按。一发青山，双声越缦，只付霜缣展。澹仙红泪，怎堪重破纱浣。

以上几首为题画诗，词人由眼前图画，浮想联翩，想到人生的苍凉，不如隐居世外，过闲云野鹤般的生活。

第二节　徐氏姐妹的时事诗词

1906年徐自华与秋瑾相识，"一见各自倾倒，徒恨相见之晚"[1]，这是自华人生路上的重大转折，促使她的诗歌创作发生实质性变化。自此，她的诗歌大多是与秋瑾的唱和之作和纪念秋瑾的作品，脱离了少女时代的伤春悲秋和婚后生活的烦琐，为革命歌呼。如《赠秋璇卿女士·二章》：

每疑仙子隔云端，何幸相逢握手欢。其志须眉咸莫及，此才巾帼见尤难。扶持祖国征同爱，遍历东瀛壮大观。多少蛾眉雌伏久，仗君收复自由权。
萍踪吹聚忽逢君，所见居然胜所闻。崇嘏奇才原易服，木兰壮志可从军。光明女界开生面，组织平权好合群。笑我强颜思附骥，国民义务与平分。

自华由衷敬佩秋瑾，将她比作"仙子"，称作"巾帼"。在秋瑾的影响下，自华开始关注男女平权、国民义务，意识到女性也可像黄崇嘏、花木兰一样，易男装，报效祖国。《迟春与璇卿联句》：

---

[1] 郭延礼编校：《徐自华诗文集》，中华书局1990年版，第223页。

二月春迟柳未芽，东风何苦负韶华？轻绵初卸寒犹怯，好景希逢愿转奢。恍似女权将过渡，既耽天职忍争差？青皇底事无凭准，几度思将羯鼓挝。

这是诗人与秋瑾的唱和之作，激励自己莫虚度韶华，为女界争殊荣。《晚窗同璇卿妹小酌叠前韵》：

风催花信始萌芽，轻暖轻寒万物华。携得清樽消寂寞，懒随浊世斗豪奢。兰言畅领倾忱久，萍迹欣逢告慰差。欲促春光有诗檄，唐宫羯鼓不须挝。

诗人以隐喻入诗，表达追随革命的决心。《再叠前韵答璇卿戏赠之作》：

自由花好透灵芽，欲振文明广国华。儿女情怀嗤我怯，英雄事业望君奢。欧阳作赋声何肃，宋玉悲吟句恐差。自笑诗魔爱秋色，不妨傲骨受君挝。

诗人对自由民主的未来文明国充满憧憬，渴望抛却儿女情怀，建立英雄事业。秋瑾在南浔女校任职仅两月，就被迫离校去上海，自华悲愤异常，作《送别璇卿妹·十章》：

不唱《阳关》第四声，知君到处有欢迎。自嗤未脱痴儿女，有泪偏从别后倾。

相逢深悔等闲看，二月匆匆过指弹。莫笑临歧太痴绝，深愁别后见君难。

辞家仆仆走风尘，海外山川换眼新。须念高堂有慈母，他乡珍重自由身。

倾佩仙才绝俗群，夜窗剪烛尚论文。早知如此分离速，不若当初不识君。

怜才深意两心知，莫道侬家小妹痴。激起壮怀思负笈，鉴湖以外恐无师。

欲求世界尽文明，化及蛮夷不惜辛。我为浔溪拼一恸，学堂何可少斯人！

何妨儿女作英雄，破浪看乘万里风。警醒同胞二万万，仗君去作自由钟。

不沽名誉振中华，教育开成别一家。铜像他年留异域，独张旗帜向天涯。

只身航海壮斯游，冲破樊笼得自由。我本悲秋同宋玉，思君更是怕逢秋。

不是知音调略同，剧怜聚散太匆匆。此行倘遇回峰雁，可有音书寄一封。

自华对与秋瑾短短两个月的相聚即要分手感到非常不舍，"早知如此分离速，不若当初不识君"，人生得一知己足矣，何况是彼此欣赏的知心姐妹。古有《阳关曲》送别友人，诗人却别出新意，避开阳关，因为她相信，秋瑾绝非"西出阳关无故人"之人，而是"知君到处有欢迎"，悲伤中寄托着无限的希望。《集唐人句寄璇卿·十章》：

长江风送故人舟，团扇无情不待秋。飘若浮云且西去，满堂丝竹为君愁。

人情反覆似波澜，天下苍生忆谢安。之子棹从天外去，遥飞一盏贺江山。

目极云霄思浩然，三怀拔剑舞龙泉。数声歌罢长扬去，祖帐离声咽管弦。

满江春水送君归，迢递无因寄远衣。鹏到碧天排雾去，何年却向帝城飞？

镜水无风也自波，教人无奈别离何？东风不为吹愁去，添得春愁别后多。

笑倚东窗白玉床，暖泉春酿泛瑶觞。繁花落尽君辞去，庭院无人燕语长。

流天素彩静无风，小阁尘凝人语空。明月自来还自去，秋千闲在曲栏东。

诗情酒兴渐阑珊，看得春光到牡丹。人面不知何处去？别时容易见时难。

凡今谁是出群雄？海国鹍鹏九万风。忽忆故人天际去，楚云沧海思无穷。

霸才无主始怜君，海上青山隔暮云。远信初凭双鲤去，缄题重叠语殷勤。

诗人模仿唐诗经典之句，遥寄远方的璇卿妹，表达自己睹物思人的寂寥和期待再次相见的迫切心情。《沪上返里留别璇卿》：

同趁飞轮渡，春申半月留。匆匆今又别，脉脉意先愁。聚散萍无定，东西水自流。重逢难预料，勤觅寄书邮。

诗人追溯了和璇卿相识的经过，映衬今日的匆匆惜别留下脉脉愁意，聚散无定，重逢难料，只寄望于书信传递思念之情吧。《和鉴湖女侠感怀原韵·二章》：

感怀岂独为悲秋，别有伤时一种愁。待毙可怜还束手，图荣不耻尽低头。问心莫道终无愧，交臂何堪竟事仇？好散千金交侠客，相从燕市买吴钩。

恨海谁填不竭波？新亭泪洒奈君何！悲歌颇觉知音少，浊酒难浇垒块多。作檄无才拼掷笔，从军有愿誓挥戈。壮怀未遂嗟髀肉，赢得年来半病魔。

诗人满腔报国热忱，有"好散千金"的侠义，有"买吴钩"的激情，

— 114 —

只是"知音少",难浇心中块垒,但想投笔从戎,以酬壮怀。《偕璇卿妹游西湖感作》:

客星同聚暂游春,触目湖山几怆神!死后名希无上品,生前知己不多人。欲浇垒魂还凭酒,甘作牺牲岂惜身?忍向凤凰山上望,宋家陵寝没胡尘。

诗人直抒胸臆,将忧愤国事之情寄寓纪游诗之中,甘为革命献身之情溢于言表。《代柬答璇卿》:

樊笼束缚君怜我,漂泊天涯我忆君。天地生才遭物忌,不逢同志□□□(原稿本缺三字)。

自华对璇卿遭受忌恨感到愤怒,对自己身受束缚得到璇卿的理解感到欣慰,知音难觅,故而发出"漂泊天涯我忆君"的感慨。秋瑾遇害后,自华悲愤异常,作《哭鉴湖女侠·十二章》:

噩耗惊闻党祸诬,填胸冤愤只天呼。不求明证忘公论,偏听流言竟屈诛!昭雪纵然他日有,相逢争奈此生无。如何立宪文明候,妄逞淫威任独夫。

诗人表达了对清廷肆意屠杀革命党人的锥心痛恨,诗人感慨,尽管昭雪之日终会有,但中国何时才能像西方那样,成为民主的立宪文明国,让这些封建官僚不再肆意逞淫威。

慷慨雄谈意气高,拼流热血为同胞。忽遭逸谤无天日,竟作牺牲斩市曹。羞煞衣冠成败类,请看巾帼有英豪。冤魂岂肯甘心灭?飞入钱塘化怒涛。

诗人激情洋溢地赞美了秋瑾大无畏的革命气概，将她比作"巾帼英豪"，指出她流血牺牲是为了千千万的中国大众，更衬托出清廷衣冠败类的无耻行径。

　　平生志愿在匡时，太息中华局已危。填海不销精卫恨，补天空有女娲思。钏留翡翠悲难遣，像铸黄金望欲痴。记得吟窗曾戏语，阿谁先死是便宜。

诗人焦心国事危局，虽有"志愿在匡时"的女英雄，然"不销精卫恨""空有女娲思"，拿着挚友送给自己的翡翠玉钏，心中只有悲愤：

　　易钗而弁作奇男，照影青铜忽戏谈。烈士英风原可继，佳人俊眼却深惭。冤难代雪生何益？志未能酬死岂甘！最是伤心天贶节，得君绝笔寄初三。

诗人回顾了秋瑾的"易男装"，回想起秋瑾作男装扮相时，和自己的戏言，内心深觉惭愧，壮志未酬身先死，"烈士英风原可继"。

　　仆仆风尘来去忙，濒行亲代检行装。空囊萧索无长物，堕地铿锵落手枪。见少怪多防忤俗，将桑栽石果为殃。早知此别难重会，悔不相随到沪江！
　　雄辩滔滔四座惊，不辞面折与廷争。果然延誉能招毁，太觉高才负盛名。岂料片言成永诀，只留小影慰今生。哭君多少伤心泪，洒入之江激不平！

自华回忆了秋瑾生前和清廷抗争及她和秋瑾永别时的情形，如果知道当时是永别，无论如何也要追随秋瑾一起参加革命，如今只有曾经的照片留在身边，每念及此，"哭君多少伤心泪"。

秋风秋雨逼人愁，激作风潮呜咽流。罗织党人张恶焰，株连学界肆苛求。不循平治法三尺，未葬遗骸土一邱。待仿西湖岳王墓，鉴湖从此亦千秋！

这是这一首组诗的总结篇，借用秋瑾"秋风秋雨愁煞人"之句，揭露封建顽固势力对革命党人残酷迫害的刽子手行径，将秋瑾比作岳飞，"鉴湖从此亦千秋"。不久，自华又作《挽秋女士·四章》，刊登在同年底出版的《神州女报》第一号上：

刺弹惊飞五步间，日光如血满城殷。九州无限不平气，愁对苍苍皖北山。

九重求副苍生望，立宪天书忽照临。博得共和新价值，淋漓一颗健儿心。

一天风鹤公侯胆，四海馨香豪杰头。十日雨云愁惨绝，江城六月似残秋。

大吏尊严民命贱，无端流血到蛾眉。秋风秋雨愁如此，泪洒轩亭绝命词。

作者将批判的矛头直指封建统治者，"大吏尊严民命贱，无端流血到蛾眉"，指斥清廷草菅人命。《八月二十二日重游西湖感悼璇卿怆然有作用其感时诗原韵·二章》：

重到西湖百感生，远山依旧翠眉横。填胸悲愤难浇酒，触目凄凉一哭卿。不见元龙湖海气，怎禁宋玉死生情？伤心独上栖霞岭，遥望江流呜咽鸣。

秋山秋水带余哀，闺阁偏钟豪杰才。文豹留皮成隐雾，短狐射影起惊雷。难逃公论残同种，未必人心尽死灰！千古奇冤三字狱，岳王坟上重徘徊。

另有《过平湖秋月有感用秋雨秋风愁煞人原句足成四绝句》：

十里波光一色匀，此间小酌记初春。而今重望平湖月，秋雨秋风愁煞人。

旧游回首倍酸辛，秋雨秋风愁煞人。欲觅西湖干净土，为卿三尺造孤坟。

这两首是诗人再次游西湖和平湖时，睹物思人，"触目凄凉一哭卿"，然物是人非，秋瑾的死是"千古奇冤"，"欲觅西湖干净土，为卿三尺造孤坟"。另有两首作于秋瑾葬事，其一《十一月二十七日为璇卿葬事风雪渡江感而有作·四章》：

者番病阻渡江迟，欲访遗骸冷不辞。肯为女殇灰此志，既言公益敢言私？

哭女伤心泪未干，首涂急急觅君棺。一腔热血依然在，纵冒风霜不怕寒。

四合彤云起暮愁，满江风雪一孤舟。可堪今日山阴道，访戴无人为葬秋。

葬君余卜西泠地，余死他年骨孰埋？触起身前身后感，急营生圹预安排。

其二《戊申正月二十四日葬璇卿于西泠视窆既讫感而有作次巢南子原韵·四章》：

湖云山树总悲凉，春晓苏堤柳未长。添个鉴湖秋侠墓，游人凭吊泣斜阳。

流到西泠水更清，慕才谁复结芳亭？英雄儿女皆千古，毕竟秋坟照汗青。

问谁交谊重雷陈？贻笑田横五百人。坏土未干书忽至，分明暮

第四章　诗风新变：徐氏姐妹

楚复朝秦。

志犹未竟奈何天，会葬还劳磨镜钱。白马素车群从盛，知君含笑在重泉。

秋瑾就义后，家人恐受株连，不敢收尸，由慈善机构草殓。自华闻讯心急如焚，和吴芝瑛商议在西湖边安葬烈士，因吴芝瑛有孕在身不能亲赴，自华遂强忍着刚失去爱女的悲痛，冒着漫天飞雪渡钱塘江至绍兴，和秋家商议安葬秋瑾之事。后在吴芝瑛的鼎力相助下，将秋瑾葬于西湖边西泠桥畔。诗中自华深觉道义在肩，无所畏惧的侠义性格和义无反顾的悲壮之情，如在目前。综观秋瑾牺牲后自华的诗作，既是对秋瑾革命侠义精神的赞颂，同时也是自华在秋瑾影响与感召下革命意识的强烈迸发。尤其《六月六日祭毕秋坟风雨大作》：

去岁曾游地，今来一哭同。期年冤未雪，三尺土新封。风雨成孤愤，雷霆激寸衷。莫抛儿女泪，继起是英雄。

诗人悲愤中寄寓着坚强，号召后人继承革命者遗志，"继起是英雄"，其激越豪放，完全相异于早期诗歌。事实上，19世纪末20世纪初的近代中国，由于思想和政治制度的变革，"废缠足"和"兴女学"的高涨，女性观念发生了实质性的变化，自华生活于南浔这个距离上海较近的民族工商业发展较早的地区，必然会感受到这种风气。对于残害女性的陋习，她是深恶痛绝的，《女伴中以香奁诗见示戏和四首·缠足》：

消魂浪说在双钩，花好金莲步步留。恨煞南唐李后主，一朝作俑祸千秋。

诗人批判了南唐后主李煜因赏玩女性的小脚，给后世女性留下千秋祸害，却还欺瞒世人，说什么"花好金莲步步留"，表现出她在提倡女性权利、传播女性解放思想方面有着深刻的见解。她在《中国女报》创刊号上发表了《问〈女报〉入股未见踊跃感而有作》：

医国谁谋补救方？提倡女报费周章。铲除奴性成团体，此后蛾眉当自强。

秋瑾在上海创办《中国女报》，因筹款困难，通过广告征求股份，但应者寥寥。自华得知后，便作此诗，期盼女性早日铲除奴性，觉醒自强。《示侠客》则表达了自华对侠士精神的敬仰：

君不见古人意气倾山岳，今人几个重然诺。纵教侠气可凌云，黄金散尽穷途哭。忧时愤世日纷纷，廿纪争存悲种族。拔剑斫地一何壮，睢盱群雄相逐鹿。我愧扶风豪士家，相逢劝酌樽中醁。叹息同胞尚梦梦，燕雀焉能知鸿鹄！识时自古称俊杰，种菜关门岂雌伏？万人虚骄徒鹰扬，搏虎莫教果虎腹。噫吁嚱！田横五百空尔为，何如海上寻徐福！

自华由衷敬佩秋瑾为争取自由而抗争的侠义精神，呼吁同胞从睡梦中警醒，做有鸿鹄之志的俊杰，"拔剑斫地一何壮，睢盱群雄相逐鹿"。《西泠吊秋和吴芝瑛女士原韵·四章》也表达了同样的情感：

□谈时局近如何？赢得年来涕泪多。怕听风琴声断续，更谁重谱《女权歌》？

□后挑灯共话时，捧心忽咯血如丝。数聊遗笔□□箧，今日招魂君可知？

几个人还忆旧盟，延陵挂剑感高情。预知此后西泠水，流到桥边激不平？

惨惨斯人流血死，故乡幸有好湖山。孤坟他日邻君右，明月松楸共往还。（□系原稿本残缺）

第四章　诗风新变:徐氏姐妹

诗人忧心国事,吊念逝者,期待死后能"邻君右"。1911年浙江光复,徐自华看到了革命的前景,异常欣喜,遂作《中原光复重入越中有悼璇卿·四章》:

年年风雨惯悲秋,今岁秋风散尽愁。郢唱一声天下和,居然光复旧神州。

秋雨秋风起战尘,胡尘吹净扫妖氛。剧怜革命功成日,立马吴山少此君!

旧事苍茫散若星,夕阳衰草掩西泠。幸留片石韩陵比,再筑秋家风雨亭。

怕到西湖触我哀,一抔荒土劫余灰。渡江不觉轻裘冷,风雪山阴两度来。

自华为中原光复由衷欣喜,"胡尘吹净扫妖氛",但又一次想到逝去之人,"立马吴山少此君",没有璇卿和自己一起分享,更怕再次到西湖触到伤心之事。《满江红·感怀用岳武穆韵》:

岁月如流,秋又去、壮心未歇。难收拾、这般危局,风潮猛烈。把酒痛谈身后事,举杯试问当头月。奈吴侬身世太悲凉,伤心切。　亡国恨,终当易;奴隶性,行看灭。叹江山已是,金瓯碎缺。蒿目苍生挥热泪,感怀时事喷心血。愿吾侪炼石效娲皇,补天阙。

词人慷慨激昂,渴望救国民于水火之中的英雄出现,像岳武穆一样,"炼石效娲皇,补天阙"。综观徐自华的文学创作轨迹,她由一位"闺阁诗人"成长为像秋瑾一样的革命者、"女国民",折射出近代中国女性思想解放的轨迹,为清末民初的诗坛增添了"新质"。

作为生活在晚清时期的徐蕴华也不例外,受时局的风云变幻、秋瑾师的影响,使她在诗作中将对列强虎视眈眈国土的忧虑,以及对所处时代的不满与忧伤自然而然地流露出来。故她的诗词除了早年的闺阁吟咏之作，还有相当一部分是反映时局的时事诗词。首先是和秋瑾的交往之作，《逊清丙午春日呈鉴湖女侠秋瑾吾师》：

  出群才调久相师，私淑心香已几时。一旦得居问字列，十年深悔读书迟。
  隐娘侠气原仙客，良玉英风岂女儿。为愤时艰喷热血，长歌击剑抑何悲？

此诗是蕴华与秋瑾相识之初，写给秋瑾的诗，盛赞秋瑾的女侠气质，"私淑心香已几时"表明对这位巾帼英雄闻名已久，然而相见恨晚，将秋瑾比作"隐娘""良玉"，隐娘乃唐传奇中的侠客，良玉即明末的女将军，对老师的敬仰之情溢于言表。秋瑾曾作诗《临行留别寄尘、小淑》赠予徐氏姐妹：

  临行赠我有新诗，更为君家进一辞。不唱"阳关"非忍者，实因无益漫含悲。
  莽莽河山破碎时，天涯回首岂堪思。填胸万斛汪洋泪，不到伤心总不垂。
  此别深愁再见难，临歧握手嘱加餐。从今莫把罗衣浣，留取行行别泪看。
  惺惺相惜二心知，得一知音死不辞。欲为同胞添臂助，只言良友莫言师。
  珍重香闺莫大痴，留君小影慰君思。不为无定河边骨，吹聚萍踪总有时。

秋瑾在诗中将蕴华看作"惺惺相惜"的"知音"，勉励蕴华莫用师徒的名义约束彼此知音般的情谊。在秋瑾的眼中，蕴华是能为革命增添臂力的后备力量，所谓"知己难求"，故而求得知己之后，更备感珍惜。秋瑾对蕴华的交心，可从《赠徐小淑》一诗中窥见：

第四章　诗风新变:徐氏姐妹

况复平生富感情,《骊歌》唱彻不堪闻。重来敢爽临歧约,此别愁心增为君。

此身拼为同胞死,壮志犹虚与愿违。但得有心能自奋,何愁他日不雄飞。

这是1906年5月秋瑾离开浔溪女校前写给徐蕴华的一首勉励诗,逸诗有《骊驹》篇云:"骊驹在门,仆夫具存;骊驹在路,仆夫整驾",为古代客人离别之歌,后人遂将离别之歌称为《骊歌》,故诗歌的前两句充满着离别的伤感。唐代诗人王勃在《送杜少府之任蜀州》中有"无为在歧路,儿女共沾巾"一句,"临歧"即出自此,由于将要离别而心生愁意。而后秋瑾笔锋一转,"壮志犹虚"道出了革命志士的壮志未酬,此时的离别竟生出悲壮之意,而最后一句的互勉,则鼓励蕴华日后定能为革命事业做出一番成绩,将离别的愁绪和伤感化为激昂慷慨的激励。除此之外,秋瑾还有《病起谢徐寄尘、小淑姊妹》《赠小淑叠韵》《别徐小淑女弟——断句》等一系列赠诗,均表达了对蕴华的期待和鼓励。秋瑾牺牲前,除了《逊清丙午春日呈鉴湖女侠秋瑾吾师》,蕴华还有《呈鉴湖女侠及陈伯平同志》:

四野哀鸿劫未休,寒陵才见吉光浮。收来越水千行泪,洒作吴天一段秋。

来日艰辛殊有责,绪言微绝更谁俦。勖君记取遗山语,百尺楼高与写忧。

时陈伯平同志主持《中国女报》笔政,蕴华作此诗以明志,表达了她对时局动乱、前途渺茫的忧心。《冬夜偕诸同人小饮赋呈秋侠吾师》:

残雪映新月,满室虚白生。御寒无别策,入座佳酿倾。
良朋尽肝胆,高谈清复清。朔风透窗隙,灯烛昏又明。
众醉君独醒,起绕梅花行。悠然发长啸,孤鹤应同声。

冬夜围桌畅饮，室外的白雪将房间映得通亮，在这寒气袭人的夜晚，唯有饮酒，才是御寒的正道。在座全是肝胆相照的良友，谈论间，寒风透过窗隙吹进屋内，烛火随之摇曳。在大家皆醉之时，吾师秋瑾尽兴舞剑，"悠然发长啸，孤鹤应同声"。1907年秋瑾在绍兴轩亭口英勇就义，在秋瑾牺牲后的第六天，徐蕴华悲痛欲绝，遂在《时报》上发表《吊璇卿先生》：

惊潮风挟竟狂奔，满地横流日月昏。革命军张何实据，断头台上痛含冤。

欲除奴性酬斯志，甘作牺牲不辨言。为告同胞二万万，会开追悼共招魂。

历史千秋有伟名，果然虽死胜犹生。浊流纵处身仍洁，党祸横加气莫平。

大抵英雄皆热性，断无家国不关情。他年铜像为师铸，含笑重泉志竟成。

这首组诗共两章，第一章记述了秋瑾一生的革命历程，她为了救国于水火之中，英勇斗争，即使牺牲也在所不惜，诗人要将秋瑾的革命事迹和革命精神告于二万万同胞，让英雄的灵魂永存。第二章说明了历史会对每个人有客观评价，正因为如此，秋瑾虽死犹生，日后弟子也会为秋瑾师铸造铜像，让她含笑九泉。整首诗歌铿锵有力，掷地有声，充满了对秋瑾的崇敬，诗风沉郁悲壮。因和秋瑾的唱和交游，秋社也成了蕴华诗歌的表现内容。《秋社和韵》：

湖山从此不荒凉，结社悲秋纪念长。欲赋招魂魂在未，一抔青冢倚斜阳。

半截凄然事已陈，河山弹指邈天人。笑他道力未坚者，欲访桃源去避秦。

桥跨西泠漾碧清，峭风冷雨惨轩亭。空余一掬吞声泪，春草秋坟别样青。

冤绝霜飞六月天,伊谁为置买山钱。彩鸾写韵徐陵笔,侠魄英魂妥九泉。

此诗写于秋瑾就义后,蕴华因参加秋社,故和韵一首,歌颂秋瑾的侠义永存,为秋瑾的牺牲"空余一掬吞声泪",因她对后来者的激励,故虽然她去世了,然"春草秋坟别样青",她的冤屈,可以让六月飞雪。作为她的弟子,蕴华表示会好好料理秋师的后世,让她的"侠魄英魂"含笑于九泉。1909年11月,南社在苏州虎丘张东阳祠成立,这是一个弘扬民族气节、反对清朝统治的文学社团,钱仲联先生曾说:"南社倡南音,实以反清始"[①],说明了南社社团的性质,胡朴安《南社丛选(上)》中言:"南社诸子以气节文章相尚,其在当日,皆能皎然不欺其志。"[②] 蕴华加入南社后,对南社陈巢南非常敬佩,两人经常切磋诗艺,共事文学革命,共同资助秋瑾创办《中国女报》,为秋瑾筹备追悼会,成立秋社以纪念秋瑾,蕴华的诗作记录了和陈巢南的交游。《中秋对月寄佩忍师粤东》:

西风催唱异乡歌,客里光阴一刹那。何处不毛烟瘴重,今宵无翳月明多。

天香朗散霏金粟,秋色平分画绛河。闻说琼楼寒更甚,且将水调学东坡。

中秋佳节,月明无翳,在这秋色天香之际,想起了琼楼传说,不知那里是否寒冷更甚,不如赋诗一首,且学东坡的豪放吧,诗人将佳节思念老师陈巢南的忧郁转换成激昂的自我安慰,呈现出积极的精神面貌。《和佩忍师韵却寄》:

---

① 钱仲联:《南社吟坛点将录》,《苏州大学学报》(哲学社会科学版)1994年第1期。
② 胡朴安:《南社丛选(上)》,解放军文艺出版社2000年版,序第2页。

牙签万卷书生尘，病榻何堪又一春。赖有多情双燕子，入帘来伴苦吟身。

瘦损腰支翠带宽，深劳尺素问平安。满窗风雨凄清甚，欲忏愁心转自难。

诗人给老师陈巢南去信，表达自己为多艰的时事愁苦，再加上身体的多病，每日卧于病榻，更感愁心难转，窗外风雨也加重了内心的凄清之感。这是蕴华忧愁国事、家事的代表作，描述了晚清风雨飘摇之际，作为一位忧国忧民的知识分子，内心的忧虑不安。《竹素园诸同人——和陈去病师韵》：

到此清游地，全将俗虑芟。壶觞倾北海，丝竹笑东山。
对月闻猿啸，归云逐鸟还。醉中惹心事，我欲笑时艰。

竹素园由清浙江提督李卫建，旧称湖山春社，诗人偕同诸位同人游杭州竹素园，叙写园中风景名胜，饮酒作乐，然而欢乐中却透着一股孤寂感，"对月闻猿啸，归云逐鸟还"。这种孤寂来自诗人对时事的担忧、对前途的忧虑，诗人将这种孤寂感说与师傅陈巢南，言有尽而意无穷。陈巢南是蕴华与林寒碧婚姻的介绍者，正是因为他的牵线，蕴华和林寒碧结为夫妇，他们志趣相投，写了很多夫唱妇随的诗文，不幸的是，林寒碧年仅三十，就遭遇车祸而亡，给蕴华极大的打击，当时他们的幼女尚不足月，极度悲伤的蕴华以异常悲痛的笔调写下了《悼亡诗十首》：

小坠瑶台了宿因，卅年便弃软红尘。雪为肌骨冰为性，浊世原无第二人。

佳偶深知罕白头，一场短梦八年秋。思量我总强人意，得婿多才比柳州。

董狐直笔绝尘埃，天道难凭忌此才。今夜孤灯休扑灭，慰侬应有远魂来。

第四章 诗风新变:徐氏姐妹

瑟瑟西风迫小楼,团圞只一度中秋。早知如此因缘浅,岂许年年事壮游。

搜书泼茗两心倾,韵事红窗斗倚声。人比黄花侬有愧,常夸夫婿胜明诚。

江河莫洗此忧愁,浩劫飞临不可收。忆到闺中温雅意,微躯便死也难酬。

诗追大谢原非福,字比钟王异俗流。遗稿争传付梨枣,文章身价并千秋。

一夕罡风劫转轮,岂容法外逸夷泯,陈词呕血凭公论,要问何人死伯仁。

不辜宿诺去西泠,剪纸招魂献绿醽。惹得丁方人尽惜,天边已落少微星。

鸳冢同埋有旧盟,凄凉寡鹄夜悲鸣。偕君骸骨归乡去,月缺花残岂愿生。

诗人字字辛酸,对丈夫的突然去世感到悲痛欲绝。据蕴华女儿林北丽在《二十七年的旅程》中记述,"父亲从报馆回来,在马霍路被英人克明开汽车撞伤了,有人说克明是袁氏秘派的刺客,有人说克明是酒后荒唐出于不留心,但这是一只军阀的走狗,后来战死在江浙战争的沙场上,乃是事实。而父亲的强有力的生命就是这么凭空地被牺牲了。母亲拒收了克明愿意赔偿的巨款,来向法庭诉讼,但领事裁判权在帝国主义的手里,胜利是永远不会属于我们这些被压迫的人群的"[1]。林寒碧的去世,有很多疑点,蕴华一直不能释怀,"一夕罡风劫转轮,岂容法外逸夷泯",她的悼亡诗在深切缅怀丈夫的同时,也表达出对当时反动势力的痛恨和谴责。《和寒碧遗诗》:

风雨经旬,百无聊赖。浮庵顾访,属和寒碧遗诗,盖为武昌旅

---

[1] 周永珍:《徐蕴华、林寒碧诗文合集》,社会科学文献出版社1999年版,第312页。

次所作赠彼者也。余自遭变以来，绝笔四韵，子期溘逝，伯牙碎琴，友尚如斯，而况伉俪乎！唯念昔日闺中，有唱必和，搜书斗韵，颇擅签满茶倾之雅。今得零星遗稿，片羽足珍，哀感之余，遂不得不为冯妇。步韵一章，工拙不计，聊以志痛云尔。

慧业忏除稿已焚，知音痛逝鲍参军。凄凉杜老无家别，呜咽阳明瘗旅文。

魂断寒碑延蔓草，梦回春树锁愁云。还凭大别山前石，留下遗诗对夕曛。

诗人对伉俪的逝去痛心不已，这种痛苦，堪比子期溘逝、伯牙碎琴，这种痛，除了遭受生活琐碎的压力，还有时代赋予的悲剧，诗人故作此诗歌，聊以志痛，整首诗弥漫着痛苦和凄惨的氛围。而《重过焦山松寥阁》则抒写了在数年后重游故地时内心的悲痛：

万壑奔腾处，徘徊动旧情。沧桑词客泪，桴鼓美人兵。
江水连瓜步，风云绕石城。当年酬唱地，劫后痛余生。

十五年前蕴华曾和寒碧酬唱于焦山松寥阁，彼时夫妻恩爱、感情深厚，而十五年后游故地，诗人却是孤身一人。看着眼前万壑奔腾，触动旧日的伤情，不觉有劫后余生的痛感弥漫于内心，生活和时事的磨砺让蕴华的诗歌蒙上一层沉重的色彩。《岁暮哀感》则对十年的顾影形销的生活作了总结：

雨雪凄其，薄病初痊，思潮狂涌，十年归国，无补于时，仅视亲故凋零而已。顾影雪涕，骨立形销，赋此志痛，不足云诗。

匆匆烟景换池塘，昨夜西风昨夜霜。祭灶请邻仍我俗，拔钗沽酒与谁商。

西泠月缺悲陈迹，东阁梅开带泪妆，剩水残山何处是，廿年历世感沧桑。

第四章　诗风新变:徐氏姐妹

雪絮琼丝欲报春,无端物候又惊新。交能肝胆方深味,过眼年华感宿因。

修到梅花甘冷淡,由来文字贵清真。百年心事归平澹,几静窗明不染尘。

归梦春潮逐渐低,惨心未竟话巴黎。雨临梓里花垂萎,草长蛮荒鸟不啼。

国故将亡拼一恸,时艰莫补敢重提。至亲为我凋零尽,傲骨难禁此日凄。

当年摩剑作龙吟,病骨愁魔两不侵。直以风云穷万变,始回天地入孤斟。

高情有负登坛志,冷意难成变雅音。缥缈白云忧出岫,愿如倦鸟允归林。

诗人这些年经历了这么多沧桑世故,残山剩水悲陈迹,也已看透尘世,"百年心事归平澹",只是回想起过往的一切,留下的印象,竟是"花垂萎""鸟不啼",世事艰难,对国事的担忧,始终笼罩在诗人心头。当年"摩剑龙吟",然终究难敌风云变幻,"冷意难成变雅音",这是诗人对政局失望的真实写照。除了诗歌,蕴华也在辞赋中表达了对时事的观感,《金缕曲·题〈忏慧词〉》:

漱玉清音歇,可颉颃、女儿溪畔,犹留词笔。慧业忏除焚稿矣,黄鹄歌成凄绝。更又是、掌珠坠失。身世茫茫多感慨,抱愁怀、天地为之窄。谁解得,词人郁。　　残山剩水悲家国,最伤心、秋风秋雨,西泠埋骨。风雪山阴劳往返,今日只留残碣。叹一载、空喷热血。造物忌才艰际遇,剩裁云缝月金荃集。恐谱入,哀弦裂。

蕴华为姐姐自华的诗集题词,为自华的不幸身世感慨,理解她在词作中表达的愁怀,知她伤心国事,为秋瑾师的牺牲痛心不已,叹息姐妹两人空有一腔热血,然因造物忌才,却无处施展,际遇艰难,让人哀伤欲绝。《意难忘·薄暮视鉴湖旧舍归沿河往浦滩軿窗写感有寄慧僧》：

递眼高轩，正冷枫摇落，雁思初繁。惊秋无限意，抚鬟已微髹，遵北辙，折南辕，泆是未归魂。苦眼中纷驰长路，马殆车烦。伤情幂外霜痕，有凉灯吐暝，市吹流暄。林阴分域界，铃语破朝昏。思往事略温存，剩日定难言。渐付凭谁家管领，水陌花墩。

蕴华在傍晚太阳即将落山之际看视秋瑾旧舍，此时"冷枫摇落"，大雁归来，秋意无限，不知秋瑾师魂归何处，让蕴华伤情不已，"思往事略温存，剩日定难言"，未来的日子犹未可知，词人的忧心不言自明。《浪淘沙·和宗孟词人忆旧感事》：

裘马访蓬瀛，仙侣相迎。四弦水调冠新声。省识青娥堪闭月，恰称香名。　蒿目感苍生，漫赋闲情。请缨破浪待功成。双桨好迎桃叶渡，名士倾城。

词人用沉郁的笔调，表达感时伤世的悲哀与无奈。词作感情沉郁悲愤，又满怀豪情，风格雄放。文怀沙在《神州有女耀高丘》中道："徐蕴华想当诗人，终于继承秋侠衣钵，成为革命的诗人"，"恍同魂魄附体，蕴华此后的诗歌实践，其脉注间时有秋侠遗响"[①]。徐氏姐妹和秋瑾的感情之深厚，受其影响之大，可以见诸秋瑾的系列诗作，《赠女弟子徐小淑和韵》：

素笺一幅忽相遗，字字簪花见俊姿。丽句天生谢道韫，史才人目汉班姬。
愧无秦聂英雄骨，有负《阳春》绝妙辞。我欲期君为女杰，莫抛心力苦吟诗。

[①] 周永珍：《徐蕴华、林寒碧诗文合集》，社会科学文献出版社1999年版，第4、8页。

第四章　诗风新变:徐氏姐妹

秋瑾称赞蕴华的诗才,说她"字字簪花""丽句天生",将之比作谢道韫、班姬。但秋瑾认为,和上述中国历史上的才女相比,蕴华的诗作铿锵有力,不同于"阳春"之妙。而秋瑾更是期望她日后成为女杰,像岳飞一样,"直抵黄龙府,与诸君痛饮尔"。《病起谢徐寄尘、小淑姊妹》:

朋友天涯胜兄弟,多君姊妹更深情。知音契洽心先慰,身世飘零感又生。劝药每劳亲执盏,加餐常代我调羹。病中忘却身为客,相对芝兰味自清。

这是秋瑾病愈之后所作,感慨姊妹之情胜似兄弟之谊,身世飘零的相似经历,让自己与徐氏姐妹情同手足。当自己生病之时,徐氏姐妹亲自下厨,帮助自己调理身体,让自己忘掉了客人的身份,感激之情溢于言表。《赠小淑三叠韵》:

中山琼树长新芽,绣榻初停徐月华。世纪风云多变幻,一生事业绝豪奢。女儿花发文明好,奴隶根除旧习差。有志由来终必达,雄飞快整御风抟。

妇女解放运动在国内形势剧烈变化之时开始萌芽,争取民族解放和自决权的斗争、将自己从奴隶之列中解放出来的运动在全国展开了,徐蕴华在秋瑾影响下,积极参加这些活动。秋瑾看到蕴华的成长,故而以此诗相赠,勉励她要坚定意志,走在斗争的最前列。《读徐寄尘、小淑诗稿》:

新诗读竟齿犹芬,大小徐名久已闻。今日骚坛逢劲敌,愿甘百拜作降军。

这是秋瑾阅读徐氏姐妹诗作之后的溢美之作,她毫不吝啬赞美之词,评价徐氏姐妹"名久已闻",称她们是自己的"劲敌",自己甘愿"拜作

降军"。《致徐小淑》:

  惠函热心溢满朵云,聆诵之下,不胜感佩。惟敝报独力经营,财力万分支绌,况知音寥寥,将伯谁呼?同心缺少,臂助无人。叹同胞之黑暗,痛祖国之无人。不图得阁下热心青眼,赐我砭言,感何胜言!近日因经费无着,报馆暂时中止,惟三期之报,仍拟续出,如有惠稿,即请赐寄绍兴南门内和畅堂某收为荷。草草手上,敬请学安。

这是秋瑾写给蕴华的一封书信,折射出秋瑾当时革命进程的艰辛及她对蕴华的信任,她慨叹"同心缺少,臂助无人",又叹息同胞愚昧,无革命警醒之人。外因经费之故,报馆停刊,仍希望蕴华能在稿源方面给予帮助。从中可以看出,秋瑾和蕴华在革命中的伴侣关系,秋瑾就像革命引路人一样,指引着蕴华进步。尤其《致徐小淑绝命词》:

  痛同胞之醉梦犹昏,悲祖国之陆沉谁挽。日暮穷途,徒下新亭之泪;残山剩水,谁招志士之魂?不须三尺孤坟,中国已无干净土;好持一杯鲁酒,他年共唱摆仑歌。虽死犹生,牺牲尽我责任;即此永别,风潮取彼头颅。壮志犹虚,雄心未渝,中原回首肠堪断!

这首词作于1907年7月10日,是秋瑾就义之前五天写给蕴华的绝笔词,在即将走上刑场的时刻,秋瑾没有对过往岁月的留恋,没有对朋友家人的顾恋,更没有生命将尽的伤感和悲痛,短短百余字表达了她满腔壮志未酬、慷慨激昂的悲壮情怀。"痛同胞之醉梦犹昏,悲祖国之陆沉谁挽",忧国忧民的情怀跃然纸上,秋瑾并非伤一己之失,而是将祖国、同胞的前途命运放在首位,她痛心山河破碎,统治阶级腐败,认为身为革命者,应以振兴民族为己任,即积极投身反清运动。她相信,在西方民主思想的感召下,在一代代革命斗士义无反顾、前仆后继的自我牺牲中,总有一天将摧毁清朝腐朽统治。即使自己生命将终结,但大无畏的革命精神将永远留存在后人心间,这同时也是对蕴华的激励。

徐氏姐妹在清末民初的风云际会中走上时代的前台,她们虽然成长于传统的仕宦家庭,但并未像当时藏于深闺的女子,而是有着强烈的担当意识,面向社会,用古典的诗词描述时代丰富的内容。虽然她们的诗作中不乏闺怨之作,但难能可贵之处是,她们最终突破了闺阁的束缚,对旧时代进行了一定程度的叛离,激励着当时和后世的女性树立新形象和独立人格。

(本章所引徐自华、徐蕴华诗词均出自郭延礼辑校《徐自华诗文集》,中华书局1990年版;周永珍编《徐蕴华、林寒碧诗文合集》,社会科学文献出版社1999年版。)

第五章 香国女杰：吕碧城

第一节 去国前的思想及创作

吕碧城（1883—1943），安徽旌德人，原名贤锡，字遁天、明因，后改字圣因，一字兰清，法号宝莲，别号阆清、信芳词侣、晓珠等，出生于一个有着较高文学素养的翰苑世家。父亲吕凤岐，字瑞田，别号石柱山农，为清光绪三年（1877）进士，先后出任过国史馆协修、玉牒馆纂修及山西学政等职，著有《静然斋杂谈》《石柱山农行年录》等。母亲严士瑜，字韵娥，安徽来安人，出身于书香门第，"幼怜于亲，得其诗学"[①]。同治十三年（1874）由吕凤岐续娶为继室，生有贤钟、贤钫、贤锡、贤满四女，在她的熏陶下，四女均学有所成。吕碧城和她的两个姐姐贤钟、贤钫被誉为"淮南三吕，天下知名"（章士钊语）。吕碧城资质聪颖，"五岁知诗，七岁能作巨幅山水"[②]，五岁时以"秋雨打梧桐"应对父亲的"春风吹杨柳"，父亲甚是惊奇。在碧城四岁之时，由于父吕凤岐"自念秉性直傲，耻于苟同，于世亦不相宜，遂决计乞病退休"[③]，举家移居六安。天有不测风云，在1891年碧城9岁之时，异母兄长贤铭病

[①] 光铁夫：《安徽名媛诗词征略》，黄山书社1986年版，第205页。
[②] 吕碧城著，李保民笺注：《吕碧城词笺注》，上海古籍出版社2001年版，前言第2页。
[③] 吕碧城著，李保民笺注：《吕碧城词笺注》，上海古籍出版社2001年版，第567页。

殁，对父亲打击巨大，使他落下病根，1895年新宅及藏书之室"长恩精舍"落成不久，就因病去世。失去了依靠的碧城母女被族人欺负，家产悉数被恶族霸占，碧城母女被囚禁，碧城遭到了定亲者汪某的强行退婚。当时人们遵循着父母之命、媒妁之言的传统婚姻观念，"即便是具有叛逆精神的吕碧城也是认可这种传统观念的"[1]，这件事情对吕碧城的影响是深刻的。一系列的打击落到孤儿寡母头上，母亲严氏被迫茹痛弃产，携碧城三姐妹永离六安，寄居于来安外家。因当时碧城舅氏严朗轩"司榷塘沽，遂奉母命前往依之，冀得较优之教育"[2]。而祸不单行，寄住于外家的母亲严氏和妹妹贤满又遭到恶戚欺负，惨无生路，服毒自尽，幸得姐姐贤钟求救于江宁布政使樊增祥遣兵营救，才脱离险境。

多舛的早年人生，让碧城深切感受到现实的残酷，也培养了她要强和特立独行的性格。鲁迅先生对早年生活的困顿有着至深的体悟："有谁从小康人家而坠入困顿的么，我以为在这途路中，大概可以看见世人的真面目。"[3] 吕碧城在十几岁的年龄，就感受着"世人的真面目"，多年后回忆起这段经历，"众叛亲离，骨肉齮龁，伦常惨变"[4]。1904年春她约舅舅官署秘书方君的夫人前往天津访女学，遭到舅舅的骂阻，她便孤身逃离舅家至天津。"这又是一次有关于追寻的出走，为着自己想做的事情，她几乎什么都可以不顾，甚至连安危都没有考虑"，"它还是吕碧城为自己获得作为一个女子应有的权利所作的抗争"[5]。到天津后，碧城得到《大公报》总理英敛之的青睐，任《大公报》编辑，借由报刊的平台，提倡女学之宗旨，呼吁女权之志气，中外名流仰慕者纷纷不绝。吕碧城以如椽之笔，作得卓尔不群的清词丽句，赢得"绛帷独拥人争羡，到处咸推吕碧城"（缪嘉蕙《信芳集》题词）的美誉，而"冠大江南北女儿花，吕旌德"（沈祖宪《信芳集》题词）、"一枝彤管挟风霜，独立裙钗

---

[1] 徐新韵：《吕碧城三姊妹文学研究》，暨南大学出版社2015年版，第69页。
[2] 吕碧城著，李保民笺注：《吕碧城词笺注》，上海古籍出版社2001年版，第569页。
[3] 鲁迅：《呐喊》，中国青年出版社2018年版，第1页。
[4] 转引自刘纳编著《吕碧城》，中国文史出版社1998年版，第5页。
[5] 曾雪琴：《吕碧城文传——乱世才女的独帷禅心》，文汇出版社2013年版，第33页。

百兆中"（寿椿庐主《读碧城女史诗词》）之类的赞词也蜂拥不绝。1904年6月，碧城与秋瑾相识，"一见如故，情同姐妹"①，此次相识给碧城留下了深刻的印象，以至数十年后记忆犹新，"都中来访者甚众，秋瑾其一焉。据云彼亦号碧城，都人士见予著作谓出彼手，彼故来津探访。相见之下，竟慨然取消其号，因予名已大著，故让避也……盖其时秋作男装，而仍拥髻，长身玉立，双眸炯然，风度已异庸流。主人款留之，与予同榻寝。次晨，予睡眼朦胧，睹之大惊，因先瞥见其官式皂靴之双足，认为男子也……嗟乎！当时讵料同寝者他日竟喋血饮刃于市耶？"②

有感于当时女子教育的落后，碧城倡办天津女学堂，出任学堂总教习兼国文教习，主持全校事务。1907年，碧城为秋瑾主编《中国女报》作发刊词，因秋瑾革命失败，受到牵连，险些遇难。在碧城创办北洋女子公学之时，得到社会名流英敛之、傅增湘等的鼎力相助，结下宝贵的友谊，可随着时间的推移，彼此渐渐生出裂痕，甚至一度形同陌路。英敛之在日记中多次记载对碧城的看法，"与碧城数语，觉其虚骄浅薄之状，甚可恶，遂即辞归"，"觉其虚骄刻薄之态极可鄙，大不快，漠漠良久，遂出"③。严复说明事情的起因，纯系"外界谣诼，皆因此女过于孤高，不放一人在眼里之故"④。彼此生活方式的差异，也是二人疏远的重要原因，英敛之倾向于简朴，1907年8月，英敛之送碧城之姊吕美荪由天津返回奉天，叮嘱她生活上应以检点、朴素为要⑤。吕碧城则"习奢华，挥金甚巨"，"手散万金而不措意"⑥，英敛之极为不满。碧城伤心之余，跟随严复问学。严复推崇吕碧城的神采、品格和学识，他形容吕碧城的神采"神驰左右"，评价吕碧城的品格"品谊之卓"，称赞吕碧城的

---

① 吕碧城著，李保民笺注：《吕碧城词笺注》，上海古籍出版社2001年版，第571页。
② 吕碧城著，李保民笺注：《吕碧城词笺注》，上海古籍出版社2001年版，前言第6页。
③ 沈云龙主编：《近代中国史料丛刊续编》（第三辑），文海出版社1974年版，第1070、1079页。
④ 参见秦燕春《青瓷红釉：民国的立爱与钟情》，福建教育出版社2010年版，第271页。
⑤ 沈云龙主编：《近代中国史料丛刊续编》（第三辑），文海出版社1974年版，第1121页。
⑥ 吕碧城著，费树蔚编：《吕碧城集》，中华书局1929年版，第2—3页。

学问"学识之优"①。对于吕碧城处世方面的四面楚歌,严复评论道,"此人年纪虽少,见解却高,一切尘腐之论不啻唾之,又多裂纲毁常之说,因而受谤不少。初出山,阅历甚浅,时露头角,以此为时论所推,然礼法之士疾之如仇。自秋瑾被害之后,亦为惊弓之鸟矣。现在极有怀逸畏讥之心,而英敛之又往往加以评骘,此其交之所以不终也。即于女界,每初为好友,后为仇敌,此缘其得名大盛、占人面子之故。往往起先议论,听着大以为然,后来反目,则云碧城常作如此不经议论,以诟病之。其处世之苦如此"②。对于吕碧城的特立独行,严复给予理解和认可,这是难能可贵的。③ 1912 年,宣统退位,北洋女学停办,碧城被袁世凯聘为总统府机要秘书,当她目睹了袁世凯的复辟野心和官僚之间的尔虞我诈、相互倾轧后,便毅然辞职,南下上海与西商角逐,获利颇丰。

1920 年 9 月,碧城赴美国哥伦比亚大学留学,研习美术,进修英语。1922 年 4 月,经由加拿大归国。1926 年秋天,碧城再次前往美国,辗转游历欧洲大陆。1929 年应国际保护动物会邀请,碧城由瑞士日内瓦赴维也纳,参加万国保护动物大会。1930 年春,碧城皈依佛法,绝笔文艺,悉心从事佛典英译。抗日战争爆发后,她离港至新加坡。1938 年重返阿尔卑斯雪山,寓居山中之静怡旅馆。欧战爆发后,碧城被迫东返,但未能成,仍寓居瑞士雪山中。1940 年,碧城自瑞士归国,途中羁居南阳往中国香港,本想从中国香港赴上海,因当地道友的盛情挽留,遂罢此行。1942 年冬,碧城胃病复发,自知病将不起,立下遗嘱,交代身后事。1943 年初,病逝于中国香港,临终时,嘱咐火化遗体,将骨灰和面粉混合,投入水中,与水族结缘。综观碧城辛酸短暂的一生,她经历了多灾多难的特殊时代,才华横溢,终身未婚,严复评曰:"碧城心高意傲,举所见男女,无一当其意者。极喜学问,尤爱笔墨。若以现时所就而论,自是难得。但以素乏师承,年纪尚少,故所学皆未成熟。然以比平常士

---

① 王栻主编:《严复集》,中华书局 1986 年版,第 589 页。
② 王栻主编:《严复集》,中华书局 1986 年版,第 840 页。
③ 徐新韵:《吕碧城三姊妹文学研究》,暨南大学出版社 2015 年版,第 49 页。

夫，虽四、五十亦多不及之者……吾常劝其不必用功，早觅佳对，渠意深不谓然，大有立志不嫁以终其身之意，其可叹也。"① 碧城在内忧外患的动乱年代，不懈追求学问，追求人生的极致。她的词别开生面，多姿多彩，时人评价很高。潘伯鹰形容她的词"足与易安俯仰千秋，相视而笑"（《评吕碧城女士信芳集》），林鹍翔、钱仲联等推崇她为"三百年来第一人"（《欧美之光序》）、"近代女词人中第一"（《近百年词坛点将录》）②。钱仲联在《南社吟坛点将录》称吕碧城"地慧星一丈青扈三娘"，认为"（碧城）近代女词人第一，不徒皖中之秀"③。龙榆生《近三百年名家词选》录六十七位名家词作五百零八首，碧城入选五首。

　　吕碧城同时也是一位诗人，虽然诗歌创作总量不多，但大多有进步的思想内容和多彩的艺术特色。她生活的清末民初，风雨如磐，一批批维新志士或亡命海外，或惨遭杀戮。帝国主义列强发动一次又一次侵华战争，清政府腐败无能，割地赔款。残酷的现实警醒着吕碧城，她秉着"文章合为时而著，诗歌合为事而作"的现实主义精神，在诗歌中或概括、或直陈，不同程度地反映当时重大的历史事件，具有鲜明的反叛精神。作为深受西方新思想、新文化洗礼的知识女性，一方面，碧城的诗歌表现出对独立自主和新时代的热烈向往；另一方面，流露出对顽固守旧的封建卫道士的不屑，明显是以谋求女性解放为前提的。作为一位女性诗人，碧城也不乏抒发个人情感之作，但这种情感已经脱离了旧时女子的吟花弄月、伤春悲秋，和她的心路历程密切相连，她个性凸显、言辞激烈，义无反顾地将破坏旧有的封建道德秩序作为己任，因此成为各方面聚焦的对象，使她陷入悲凉、迷茫的境地，孤独寂寞、烦闷忧伤的氛围笼罩心头，在碧城的很多诗歌中有强烈的反映，她的诗歌彰显出时代内容。尤其一些描绘游历中见闻随想的诗作，生活气息浓郁，格高气清，很少有人生负荷下的阴影，比如《邓尉探梅十首》，已不再泛泛表达

---

① 吕碧城著，李保民笺注：《吕碧城词笺注》，上海古籍出版社2001年版，第574页。
② 吕碧城著，李保民笺注：《吕碧城词笺注》，上海古籍出版社2001年版，前言第1页。
③ 钱仲联：《南社吟坛点将录》，《苏州大学学报》（哲学社会科学版）1994年第1期。

对梅花的喜爱与眷恋，而流露出对肮脏龌龊的现实社会的不满，以及与高洁的梅花为伍的强烈愿望。再比如《湖上新秋》，一反传统的悲秋之气，将入秋的西湖清凉萧爽的氛围渲染得有声有色。这类诗作与碧城抒发个人情感之作无论在诗风还是在内容上都迥然有别。

吕碧城在创作上成就最高的是词，其次是诗，文在诗后，但这并不代表她的文章无可圈点的价值，尤其她的政论文和书札小品，最为时人推重，几乎都有明确的宗旨，或提倡女学，或力主尚武强国，无论说理还是议论，一般都带有强烈的感情色彩，气势充沛，情绪激昂，条理清晰，语言明快，具有很强的说服力。这些文章大多出自她早年手笔，具有积极的思想意义和文献价值。她将兴办女学的重要性提高到与国家存亡相关的高度，在短短的一二年间，她先后写下《论提倡女学之宗旨》《教育为立国之本》《兴女学议》等一系列针对性极强的时论，这对于其后女学在全国如雨后春笋般的兴起，起到了非常大的作用。我们也可以从中感受到碧城的精神面貌，深切体会到她谋求妇女解放、争取男女平等所做出的巨大努力，洋溢着强烈的爱国激情。鸦片战争的失败，中国贫弱不振，甲午中日战争，被迫签订《马关条约》，割地赔款，其后列强加紧在中国掀起一股划分势力范围的浪潮，中国成了任人宰割的羔羊。严酷的现实，让国人精神深受刺激，许多有识之士呼吁牺牲精神，歌颂从军报国的英雄形象，碧城深受鼓舞，同声应和，其创作的《远征赋》，多处用典，畅快淋漓，充满了保家卫国、献身疆场的壮志豪情，极大地振奋了国人的精神。综观吕碧城坎坷的一生，她既是近代著名的社会活动家，又是杰出的女性词人，在近代文学史上占有重要的地位。

吕碧城的文学创作前后流变轨迹明显，初期大多吟叹个人不幸遭遇和孤独命运，缠绵悱恻，独具情韵。樊增祥评碧城之词"根柢中华旧典坟"，是就碧城主张词作言情而论，"情"所涵括的内涵很丰富，总体而言是"柔婉之情"①。如《感怀》：

---

① 徐新韵：《吕碧城三姊妹文学研究》，暨南大学出版社2015年版，第86页。

荆枝椿树两凋伤，回首家园总断肠。剩有幽兰霜雪里，不因清苦减芬芳。

　　燕子飘零桂栋摧，乌衣门巷剧堪哀。登临试望乡关道，一片斜阳惨不开。

吕碧城在诗中回忆了父亲去世后碧城姐妹如失巢之燕，孤儿寡母寄居外家，过往的繁华不再，人生的飘零让诗人内心凝聚着化不开的愁意。《白秋海棠》：

　　便化名花也断肠，脸红消尽自清凉。露零瑶草秋如水，帘卷西风月似霜。

　　泪到多时原易淡，情难勒处尚闻香。生生死死原皆幻，那有心情更艳妆。

这首诗中充满了极度哀伤，诗人将白秋海棠拟人化，秋海棠泪多易淡，生死皆幻，无心艳妆，这又何尝不是诗人内心感受的真实写照。早年经受的人生打击，让碧城的内心充满了伤感，"生生死死原皆幻"，诗人已将生死看作幻象，流露出看破红尘的凄怆。《由京师寄和廉南湖》：

　　笛声吹破古今愁，人散残阳下庾楼。强笑每因杯在手，俊游恰见月当头。谈空色相禅初证，思人风云笔自遒。沧海成尘等闲事，看花载酒且勾留。

　　瞥眼韶光客里过，心期迢递渺关河。茫茫尘劫诸天黯，袅袅秋风万水波。山鬼有吟愁不尽，菩提无语意云何。欲探酾六兴亡迹，残照觚棱宝气多。

诗人追忆起过往与名士廉泉在沪交游时的情景，彼时友人欢聚一堂，觥筹交错，热闹非凡，但欢会过后，诗人心境黯然，处境愁苦。"茫茫尘劫诸天黯"，吟咏不尽的愁意笼罩在诗人的内心，挥散不去，诗中着意刻

画了昏暗无垠的尘世劫难重重,渲染江湖秋冷、风波迭起的凄凉,烘托感时伤怀的氛围。又如《无题三首》:

又见春城散柳棉,无聊人住奈何天。琼台高处愁如海,未必楼居便是仙。

回文织锦苦萦思,想见修书下笔迟。累幅何曾畅衷曲,从来宋玉只微词。

宛转愁牵亿万丝,春来惊减旧腰支。枉求玉体长生诀,自效红蚕近死时。

诗人的早期诗作中充溢着"愁""苦""无聊"等字眼,将经年累月的凄怆之情流露无遗。再如《秋兴》:

宇宙何寥沈,天高爽气多。梦魂闻鼓角,风雨黯关河。诗笔随秋老,浮生共墨磨。百年惊瞥电,酾酒且高歌。

不尽萧条意,登临怀抱开。鸟从空翠落,人负夕阳来。流水去何急,孤云招来回。秋心虽易感,秋气亦佳哉!

云气连齐鲁,苍茫入望赊。荒崖毓兰芷,废泽隐龙蛇。暮霭浮千里,秋阴幂万家。孤愁正无奈,寂寞数归鸦。

栖鸟惊不定,飞影乱中庭。静夜三更柝,寒天一点星。霜华蚀树白,竹气逼灯青。渐听钟声动,谁家晓梦醒?

诗人有感于家国多故,岁月易老,状秋夜寒冷情景,历历如绘。不仅诗作,在吕碧城早期的词作中,也常抒写个人际遇的不幸而产生的身世飘零之感,如《清平乐》:

冷红吟遍,梦绕芙蓉苑。银汉悢悢清更浅,风动云华微卷。
水边处处珠帘,月明时按歌弦。不是一声孤雁,秋声那到人间。

入秋最易引发离愁别绪、秋夜难寐的情怀。词人少年家庭变故,父亲去世,孤儿寡母受尽族人欺辱,饱尝人生苦楚,内心的凄凉和辛酸难以排遣。彼时寄居在塘沽外家,诸姊妹间为衣食奔走,天各一方,聚会无期,当于秋声中闻听孤雁长鸣,触动词人心弦,念及离散的姊妹,一刹那感受到命运的无常。樊增祥评曰:"南唐二主之遗。"[1]《如梦令》:

夜久蜡堆红泪,渐觉新寒侵被。冷雨更凄风,又是去年滋味。无寐,无寐,画角南楼吹未。

这也是一首描写秋怨的词作,词人选取"蜡泪""冷雨""画角"等意象,将秋夜凄风苦雨中无法进入梦乡的苦楚描画得入木三分。《浪淘沙》:

寒意透云帱,宝篆烟浮。夜深听雨小红楼。姹紫嫣红零落否?人替花愁。　　临远怕凝眸,草腻波柔。隔帘咫尺是西洲。来日送春兼送别,花替人愁。

和前两首描写秋怨不同,这是一首吟咏春怨的词作,春去春来、花开花落,在一个不断与亲人聚散的少女心头,触发别种滋味。当词人春夜独坐深闺,听着窗外的雨声,想象着第二天姹紫嫣红是否凋落尽透?而"人替花愁"和"花替人愁"则将意象"春花"赋予了空灵的生命力,将人花互怜表现得哀婉动人。人、物融合为一体,情景交融,寓情于景。樊增祥批曰:"漱玉犹当避席,断肠集勿论矣。"[2]《法曲献仙音》:

鸦影偎烟,砧声唤雨,暝色阴阴弄晚。簪萼红疏,题笺墨㳽,探梅只今全懒。但翠袖闲欹竹,无言自依黯。　　吟思遍。倚楼头、且舒愁眼。风正紧,雁字几行吹断。雪意酿严寒,漾江天、昏雾撩

---

[1] 吕碧城著,李保民笺注:《吕碧城词笺注》,上海古籍出版社2001年版,第2页。
[2] 吕碧城著,李保民笺注:《吕碧城词笺注》,上海古籍出版社2001年版,第14页。

乱。云叶微分，透斜阳空际一线。更城南画角，低送数声清怨。

这是一首典型的闺阁之音，"鸦影""翠袖""雁字""画角"等意象，传达了韶光易逝、人生无常的女性文人共通的感受，已经不再仅局限于女性的闲愁，而具有了深沉的社会意蕴。《踏莎行》：

水绕孤村，树明残照，荒凉古道秋风早。今宵何处驻征鞍？一鞭遥指青山小。　漠漠长空，离离衰草，欲黄重绿情难了。韶华有限恨无穷，人生暗向愁中老。

《蝶恋花》：

缧尽愁丝兼恨缕，尘海茫茫欲系韶光住。悱恻芬芳天所赋，娥眉谣诼宁予妒。　说果谈因来复去，苦向泥犁铺垫蔷薇路。五万春华谁与护？枝头听取金铃语。

《临江仙》：

沧海成尘浑见惯，人天哀怨休论。韶华回首了无痕，行云空吊梦，残梦又如云。　花外夕阳波外月，凭谁说与寒温？凄迷同度可怜春，流莺犹自啭，不信有黄昏。

这三首词所表达的生命感受已不再是自怨自艾的春花秋月，而蕴含了无限宇宙中人类的共通感，超越了一般意义上的岁月易逝、人生无常，而具有了生命体验的厚度。尤其《踏莎行》，词人运用白描的手法，刻画傍晚行旅中的冷落秋景，音节苍凉，意味隽永，将女性在征途漠漠中看到豪迈，在山水迷离中看到凄凉的世事洞察与感悟，淋漓尽致地表现出来。再如《长相思》：

— 143 —

风泠泠,珮泠泠,知是鸾声是凤声,红楼一曲筝。 花惜惜,月惜惜,愁煞鹃魂与蝶魂,空庭夜四更。

词人抒发了伤感悲凄的心态,将对生命的哲学思考融入孤独无靠的悲叹中,缠绵悱恻,细腻优雅。《齐天乐》:

半空风籁秋声碎,凄凉暗传砧杵。翠竹惊寒,琼莲坠粉,秋也如春难驻。商音几许?渐爽入西楼,惹人愁苦。霜冷吴天,断鸿吹影过庭户。 年华荏苒又晚,和哀蝉病蝶,揉尽芳绪。往事回潮,残灯吊梦,几度兜衾听雨。伶俜倦旅。只日暮江皋,搴芙延伫。尘浣征衫,旧痕凝碧唾。

这是描写秋愁的词作,"砧杵""翠竹""琼莲"均表露出秋意,"惹人愁苦"。回忆起往事,内心不禁凄凉,时光荏苒,旧歌如昨,何时能结束这流离漂泊之苦。《清平乐·落花》:

大千尘世,总是消魂地。粉怨香愁无限意,吹得满空红泪。临风犹弄娉婷,回看能不关情。愿诵《楞严》一卷,忏渠藩溷飘零。

词人叙写了大千尘世,茫茫人海,命运如浮萍,"吹得满空""藩溷飘零",这是一种对生命无常的感慨,凄凉哀怨。又如《烛影摇红》:

絮影萍痕,海天芳信吹来遍。野鸥无计避春风,也被新愁染。早又黄昏时渐,意惺忪、低回倦眼。问谁系住、柳外骄阳,些儿光线? 一霎韶华,可怜颠倒闲莺燕。重重帝网瓣春魂,花缀灵台满。底说人天界远?忏三生、芷愁兰怨。销形作骨,铄骨成尘,更因风散。

再如《青衫湿》:

第五章 香国女杰：吕碧城

银屏凤蜡流寒焰，低照绮罗春。酒阑人散，凉蟾窥户，无限消凝。　　人生大抵，东劳西燕，流水行云。胜俦难聚，胜游难再，无处追寻。

综观吕碧城早期的词作，大多意境朦胧，较多用典，在艺术手法上"独辟蹊径，自成一格"[①]。有些词境界开阔，有些词意象隐约，多抒写词人孤独无依的身世之悲，以及对人生岁月逝去的唏嘘之情。吕碧城到天津后，立足于《大公报》，发表系列作品，呼吁兴办女学和男女平权，这当然和她早期个人经历有关，也与她所生活的时代密不可分。鸦片战争前后，在维新派和革命派的呼吁和努力下，女性的生存状况有很大改变，废除缠足、女子教育推广、女性被鼓励参加实业，与女性有关的活动成了爱国救民运动的重要组成部分，这种变化和当时的世界局势相呼应，"谴责压制妇女的言论和反抗屈辱的意识，取得了爱国主义的新的发展方向，而逐渐积聚延伸，构成一股弥漫各地各界的历史强流"[②]。而吕碧城本人也很有个性，追求自己喜欢的生活方式，毫不妥协，因与方君之夫人约定赴天津探访女学，临行时被舅舅骂阻，"予忿甚，决与脱离"[③]。她孤身一人来到天津，立足于《大公报》，以勇气和才情打开局面，闻名于京津，"然予之激成自立以迄今日者，皆舅氏一骂之功也。回首渭阳，怆然人琴之感"[④]，从中可一窥碧城的心气。加之她从小接受良好的家庭教育，也深知识见之于女子的重要性。正是这些原因，吕碧城深刻认识到教育和权利之于女子的作用。从1904年到1906年，碧城先后发表了《论提倡女学之宗旨》《兴女权贵有坚忍之志》《教育为立国之本》等一系列文章，为女学和女权摇旗呐喊。在《论提倡女学之宗旨》中，吕碧城开宗明义指出，提倡女学，既有助于国家之公益，也有利于激发个人权利，

[①] 《词学》编辑委员会：《词学》（第十一辑），华东师范大学出版社1993年版，第242页。
[②] 李又宁、张玉法：《中国妇女史论文集》（第一辑），台北：商务印书馆股份有限公司，中华民国七十年七月初版，第189页。
[③] 吕碧城著，李保民笺注：《吕碧城诗文笺注》，上海古籍出版社2007年版，第480页。
[④] 吕碧城著，李保民笺注：《吕碧城诗文笺注》，上海古籍出版社2007年版，第480页。

两者虽一为公、一为己,但并不矛盾,"然非具独立之气,无以收合群之效;非借合群之力,无以保独立之权"。

针对中国之自强,在于男子,而女子无为的论调,碧城以身体作比方,给予回击:"而不知国之有男女,犹人体之有左右臂也,虽一切举动操作,右臂之力居多,然苟将左臂束缚之,斫断之,尚得为活泼之躯乎?"碧城将此独臂之人比作中国,与"男女均强之国"同置于竞争之所,"其败也不待智者而知",由此碧城指出,"夫君之于民,男之于女,有如辅车唇齿之相依",若男性"愚弱其女",犹如"自剪其爪牙,自断其羽翼"。国家要自强,"须以开女智兴女权为根本",而要实现这一点首务在于教育。儿童的基础教育,始于母教,所以外国幼儿学堂,多以女性为师。凡此种种观之,"女学之兴,有协力合群之效,有强国强种之益,有助于国家,无损于男子"①。谈及权利,在碧城看来,"遂其生之要素也",观中国之民,并非如此,两性差异悬殊,"男子得享人类之权利,女子则否,只为男子之附庸",不仅如此,男性对待女性,"抑之制之,为玩弄之具,为奴隶之用",女性一出生便"寝地以卑之,以酒食为责任",被剥夺了自主之权。而权利在碧城看来,"人身运动之大机关也",失去权利,就好似木偶一般,"是天赋之形体,已不能为己有焉"。还谈何女权?女子无法拥有事业,"仰面求人给衣食,幽闭深闺如囚犯",然可悲的是,今之女子并不以此为苦,"只求得衣食之资,花粉之费,便相安而自足矣",碧城呼吁女同胞警醒,"各唤醒酣梦,振刷精神,讲求学问,开通心智,以复自主之权利,完天赋之原理而后已"。在此文中,碧城笔锋酣畅淋漓,对社会之种种弊端口诛笔伐,明确从教育和权利两个方面,为女性作振臂呼。

在《教育为立国之本》中,吕碧城援引达尔文的进化论,"物相竞争,优胜劣败",而中国之所以不能优胜于世界,皆因愚弱,究其原因,"不学则愚也","不智则弱也",要救亡图存,"非学不可",吕碧城开篇就指出教育的重要性,事关国家存亡,尤其在当今竞争激烈的时代。她

---

① 吕碧城著,李保民笺注:《吕碧城诗文笺注》,上海古籍出版社2007年版,第127页。

第五章 香国女杰：吕碧城

以欧美诸国为例，之所以能够争雄于20世纪，"亦由学校之盛而已"。而中国经过甲午战争和八国联军侵华，让国人意识到急待"变法"，但如何变，有不同的观点，或曰"理财"，或曰"练兵"，碧城对此持怀疑态度："国之本果以财为可恃乎？果以兵为可恃乎？"她着眼于当时的国际形势，指出所争者有三，"曰兵，曰商，曰学术"，就兵战而论，即使当年亚历山大、拿破仑威震全欧，然亦一败涂地。就商战而论，埃及和波斯等国上古时期精于商贸，如今竟为流亡之种族。就此碧城得出结论，"其惟学术一道乎"，她列举出培根、笛卡尔、孟德斯鸠、卢梭等诸位思想家，指出他们的影响力历久而弥新，"为19世纪文明之原动力"，就此得出"必以兴学校、隆教育为当今之急务"。吕碧城经过严密的推理，论证出教育的功用，"国家之基础，社会之枢纽"，只有教育运作起来，才能带动工商等其他行业的自由运转，一旦教育偏废，会造成诸行业南辕北辙、舍本逐末。中国地大物博，如若民众因教育欠缺而"不能理其财"，"不能享其利"，吕碧城在此作了一个比喻，"如室有资财而无主人"，只能沦为外族争夺的对象。吕碧城很重视军备的力量，她在《远征赋》中强调"修武备"，即振兴国防，但国防和教育是相辅相成的，如果缺乏教育，军人的爱国精神无法培养起来。

教育固然重要，但实施何种教育乃是其中灵魂。吕碧城反对专制之教育，认为专制教育为培养奴隶耳，趋于功名利禄之阶梯，并不能养成受教育者的"国家思想"和"爱群公心"。即使学会几句洋语，也不过狐假虎威，徒借外人势力鱼肉同族。就此而论，完善的教育才为立国之道。可以看出，在吕碧城这里，培养具有国民精神的国民，才是教育的最终旨归，才称得上"完全美善之教育"，受教育者不为一己之私利，不为一人之功名，而有为国民大众奉献和牺牲的准备与勇气。只有兴办教育、推行"完全美善"的教育理念，才有望"争雄于各国，竞存于世界"，这才是今日中国"富强之根本"。而在其后的《兴女学议》中，吕碧城更进一步，将推广教育明确扩展到女性群体。但因女子教育为前所未有之创举，加之新旧时代交替之时，当须有"权衡审慎之心"，碧城愿为此倾力，"培植而拥护之""采撷而补缀之"，使之"圆满无缺"。在考察教育本身的特性和综观世界范围形势的基础上，她立出了成熟的教育理念，分为宗旨、办法、德育、智育、体育、结论几个部分。在宗旨篇中，吕碧城首先指出中国女子的特点，"猥琐陋劣，汶汶汩汩，无一长之可取"，她经年观察周边女子，发现她们"思想之锢蔽，器量之狭隘，才力之短绌，行为之贪鄙"，她认为这是女性在经年累月的政教风俗潜移默化下形成的"第二天性"。20世纪中期，法国女性主义者波伏娃在《第二性》中明确指出，"女人并不是生就的，而宁可说是逐渐形成的。在生理、心理或经济上，没有任何命运能决定人类女性在社会的表现形象。决定这种介于男性与阉人之间的、所谓具有女性气质的人的，是整个文明"[①]。

波伏娃从生物学、心理学、历史及文学等方面，追溯了女性气质形成的缘由，她并非与生俱来，是女性在"文明"的规约下，"洗涤"和"内化"的结果，而这个"文明"恰恰是由男权文化所主宰的。这样一来，具有"女性气质"的女性，就成了被男权文化所异化的非女性本身自然发展而来的女性，她戴上了文化的面具，彰显着制度、思维方式、知识等一系列的社会存在。波伏娃洞察了文明的内核，捕捉了第二性的内在形成机制。而吕碧城比波伏娃早近半个世纪，就发现了女性的"第二天性"，殆因中国女子教育的宗旨所致。吕碧城将中西方女子教育进行了比较，中国女子教育"为趋策服役而设"，只为一家一族的兴荣，"绝无对群体之观念"。而欧美女子教育，"无不使与男子受同等之学业"，为个体的生存而设，"由个人主义而进为国家主义"。若将家族主义和国家主义同置于当今世界，孰去孰取不言自明。吕碧城由此总结出教育的宗旨，"使对于家不失为完全之个人，对于国不失为完全之国民而已"。接着，吕碧城提出了教育的办法，主要从三个方面着手，分别为管理、法律和教师的选聘。就管理而言，吕碧城从学识识见的角度考虑，因当下女子学识能力多逊于男子，故宜用男性作为管理者。校长和教授的职责，虽一为管理，一为教师，但并不泾渭分明，教师同兼训练管理之职责，二者所起的作用，一为形式上的，一为精神上的，故要管理好学校，"必

---

① [法]西蒙娜·德·波伏娃：《第二性》，陶铁柱译，中国书籍出版社1998年版，第309页。

校长总其纲，教师理其绪"，方能不断改进。就法律而论，也即是学校的规章制度，属于形式方面的，国有国法，校有校规，缺失了这一面，"修业无定时，器什无定位，言笑无常度"，必学业荒废。

吕碧城出于对女子的观察，"素无对社会之公德，最不知维持秩序循守法律者也"，数百人聚于一堂，免不了因相互诟病、指责等引起混乱，必须严格法律的约束，确保学校长久发展。当然碧城也考虑到女性素来安于逸居，如果骤然施以严法，会激起她们的叛逆心。针对这一点，只要在平时教育过程中，对女学生们晓之以情、动之以理，讲清楚法律的利弊，且制定法律者守法躬行，必能"养成爱护法律之精神"，对于女性日后进入社会大有裨益。德育在碧城看来，是教育的重要组成部分，"为学界中可进不可退之要点"，对于孩童而言，自然要教授他们科学知识，同时还要从德育引导，培养道德心，这是立身之基础。如果只教授知识，而放任德育，"如无舵之舟，飘流靡定"，尤其对青年女学生而言，一旦"学识浅薄，志操不坚"，又疏于道德上的引导，"易于摇惑"。在强调德育重要性的基础上，吕碧城区分了"德育"之德与"女德"之德，她认为，两者的性质是不同的，"女德"之德是养成女子为男子之附庸，而"德育"之德乃为教育之道，它不是为某一性别谋便利，或者局限于某一领域，而是引导两性"自应各尽其道"，这才是德育应有之义。碧城从自修、实践与涵养德性之法入手，首先自修私德。私德，即"对一己之伦理"，也即如何修身。吕碧城认为，"女德"所强调的女子温顺、贞洁，自然属于美好之性，但如果丧德败品，要比丢失温顺、贞洁严重"殆百什倍"。盖因女子"不事生业"，免不了滋生"卑屈谄媚、嫉妒阴险"之事，进而成为"固有之物性"，鉴于此，要培养她们成为有道德的国民，必须从培养她们的私德始，而培养私德最核心的要素是"必授以实业，使得自养"，只有自养才能自立，进而讲立身之道。

就德育的实践而言，吕碧城针对女性的自身状况，提出在家庭内，通过兴女学引导女子孝敬父母，帮助善良之人，和睦乡邻，等等。在学校内，教师要随处默察女学生的德行，一旦发现不良苗头，要立即纠正。在公众场合，发现女子不适宜之举动要斥责，让其改变。通过这样几个方面的长久努力，女性自可养成纯良之德行。至于涵养德性之法，碧城认为，中国女子应打破数千年足不出户之束缚，游学于欧美诸国，开阔其心胸。同时，研习属于道德之学科，包括文学、哲学、传记、音乐等。此外，还需留意女子宿舍生活，养其勤俭慈爱之德，等等。在智育篇中，吕碧城质疑了"女子无才便是德"的传统观念，列举康爱德和石美玉两位游学美国的中国女性，她们用自己的努力得到美国墨尔斯根省之大学的头等文凭，震惊了美国人，也长了中国人的志气。碧城接着分普通学和实业两个方面，来谈智育的培养。就普通学而言，其意旨在于将各种知识熔为一炉，使学习者融会而贯通，触类旁通，相互为用，具体包括算数、理科、美术、地理与方言。尤其对于女性而言，"必具普通之知识，而后成为完全之人格"。就实业而论，其和普通学是相辅相成的，女子宜先学普通知识，养成完美的人格，在这个基础上，选择自身有潜力、有特长的方面，学习专门知识，是为学习实业。可以说，吕碧城具备了现代教育理念，针对女性的教育，将普通知识与专门知识相结合，由基础教育向专业教育发展，并将之作为女子的自立之道，"以实业为基"，"以普通教育为始"。

体育对于国家和种族的长久发展是非常重要的，碧城认为，"人必体质健壮，而后精神焕发也"，尤其女性，对于国家"有传种改良之义务"，强健的身体更为必要，但观中国女性，经数千年缠足穿耳之陋习，身体素质颓衰，稍事劳作，便疾病纷作，"此予夙夜疚心而为抱憾者"。鉴于此，吕碧城从两个方面入手，即卫生和体操，作为改善女性身体的路径。谈到卫生，吕碧城指出数面，司厨者中饱私囊，导致食不下咽，学校风潮多由此生。房舍因住宿者众多，空气污浊，加之肺病的易传染性，对学生身体健康不利。学校缺乏游戏娱乐的场所，难免女学生心情郁闷，不利于精神的健康，这些方面都是改善学校卫生状况的领域。谈到体操，碧城指出，中国女子长久读书、刺绣，致使腰脊变形，于身体有害，于仪表不雅。体操可以矫正其体态，还可养成学生守秩序，与群体保持一致的习惯，培养学生的公德心。可以说，《兴女学议》是一篇较为完善的关于女子教育的论文，吕碧城从德育、智育等几个方面入手，条分缕析，逻辑严密，涉及兴办女学的方方面面，显示出碧城在女学方面的丰富经验和爱护女性的拳拳之心。在《北洋女子公学同学录序》中，吕碧城明确指出北洋女子公学的性质，不同于家塾制度的私立女校。而学校追求的宗旨，实因吕碧城"慨夫吾国女界之黯黮数千载于兹矣"，尤其在内忧外患的形势下，兴办女学，"始跻吾辈于文明之域"。女学生们通过学校教育储备知识，利于日后立足于社会，这不是某一人或几人的义务，"此则人人所当引为己任"。

《论提倡女学之宗旨》《教育为立国之本》与《兴女学议》奠定了吕碧城近代女性教育家的地位，她从理论、实践等各方面论述了兴女学的重要性、步骤与规章条例，关于教育的言论震惊当时，被誉为"北洋女学界之哥伦布"。不唯女子教育，在争取女性权利方面，吕碧城早年也不遗余力，书写了系列篇章，表达兴女权之义。在1904年5月发表于天津《大公报》的《敬告中国女同胞》一文中，吕碧城开篇指出，国人"以好古遵圣为癖，以因循守旧为法"，以此而论，古人关于女子之言论，如"惟女子与小人为难养也""以顺为正者，妾妇之道也""乃生女子，载寝之地"等，致使国之二万万女子，"永永沉沦，万劫不复"，由此观之，欲"导女子之自由，倡个人之权利"，必破除旧例。碧城指出，圣人之言，虽有过人之卓见，但时势变迁，"恐不合于今世"，她认同法国思想家笛卡尔之言论，"若但以古人之耳目为耳目，以古人之心思为心思，则吾之在世界不成赘疣乎"？认为此言最能破学界之奴性，深得人心。吕碧城作此文的目的，就是要向封建守旧势力表达独立之思、不随波逐流的立场，她希望以此文唤醒广大女性，不可被卫道思想奴化，更不可心甘情愿将自己置于奴隶的地位。对于古圣先贤之说，"不过择其善者而从之，不善则改之耳"，此举"可与言进化，可与言变通，可与言改革"。吕碧城身先士卒，言语不啻平地惊雷，"上以雪既往众女子之奇冤，下以造未来众女子之幸福"，将女性从束缚中解救出来，使其免遭蹂躏之苦，"复国人自主之权，遂造物仁爱之旨，以协力自强，立于人群竞争间"。

吕碧城始终将女性的自立自强与国之强大联系起来，这对于提高女性的地位、振奋国人的精神具有重要的意义。在《远征赋》一文中，碧城一反历来文人墨客谈及战争的凄凉悲苦之音,明确提倡尚武精神,"况当列雄竞争之时代,弱肉强食,各肆凭陵,尚武精神,尤为立国之要素",这当然有时代原因在其中,也反映了碧城驰骋疆场、为国效力的爱国情怀。这篇文章有感于日俄战争而作,碧城开始就营造出将士即将出征的场面,"旌旗闪闪龙蛇舞,秋风落日鸣金鼓",威武令人动容,此"烈士从征"之壮观,怎不鼓舞有志之士"投笔而去,不计行程"?面对外族的入侵,战士们摩拳擦掌,列队迎战,毫不退缩,"狂飙怒吼,惊沙坐飞,风云变色,草木皆威",即使"亲友含凄""爷娘惜别",也毅然"分袂辞家,挽弓跨骑,指边塞兮壮游踪",为国捐躯,犹死得其所,"谁言无定河边,最多死别?试看玉门关里,岂少生还?"碧城清醒地看到西方列强的弱肉强食,"方今海波屡扬,边氛未靖,强邻则门户是窥,列国以兵戎相竞",如果国防不振,"自国威之罔振"。

在吕碧城看来,因民族内部争夺权力而发动的战争,并无是非曲直之分,但近代以来,船坚炮利的西方列强,以战争的方式打开中国的大门,战争的性质发生了实质性的变化,面对着列强不断地侵略和欺凌中华民族,怎能不奋起反抗呢?吕碧城以越王勾践卧薪尝胆、马援标越南之铜柱、班超收汉室河山为例,呼吁"重整宗邦""严防边海",切盼国人枕戈以待,以弘扬国威,"屹屹乎雄立亚东,共乾坤而不改"。吕碧城以一位女性的远见,洞察到国防的重要性,渴望建功立业。"天下兴亡,匹女有责",此处的建功立业已不再是刻意平分男性的空间,而体现出鲜明的国民意识,包含着女性对于国家民族事务的参与,虽未提到权利,但女权的精神洋溢其中。在《兴女权贵有坚忍之志》中,吕碧城指出中国女子的境况,"不幸而生于支那,憔悴于压制之下,呻吟于桎梏之中",解除桎梏的途径终在于女性自身,"须我女子痛除旧习,各自维新,人人有独立之思想,人人有自主之魄力"。正是因此,提倡女权,困难甚于"创国家、夺疆土",就男性而论,"固叱为怪异矣",就女性而言,"亦必茫然不解"。回顾女性所取得的权利,自女学始萌至今,"女学校立矣,女学会开矣,女报馆设矣,女子游学之风行矣",随着进步的日益加快,女性对权利的呼声自然高涨,一方面因女性的力量尚薄弱;另一方面,顽固势力的压制和阻挠,困难重重,唯"贵有坚忍之志","各具百折不挠之定见",才能在争取女性权利上取得成效。在当时的中国,"野蛮之辈甚多,迂儒之习未改",此举无异于一声惊雷,被视若洪水猛兽,"訾诋谤诽,自所不免"。面对各种阻力,吕碧城立场很坚定,不论阻力有多大,"不能夺其志","不能缄其口","不能馁其气"。她认为争取女性权利,"有益于众生,无害于国家",故而女性应"皆视为应尽之责任,宁冒万死而不辞"。当然这不会一帆风顺,只要有持之以恒的魄力,"今日不成,明日为之;明日不成,后日为之",必能实现"获与男子同趋于文明教化之途"。

纵观其文,吕碧城以"胜则王侯,败则贼寇"的决心、将女权贯彻到底的意志,将女性权利意识推行开去,其中不乏时代因素起作用。自19世纪末20世纪初第一次女权运动高潮的出现,女性在教育和就业方面成就卓越,很多国家和地区的女性相继赢得了选举权,女子学校大量涌现,妇女就业率也显著提高。在此基础上,20世纪60年代发生了女权运动的第二次浪潮,如果说第一次浪潮关注女性个体与集体的政治、社会权益,那么第二次浪潮的基调则是"要消除两性差别,并把这种差别视为造成女性对男性从属地位的基础"[①]。当时的女性主义者要求在公众领域缩小两性的差别,主张女性在克服自身的女性气质的基础上,发展男性气质,比如独立性等。正当"两性差别论"成为争论焦点时,70年代,随着欧洲和美国女权运动的深入开展,第一世界的有色人种女性和第三世界女性对主流女性主义的思想基础提出了挑战,她们要求公正地看待她们在女性主义运动中的地位和贡献,并呼吁重新界定她们与西方主流女性主义的关系。可以看出,女权运动贯穿整个20世纪,欧风美雨的气息必然会影响到中国的一些开化之士,尤其一些有远见的女性知识分子,吕碧城作为其中有代表性的一位,必然会受到潮流的影响,故她在《兴女权贵有坚忍之志》中指出,"20世纪为女权发达之时代,是为二百兆女子祸福转移之大关键哉"。在吕碧城看来,整个世界潮流的趋势,对深受

---

① 李银河:《女性权力的崛起》,文化艺术出版社2003年版,第131页。

压抑数千年的中国女性而言,是一个千载难逢的机遇,机不可失,她呼吁海内诸君子共勉。

不只在文章中,包括在吕碧城的一系列诗词中,也表达了她对女权的热切呼唤。《抒怀》:

> 眼看沧海竟成尘,寂锁荒陬百感频。流俗待看除旧弊,深闺有愿作新民。
>
> 江湖以外留余兴,脂粉丛中惜此身。谁起平权倡独立,普天尺蠖待同伸。

"新民"是梁启超于20世纪最先提出来的,意指具有独立人格的一代新国民。吕碧城作为近代中国较早接受西方自由民主思想的先觉者,认为作为女性,不应甘于闲适的生活,而应情系百姓的生存和祖国的命运,可以说,她对女性的期待与梁启超所提倡的"新民"实质是一致的。她已不再赞同革除旧弊,而"愿作新民",与旧世界彻底决裂,"破"必不可少。吕碧城愿从自身做起,虽生为女儿身,也要有所作为,但追求"平权""独立",决非个人之力所能实现,所以诗人振臂高呼,让天下屈曲如蠖的百姓直起腰来,扬眉吐气。又如《写怀》:

> 大千苦恼叹红颜,幽锁终身等白鹇。安得手提三尺剑,亲为同类斩重关。
>
> 任人嘲笑是清狂,痛惜群生忧患长。无量河沙无量劫,阿谁捷足上慈航。
>
> 苦海超离渐有期,亚东风气已潜移。待看廿纪争存日,便是蛾眉独立时。

生活在封建时代社会底层的广大女性,无法主宰自身的命运,被束缚在狭小的天地中,为命运自怨自艾。作为女性中的一员,碧城深有感触,当看到女性为命运而苦恼哀叹时,吕碧城恨不得为同胞们"斩重关",即使任人嘲笑,也不改初心。她渴望普度女性们脱离苦海,并且认为随着社会风气的改变,希望已经近在眼前,女性们可以获得独立,她对女权充满了必胜的信念。诗中充满革命的激情和女性终将获得解放的必胜信念。铁花馆主在《昨承碧城女史见过谈次佩其才识明通志气英敏谨赋两律以志钦仰藉以赠行》中,赞碧城将女权贯彻到底的决心,"女权何用问西东,振起千年若破蒙",碧城在回赠诗《和铁花馆主见赠韵》中云:

风雨关山杜宇哀,神州回首尽尘埃。惊闻白祸心先碎,生作红颜志未灰。忧国漫抛儿女泪,济时端赖栋梁才。愿君手挽银河水,好把兵戈涤一回。

新诗如戛玉丁东,颁到鸿篇足启蒙。帷幄运筹劳硕画,木天摘藻见清聪。光风霁月情何旷,流水高山曲未终。霖雨苍生期早起,会看造世有英雄。

吕碧城痛心西方列强对中国的侵略,虽生为女儿身,但并不能阻挡女诗人对祖国的挚爱,面对神州被列强蹂躏的惨状,她愿驰骋疆场,此光风霁月之情,犹如高山流水之曲一般。而"济时端赖栋梁才",表达了碧城殷切期望满腹经纶的友人能够负起安邦定国、驱除外敌重任的心愿。正因她胸中充溢着块垒之气,故发此雄健豪爽之音,试与男儿争雄,虽未言及"权",但女权精神洋溢其中。"吕碧城书写的女界革命新诗就完全不同了,其旧体诗/词的玄奥高深、生涩丽艳一扫而光,她俨然披挂'戎装'上阵,以诗/词为战斗武器,飒爽英姿地走在妇众前面的革命'顾大嫂'。"[①] 吕碧城和秋瑾相识相知,她支持秋瑾的革命事业,钦佩秋瑾为女权而奋斗的决心。秋瑾曾邀请吕碧城和她一起前往日本,因碧城

---

① 王绯:《空前之迹——1851—1930:中国妇女思想与文学发展史论》,商务印书馆2004年版,第334页。

当时一心办学,"自抱持世界主义者,也没有汉、满种族之见"①,婉拒了秋瑾的盛邀。秋瑾过世后,吕碧城作《西泠过秋女侠祠次寒云韵》:

> 松篁交籁和鸣泉,合向仙源泛舸眠。负郭有山皆见寺,绕堤无水不生莲。
>
> 残钟断鼓今何世,翠羽明珰又一天。尘劫未销惭后死,俊游愁过墓门前。

1916年秋,碧城与友人费树蔚等一起游览杭州,路经昔日故友秋瑾之墓时,内心交织着复杂而又矛盾的难言心理。她和秋瑾同为女权的倡导者和先行者,都以"救国"为己任,但二人选择了不同的道路,秋瑾采取了激进的革命之路,把自己完全交付给民族解放事业,"秋瑾是向往革命的,她对于革命有着无法言表的执着"②,而碧城选择了温和的教育救国,先解放女性自身,"她也想救国,只是曲线救国,不要那流血的革命,只是以启迪国民,转换风气,作救世拯民的准备"③。当碧城在秋瑾墓前凭吊时,未呈现出悲歌,而是蕴含着对女权理想的不懈追求。

学者李又宁指出,"秋瑾和吕碧城代表近代黎明时期,先进妇女走得两条不同的道路,两人共同的大目标都是救中国于危亡,虽然她们主张采取的手段和程序有所不同,秋瑾代表的是革命救国的道路,是激进妇女的领袖;吕碧城所代表的是教育兴民的路程,是稳健女性的翘楚。后者以为,要救亡图强,必须从教育和宣传着手,也就是以启发民智,转移风气,作为拯民济世的基本准备"④。虽然吕碧城并未参加任何激进的革命活动,但毋庸置疑她是一位具有女性主体意识的中国新

---

① 杨锦郁:《吕碧城文学与思想》,佛光山文化发行部2013年版,第233页。
② 曾雪琴:《吕碧城文传——乱世才女的独帷禅心》,文汇出版社2013年版,第53页。
③ 曾雪琴:《吕碧城文传——乱世才女的独帷禅心》,文汇出版社2013年版,第54页。
④ 李又宁:《近代中华妇女自叙诗文选》,台北:联经文化事业有限公司1980年版,第193页。

女性，是近代中国女权运动的先驱，"不同于秋瑾以追随时代精神而成为女界领袖，吕碧城将以特立独行显示出时代主流以外的另一样新女性风范"①。

当然，综观碧城的诗文创作，不乏传统女性的吟花弄月、感时伤事，如她早期的《清平乐》《长相思》，"不是一声孤雁，秋声那到人间"，"花愔愔，月愔愔，愁煞鹃魂与蝶魂"，等等。但她并未停留于此，而是与时俱进，将慷慨的时代之音融入创作中，所以她的大多数作品都有男儿的胸怀和识见。碧城并不认同文学界对历代女性创作的评论，"兹就词章论，世多訾女子之作，大抵裁红刻翠，写怨言情，千篇一律，不脱闺人口吻者"，她指出女性抒写性情，"惟须推陈出新，不袭窠臼"，②这也是她的创作能够紧跟时代步伐的内在原因。如《相见欢》：

闻鸡起舞吾庐，读奇书。记得年时拔剑斫珊瑚。　乡雁断，岛云暗，锁荒居。听尽海潮凄壮心孤。

吕碧城褪去了初期的柔媚，渴望和男儿一样，闻鸡起舞，吟咏出为国效力的壮志豪情。《浪淘沙》：

百二莽秦关，丽堞回旋。夕阳红处尽堪怜。素手先鞭何处着？如此山川。　花月自娟娟，帘底灯边。春痕如梦梦如烟。往返人天何所住？如此华年。

这首词作于1915年5月，正值袁世凯与日本人签订丧权辱国的"二十一条"之时，词人想象着祖国的大好河山，面对着眼前国家利益的日益沦丧，内心流露出"春夜如梦梦如烟"的凄怆感，热血的报国之志油然而生。而青春年华易逝，故词人深自警醒，不愿虚度年华、碌碌无为。

---

① 刘纳编著：《吕碧城》，中国文史出版社1998年版，第16页。
② 吕碧城著，李保民笺注：《吕碧城诗文笺注》，上海古籍出版社2007年版，第476页。

然如此时代，仅凭一己之力，梦想终被现实扼住，词人心中不免怅然。而作于1917年的《百字令·排云殿清慈禧后画像》则进一步表明词人关注国事的民主思想：

  排云深处，写婵娟一幅，翠衣耀羽。禁得兴亡千古恨，剑样英英眉妩。屏蔽边疆，京垓金币，纤手轻输去。游魂地下，羞逢汉雉唐鹉。 为问此地湖山，珠庭启处，犹是尘寰否？玉树歌残萤火黯，天子无愁有女。避暑庄荒，采香径冷，芳艳空尘土。西风残照，游人还赋禾黍。

辛亥革命胜利后，在较长的一段时间内，颐和园万寿山排云殿内仍然悬挂着慈禧的画像。画中的慈禧，穿着盛装华服，一身珠光宝气，富贵至极。当词人旅居北京时，看到慈禧的画像之后，感慨慈禧为一己之私欲，不顾大敌当前，竟然挪用海军军费大修颐和园，"京垓金币，纤手轻输去"，酿成中日甲午海战一败涂地的严重后果。即使她死后，也应羞对于"汉雉唐鹉"，吕碧城痛斥了慈禧祸国殃民、挥霍无度的罪行，国民思想尽露无遗。可以说，这是近代以来对于垂帘听政的慈禧发出的"第一声谴责"[①]。作于1928年春的《高阳台》则表达了词人对国事的忧心：

  啼鸟惊魂，飞花溅泪，山河愁锁春深。倦旅天涯，依然憔悴行吟。几番海燕传书到，道烽烟、故国冥冥。忍消他、绿醑金卮，红萼瑶簪。 牙旗玉帐风光好，奈万家春闺，凄入荒砧。血渍平芜，可堪废垒重寻。生怜野火延烧处，遍江南、草尽红心。更休谈、虫化沙场，鹤返辽阴。

此时碧城正浪迹欧洲大陆，接故国友人书，得知国内战乱不断、生

[①] 曾雪琴：《吕碧城文传——乱世才女的独帷禅心》，文汇出版社2013年版，第100页。

第五章　香国女杰:吕碧城

灵涂炭,深为忧伤。而救国无方,憔悴行吟,长歌当哭,借以抒发愤懑。她化用杜甫诗"感时花溅泪,恨别鸟惊心"之句,将忧心民瘼刻画得入木三分。之后的《满江红·感怀》,则鲜明表达了女权思想:

晦暗神州,欣曙光一线遥射。问何人,女权高唱,若安达克?雪浪千寻悲业海,风潮廿纪看东亚。听青闺挥涕发狂言,君休讶。
幽与闭,长如夜。羁与绊,无休歇。叩帝阍不见,愤怀难泻。遍地离魂招未得,一腔热血无从洒。叹蛙居井底愿频违,情空惹。

吕碧城初在《大公报》首刊此词时,引起了社会上的极大反响,中外名流纷纷响应唱和,秋瑾亦慕名造访。词人表示愿以法国女革命党人罗兰夫人和法国女爱国者贞德为榜样,高倡女权,打破束缚在女性身上的枷锁与羁绊,不惜抛头颅、洒热血。光绪三十年三月二十五日《大公报》刊载了洁清女士为《满江红》所作的评论:"历来所传闺阁笔墨或托名游戏,或捉刀代作者,盖往往然也。昨蒙碧城女史辱临,以敝箑索书,对客挥毫,极淋漓慷慨之致,真女中豪杰也。女史悲中国学术之未兴,女权之不振,亟思从事西学,力挽颓风,且思想极新,志趣颇壮,不徒吟风弄月,摘藻扬芬已也。裙衩伴中,得未曾有,予何幸获此良友,而启予愚昧也。钦佩之余,忻识数语,希邀付骥之荣云。"[1]《法曲献仙音·题〈虚白女士看剑引杯图〉》:

绿蚁浮春,玉龙回雪,谁识隐娘微旨?夜雨谈兵,秋风说剑,梦绕专诸旧里,把无限忧时恨,都消酒樽里。　　君认取,试披图英姿凛凛,正铁花冷射脸霞新腻。漫把木兰花,错认作等闲红紫。辽海功名,恨不到青闺儿女。剩一腔豪兴,聊写丹青闲寄。

吕碧城以聂隐娘和花木兰为例,指出女性中也不乏豪杰、有志之士,

---

[1] 吕碧城著,李保民笺注:《吕碧城词笺注》,上海古籍出版社2001年版,第545页。

像男儿一样,"夜雨谈兵""秋风说剑",不可轻视她们为"等闲红紫"。词作中充满着对女性凛凛英姿的赞叹,女权精神洋溢其中。吕碧城借此词,寄希望于中华女子,都能有聂隐娘和花木兰这样英勇仗剑的情怀,即使只有柔弱之身,也要和男儿同有壮志豪情,驰骋疆场,建功立业。樊增祥批此首词作"是荆十三娘一辈人语"[1],徐沅评曰,"拔天斫地,不可一世,在词家独辟一界,不得以音律绳之"[2]。光绪三十一年大陆第三年第十四号载光明评碧城曰,"长娴书史,才同谢女,早传咏絮之词;思比若兰,不织回文之字。神州莽莽,伤心女学之沉沦;弱息奄奄,深恨女权之堕落。放大千之金藏,贞心私淑罗兰;起九死之沉魂,宏愿竟同达克"[3]。

  这首词足以见出碧城之精神写照,她不反对以词书写性情,词的体裁多样,言情写怨,本无可厚非,"诗中之温李,词中之周柳,皆以柔艳擅长"(《女界近况杂谈》),男子况且如此,"况于女子写其本色,亦复何妨?"(《女界近况杂谈》)文学界对女性词作"不脱闺人口吻者"的指责,在碧城看来,有失偏颇,性情真切才是首要,"言语必系苍生,思想不离庙朝"的创作态度,矫揉造作,并不可取。但吕碧城也不赞成文学创作脱离社会现实,她所生活的时代,国家积贫积弱、外族入侵仍频,碧城必然要反映到作品中,《洞仙歌》《千秋岁》都是其代表。碧城词作中所呈现的多元化色彩,咏物、感事、纪行、赠别、宴游、咏史等元素皆可入作品,可谓包罗万象,"她把以往女性词作从大都是以个人生活情感的描述和对自然风景较为单纯的感受带入更为广阔的社会天地,赋予词以更强的生命力"[4]。

---

[1] 吕碧城著,李保民笺注:《吕碧城词笺注》,上海古籍出版社2001年版,第506页。
[2] 吕碧城著,李保民笺注:《吕碧城词笺注》,上海古籍出版社2001年版,第506页。
[3] 吕碧城著,李保民笺注:《吕碧城词笺注》,上海古籍出版社2001年版,第546页。
[4] 李保民:《一抹春痕梦里收:吕碧城诗词注评》,上海古籍出版社2004年版,前言第7页。

第五章　香国女杰：吕碧城 ❖❖❖

第二节　去国后的思想及创作

　　中国女子的留学，源于中日甲午战争，战败的中国面对明治维新后强盛起来的日本，意识到西方文明和科技的先进，部分维新志士如康有为、梁启超等，在国内传播海外所见的新思想。因中日地理距离较近，早期女子留学去日本的不少，"至于到日本去的女子，因为离江浙近的缘故，戊戌以后大概去的很不少，从事实际革命的女子，以此类女生为多"①，起初赴欧美留学的女子多由美国传教士带往。就吕碧城而言，她一直有心亲践赴欧美，曾托老师严复向当时的两江总督端方疏通，但因个中原因，未能成行。几经周折，1920年9月，吕碧城第一次赴美，于哥伦比亚大学研习美术、进修英语。两年后她经由加拿大回国，寓居上海。1926年秋天，吕碧城再次来到美国，随后转赴欧洲大陆，游踪遍布法国、英国、德国、意大利、奥地利和瑞士等国，并努力地参与国际社会活动。

　　近代欧洲美丽的人文自然风光和璀璨的古代文明，为碧城提供了源源不断的创作素材。她"常作欧西之行，谒纳尔逊像及巴黎拿破仑墓，荡桨瑞士之日内瓦湖，领略世界乐园之胜，又复驻足意大利，一吊罗马之夕阳，更赴美利坚，参观好莱坞诸明星如卓别林、罗克、贾克可根、范鹏克、范伦铁瑙、爱琳立许、巴赖南格丽之宅墅"②。在这一时期，她的作品不论数量还是质量，都堪称上乘，其中具有代表性的著作是《欧美漫游录》，记载了碧城漫游欧美时的足迹。其中，吕碧城在瑞士日内瓦居住时间最久，近十年时光，日内瓦素有世界公园之称，而吕碧城居住的环境甚佳，她在《欧美漫游录》"重游瑞士"篇中留下了此间美丽的回忆：

　　　　寓建尼瓦（日内瓦）湖畔，斗室精妍，静无人到，逐日购花供

---

① 陈东原：《中国妇女生活史》，商务印书馆1998年版，第351页。
② 吕碧城著，李保民笺注：《吕碧城词笺注》，上海古籍出版社2001年版，第516页。

几,自成欣赏。向南扇扉双启,即半月式小廊,昕夕涵润于湖光岚影间,虽闭户兼旬,不为烦倦,如岳阳楼之朝晖夕阴,气象万千,叠展其图画也。晴时澄波潋滟,白鸥回翔,雨则林峦悉隐,远艇红灯,熠昏破晦。倘遇阴霾,城市中称为恶劣气候者,此则松风怒吼,雪浪狂翻,如万骑鏖兵,震撼天地,心怀为之壮焉。

在诗作中,碧城也留下了游访欧美的足迹。《两度太平洋皆逢中秋》:

不许微云滓太空,万流澎湃拥蟾宫。人天精契分明证,碧海青天又一逢。

诗人两渡太平洋分别为1920年9月和1926年9月,皆是中秋节,明月是睹,心中不免慨然。上天和人之间仿佛有机缘巧合,息息相通,让诗人两次在浩瀚的太平洋上喜逢中秋,带给她美好的遐想。《遣兴》:

客星穹瀚自徘徊,散发居夷未可哀。浪迹春尘温旧梦,回潮心绪拨寒灰。

人能奔月真遗世,天遣投荒绝艳才。亿万华严随臆幻,谪居到处有楼台。

这首诗于1926年冬发表于《申报》,原题为《去国留别诸友》。诗人当时去国未久,旅居海外,漂泊异域,抚昔伤今,以客星自喻,因夜晚遥望星空,心有所感,遂将感慨、无奈和哀怨寄托于诗中。《丁卯暮春游瑞士》:

谁调浓彩与奇香,造就仙都隔下方。海映花城腾艳霭,霞渲雪岭炫瑶光。

鸣禽合奏天然乐,静女同羞时世妆。安得一廛相假借,余生沦隐水云乡。

第五章　香国女杰：吕碧城

诗人在《欧美漫游录》之"芒特儒之风景"篇中，记述了这次游历经过，描绘了时方四月，虽未登山，然停留三日，眼中所见瑞士风景。《游乂京罗马》：

夕照镕金灿古垣，罗京写影入黄昏。海波净似胡儿眼，石像靓传娀女魂。

万国珠粲存息壤，千秋文献尚同源。无端小住成惆怅，多事回车市酒门。

诗人记录了傍晚游历意大利首都的情形。在碧城的笔下，罗马古迹多颓垣断壁，"海波""石像"都给人以强烈的视觉冲击，尤其罗马文化，更是举世闻名，很多国家法律皆导源于罗马。《日内瓦湖短歌四截句》：

歌舞沸湖滨，约盟联国际。文轨万方歧，珠履三千会。
循环数七桥，七桥有长短。桥短系情长，桥长响屟远。
盖世此喷泉，泉头天畔起。溅玉复飞珠，莲花和泪洗。
今日到湖头，昨宵宿湖尾。头尾尚相连，坠欢如逝水。

吕碧城记录了由巴黎抵达日内瓦后的情景。日内瓦虽国土面积小，然因风景佳，游人众多，常成为政治制度及文化经济各不相同的国家之国际联盟之所。河上诸桥有七，穿着木屐于桥上行走，别有风致。喷泉和日内瓦湖，乃国际联盟会所在，亦游人荟萃之地，游于湖上，欢乐异常。《绝句一首》：

玉井开莲别有山，无穷劫火照尘寰。年来万念都灰烬，待与乾坤大涅槃。

这首诗记叙了吕碧城游历拿坡里（即那不勒斯）维苏威火山时的所见。当诗人看到山头熊熊烈焰及四周焦石，周围寸草不生，不由得升腾起涅槃的精神境界，现出佛意。《九月三十日梦云中一丹凤渐敛羽翩至不可见惟天际一飞艇又忽坠落于邻宅因之惊醒诗以纪之戊辰仲秋志于日内瓦》：

凤兮凤兮德未衰，九苞耀采垂天来。倏然鹏程翔九万，不比孔雀五里一徘徊。

又如行空腾骥足，无劳风人我马歔瘯。是凤是仙是梦影，但觉云光暧䨴青旻开。

我方神游兼目送，鹬退豹隐胡为哉？生当丧乱今何世，丹崦日暮红桐死。

鹳鹳犹羞鸡鹜争，凤麟岂兆河图瑞。文鸾和锵一笑逢，付与华胥为游戏。

色相匆匆转瞬消，飞艇天末遥相继。我犹列子曾御风，前尘入梦原非异。

忆昔扬舲驶太空，朝发罗马夕奥匈。俯瞰邦国如结衲，横掠山岳如转蓬。

上界下界白雪海，千朵万朵碧芙蓉。丰隆肆威曜灵灼，光使目眯声耳聋。

机身一叶能遒劲，捭阖浩荡穿鸿濛。当时疏懒无诗纪，今撷残梦为补未竟工。

或云敛翮坠艇非佳谶，我闻斯语瓠犀粲。前贤籀理齐彭殇，况属幻梦难凭验。

纵教铩羽甘为凤，便使摧机甘为舰。但期天上驻精魂，岂向人间论修短。

这首诗作于诗人居瑞士日内瓦之时，碧城以浪漫主义的笔法，描写了雪山仙境奇瑰的景象，蕴含着佛教因果轮回，表达对遗世独立的追求和向往。在词作中，吕碧城也留下了描述欧美风光的海外新词，《前调》：

第五章 香国女杰：吕碧城

悄凝眸、绿阴连苑，啼莺催换芳序。春归春到原如梦，莫问桃花前度。吟赏路，便咫尺西洲，忍却凌波步。赤城再顾。认霞焰犹腾，炎冈未冷，心事已灰炷。　　天涯远，著遍飘英飞絮。粉痕吹泪疑雨。三千顽碧连穹瀚，凄绝云輧回处。今试数，只一霎韶华，幻尽闲朝暮。人间最苦。待珠影联躔，麝尘惊跸，还引姹魂去。

碧城于1927年春末夏初，三次游罗马，此词即作于此时。作为去而复回之人，在碧城眼中，罗马"绿阴连苑""啼莺芳序""炎冈未冷"，旧地重游，引发了词人的心绪，不由生出"人间最苦"的感慨。《念奴娇》：

英雄何物？是嬴秦一世，气吞胡虏。席卷瀛寰连朔漠，剑底诸侯齐俯。宝铡裁花，珠旒拥楇，异想空千古。双栖有约，翚衣云外延伫。　　幽夕碧血长湮，啼妆不见，见苍烟祠树。谁访贞珉传墨妙？端让西来梵语。嫠凤凋翎，女龙飞蜕，劫换情天谱。彤篇译罢，骚人还惹词赋。

碧城在英京伦敦报纸获知，俄国探险家科斯洛夫教授寻访到成吉思汗墓地，有感而发，赋得此词。成吉思汗作为一代天骄，是"气吞胡虏"的英雄，让后人反复诗词歌颂的对象，碧城也不例外，用富有气魄的语言描述了成吉思汗墓地的内部布置及装饰。《陌上花》：

十年吟管，五洲游屐，水遥云暝。碧海青天，犹见故宫眉晕。含颦凝睇追随遍，莫避尹邢妆靓。又今宵依约，水精帘下，梦痕堪印。　　话前身何许，万千哀怨，付与瑶台笛韵。旧谱霓裳，凄断人间芳讯。婵娟共影谁长在？只是坡仙词俊。更低徊，怕说桂林，疏雨茂陵秋病。

这首词描绘了瑞士的雪景。词人以"眉晕"喻指月亮，于碧海青天之上、水遥云暝之处，观赏一轮明月，不由得生出"婵娟共影谁长在"

的感慨。《江城梅花引》：

> 搴霞扶梦下苍穹。怨东风，问东风。底事朱唇，催点费天工。已是春痕嫌太艳，还织就，花一枝，波一重。　一重一重摇远空。波影红，花影融。数也数也数不尽，密朵繁丛。恼煞吟魂，颠倒粉围中。谁放蜂儿逃色界，花历乱，水凄迷，无路通。

词人于日内瓦湖畔欣赏樱花，彼时樱花如海，故赋词以状其盛。樱花色如"朱唇"，给人以强烈的视觉冲击。樱花长势繁密，"花一枝，波一重"，这重重花海，让人只觉"乱花渐欲迷人眼"，置身于花的海洋，颠倒其中，不能自拔。《青玉案》：

> 樱云冷压银漪遍，春满了，澄湖面。十二瑶峰来阆苑，眉痕敛黛，霞痕渲雪，山也如花艳。　登楼懒赋王郎怨。回首神州似天远。休道年年漂泊惯。随风去住，随波舒卷，人也如鸥倦。

1928年春，碧城由英伦返回瑞士日内瓦湖畔后，游览日内瓦湖周围之群峰所作，据邹鲁《二十九国游记》"瑞士"篇中记载，"盖此湖四面环山，层峦叠嶂，东行则为柏尼斯，南行则为白山，众山非特高峻，而终年积雪，尤显奇形。众山绕湖如环，而众山遂为湖所有，山势既奇，山脉尤远，任择湖之一处以观山，山各不同，各有奇境，山境之变无穷，而湖之胜亦无穷。山顶积雪虽白，山中林木甚青，而积雪之山，有时白云腾绕，不知是雪是云，尤不知是山是云；若落日余晖，烘映积雪，则向之白者，转成绯红，是山之景无穷，而湖之胜更无穷"[①]。吕碧城在词中将此地称为"阆苑"，在她眼中，山色青黑，犹如女子眉黛，山上积盖白雪，"山也如花艳"。此情此景，让词人感念身在天涯，此漂泊之苦，"人也如鸥倦"。《菩萨蛮》：

---

① 吕碧城著，李保民笺注：《吕碧城词笺注》，上海古籍出版社2001年版，第120页。

第五章　香国女杰:吕碧城

> 鞯纹绉碧波千顷,几痕疏雪摇秋影。鸥梦入苍茫,仙乡即水乡。轻烟笼晚翠,山意慵如睡。何处避秦人,行吟独苦辛。

词人寓居瑞士日内瓦湖畔,欣赏湖面碧波,轻烟笼罩,山意慵懒。而日内瓦湖,景色优美,"此湖之美,光映朝阳,则金龙万道;影澄夜月,则白链轻铺,微风吹荡,怳织罗纹,薄雾轻笼,如蒙纱障"[①]。词人长久羁留异国他乡,眼前的美景感发了她对故国亲友的怀念,感念行吟之苦。《满庭芳》:

> 倦枕欹愁,重衾滞梦,小楼深锁春寒。笙歌隔院,咫尺送喧阗。想见华筵初散,怎禁得、酒冷香残。空剩了,深宵暗雨,淅沥洗余欢。　　愁看,佳丽地,帷灯闸剑,玉敦珠槃。怕人事年光,一样阑珊。漫说霓裳调好,秋坟唱、禅味同参。疏帘外,银澜弄晓,江上数峰闲。

词中所描述的是夜宿日内瓦湖畔,耳里听着隔壁剧院传来的笙歌,但心境已不复年轻时那般喜爱欢乐了,涌上心头的却是"酒冷香残"的记忆。据吕碧城在《欧美漫游录》之"重往建尼瓦"篇中记载了此中情景:"由芒特儒往建尼瓦,舍车而舟,稳渡四小时,得赏沿湖风景,且为价较廉计,殊得也。仍寓旧时旅社,然昔之寓此,因邻为剧场,深夜顾曲,便于往返。今抵此经旬,尚未涉足。某夜梦回,方笙歌如沸,卧聆乐奏,知某也为狐步舞,某也为转旋舞。往日芳朋俊侣,沉酣于春潮灯影之情景,一一涌现,然今倦厌矣。故此等幻影亦旋起旋灭,而别有所感者在声乐之凄咽,如诉人事,如惜年华,无限隐抑及变迁,胥寄此宛转顿挫之节拍中。其将终也,则淫溢哀乱,曳长音而若不足,每阕皆然,颇合古乐府一唱三叹之旨。已而汽车竞鸣,知为酒阑人散,取视时计,方交四点。众响渐寂,继以一阵疏雨淅沥有声,凄凉况味,洗涤歌舞余

[①] 吕碧城著,李保民笺注:《吕碧城词笺注》,上海古籍出版社2001年版,第122页。

欢，反响亦殊不弱。"① 词人听闻雨夜湖畔之音乐，如泣如诉，内心悟出盛衰倚伏之道理。《新雁过妆楼》：

> 万笏瑶峰，迎仙客、半空飞现妆楼。素鸾骖到，霓帔冷袭天飔。云气岚光相沆瀣，更无余地著春愁。思悠悠。魂消冰雪，乡杳温柔。
> 婵娟凭谁斗影？梦霜姚月姹，裙展风流。相逢何许，依约群玉山头。鸿泥轻留爪印，似枕借、黄粱联旧游。闲吟倦，但眼迷银缛，寒生锦裯。

词人继1927年6月首次攀登瑞士雪山后，于1938年6月再次登上雪山，雪白的山峰与蓝天交融在一起，让观者心胸开阔，无暇念及春愁。《玲珑四犯》：

> 虹影牵斜，占鹫岭天风，长缕轻扬。谁炼柔钢，绕指巧翻新样。还似索挽秋千，逐飞絮、落花飘荡。任冶游、湖畔来去，通过画船双桨。　步虚仙屦传清响。渡星娥、鹊群休傍。旧欢密约浑无据，春共微波住。为问倚柱尾生，可忏尽、当年情障。锁镜澜凄黯，回肠同结，万丝珊网。

这首词描述了日内瓦的铁网桥。词人用"秋千""珊网"比喻铁网桥的外观形状，它原本是坚硬之物，但"何意百炼钢，化为绕指柔"，百炼之铁成坚钢，而今可绕指，足见桥的灵巧新样，千回百转，同结而成。而《梦芙蓉》则描述了芒特儒寇领（Caux）的风景：

> 纤苗凝姹紫。记冲寒破雪，岭头铺绮。几番吟赏，裙屐远游至，素标谁得似？繁霜晚菊堪拟。高受天风，倚岚光弄靓，羞傍鬌髻底。　回首林扃暮矣。薛老萝荒，夜黑啼山鬼。岁华催换，陈

---

① 吕碧城著，李保民笺注：《吕碧城词笺注》，上海古籍出版社2001年版，第125页。

第五章 香国女杰:吕碧城

迹入花史。春痕留片蕊,琅函脂晕犹腻。旧梦重寻,但千严云锁,松影堕顽翠。

碧城漫游芒特儒,湖后之山共分三级,第一级为葛力昂(Glion),中层为蔻(Caux),山巅处为饶席德内(Rochers de Naye)。其中,"蔻领多紫野花,苗于雪际,予(碧城)恒采之。游踪久别,偶于书卷中见旧藏残瓣,怅然赋此"①。不只在词中,吕碧城描述蔻领风光,包括她的诗文《蔻山赏雪歌》,描绘了蔻领的雪景。诗采用歌行体,篇幅和音韵上更加自由:"豆蔻山,在何处?阿尔伯脉云中路。阴霾寒锁春未来,忽放琪花千万树。不辨南枝与北枝,乱射珠光破银雾。有客浑如鹤,无春亦见梅。"郭延礼评论此诗:"诗人借助长短不一的句式,字数从三言、五言、七言、九言直到十三言,参差错落,形成了舒卷自如,流美飞动的语言风格。诗中又数次换韵,跳跃多变,使全诗更加自由舒展,挥洒自如,而又奇幻多姿、错落有致。"②《绛都春》:

临波学步。试扶上小舟,轻移柔橹。弱腕乍扬,已觉吟魂消银浦。低昂一叶从洄溯。似蘸渌、蜻蜓栩栩。半湾新涨,盈襟绀影,悄然来去。　休误。烟霞无价,供欣赏、说甚他乡吾土。几许梦痕,濯入沧浪慵回顾。仙踪况许壶天住。尽水佩、风裳容与。夕阳正恋瑶峰,赤晶认取。

此词记录了词人于日内瓦湖荡舟的情形,据《欧美漫游录》"建尼瓦湖之荡舟"篇记载,碧城"旅居无俚,每晚住隔壁之剧场听歌,昼则常坐矶头观钓,或附汽艇渡湖,但不登岸,仍坐原艇归来,借以消遣而已。尤爱瓜皮小艇,仅能载二三人,游客租用须自摇桨,扁舟容与,湖光山

---

① 吕碧城著,李保民笺注:《吕碧城词笺注》,上海古籍出版社2001年版,第134页。
② 郭延礼:《南社作家吕碧城的文学创作及其诗学观——纪念南社成立一百周年》,《文学遗产》2010年第3期。

色中自饶雅趣"①。《点绛唇》:

> 万叶鏖风,绿天凉闹山楼雨。初收残暑,蓦地秋如许。　舟塔凌空,一点摇红炬。心休怖,黝溟黟雾,也有光明路。

这首词描写了瑞士日内瓦的山居夜景,时序变换,由"绿天凉闹"到"秋如许",夏秋间的转换被词人不动声色地呈现出来。《翠楼吟》:

> 艳骨冰清,仙心雪亮,羞看等闲罗绮。柔乡羁素袜,指洛浦、芝田双寄。凌波回睇。认玉质金相,西来梳洗。韶光里,盈盈欲语,通词谁试?　恰是,群玉山头,望有娥无恙,瑶台迤逦。相逢悲隔世,洒千点、如铅香泪。首邱容倚,写䂻粉银笺,花铭同瘗。归无计,只怜孤负,故山梅蕊。

吕碧城作此词,出于对瑞士水仙花的喜爱,她在《欧美漫游录》之"百花会之夜游"篇中谈道:"建尼瓦湖畔每年春暮夏初有花会二次,一在湖头之芒特如,于五月举行,名水仙会。花具仙姿,然不在水,遍植山野间,与吾国所产之水仙相似,予固名之。"②《念奴娇》:

> 灵娲游戏,把晶屏十二,排成蠟险。簇簇锋棱临万仞,诡绝阴森天堑。雨滑琼枝,光迷银缬,鸾鹤愁难占。义轮休近,炎威终古空瞰。　图画展遍湖山,惊心初见,仙境穷犹变。惟怕乾坤英气尽,色相全消柔艳。巫峡云荒,瑶台月冷,梦断春风面。游踪何许?飞车天末曾绾。

这是吕碧城追忆游白琅克冰山之作。词人曾两次登上阿尔卑斯雪山,

---

① 吕碧城著,李保民笺注:《吕碧城词笺注》,上海古籍出版社2001年版,第144页。
② 吕碧城著,李保民笺注:《吕碧城词笺注》,上海古籍出版社2001年版,第159页。

第五章 香国女杰：吕碧城

其中，白琅克冰山（Mont Blanc）是阿尔卑斯雪山主峰之一，碧城在《破阵乐》词题云："欧洲雪山以阿尔伯士为最高，白琅克亦堪伯仲，其分脉为冰山，余则苍翠如常，但极险峻。"邹鲁《二十九国游记》"瑞士"篇中记载，"白山（即白琅克冰山）为欧洲之最高山，亦即群山之祖也。因其高大，遂终年积雪"，"仰视山腰以上，一白无垠，万壑千岩，形状不一，云腾日炙，气象更变化无穷，或则石壁高峙，百怪千奇，雪所止处，翠柏如麦秧，时而三五房屋，点缀其间，时而悬流巨细，发为奇响"。[①]词人以"晶屏""簇簇锋棱""雨滑琼枝"来形容冰山晶莹剔透的形貌，以"炎威终古""惊心初见"来描摹雪山的气势。万仞冰山既险峻又寒冷，连鸾鹤、太阳都难以接近，奇诡的想象，让冰山如状目前。《解连环》：

万红深坞。怕春魂易散，九洲先铸。铸千寻、铁网凌空，把花气轻兜，珠光团聚。联袂人来，似宛转、蛛丝牵度。认云烟缥缈，远共海风，吹入虚步。　　铜标别翻旧谱。借云斤月斧，幻起仙宇。问谁将、绕指柔钢，作一柱擎天，近衔义驭？绣市低环，瞰如蚁、钿车来去。更凄迷、夕阳写影，半捎茜雾。

这首词描述了巴黎铁塔，据吕碧城《欧美漫游录》"铁塔"篇记载曰："吾人虽未到巴黎者，每于图画中见此塔形，亦皆识为巴黎特有之建筑，位于河岸之右，介乎鲍登乃 Avenue Della Bourdenais 及瑟佛伦 Avenue de Suffren 二路之间，前为霞穆马广场，建于 1889 年，高 984 尺，有电梯升降，可纵览巴黎全城之景。因全体为镂空铁网所制，大风时且摇曳微颤。"[②]"铁网凌空"展示了铁塔的气势，而"认云烟缥缈，远共海风"描绘了铁塔高耸入云霄的壮观之景，"绕指柔钢，作一柱擎天"则赞美了近代科技的发达之威力。《玲珑四犯》：

[①] 吕碧城著，李保民笺注：《吕碧城词笺注》，上海古籍出版社 2001 年版，第 162—163 页。
[②] 吕碧城著，李保民笺注：《吕碧城词笺注》，上海古籍出版社 2001 年版，第 166 页。

一片斜阳，认古甓颓垣，蝌篆苔黟。倦影铜驼，催入野花秋睡。尽教残梦沉酣，浑不管、劫余何世。看凄迷、废垒萝蔓，犹似绮罗交曳。　　艳尘空指前游地，黯销凝、屧香黏蕊。大秦西望苍烟远，谁解明珠佩。重溯故国旧闻，记八骏、曾驰周辔。惹赋情绵邈，春痕长晕，穆瑶池际。

词人曾游罗马，后在《欧美漫游录》"义京罗马"中记曰："著名之古迹为罗曼法罗穆（Roman Forum），乃古市场及议院、法庭等，建于纪元前六百余年。自4世纪后叠遭外辱，精美之石柱等，多被移去，屋宇倾圮，遂成废墟，断础残甓，散卧于野花夕照之中，时见蜥蜴出入铜驼荆棘，有同慨焉。"① 吕碧城于黄昏夕照之时游罗马，映入眼帘的是千余年的断壁残垣，有感而作。《八声甘州》：

望娟娟一水锁妆楼，千秋想容光。怅翟衣褪彩，螭奁滞粉，犹认柔乡。未稳栖香双燕，戎马正仓皇。剪烛传军牒，常伴君王。　　见说蘼芜遗恨，逐东风上苑，也到椒芳。道名花无子，何祚继天潢。谱离鸾，马嵬终负，算薄情、不数李三郎。游人去、女墙扃翠，娥月渲黄。

吕碧城游马勒梅桑（Malmaison）凭吊拿破仑之后约瑟芬，约瑟芬原是法国上流社会的绝代佳人，和拿破仑结为伉俪，后因不能生育，被迫与拿破仑离婚，终遭废黜。"城外则有凡赛尔皇宫 Versailles，建筑瑰丽，内储油画极丰，为历代法皇骄侈及关于革命之遗迹。左近有马勒梅桑，为拿破仑及其后约瑟芬（Josephine）之故居，简朴如庶民家室，所遗旧衣物甚伙。寸铃尺剑，粉盝脂奁，一一妥为陈列，犹想见烈士雄姿，美人芗泽焉。"② 词人由约瑟芬的不幸遭遇，联想到唐明皇宠妃杨玉环缢死

---

① 吕碧城著，李保民笺注：《吕碧城词笺注》，上海古籍出版社2001年版，第168—169页。
② 吕碧城著，李保民笺注：《吕碧城词笺注》，上海古籍出版社2001年版，第170—171页。

马嵬坡,感叹即使贵为帝王妻妾,也摆脱不了身不由己的命运,寓意深刻。《绛都春》:

> 禅天妙谛,证大道涅槃,薪传谁继?世外避秦,那有惊心咸阳燧。飙轮怒碾丹砂地,弄千丈红尘春瑿。倦飞孤鹜,几番错认,赤城霞起。　凝睇,镂冰斫雪,指隔浦、迤逦瑶峰曾寄。火浣五铢,姑射仙人翔游袂,流金铄石都无忌。算世态、炎凉游戏。任教烧蜡成灰,早干艳泪。

这首词描绘了意大利古城那不勒斯维苏威火山,碧城《欧美漫游录》"火山"篇记曰:"火车直升山顶,向略坦处停止,见卖硫磺及杂色土者甚多,乃1906年四月火山爆发时所遗。予等各购少许为纪念。山顶作莲花形,火井居中,恰如莲实,白烟滚滚,如晴云喷吐不已。隐现红色,若于夜间观之,必透明全赤。纯然火也,体积甚巨,直冲天际,数十里外,皆可见之。山头惟熊熊烈焰及巉巉焦石,绝无植物。吾人行处,沙砾松动,着履即流。"据邹鲁《二十九国游记》"意大利"篇中记载:"及至火山,则全山尽松动之焦泥硬块,寸草不生,时见雨流之溜痕。……峰顶一圆口,直径约有半里,此方为火山喷火处,浓烟滚滚,或白或黄,或黑或紫,时挟火焰直袭天空,更有沙石灰泥随之而起。"[①] 那不勒斯维苏威火山的雄伟奇观尽显词中。《金缕曲》:

> 值得黄金范。指沧溟、神光离合,大千瞻恋。一簇华镫高擎处,十狱九渊同灿。是我佛、慈航舣岸。絷凤羁龙缘何事?任天空、海阔随舒卷。苍霭渺,碧波远。　衔砂精卫空存愿。叹人间、绿愁红悴,东风难管。筚路艰辛须求己,莫待五丁挥断。浑未许、春光偷赚。花满西洲开天府,是当年、种播佳莳遍。翻史册,此殷鉴。

---

① 吕碧城著,李保民笺注:《吕碧城词笺注》,上海古籍出版社2001年版,第173页。

此词描写了美国纽约自由女神铜像,词人借用了春秋时期范蠡帮助越王勾践破吴的典故。据《吴越春秋》卷十记载,范蠡功成身退,遂乘扁舟出三江,入五湖,不知所终。勾践以黄金铸像,置于坐侧,以示对范蠡的纪念。吕碧城在此用这个典故,表达对美国自由女神像在美国民众心中重要性的赞叹,她站立于纽约哈德逊河口,"指沧溟""任天空、海阔随舒卷",气势巍峨。《摸鱼儿》:

望凄迷寒漪衔苑,黄台瓜蔓曾奏。娃宫休问伤心史,惨绝燃萁煎豆。惊变骤,暮玄武门开,弩发纤纤手。嵩呼献寿。记花拜螭墀,云扶娥驭,为数恰阳九。　　吹箫侣,正是芳春时候。封侯底事轻负?金旒玉玺原孤注,掷却一圜莺脂。还掩袖,见窗外囚车,血浣龙无首。幽魂悟否?愿世世生生,平林比翼,莫作帝王胄。

这首词是吕碧城于伦敦堡吊建格来公主所作。公主名珍,生于莱斯特郡之布雷德门,是亨利·格雷也即后来的索夫克公爵之长女,因后来得到爱德华摄政王诺森伯兰的支持,于1553年继登英国王位。在位仅九天,即于1554年与其父被支持玛丽女王的贵族在希尔塔处死,年仅十六。词人以哀婉的基调,借用煮豆燃豆萁的典故,批判了建格来公主之表姊玛丽女王对其政治迫害,而建格来公主"以学识及虔诚之心闻名,通晓希伯来文、希腊文、拉丁文、法文和意大利文,并曾与欧洲大陆著名的基督教神学家通信"[①],碧城无限痛惜,以悼念之。《花犯》:

炫芳丛,鞓红欧碧,年华又如此。玄都观里,谁省识重来,赢得憔悴。已谙世态浮云味,吟怀懒料理。算也似、粉樱三见,归期犹未计。　　风流弄绝塞胡妆,依然未减却,天姿名贵。闲徙倚,问可是、洛阳迁地?尽消受、蛮花顶礼,引十万、红云渡海水。还怕说、宝栏春晚,宵来风雨洗。

---

① 吕碧城著,李保民笺注:《吕碧城词笺注》,上海古籍出版社2001年版,第179页。

第五章 香国女杰：吕碧城

这首词作于吕碧城居瑞士之时，词人游览日内瓦湖畔，但见牡丹数株，看花已二度，遂为此阕。词人由眼前之牡丹联想到洛阳牡丹，因宋时洛阳盛产牡丹，被誉为天下第一，欧阳修《洛阳牡丹花品序》言，"牡丹出丹州、延州，东出青州，南亦出越州，而出洛阳者，仅为天下第一"，无独有偶，梅尧臣《牡丹》诗云，"洛阳牡丹名品多，自谓天下无能过"。碧城借用闻名天下之洛阳牡丹，盛赞日内瓦湖畔牡丹之繁茂。《庆春宫》：

山市驰橇，冰坛竞屐，胡天朔雪初干。已霁仍严，将融又结，疏林惯写萧闲。风裁争峻，指松柏、相期岁寒。飘零休诉，人远天涯，树老江潭。　　年时苦忆长安。云斗尖叉，吟兴遍酣。官阁梅花，梁园宾客，梦痕一样阑珊。暮愁千叠，拥云气、横遮乱山。凄迷谁见，鸿爪西洲，马首蓝关。

这首词作于1928年岁末，吕碧城时居瑞士雪山，此词描述了雪山雪后之风景。"冰坛竞屐""将融又结"，表达"岁寒，然后知松柏之后凋也"的人生感悟。《瑞鹤仙》：

屐痕侵败藓。自寻寻觅觅，岁阑心眼。霜林弄秋绚。挟西来金气，别严妆面。乔松翠健。羡只许、寒禽高占，似宣和、画本偷传，虬影鸷姿重见。　　还看。山眉愁倚，薄黛含颦，倦鬟堆怨。美人骚畹。迫迟暮，转凄艳。尚依然绿遍，平芜如此，岂必花时堪恋。对西风，料理清吟，赋情自远。

吕碧城时居瑞士日内瓦，此词写于她散步日内瓦公园即景。"乔松翠健""虬影鸷姿"，犹如宋徽宗宣和年间宫廷画家的院画作品，颜色精致富丽、气韵生动自然。《兰陵王》：

乱鸦集，写入芜城秋色。隋堤畔、无限夕阳，红到枝头黯成

— 175 —

碧。宵来梦郁抑，愁压眉痕更窄。怜憔悴，薄黛旧妆，付与西风弄梳掠。　春华去谁惜？忆帘卷红楼，处处烟幂，朦胧尽是相思缅。更茜雪相映，小桃争发，曾遮骢马踏艳屑，只今两陈迹。　凄恻，诉漂泊。又唱彻阳关，魂断桥侧。霜条待共梅枝折。望故国千里，暮云愁隔。归心何许？托笛语，问旧驿。

1928年秋天，吕碧城居于瑞士日内瓦，因观秋柳有所感，故作此词。她由眼前之柳联想到隋炀帝时期开通济渠，建成隋堤，沿河筑堤种柳，在无限夕阳照耀之下，柳树"红到枝头黯成碧"，由此引发一位漂泊海外的游子对故国的无限怀念与眷恋之情。而《齐天乐》则描写了白琅克冰山的日出：

曜灵初破鸿濛色，长空一轮端丽。霞暖镕金，云苏泻玉，蓦发天硎新砺。冰峦峻倚，更反射皑皑，银辉腾绮。尽斗寒暄，素韬飞弩恼神羿。　莺声残梦唤起。绣帘先自卷，偏惯凝睇。光满瑶峰，春溶碧海，慵顾姮娥梳洗。义鞭漫指，怕渐近黄昏，短英雄气。影恋花枝，断红谁共系？

词人住所对面即是白琅克冰山，晨观日出山顶，犹如"一轮端丽"，给人的视觉感受，"霞暖镕金""云苏泻玉"。凝视日出，"光满瑶峰""春溶碧海"。《锁窗寒》：

海日拚霞，仙潢漱玉，靓妆重见。秾春未了，不分做成凄惋。看缃苞、剪取茜痕，锦绡十丈天机展。便洛阳姚魏，也应低首，漫论湘畹。　舞倦，霓裳换。又暝入梨云，共怜秋苑。人间天上，一样韶华催晚。恨相逢、愁中病中，骞槎不恨星河远。怪吴郎、词笔凄馨，早识飘零怨。

碧城时居瑞士日内瓦，日内瓦西部的蒙特勒，多有玉兰高树，千百掩映，瑶峰玉宇，具有富贵之象。而她在《欧美漫游录》"芒特儒之风景"篇中，也有记叙："瑶峰环拱，皑皑一白中泛以姹紫，湖面靓碧，微腾宝气，氤氲漫天匝地，而楼影参差，花枝繁簇，可隐约见之。"① 故词人借用宋代词人吴文英《锁窗寒·玉兰》词韵，作凄馨飘零之语，表达游子漂泊之离苦。《祝英台近》：

  倦珍丛，催小别，归思满怀抱。料理兼程，只说春尚早。那知去带余寒，归迎轻暖，春早已、赶先曾到。　被花恼，不分世外相逢，情缘更颠倒。诉与东风，毕竟没分晓。从教百转吟哦，一腔凄惋，怎说与、此花知道。

吕碧城于1928年受世界动物保护协会邀请，往游奥地利首都维也纳演讲，彼时正值瑞士水仙满山，方抽寸翠，未及见花。当吕碧城演讲完，再往寻花，却遗憾地发现，花零落已尽，遂怅然赋之。包括《前调》中，"绕湘皋，依洛浦，特地种骚屑"，以及另一首《前调》"绀寨云，铅蘸渌，瞥眼又如许"，都在描绘水仙零落枯萎之貌。《踏莎行》：

  楼观参差，蓬莱婀娜，卷帘独对斜阳坐。天开图画画成诗，个中觅句偏容我。　翠瀚初澄，丹轮半斡，余辉散作烧天火。小云叠叠倚晴空，一时尽变玫瑰朵。

碧城于1929年初夏游览日内瓦之园林池沼，湖水翠瀚，群山婀娜，傍晚余晖染红天际，遂吟此词。《风流子·芍药》：

  长安看遍后，瀛洲外、重见靓妆浓。认云衣剪紫，带宽金缕，粉痕捻素。影䕙珍丛。折得露枝归绣幌，凝睇不言中。谁信断肠，可怜娄尾，莺讴台苑，蝶舞帘栊。　芜城多佳丽，空回首、心事

---

① 吕碧城著，李保民笺注：《吕碧城词笺注》，上海古籍出版社2001年版，第260页。

暗恼东风。故国花称后土，无此丰容。任波涨春愁，骞槎久系，词传雅谑，蛮语初通。不道万重蓬远，一笑相逢。

吕碧城描述了居瑞士日内瓦之时，观赏芍药的情形。"认云衣剪紫，带宽金缕，粉痕捻素"描述了芍药之花形花貌。词人将日内瓦之芍药与芜城之芍药作比较，王观《扬州芍药谱》云："扬之芍药甲天下，其盛不知起于何代，观其今日之盛，古想亦不减于此矣。"① 而今碧城在故土之外，又见此花，"不道万重蓬远，一笑相逢"。作于同时期的还有《探芳信》：

蒨云邈，正翠翻平林，金茎初擢。认小山秋早，淮南误幽约。浓薰芳气菲清润，不借风霜烈。锁阴阴、初夏湖堤，嫩晴池阁。　　布地珠尘薄。劝凤帚钟情，玉阶休掠。香剪柔枝，铜匜荐寒渌。涅槃便作枯禅化，也住旃檀国。浣蜂黄、澹弄仙瀛水色。

吕碧城居于日内瓦期间，于湖边散步，绿树葱茜，间或米兰花摇曳其中，浓馥如桂，词人采细枝供之瓶中，为赋此调。而《满江红》则描绘了日内瓦湖上月色：

精艳难磨，更何必、时逢三五。认黛影、瀛边澹洗，瘦鬟仙妩。半玦能遮星斗灿，残妆犹惹霓云妒。尽下临后土上娲天，将焉驻？　　惟宝鉴，无今古。照过客，纷来去。对一杯风渑，休辞起舞。水调徒怜传玉局，花枝能几歌金缕。且梦寻缟夜度缑山，吹笙路。

词人于中秋观赏残月，月光明丽，如一只玉佩，皎然于海上，遂赋此词，将古韵融入现代新词，别有一番风味。又如《玲珑玉》：

谁斗寒姿，正青素、乍试轻盈。飞云溜屧，朔风回舞流霓。

---

① 吕碧城著，李保民笺注：《吕碧城词笺注》，上海古籍出版社2001年版，第274页。

第五章 香国女杰:吕碧城

羞拟临波步弱,任长空奔电,恣汝纵横。峥嵘。诧瑶峰、时自送迎。　　望极山河幂缟,警梅魂初返,鹤梦频惊。悄碾银沙,只飞琼、惯履坚冰。休愁人间涂险,有仙掌、为调玉髓,迤逦填平。怅归晚,又谯楼、红灿冻檠。

这首词记述了在阿尔卑斯雪山滑雪竞技的场景。游雪山者人数众多,身姿轻盈,其疾如风,"任长空奔电,恣汝纵横",词人感触颇深,故雅戏之。而"飞""溜""回""舞""流"等动词的使用,惟妙惟肖,如在眼前。词人由眼前如玉髓般的白雪,联想到平整世间的坎坷不平,被誉为"杜陵广厦,白傅大裘,有此襟怀,无此异彩"(钱仲联《近百年词坛点将录》)。《多丽》则描述了暴风雪中渡英海峡:

海潮多,彤云乱拥逶迤。打孤舷、雪花如掌,漫空飞卷婆娑。落瑶簪、妆残龙女,挥银剑、舞困天魔。怒飓鸣骸,急帆驰箭,骞槎无恙渡星河。叹些许、峡腰瀛尾,呒翠有惊波。更休问,稽天大浸,夷险何如?　　念伊谁、探梅故岭,灞桥驴背清哦。越溪游、琼枝俊倚,谢庭咏、粉絮轻罗。迢递三山,间关万里,浪游归计苦蹉跎。待看取、晦霾消尽,晞发向阳阿。将舣岸,蜃楼灯灭,射缬穿梭。

词人孤身一人,于大风雪中坐轮渡过英吉利海峡,放眼远望,灯光闪烁迷离,"雪花如掌,漫空飞卷婆娑",打在船舷之上,让词人突发奇想。据吕碧城《欧美漫游录》记云,"岁聿云暮,人事萧条,岛气常阴,楼深画晦,断送韶华于镜光灯影中,倏六阅月"[①],特殊的创作环境为吕碧城的词作蒙上了一层绚丽夺目的异域色彩。这首词多次融典,"雪花如掌"出自李白《嘲王历阳不肯饮酒》"地白风色寒,雪花大如手","稽天大浸"出自《庄子·逍遥游》"大浸稽天而不溺","越溪游、琼枝俊

---

① 吕碧城著,李保民笺注:《吕碧城词笺注》,上海古籍出版社2001年版,第317页。

倚"出自《世说新语·任诞》王子猷夜访戴安道的典故,"谢庭咏、粉絮轻罗"亦源自《世说新语·言语》篇中谢道韫的"未若柳絮因风起"的故事。"'融典入词'其实是不易掌握的技巧,处理不好,即易有'隔'意,但吕碧城过人的才情,却能融典入词,增加词的语言密度。"①

综观吕碧城游历海外的诗词之作,借用中国古典诗词特有的格律和典故,融海外新事物和新气象入作品中,让人耳目一新。"辞藻瑰丽而不流于堆砌,感情豪放而不流于叫嚣,题材新颖而不流于媚俗。"②而入作品的,不仅包括迤逦的海外风光,还有花朵儿、雪山、月亮、火山、自由女神铜像、高架桥等,一切新生事物皆可入作品,"在吕碧城之前,还没有人致力于以词这一传统文学形式去表现海外新事物、新内容"③,"诸如此类在异国所见所经验的'新题材',常见于吕碧城的词作,这般'前无古人'、创新的'海外新词',也成为她词作受到瞩目和重视之处"④。

1928年12月吕碧城在日内瓦断荤,以明护生之志。次年起,吕碧城专以宣扬佛法为志。吕碧城的归佛,可以从她的人生轨迹中寻得必然的因缘,她幼年遭家庭变故,尝遍人情冷暖,成年后踏入社会,经历曲折丰富,中年后,孤身远游,常年漂泊海外,加之她一生孤身未嫁,内心对人生际遇的坎坷不平有着异乎常人的感受和体验,她认为人间有多种"苦",感叹"人间最苦"⑤,这些都成为她日后归佛的促成因素。龙榆生在《悼吕碧城女士》一文中,回忆与碧城的交往,两人在谈艺之余,碧城"辄谆谆劝予学佛,并寄瑞莲花瓣及精印佛像等,冀以起其信心"⑥。而对佛经佛法的热爱与钻研,也为吕碧城后期作品增添了新的元素。《丹凤吟》:

---

① 杨锦郁:《吕碧城文学与思想》,佛光山文化发行部2013年版,第137页。
② 李保民:《一抹春痕梦里收:吕碧城诗词注评》,上海古籍出版社2004年版,前言第4页。
③ 崔金丽:《吕碧城思想及其词作研究》,硕士学位论文,广西师范大学,2008年,第18页。
④ 杨锦郁:《吕碧城文学与思想》,佛光山文化发行部2013年版,第127页。
⑤ 徐新韵:《吕碧城三姊妹文学研究》,暨南大学出版社2015年版,第74页。
⑥ 吕碧城著,李保民笺注:《吕碧城词笺注》,上海古籍出版社2001年版,第564页。

第五章　香国女杰:吕碧城

依约曼天何许？弹指无端，幻空成色。煎兰缲茧，谁解众蚕春缚？西来义谛，会心微笑，一剑飞霜，万红凋萼。莫问多生旧梦，丈室天花，空艳抛散无着。　别浦新传彩笔，绀莲又见生慧钵。甚玉珰缄秘，认苔笺点染，冀手涂抹。法身无碍，不是等闲标格。何必殊名翻异籍，早荃言忘得。尺波泻影，瀹翠渲妙墨。

据吕碧城《欧美之光》"西渐梵讯"记曰："此栏所列各佛像，皆巴黎佛化美术家建宁女士所画。女士资质瑰异，秀外慧中，以绘事宣佛，久侨美洲，蜚声于新大陆……编者迭蒙女士以作品见赠，不敢自秘，爰付此编，公诸同道，亦佛法中难得之因缘也。"① 词人因获赠建宁女士所绘"慧剑斩情魔图"，故赋此词以为谢。《夜飞鹊》：

春魂骈尘网，谁解连环？参彻十二因缘。还凭四谛说微旨，拈花初试心传。迦陵妙音啭，警雕梁栖燕，火宅难安。何堪黑海，任罡风、罗刹吹船。　观遍色空昙艳，幻影更何心，往返人天。回首飙轮万劫，红酣翠膴，销与云烟。阿罗汉果，证无生、只有忘筌。似蝶衣轻褪，金针自度，小试初禅。

词人吕碧城推崇英国诗人雪莱和儒斯谛，尤其英国女诗人儒斯谛，惯以宗教之语入诗，奇情壮采，涵被万有，皆于骚坛别辟胜境。故碧城模仿其诗作，将佛法入诗，作成此词。她借弘扬佛法，表达了对人生世相的看法，蕴含着丰富的哲理。《波罗门引》：

波罗六度，戒持檀羼自惺惺。慈云普护苍生，道是羽鳞毛介，一例感飘零。舣兰桡待渡，彼岸同登。　昙云几层，未忍向梵天行。比似精禽填海，凤愿思赢。神山引风，不空尽、泥犁功不成。申旧誓、水渺沙平。

---

① 吕碧城著，李保民笺注：《吕碧城词笺注》，上海古籍出版社2001年版，第344页。

这首词介绍了大乘佛教从生死此岸到达涅槃彼岸的六种修行方法，宣扬佛法精髓，主张守规、以慈悲为怀，心性具足无量无边，德无不备，法无不现。《绕佛阁》：

十玄邃阐，重叠帝网，珠影交绚。深意无限，似他片月，圆规万波现。悄回慧眄，尘障尽泯，同破幽暗。大千衡遍，古今秘钥，谁开此关键？　第一法轮转，记取金身辞雪巘。刹海涌莲，当筵难共见。算首出群经，北拱星灿，梵音沉远。问上乘摩诃，谁定膺选？渺夔天、只赢凄恋。

佛教华严宗通向成佛之十个玄妙法门，谓之十玄，分别为性相、纯杂、一多、相即等，相互之间依存渗透、纵横交织。《隔浦莲近》：

心香一瓣结念，通过灵台电。骨借金藥铸，云衣换，尘装浣。鹓鹭知惓恋。沧波外，隔浦终相见，片蒲展。　跏趺渐定，禅观十六参遍。素襟如水，冷入莲寰秋泫。华藏庄严是信愿。非幻。绿房珠证圆满。

词人通过宣扬佛义和坐禅观法，追求修菩提道，难行能行，难忍能忍，因圆果满，无量功德的佛境界。《法驾引》：

素华谁探？绀绡暗解莲房绽。耿吟眄，望来去金身，共腾肩焰。撩乱，更曼蕊陀罗，斜吹茜雨法筵满。试回首，微茫下界。笑槐安，蚁游倦。　晼晚。山邱一例，莫论人间恩怨。计桂魄终销，橙晖永逝，万般皆变。凝眄。卷螺云无尽长空，惟有佛光绚。到此际、烦忧齐解，旧情休恋。

词人引用佛语"莲房""法筵""佛光"等，"笑槐安，蚁游倦"，流露出对凡尘的厌倦与参佛信佛、忘却尘世的追求。《喜迁莺》：

第五章 香国女杰:吕碧城

绀云西迈,乍鬻入寸犀,灵源通海。硕朵扶轮,重台涌刹,依约万莲倾盖。暗惊绛都花发,休忆玄都花再。绿章奏,谢空王传语,纶音先贷。　凝睐。凭认取、新痕旧愁,慧剑为君解。越网拗丝,吴蚕穿茧,小试法身无碍。已闻宙光飞练,还眩神光飞彩。指归路,在通明一色,庄严金界。

词人用了大量佛教典故,表达了对佛教道理的彻底觉悟的追求。《八犯玉交枝》:

光动圆菱,绪牵重茧,暗促镜澜微起。一寸灵犀嘘蜃市,万变氤氲红紫。花开花落,送尽辛苦东风,幽兰甘报香心死。愁对乱云残照,人间何世?　须信色界都空,禅天不滓。无生谁证微旨?占韶景、春驹才化,泫凉露、秋蝉先蜕,把金粉、从头净洗。此身将驻琉璃地。待手艺旃檀,闲翻贝叶参新契。

此词宣扬了一切诸法皆由心生之义,词人感念"心生则种种法生,心灭则种种法灭",故而赋之。包括《贺新凉》也表达了对佛教真理的觉悟:

佳气西来丽。忆年年斜阳伫尽,小楼常倚。一发瑶京横天末,惯费妍波流睇。待长跪、妙莲深际。众圣诸天齐翘首,看如来授我菩提记。平昔愿、不虚矣。　飞行万刹惟弹指。绕华幢、天葩遍献,祥云迤逦。回首阎浮哀无尽,誓被人间疵疠。漫翠墨红牙俊倚。见说延陵乘风去,喜词坛吾道存先例。春枕梦,试呼起。

这首词回忆了少年时光的美好,如今皈依佛门,每日参禅拜佛,追求对佛教真理的觉悟。诸如此类的词尚有许多,其中也不乏晦涩之作,对于吕碧城而言,遁入空门,有无奈的苦衷,"当她由执着于人世向淡出人世转变时,不能承受又无路释放的过于饱满的痛苦已经隐隐地为她的

— 183 —

思想趋向画了出世的路径"①。

综观吕碧城的文学创作路径，"阅历丰富，胸襟拓展，一反以往中国古代才女的单纯与狭隘，塑造了二十世纪新女性的新形象。再者，吕碧城每旅游一地，必以词文记述，她的词，叙写奇特，意境高远，思维超脱，绝非中国古代的一味抒写闺愁春怨的一般才女可比"②。事实上，早年吕碧城和大多数女性文人一样，不乏闺愁幽怨、伤春悲秋之作，天地不甚开阔。但家庭的变故，让她早早步入社会，和男性一样，驰骋于职场，靠着才情立足于京津，办教育，建学校，为彼时中国女性指明了出路。碧城于1920年以后游历欧美，当时正值中国五四新文化运动如火如荼之时，自此以后，她的文学创作和中国社会的主流逐渐发生偏离。作为"旧"文学中人，她态度鲜明地反对白话文，"国文为立国之精神，绝不可废以白话代之"，所给出的理由，其一为"吾国方言纷杂"，"益以时代之变迁、民俗之习染，各有语风，各成音调，种种歧异，莫可究诘。所幸者唯文辞统一耳"；其二为"且文辞之妙，在以简代繁、以精代粗，意义确定，界限严明，字句皆锻炼而成，词藻由雕琢而美，此岂乡村市井之土语所能代乎？"③及至1930年前后皈依佛门，法号曼智，全身心从事佛经的翻译工作，并将自己所有的佛学经典集结成册，定名为《欧美之光》。

"吕碧城的文章，以词的成就最高"④，而吕碧城本人，也甚是重视词作，她几番增订校对《晓珠词》，"予慨世事艰虞，家难奇剧，凡有著作，宜及身而定，随时付梓，庶免身后湮没"⑤。20世纪20年代后期至30年代，吕碧城游历于异国，不再拘泥于国内旧文体的约束，进入了更为自由的创作境界，她的词作"更具风趣情致，意境更为深幽，工力更为精

---

① 花宏艳：《吕碧城思想及其词作研究》，硕士学位论文，暨南大学，2003年，第19页。
② 黄嫣梨：《清代四大女词人——转型中的清代知识女性》，汉语大词典出版社2002年版，第136页。
③ 参见刘纳编著《吕碧城》，中国文史出版社1998年版，第26—27页。
④ 杨锦郁：《吕碧城文学与思想》，佛光山文化发行部2013年版，第94页。
⑤ 吕碧城著，李保民笺注：《吕碧城词笺注》，上海古籍出版社2001年版，第525页。

至"①。在吕碧城之前，李清照在词坛中可谓艳压群芳，在李清照之后，词坛也不乏女性词人，包括朱淑真、叶小鸾、徐灿、顾春等诸多才女，虽然李清照词作的内容"难以超出日常生活和女性对自然景物、生活变化的细腻感受"，但她之后"尚未有人能在诗歌表现范围和艺术功力上突破清照"，而吕碧城的出现，将深厚的古学积淀，与欧美新生融会一体，创造出奇诡跌宕的艺术效果，"足与易安俯仰千秋，相视而笑"（孤云《评吕碧城女士信芳集》），堪称"李清照后第一人"。②《大公报》主编英敛之对吕氏三姊妹的评价甚高，尤其评价碧城"人莫不诧为祥麟威凤，在闺阁中固今世之仅见者"③。

（本章所引吕碧城诗词均出自吕碧城著，李保民笺注《吕碧城词笺注》，上海古籍出版社2001年版；吕碧城著，李保民笺注《吕碧城诗文笺注》，上海古籍出版社2007年版。）

---

① 刘纳编著：《吕碧城》，中国文史出版社1998年版，第36页。
② 李保民：《一抹春痕梦里收：吕碧城诗词注评》，上海古籍出版社2004年版，前言第2页。
③ 英敛之：《复某女士书》，载《安蹇斋丛残稿》，（原著未标明出版社）1917年版，第18页。

第六章　巾帼须眉：秋瑾

第一节　早期感世抒怀

秋瑾（1877—1907），原名闺瑾，乳名玉姑，字璇卿，号旦吾，别署鉴湖女侠。后留学日本时改名瑾，字竞雄，又署名汉侠女儿和秋千，浙江山阴县人。秋家是世代为官宦的书香门第，其始祖是东汉会稽守秋君，曾祖金，改名家丞，字砚云，嘉庆癸酉科举人，补奉贤知县，调补华亭知县，历任砀山、东台、江宁、江阴、上海、吴县等地知县，官至邳州知州，著有《八一编》。祖嘉禾，字露轩，别号晦老人，同治乙丑举人，历任福建云霄、厦门等地知县、知州，鹿港厅同知，1878年他调任云霄厅同知，"在任内省讼简政，治绩卓然"，1881年农历四月初十离开云霄时，"全城家家户户门口都悬挂'官清民乐'的纸灯笼，沿途爆竹欢送，并于五里亭立去思碑，以志甘棠遗爱"[①]。父寿南（1850—1901），原名官谦，字研孙，号益山，又号星侯，同治癸酉科举人，官至湖南桂阳州知州。因生性耿介，不善于钻营，仕途并不十分得志，他与朝鲜爱国志士金士龙有着深厚的友谊，辑有《又补斋画册》。母单氏（1845—1906），浙江萧山城内望族，系安徽候补县丞单良翰之长女，善诗文，且深晓大义，

---

① 见郭延礼、郭蓁选注《秋瑾诗文选注》，人民文学出版社2011年版，前言第2页。

是一位慈母兼师保。秋瑾兄妹四人,瑾次居二。长兄誉章,号莱子,字徕稷,淑名应奎,候补训导,著有《秋雨一宵恨满楼诗草》,于宣统元年(1909)八月二十六日病逝于天津。妹闰珵,字珮卿,后易名珵,适钱塘王守廉,卒于1942年。弟宗章,生于湘潭,系孙氏庶出。

生于这样的家庭环境中,秋瑾自幼养成了爱读书、喜吟咏的兴趣。她秉性聪慧,幼时在家塾读书,就得到师傅"过目成诵"的称誉,十多岁就能够吟咏,"偶成小诗,清丽可诵"①。年纪稍长,"娴于词令,工诗文词,著作甚美。又好剑侠传,习骑马,善饮酒,慕朱家郭解之为人;明媚倜傥,俨然花木兰、秦良玉之伦也"②。秋瑾从中国古典文化爱国忧民、崇尚狭义的优良传统中,汲取营养,逐渐形成了她的豪侠性格和爱国思想。她在《致秋壬林书》中教育侄儿秋复说,"但凡爱国之心,人不可不有,若不知本国文字、历史,即不能生爱国心也"③。在秋瑾的少女时代,就她的作品总体而言,内容比较单薄,描写花草虫鸟之作占很大比重,影射出她少女时代的思想和生活。如《春寒》:

料峭春寒懒启窗,重帘犹是冷难降。
临风只有呢喃燕,花外分飞小语双。

诗人于春天的微寒中,赞美不畏严寒的燕子,呢喃细语成双成对迎风飞翔,自由自在。表现了秋瑾从少女时代就渴望突破、追求自由的性格。

《咏燕》:

飞向花间两翅膀,燕儿何用苦奔忙?
谢王不是无茅屋,偏处卢家玳瑁梁!

---

① 郭延礼编:《秋瑾研究资料》,山东教育出版社1987年版,第113页。
② 郭延礼编著:《解读秋瑾》(上册),山东教育出版社2013年版,第34页。
③ 郭延礼、郭蓁选注:《秋瑾诗文选注》,人民文学出版社2011年版,第44页。

诗人借用刘禹锡《乌衣巷》中"旧时王谢堂前燕,飞入寻常百姓家",反用其意,王、谢两家虽已衰落,可也并不是连茅草屋都供不起燕子住,为何偏偏去卢家的玳瑁梁安家呢?秋瑾借四处奔忙的燕子,讽刺趋炎附势的世俗之辈。

《兰花》:

九畹齐栽品独优,最宜簪助美人头。
一从夫子临轩顾,羞伍凡葩斗艳俦。

兰花朴实无华,本生于深山幽谷之中,不为俗人所赏识,但它却不因地处清寒而花不放,也不因无人赏识而气不芳,故有"花中君子"之称,居于"花草四雅"之首。唐太宗李世民《芳兰》云:"会须君子折,佩里作芬芳",将兰花作为君子的饰物。秋瑾借兰花的高品,寄托自己高洁的情操和羞与流俗为伍的高贵精神。

《玫瑰》:

闻道江南种玉堂,折来和露斗新妆。
却疑桃李夸三色,得占春光第一香。

秋瑾对玫瑰情有独钟,它生于富贵之家,玫瑰沾露,分外娇艳,不是桃、李所能鼎足而立的,即使玫瑰带刺,也无碍"得占春光第一香"。

《秋海棠》:

栽植恩深雨露同,一丛浅淡一丛浓。
平生不借春光力,几度开来斗晚风?

诗人一生都在争取独立自强,这首诗中已现端倪,海棠风骨独特,虽不凭借春光之力,却能与秋风抗争,这不正是秋瑾本人自立品格的真实写照吗?

《菊》：

> 铁骨霜姿有傲衷，不逢彭泽志徒雄。
> 夭桃枉自多含妒，争奈黄花耐晚风？

菊花的高洁，是诗人深为认同的，但如"千里马常有，而伯乐不常有"一样，菊花的美好品性，也是需要有酷爱菊花之人赏识，若伯乐不遇，也是枉然。诗人借此诗表达了对知人善任之人的渴望和期待。

《梅》：

> 本是瑶台第一枝，谪来尘世具芳姿。如何不遇林和靖？漂泊天涯更水涯。
> 冰姿不怕雪霜侵，羞傍琼楼傍古岑。标格原因独立好，肯教富贵负初心？

这是咏梅组诗十首中的二首，诗人以梅自喻，慨叹知音难遇，而梅本身高洁、坚贞，喻指诗人傲岸不群、坚强不屈的品格。

《白莲》：

> 莫是仙娥坠玉珰？宵来幻出水云乡。朦胧池畔讶堆雪，淡泊风前有异香。
> 国色由来夸素面，佳人原不借浓妆。东皇为恐红尘涴，亲赐寒簧明月裳。

这是一首咏莲诗，和上一首不同，诗作通过赞美白莲的洁白和清香，反衬世俗的暗黑和污浊，尤其"国色由来夸素面，佳人原不借浓妆"这一句，表现了诗人重天然、尚本色的美学观。

《水仙花》：

洛浦凌波女，临风倦眼开。瓣疑呈玉盏，根是谪瑶台。
嫩白应欺雪，清香不让梅。余生有花癖，对此日徘徊。

诗人将水仙比作洛浦女神，初开的水仙花犹如美人临风微张睡眼，对水仙的喜爱，可见一斑。而水仙外貌素雅，精神高洁，和荷花神似，均"出淤泥而不染"，如此秋瑾对水仙的喜爱，便寄寓了诗人高洁的情愫。上述这些咏物诗并非单纯地书写花草虫鸟，而是借物喻人、托物言志，寄寓诗人的人格和信仰，"读者可以鲜明地体察到在封建旧礼教的束缚下想冲破樊篱的坚强女性的反抗精神和叛逆性格"[①]。另有一些少女时代的作品，如《月》：

一轮蟾魄净娟娟，万里长空现晶奁。照地疑霜珠结露，浸楼似水玉含烟。
有人饮酒迎杯问，何处吹箫倚槛传？二十四桥帘尽卷，清宵好影正团圆。

这是一首咏月诗，多处用典，在月明如镜的夜晚，诗人想起"举杯邀明月""二十四桥明月夜"，特定情境下的少女抒怀。

《踏青记事》：

女邻寄到踏青书，来日晴明定不虚。妆物隔宵齐打点，凤头鞋子绣罗襦。
曲径珊珊芳草茸，相携同过小桥东。一湾流水无情甚，不送愁情送落红！
柳阴深处啭黄鹂，芳草萋萋绿满堤。笑指谁家楼阁好？珠帘斜卷海棠枝。
西郊也为踏青来，携手花间笑语才："昨日卿经贾傅宅，今朝侬

---

① 郭延礼编著：《解读秋瑾》（下册），山东教育出版社2013年版，第74页。

上定王台。"

组诗作于秋瑾少女时代随父亲侨居长沙时,记述了与女友一起踏青和嬉戏的情形,调子欢畅明快,触景生情处,也流露出秋瑾春怀难展的淡淡愁意。

《红莲》:

洛妃乘醉下瑶台,手把红衣次第裁。应是绛云天上幻,莫疑玫瑰水中开。

仙人游戏曾栽火,处士豪情欲忆梅。夺得胭脂山一座,江南儿女棹歌来。

诗人以丰富的想象力,将红莲比喻成"红衣""绛云""玫瑰""胭脂山"等,满湖的红莲,衬托着划着小船歌唱采莲的江南儿女,整首诗篇洋溢着欢快的情调。

《剪春罗》:

二月春风机杼劳,嫣红染就不胜娇。
而今花样多翻覆,劝尔留心下剪刀。

诗篇以剪刀、机杼喻春风,语气活泼,提醒春风下剪时要留心,着意吹拂大地,不能只剪取名贵的花,也要精心剪裁像剪春罗这样平凡的花,使剪春罗花容色更加艳丽出众。

《喜雨漫赋》:

渊龙酣睡谁驱起?飞向青天作怒波。
四野农民皆额首,名亭直欲继东坡。

久旱之后的大雨,让老百姓欢庆不已,让诗人也无比喜悦,这首诗充分展现了秋瑾与劳动人民同呼吸、共命运的情怀。

《吊屈原》：

> 楚怀本屏王，乃同聋与瞽。
> 谤多言难伸，虫生木自腐。
> 臣心一如豸，市语三成虎。
> 君何喜谄佞？忠直反遭忤。
> 伤哉九畹兰！下与群草伍。
> 临风自芳媚，又被薰犹妒。
> 太息屈子原，胡不生于鲁？

屈原因学识渊博和长于辞令而得到楚怀王的信任，遭到楚国统治集团中顽固派的陷害，再加之怀王、襄王昏聩腐朽，屈原两次被逐，后投汨罗江自杀。秋瑾有感于贤良被妒、忠直遭忤，追述了屈原的不幸遭遇，抒发自己的感慨。如《咏琴志感》：

> 泠泠七弦琴，所思在翠岑。成连奋逸响，中散叹销沉。
> 世俗惟趋利，人谁是赏音。若无子期耳，总负伯牙心。

诗人愤于世俗之辈只知争名夺利，发出"人谁是赏音"的感叹，感慨自己高洁的志向无人赏识。如《寄柬珵妹》：

> 锦鳞杳杳雁沉沉，无限愁怀独拥衾。闺内惟余灯作伴，栏前幸有月知心。
> 数声落叶鸣空砌，一点无聊托素琴。输与花枝称姊妹，不堪遥听暮江砧。

此诗作于秋瑾婚后。对于婚姻，秋瑾有自己的理想："此生若是结婚姻，自由自主不因亲。男女无分堪作友，互相敬重不相轻。平日并无苟

第六章 巾帼须眉：秋瑾

且事，学堂知己结婚姻。一来是品行学问心皆晓，二来是情性志愿尽知闻。爱情深切方为偶，不比那一面无亲陌路人。平日间相亲相爱多尊重，自然是宜家宜室两无嗔。"[1] 然丈夫是一个典型的花花公子哥，集"无信义、无情谊、嫖赌、虚言、损人利己、凌侮亲戚、夜郎自大、铜臭、纨绔之恶习丑态"[2] 于一身，二人的思想存在极大差异，而在旧式大家族的夫家，婆母屈氏"性情暴躁，御下极严，晨昏定省，不能有一点儿失礼，偶有过失，动遭面斥"[3]，让秋瑾感到婚姻的痛苦。婚后的秋瑾，有大量的作品，都是抒发因婚姻不幸而造成的抑郁和伤感。就此诗而言，叙述秋瑾思念珵妹的心情，诗人切盼妹妹的书信，但杳无消息，"一点无聊托素琴"，更不敢遥听从江边传来的捣衣声，唯恐触动思妹之情。

如《寄家书》：

惆怅慈闱隔，于今三月余。发容应是旧，眠食近何如？
恨别长抚线，怀愁但寄书。秋来宜善保，珍摄晚凉初。

此诗作于秋瑾寓京时，她随丈夫入京，中间返回故乡绍兴居住过短暂时间，之后又匆匆北上，别后甚是思念母亲，想象着母亲有没有增加皱纹和白发，抒发了对母亲真挚、深沉的感情。随后的《轮船记事二首》：

四望浑无岸，洋洋信大观：舟疑飞鸟渡，山似毒龙蟠；
万派潮声迥，千峰云际攒。茫茫烟水里，乡思入眉端。
水天同一色，突兀耸孤峦。望远胸襟畅，凭窗眼界宽。
银涛疑壁立，青海逼人寒。咫尺皇州近，休歌行路难。

1904 年春，秋瑾南下探母，经由海路返京，于途中写下这两首诗。

---

[1] 郭长海辑注：《秋瑾全集笺注》，吉林文史出版社 2003 年版，第 509 页。
[2] 陈家新主编：《中华女杰（近代卷）》，四川人民出版社 2013 年版，第 17 页。
[3] 转引自常彬《中国女性文学话语流变（1898—1949）》，人民出版社 2007 年版，第 33 页。

对母亲的思念稍稍缓解,秋瑾心情豁然开朗,"望远胸襟畅",描写了海上壮丽的美景,世人虽有世路艰难和离愁别绪,然现代交通工具轮船之迅速,有效解决了思乡之苦,也不再感叹行路之艰难了。"银涛疑壁立,青海逼人寒",表达了诗人只身万里不畏艰险的乐观进取精神。又如《送别》:

  杨柳枝头飞絮稠,那堪分袂此高楼!阑干十二云如叠,路程三千水自流。
  未免有情烟树黯,相留无计落花愁。送君南浦销魂处,一夜东风促客舟。

暮春送别,看那柳絮飘飞、白云重叠,哪里禁得住离情呢?柳树黯然,未免显得多情,相留无计,致使落花满载愁容。诗人借自然景物的多情,抒发与君的惜别之感。

《清明怀友》:

  节届清明有所思,东风容易踏青时。看完桃李春俱艳,吟到荼蘼兴未辞。
  诗酒襟怀憎我独,牢骚情绪似君痴。年年乏伴徒呼负,几度临风忆季芝?

诗人借此诗抒发了对好友吴季芝的相思之情。踏青时节,更易引起诗人对亲友的怀念,吟诗作赋,延续到荼蘼花开的初夏,诗兴也不曾消失,每年的清明,缺乏朋友的陪伴,每念起便觉孤独寂寞,让人惭愧,何时能再与季芝一起吟诗呢?

《秋日独坐》:

  小坐临窗把卷哦,湘帘不卷静垂波。室因地僻知音少,人到无聊感慨多。
  半壁绿苔蛩语响,一庭黄叶雨声和。剧怜北地秋风早,已觉凉侵翠袖罗。

此诗作于秋瑾秋天寓居北京时,除吴芝瑛等一二人,诗人知己甚少。听着秋天的雨声,临窗而坐,把卷吟哦,满园的落叶声和秋雨相和,烘托出诗人内心的孤独寂寞。

《重阳志感》:

容易东篱菊绽黄,却教风雨误重阳。
无端身世茫茫感,独上高楼一举觞。

重阳佳节,登高望远,并饮菊花酒,本易引起思人之情,无奈无边之茫茫感,却让诗人凭生落拓之感。在苦闷中生活的人,对于自然界的一切本是极为敏感的,秋瑾从庭院中秋菊的绽黄,感到深秋的到来,引发诗人心绪的伤感。再如《梧叶》:

梧叶宵来拂画栏,西风已觉夹衣单。十分惆怅灯无语,一味相思梦亦叹。
白雁声中秋思满,黄花篱畔暮愁宽。却怜镜里容颜减,尚为吟诗坐漏残。

这是一首悲秋之作,飘落的梧叶、萧瑟的秋风,营造出深秋凄凉、悲苦的氛围,哀鸣的白雁、篱畔的黄花,更令诗人愁绪满怀。在夜深人静之时,诗人在镜中看到自己憔悴的容颜,只有独对孤灯吟诗,聊以自慰了。

《去常德舟中感赋》:

一出江城百感生,论交谁可并汪伦?
多情不若堤边柳,犹是依依远送人!

此诗作于秋瑾离开常德赶赴湘潭途中，诗人借用李白《赠汪伦》"桃花潭水深千尺，不及汪伦送我情"之句，感慨现实世俗中友情的淡薄，感叹若论友情谁可与汪伦相提并论，世人竟还不如那堤边杨柳，垂枝依依，尚能致惜别之意。

《望乡》：

> 白云斜挂蔚蓝天，独自登临一怅然。
> 欲望家乡何处似？乱峰深里翠如烟。

诗人独自登高，见白云斜挂蓝天，不由得生出思乡之感，那掩映在山腰幽深处的小山村，是自己魂牵梦萦的心灵居所。如果说这首诗表达了对故乡的思念，《季芝姊以诗相慰次韵答之》则抒发了对友人的思念：

> 云笺一纸忽还飞，相慰空劳尖笔挥；已拼此身填恨海，愁城何日破重围？
> 连床夜雨思当日，回首谁怜异昔时？炼石空劳天不补，江南红豆子离离。

诗人与吴季芝情谊笃厚，时常鸿雁传书，诉说自己婚姻的不幸，渴望突破重围。唯有季芝的抚慰，能平复诗人内心的悲伤。类似的诗作，还有《寄季芝》：

> 肠断魂消子野歌，知心钟子隔山河。年来自笑无他事，缠绕愁魔更病魔。
> 金兰义气薄云天，一别迢迢又数年。欲见恨无怀梦草，空劳肠断衍波笺。
> 相思不见独伤神，无限襟怀托锦鳞。为问粤东吴季子，千金一诺等行人。

第六章 巾帼须眉:秋瑾

诗中描述了作者与好友吴季芝天各一方、数年杳无音讯,只得寄相思于书信,反衬出诗人对友情的珍重与笃诚。同样表达友情的《赠盟姊吴芝瑛》:

曾因同调访天涯,知己相逢乐自偕。不结死生盟总泛,和吹埙篪韵应佳。

芝兰气味心心印,金石襟怀默默谐。文字之交管鲍谊,愿今相爱莫相乖。

吴芝瑛和秋瑾都因随丈夫入京而得以相识,两人相处很好,时常诗词唱和,还义结金兰。秋瑾在诗中把芝瑛当作"知己",两人心心相印、心意相通,诗人希望两人的文字交情像管鲍的友谊那样深厚。秋瑾婚后的这类作品,固然受到古典诗词中传统伤春悲秋的影响,但其根基于婚后诗人的独特感受和心灵痛苦,使她的伤春悲秋有了现实的依据。她在写给长兄秋誉章的信中说:"妹如得佳偶,互相切磋……此七八年岂不能精进学业?名誉当不致如今日,必当出人头地,以为我宗父母兄弟光,奈何遇此比匪无受益,而反以终日之气恼伤此脑筋。"[①] 而婚姻的不幸和痛苦的处境,又成了促使秋瑾觉醒的一个重要因素,她从亲身经历和切身感受出发,表达对男尊女卑传统观念的反感。又如《题芝龛记》:

古今争传女状头,红颜谁说不封侯?马家妇共沈家女,曾有威名振九州。

支撑乾坤女土司,将军才调绝尘姿。靴刀帕首桃花马,不愧名称娘子师。

莫重男儿薄女儿,平台诗句赐蛾眉。吾侪得此添生色,始信英雄亦有雌。

百万军中救父回,千群胡马一时灰。而今浙水名犹在,想见将

[①] 参见郭延礼《秋瑾婚姻的不幸与抗争》,《文史博览》(理论) 2011 年第 8 期。

军昔日才。

　　谪来尘世耻为男，翠鬓荷戈上将坛。忠孝而今归女子，千秋羞说左宁南。

　　忠孝声名播帝都，将军报国有良姝。可怜不倩丹青笔，绘出娉婷两女图。

　　结束戎妆貌出奇，个人如玉锦驼骑。同心两女肩朝事，多少男儿首自低。

　　肉食朝臣尽素餐，精忠报国赖红颜。壮哉奇女谈军事，鼎足当年花木兰。

明代女将秦良玉和沈云英作为女中豪杰，英明盛传，秋瑾对她们很钦佩，认为女儿亦可与男儿一样驰骋疆场，这组诗通过对秦良玉和沈云英的歌颂，表达了作者反对重男轻女封建思想余毒的主张。

《杞人忧》：

　　幽燕烽火几时收，闻道中洋战未休。
　　漆室空怀忧国恨，难将巾帼易兜鍪。

此诗作于庚子事变时期，诗人以漆室女自喻，表达了自己虽对祖国命运热切关注，有报国之志，但不能走出闺房，迫于封建礼教的束缚无法卫国杀敌的抑郁心情。上述这些诗歌多抒写少女情绪，从中仍然可以看出一位束缚在封建礼教下的女性，困于闺阁生活的同时，渴望寻求突破的反抗精神。这种反抗意识随着时间的推移，慢慢明显乃至凸显，表现在诗人对国事的关注，于秋瑾的另一些诗歌中呈现出来。如《旧游重过有不胜今昔之感》：

　　旧时景物旧时楼，今日重来宿雨收。小庭花草犹如是，故国亲朋好在不？
　　南地音书频阻隔，东方烽火几时休？不堪登望苍茫里，一度凭栏一度愁！

诗人旧地重游，但眼前物是人非，让她感慨良多。甲午中日之战尚在进行，烽火连天，怎能不让诗人忧愁？秋瑾的爱国主义思想已有显现。又如《感事》：

竟有危巢燕，应怜故国驼！东侵忧未已，西望计如何？
儒士思投笔，闺人欲负戈。谁为济时彦？相与挽颓波。

诗人关注祖国危亡日深、东西方帝国主义虎视眈眈的局势，认为国事危亡，匹夫有责，女性亦不例外，决不可闭目塞听，而要做那匡乱扶危的志士，挽救衰颓的国势。又如《申江题壁》：

一轮航海又南归，小住吴淞愿意违。马足车尘知己少，繁弦急管正声稀。
几曾涕泪伤时局？但逐豪华斗舞衣；满眼俗氛忧未已，江河日下世情非。

秋瑾赴日留学前夕，因帮助爱国青年出狱，学费告绌，决定回故乡绍兴，便和好友吴芝瑛一同南下，在上海小住。但上海洋场醉生梦死的靡靡之音，让诗人忧心忡忡，感叹国事一日坏似一日，世人只知一味追求腐化享乐的生活，何曾为颓败的国势伤心。如果说这些诗歌意在忧心国事，《剑歌》中"也曾渴饮楼兰血，几度功铭上将楼？何期一旦落君手？右手把剑左把酒。酒酣耳热起舞时，夭矫如见龙蛇走。肯因乞米向胡奴？""走遍天涯知者稀，手持长剑为知己。归来寂寞闭重轩，灯下摩挲认血痕。君不见孟尝门下三千客，弹铗由来解报恩！"这是秋瑾前期诗歌中思想性较高的篇章，赞美了剑的非凡，虽然这样的剑并不能为一般人所赏识，但却是秋瑾渴望立功扬名的利器。在秋瑾看来，怀才不遇、知音难觅等困窘的处境，并不能磨灭诗人内心的追求，不如把宝剑视为知己,希望它能为祖国复仇。隐含着诗人主张暴力推翻清王朝的革命精神,以及无法拯救祖国危亡的痛苦和感慨。

又如《宝剑歌》中"饥时欲啖仇人头,渴时欲饮匈奴血。侠骨崚嶒傲九州,不信大刚刚则折。血染斑斑已化碧,汉王诛暴由三尺。五胡乱晋南北分,衣冠文弱难辞责。君不见剑气棱棱贯牛斗?胸中了了旧恩仇。锋芒未露已惊世,养晦京华几度秋"。"斩尽妖魔百鬼藏,澄清天下本天职。他年成败利钝不计较,但恃铁血主义报祖国。"秋瑾借由写宝剑,一方面抒发爱国热忱,同时也表明了鲜明的政治立场,即主张暴力推翻满清统治,坚持民主革命的道路。与之同一主题的还有《宝刀歌》:"痛哭梅山可奈何?帝城荆棘埋铜驼。几番回首京华望,亡国悲歌泪涕多。北上联军八国众,把我江山又赠送。白鬼西来作警钟,汉人惊破奴才梦。主人赠我金错刀,我今得此心雄豪。赤铁主义当今日,百万头颅等一毛。""我欲只手援祖国,奴种流传遍禹域。心死人人奈尔何?援笔作此宝刀歌。宝刀之歌壮肝胆,死国灵魂唤起多……愿从兹以天地为炉、阴阳为炭兮,铁聚六洲。铸造出千柄万柄宝刀兮,澄清神州。上继我祖黄帝赫赫之威名兮,一洗数千数百年国史之奇羞!"诗人的思想已明显不同于早期所流露的忧虑、感伤的情调,而充满对祖国危亡的热切关注,对满清媚外的仇恨,立志献身革命。

秋瑾前期的词作也呈现出与赴日前诗歌相似的流变轨迹,如《清平乐·花朝是日风雨大作》:

花朝序届,风雨多勾碍。莺儿窗外啼无奈,误了踏青挑菜。
遮莫今岁春迟,风雨相阻良宜。且待桃花放候,清明时节堪期。

这首词反映了词人少女时代的欢乐生活。花朝之日,百花争放,最堪游赏,即使风雨相阻,也消减不了游览的兴致。

《子夜歌·寒食》:

花朝过了逢寒食,恼人最是春时节。窗外草如烟,幽闺懒卷帘。　　绛桃临水照，翠竹迎风笑。莺燕不知愁，双飞傍小楼。

这是一首描述寒食节的词作，词人选取如烟绿草、绛桃、翠竹以及莺燕等关于春天的景象入词，将寒食节日点缀成一幅春意盎然的画面。在这美好的春光里，莺燕双飞，恩爱呢喃，此情此景，怎能不引发词人婚姻不幸、琴瑟失谐的苦涩呢？

《罗敷媚·春》：

寒梅报道春风至：莺啼翠帘，蝶飞锦檐，杨柳依依绿似烟。
桃花还同人面好：花映前川，人倚秋千，一曲清歌醉绮筵。

词的上阕通过莺啼、蝶飞和柳烟等意象，点出春天已至。下阕则通过艳丽的桃花、欢乐的人面，渲染春天欣欣向荣的生机活力，呈现出庭院的无限春光。

又如《齐天乐·雪》：

朔风萧瑟侵帘户，谁唤玉龙起舞？万里云凝，千山雾合，做就一天愁绪。谢家娇女，正笑倚栏干，欲拈丽句。访戴舟回，襟怀多半为伊阻。　　应被风姨相妒，任飘零梨花，摧残柳絮。玉宇琼楼，珠窗银瓦，疑在广寒仙府。清香暗度，知庭角梅开，寻时怕误。暖阁围炉，刚好持樽俎。

词人描述了冬日飘雪的景象。以"玉龙起舞"代指漫天飞舞的雪花，由雪花联想到东晋才女谢道韫和东晋王子猷的典故。尤其雪后房屋楼阁皆成白色，让人仿佛置身于白玉盖成的仙府，间或有梅花的清香暗自飘来，围坐于暖炉四周，不如大快朵颐尽兴。

《相见欢》：

因书抛却金针，笑相评；忘了窗前红日已西沉。　　春衫薄，掩帘幕，晚妆新；踏青明日女伴约邻人。

这首词描写踏青前一天的情形，词人与女伴评论诗文，忘却了红日西沉，想到明日还要和女伴一起踏青呢，反映了词人少女时代读书和嬉戏的快乐生活。

《金缕曲·送季芝女兄赴粤》：

凄唱阳关叠，最伤心、渭城风雨，灞陵柳色。正喜闺中酬韵事，同凭栏干伫月；更订了、同心兰牒。笑倩踏青携手处，步苍苔赌印双弓迹。几时料，匆匆别？　罗襟泪渍凝红血，算者番、愁情恨绪，重重堆积。月满西楼谁伴我？只有箫声怨咽；恐梦里、山河犹隔。事到无聊频转念，悔当初何苦与君识：万种情，一枝笔！

这是词人送别女友吴季芝时所作，秋瑾少女时代，静处深闺，常和几个要好的姊妹唱和赏月，相互慰藉，而一旦离别，内心情绪之悲伤，实难言喻。词中引用《阳关三叠》《送元二使安西》等诗中典故，在结尾处慨叹"悔当初何苦与君识"，哀婉凄切，真挚感人。

《菩萨蛮·寄女伴二阕（选一）》：

寒风料峭侵窗户，垂帘懒向回廊步。月色入高楼，相思两处愁。　聊将心上事，托付浣花纸。若遇早梅开，一枝应寄来。

这首词抒发了对女友的思念，词人于寒冷中百无聊赖，只得将相思之情寄托于信笺，期待着女友的回音。

《唐多令·秋雨》：

肠断雨声秋，烟波湘水流，闷无言、独上妆楼。忆到今宵人已去，谁伴我？数更筹。　寒重冷衾裯，风狂乱幕钩，挑灯重起倚熏篝。窗内漏声窗外雨，频点滴，助人愁。

词人借秋雨抒发怀念友人的愁苦心情。秋季深夜，盖着被子仍觉寒冷，西风狂吹，帘幕的挂钩摇动不止，连绵的秋雨本最易引发人内心的愁情，又时值夜晚，好友已去，夜漏和雨声叩击着诗人的心扉，让她感到无限愁苦，更难排遣。

《踏莎行》：

将锦遮花，栏烟护柳，苍苔小步低徊久。自怜往事惜流年，已忘夜月上窗牖。　　杏脸褪红，桃腮中酒，多情月姊蛾眉皱。拍栏干欲问东风：明年池馆能来否？

少女伤春之作，词人于春夜月光下，独自徘徊，叹息年华如流水般逝去，然花落来年尚能开，岁月逝去却不可再来。

《临江仙·中元》：

秋风容易中元节，霜砧捣碎乡心。蛩声凄楚不堪闻，空阶梧叶落，销尽去年魂！　　何事眉峰频销翠？愁浓鹊尾慵熏。栏干遍倚悄无人，多情惟有影，和月伴黄昏。

中元节引起了身处异乡的词人内心孤寂之感，她巧妙化用李白"举杯邀明月，对影成三人"和李清照"谁伴明窗独坐，我共影儿两个"，而又有所创新，表达了自己的思乡之情。《满江红》：

中秋夕无月，屈指三年。今年喜见之，不可无词以记，赋成此解。
客里中秋，大好是、庭前月色。想此夕、平分秋景，桂香催发。斗酒休辞花下醉，双螯喜向樽前列。算蟾光、难得似今宵，清辉澈。　　移篱菊，芬芳接。歌水调，唾壶缺。问楼头谁倚？玉箫吹彻。风味何人能领略？襟怀自许同圆洁。把幽情、暗自向嫦娥，从容说。

此为中秋赏月之作,于词人居湖南时所作,她盛赞了中秋之夜明亮的月光,"清辉澈"。而"风味何人能领略",则借此美好的自然景色,喻指自己高超的情趣,词人相信自己的胸怀,如同中秋夜月那样光明皎洁。词人通过咏月表现了自身高尚的情操和纯洁的胸怀。承这首咏月词而来的《忆萝月》:

> 中秋初月皎洁,喜成前调,俄为云掩,戏填此解。
> 桂香初揽,袖角清芬染。何故寒簧梳洗懒?才得奁开重掩。
> 多事却笑云痴,不肯现出常仪。定教十分圆了,绿窗方许人窥。

时值中秋佳节,词人赏月兴致正浓,却不巧月亮被浮云遮住,故填这首词,戏谑痴云多事。又如《贺新凉·戏贺佩妹合卺》:

> 吉日良时卜,镜台前、丽娥妆就,早辞金屋。恰是银河将七夕,一夜桥成乌鹊。引凤曲、双和玉竹,屈指倚栏翘望处,计官衙今日花生烛。遥把那,三多祝。　蓝桥玉杵缘圆足,人争道、郎才女貌,天生嘉淑。却扇筵开娇欲并,暗里偷回羞目。佐合卺、更饶芳卮。添个吟诗仙伴侣,谱新声、因满芙蓉腋。初学画,双眉绿。

此词作于1897年秋瑾妹秋珵出嫁之时,秋瑾为祝贺妹妹的婚礼而作。词人借用优美动人的爱情神话传说,如"金屋藏娇""鹊桥相会""双和玉箫"等,以无比喜悦的心情赞美了妹妹的美满婚姻,词作委婉蕴藉,情趣横生。《减字木兰花·夏》:

> 又送春去,子规啼彻庭前树。夏昼初长,纨扇轻携纳晚凉。
> 含桃落尽,莺语心惊蝶褪粉。浴罢兰泉,斜插茉花映翠钿。

这是一首咏夏词,描画了从春末到夏初环境的变化,颇富生活情趣。又如《丑奴儿·望家书未至》:

第六章 巾帼须眉：秋瑾

困人天气日徘徊，慵扫蛾眉，懒插金钗：蕉叶为心卷未开。
沉沉所事挂胸怀，划遍炉灰，倚遍廊回：盼煞音书雁不来。

词人困于婚姻的不幸，将思绪寄托于亲情，借以缓解内心的愁苦，然虽时时思亲，却盼家书不到，只得将愁苦寄托于词作。上述这些词作主要倾诉词人个人生活感遇的忧思愁绪，抒发闺阁生活寂寞慵倦、伤春闲愁、离情别绪、思亲感物等传统闺阁仕女感伤情怀，虽然是"秋瑾早期闺阁生活比较个人化的体验和情感苦闷，属于风花雪月范畴，但内容纯净高洁，情趣典雅内敛，艺术表现恰切传神，属于传统闺阁文学中的经典流脉"①。再综合秋瑾前期的诗作，已可见出不同凡响，"一般的闺阁诗词常常沾染着不同程度的脂粉气，而秋瑾的前期诗词，更多地是借身边花鸟草木和日常生活小事抒写由于婚姻不幸而带来的怨愤，以及冲出封建家庭牢笼的愿望"②。

自秋瑾随丈夫居京后，她对京师达官贵人生活的奢侈、官场的丑恶、政治的腐败以及下层人民的苦难与不幸，都有了深刻的认识，她阅读新的书报，并结识具有维新思想的新朋友，关心国事，视野也更加开阔，她感到"人生处世，当匡济艰危，以吐抱负，宁能米盐琐屑终其身乎？"③笔风也随之发生了变化，见诸《满江红》：

小住京华，早又是、中秋佳节。为篱下、黄花开遍，秋容如拭。四面歌残终破楚，八年风味徒思浙。苦将侬、强派作蛾眉，殊未屑！　身不得，男儿列，心却比，男儿烈。算平生肝胆，因人常热。俗子胸襟谁识我？英雄末路当磨折。莽红尘、何处觅知音？青衫湿！

这首词作于1903年秋瑾赴日留学前，当时词人居于京师，恰逢中秋，

---

① 常彬：《中国女性文学话语流变（1898—1949）》，人民出版社2007年版，第30页。
② 张正吾：《论秋瑾前期诗词——兼及评价中的一些问题》，《中山大学学报》（社会科学版）1993年第1期。
③ 秋瑾：《秋瑾集》，上海古籍出版社1979年版，第188页。

本是家人团聚、共度佳节的美好时光,但词人却并未对佳节的到来感到特别的欣喜,她看到列强瓜分中国的野心,而晚清政府的腐朽,无法挽救颓势,于是发出"心却比,男儿烈"的感叹。然而,自己的这一片侠肝义胆,却并不能为俗子们所理解,反而遭受重重责难,让词人悲伤到极点。这首词与其说"是秋瑾词作的代表作,毋宁说是当时妇女解放运动进入新阶段的标志"①。《踏莎行·陶荻》也表达了同样的思想:

对影喃喃,书空咄咄,非关病酒与伤别。愁城一座筑心头,此情没个人堪说。　志量徒雄,生机太窄,襟怀枉自多豪侠。拟将厄运问天公,蛾眉遭忌同词客!

词人的愁苦不是因为酒吃多了,也不是因为伤别,而是徒有大志却无法实现,胸中积郁着压抑,却无人诉说,唯有写给京师的同乡,抒写内心的苦闷。而当秋瑾赴日前夕,又与陶荻子等好友相聚话别,作有《临江仙》:

陶荻子夫人邀集陶然亭话别。紫英盟姊作擘窠书一联以志别绪:"驹隙光阴,聚无一载;风流云散,天各一方。"不禁黯然,于焉有感,时余游日留学,紫英又欲南归。

把酒论文欢正好,同心况有同情。阳关一曲暗飞声,离愁随马足,别恨绕江城。　铁画银钩两行字,岐言无限丁宁。相逢异日可能凭?河梁携手处,千里暮云横。

全文抒写词人与女友昔日的友谊和话别时的心情,虽有离别时的悲伤,但全词并无消极的感伤情绪,这与词人当时积极进取的精神状态相关,此时她对即将开始的留日生活充满憧憬和期待。1904年夏历五月,

---

① 殷晏梅:《平生肝胆付蛾眉——秋瑾〈满江红·小住京华〉赏读》,《现代语文》2003年第4期。

秋瑾冲破重重阻力,"赴东瀛留学"。1905年孙中山创立中国革命同盟会,秋瑾首先加入,并被推举为浙江省主盟人,政治水平有很大的提高,此时她"已由一个具有真挚的爱国热忱和勇敢抗争精神的女青年,成长为一个坚强的资产阶级民主主义革命战士"[1],而这直接影响到她作品的内容和风格。

第二节　赴日后慷慨悲歌

自身婚姻的不幸和在北京生活的所知所见,以及与先进人物的交往,促使秋瑾决心与封建家庭决裂,东渡日本留学。好友吴芝瑛曾劝说秋瑾,不宜如此过激,然秋瑾言:"姊勿怪,吾所持宗旨如此。异日女学大兴,必能达吾目的,其在数十年后乎。然不有倡之,谁与赓续也?"[2] "脱簪珥为学费,别其夫,送其子,若女就鞠于外家,孑身走东瀛留学。"[3] 当时的日本是革命人才荟萃的地方,秋瑾一方面在留学生会馆学习日语;一方面积极参加各种政治活动。她在横滨参加了三合会,这个组织以"推翻满清,恢复中华"为宗旨。她又结识了爱国志士陈天华、陶成章以及何香凝等,他们一起阅读书报,开会演说,探索拯救祖国危亡的真理。这一系列的经历和心理变化,深刻地反映在秋瑾的作品中。如《日人石井君索和即用原韵》:

漫云女子不英雄,万里乘风独向东。诗思一帆海空阔,梦魂三岛月玲珑。铜驼已陷悲回首,汗马终惭未有功。如许伤心家国恨,那堪客里度春风?

---

[1] 郭延礼、郭蓁选注:《秋瑾诗文选注》,人民文学出版社2011年版,前言第10页。
[2] 周芾棠等辑:《秋瑾史料》,湖南人民出版社1981年版,第15页。
[3] 郭延礼编著:《解读秋瑾》(上册),山东教育出版社2013年版,第25页。

诗人于赴日本留学途中，与同船的日本人石井唱和，将蕴藏于胸中的豪气一吐而出，犹如瀑布之一泻千里。一位女志士只身千里东渡扶桑的英雄气概跃然纸上，表现了秋瑾不愿虚度光阴，渴望做女英雄、立下汗马功劳的革命气概，以及她对祖国危亡的热切关注，"秋诗这种直抒胸臆、不假雕琢的艺术特点，是与诗人坦率、热诚的性格特点有关的"①，再如《有怀》：

日月无光天地昏，沉沉女界有谁援？钗环典质浮沧海，骨肉分离出玉门。放足湔除千载毒，热心唤起百花魂。可怜一幅鲛绡帕，半是血痕半泪痕！

诗人记录了留日过程的艰辛和不易，直言出国并非为一己之利，而是因为中国当时死气沉沉的女界无人发声响，吾万万女子困于水深火热之中，而无觉醒，诗人备感痛心，毅然离开祖国，反清救国，同时寻求妇女解放的道路，拯救吾国女界之拳拳心意跃然纸上。

《寄友书题后》：

分离未见日相思，何事鱼鳞雁羽迟？慰我好凭三寸管，寄君惟有七言诗。风霜异国身无恙，花月侨乡乐可知。引领尺书从速降，还将时局诉毛锥。

虽然诗人身处异国，求索新知，但从未淡化过对国内时局的关心和关注，她盼望之殷切，苦于少有朋友的书信往来，"引领尺书从速降"，表现了她待信急切的心情，暗含了她对政治的热心。

又如《感时（二首）》：

忍把光阴付逝波，这般身世奈愁何？楚囚相对无聊极，樽酒悲

---

① 郭延礼编著：《解读秋瑾》（下册），山东教育出版社2013年版，第128页。

歌泪涕多。祖国河山频入梦,中原名士孰挥戈?雄心壮志销难尽,惹得旁人笑热魔。

　　炼石无方乞女娲,白驹过隙感韶华。瓜分惨祸依眉睫,呼告徒劳费齿牙。祖国陆沉人有责,天涯漂泊我无家。一腔热血愁回首,肠断难为五月花。

诗人感叹祖国的危亡,然救国无术,只能任由韶华逝去,看着国土被列强分割,想唤起民众,也不过是白费唇舌。每日为国事东奔西走,行止无定,空有一腔热血,却难以实现解放国人的理想。即使前路渺茫,即使路途艰难,诗人却从未放弃过对革命的追求。

《对酒》:

　　不惜千金买宝刀,貂裘换酒也堪豪。一腔热血勤珍重,洒去犹能化碧涛。

诗人在日求学时,曾购一宝刀,"吾以弱女子,只身走万里求学,往返者数,搭船只三等舱,与苦力等杂处。长途触暑,一病几不起。所赖以自卫者,惟此刀耳!故与吾形影不相离"[①],此诗便以宝刀明志。"貂裘换酒",诗人借用这一典故,其豪侠形象跃然纸上,她并不怕牺牲,之所以珍重自己这一腔热血,只是做好准备,在将来适当时机献出,掀起革命的风暴。《黄海舟中日人索句并见日俄战争地图》:

　　万里乘云去复来,只身东海挟春雷。忍看图画移颜色?肯使江山付劫灰!浊酒不销忧国泪,救时应仗出群才。拼将十万头颅血,须把乾坤力挽回。

1904年2月,日俄战争爆发,诗人在战争结束后的是年底,归国途

---

① 郭延礼编著:《解读秋瑾》(上册),山东教育出版社2013年版,第29页。

中,知晓她所途经的正是日俄海战的地方,又见日俄战争地图,心有所感,故作了上面这首诗。她关心祖国命运,不辞万里只身东渡,"拼将十万头颅血,须把乾坤力挽回",诗人决心团结爱国志士,以生命保卫祖国的领土不受侵犯,以求挽回祖国危亡的局势,表现了她慷慨激昂的爱国主义和永不止息的革命精神。

秋瑾在《泛东海歌》中慷慨陈词:"大人处世当与神物游,顾彼豚犬诸儿安足伍!不见项羽酣呼巨鹿战,刘秀雷震昆阳鼓。年约二十余,而能兴汉楚;杀人莫敢当,万世钦英武。"诗人借助她丰富的联想力,想象到历史中的英雄豪杰项羽、刘秀等,他们的青年时代,已经功勋卓著,名满全国,相较之下,自己年已廿七,却对祖国并无贡献,"愧我年廿七,于世尚无补。空负时局忧,无策驱胡虏",惭愧之感,油然而生。"此时的秋瑾,主要活动于知识分子中,她看不到广大人民中蕴藏的革命力量"①,但诗人早已视救国为己任,因势单力薄,相助者少,故决心留学日本,"因之泛东海,冀得壮士辅",联络革命志士,共同寻求拯救祖国危亡的道路。

同样,她的《红毛刀歌》,使用具有神奇色彩的意象,如"玉龙""雷雨""云霄""日月星辰""犀象""蛟龙"等,通过一系列夸张,将红毛刀的形态和光泽,以及舞动时的威力,栩栩如生地呈现出来。"濡血便令骨节解,断头不俟锋刃交。抽刀出鞘天为摇,日月星辰芒骤韬",借红毛刀的明亮、锋利和威力,表达"自强在人不在器,区区一刀焉足豪?"诗人认为,决定战争成败的关键,并不在武器是否锋利,而在于人的因素,人心之向背,历来是决定战争胜负的关键,彰显出诗人进步的认识论。但这并不能说明诗人就忽视武力的作用,在《日本铃木文学士宝刀歌》中,秋瑾又一次表达了喜爱宝剑、宝刀,"宝刀如雪光如电,精铁熔成经百炼。出匣铿然怒欲飞,夜深疑共蛟龙战。入手风雷绕腕生,眩睛射面色营营。山中猛虎闻应遁,海上长鲸亦见惊。君言出自安纲冶,于载成川造成者。神物流传七百年,于今直等连城价",这不仅是个人的

---

① 郭延礼、郭蓁选注:《秋瑾诗文选注》,人民文学出版社2011年版,前言第9页。

爱好问题，也反映出诗人在祖国危亡之时对武力的重视。通过赞颂宝刀的威力和锐利，一方面诗人抒发永不曾熄灭的革命精神；另一方面对侵略者是一种警示，对处于外国侵略下的中国人民也是一种精神鼓舞。

秋瑾不仅针对列强有不屈的革命斗志，对腐朽的满清政府，一样势如寇仇。《吊吴烈士樾》中，为纪念辛亥革命时期民主革命烈士吴樾，秋瑾长歌当哭，悲痛欲绝，"裂眦啮指争传檄，大叫同胞声激烈。积耻从头速洗清，毋令黄胄终沦灭"，诗人愤怒而沉痛地发出讨伐清统治者的檄文，但她并没有被悲痛压倒，而是从悲痛中抬起头来，继续探索革命的道路，"死殉同胞剩血痕，我今痛苦为招魂"，并以鲁阳公挥戈、卢梭用笔与敌人斗争的典故，"拼把头颅换凯歌"，诗的基调是高昂悲壮的。1905年春，秋瑾以动员女生赴日留学的任务回到国内，她在上海拜见了光复会会长蔡元培，后回绍兴省亲，会见了徐锡麟，并经由徐锡麟介绍在上海加入了光复会。夏历六月，秋瑾再次赴日，在用功学习的同时，她刻苦勤练剑击和射击，学习炸药制造技术，为日后从事武装斗争做必要的准备。这一系列的政治经历，反映到文学创作中，使秋瑾的诗文充满一个勇士为争取民族解放、唤醒人民战斗的呼唤。《寄徐寄尘》：

不唱阳关曲，非因无故人。柳条重绻缱，莺语太叮咛。惜别阶前雨，分携水上萍。飘蓬经已惯，感慨本纷纭。忧国心先碎，合群力未曾。空劳怜彼女，无奈系其亲。万里还甘赴，孑身更莫论。头颅原大好，志愿贵纵横。权失当思复，时危敢顾身？白狼须挂箭，青史不铭勋。恩宗轻富贵，为国作牺牲。只强同族势，岂是为浮名。

诗人清楚地看到广大女性中蕴含的革命力量，无奈她们受封建礼教和家庭的影响很深，"孑身更莫论"，而自己，将不吝头颅，甘愿为革命粉身碎骨，而且革命的目的，是使中华民族富强，并非博得一虚名，"只强同族势，岂是为浮名"。《秋风曲》：

秋风起兮百草黄，秋风之性劲且刚，能使群花皆缩首，助他秋菊傲秋霜。秋菊枝枝本黄种，重楼叠瓣风云涌。秋月如镜照江明，一派清波敢摇动？昨夜风风雨雨秋，秋霜秋露尽含愁。青青有叶畏摇落，胡鸟悲鸣绕树头。自是秋来最萧瑟，汉塞唐关秋思发。塞外秋高马正肥，将军怒索黄金甲。金甲披来战胡狗，胡奴百万回头走。将军大笑呼汉儿，痛饮黄龙自由酒。

在历代文人墨客的笔下，"秋"时常被染上凄凉的色调、悲苦的气氛，而这首咏秋之诗，却一扫悲秋之气，成为诗人"抒发豪情壮怀、寄托革命理想和战斗精神的好题材"[1]。诗歌通过"秋风""秋菊"，歌颂在严酷环境中坚持斗争的革命志士。词人以秋菊喻指革命者，他们前仆后继、斗志昂扬，定能推翻面临末日的清朝反动统治，言欢庆胜利。

《自题小照·男装》：

俨然在望此何人？侠骨前生悔寄身。过世形骸原是幻，未来景界却疑真。

相逢恨晚情应集，仰屋嗟时气益振。他日见余旧时友，为言今已扫浮尘。

诗人以男性装束留了一张纪念照，感慨明明是前世造就的一副侠骨，今生却偏寄身于女子，这越发使诗人相信，在现实中生存的躯壳是空幻的，未来理想的世界似乎才是真的，诗人越发悔恨自己本应及早走出闺门寻求革命道路。《赠语溪女士徐寄尘和原韵（二首）》：

仙辞飞下五云端，如此清才得接欢。盛誉妄加真愧煞，阳春欲和也知难。英雄事业凭身造，天职宁容袖手观？廿纪风云争竞烈，唤回闺梦说平权。

客中何幸得逢君，互向窗前诉见闻。不栉何愁关进士，清新尤

---

[1] 郭延礼编著：《解读秋瑾》（下册），山东教育出版社2013年版，第123页。

胜鲍参军。欲从大地拯危局，先向同胞说爱群。今日舞台新世界，国民责任总应分。

诗人盛赞徐自华斐然的才学和诗作，从徐自华这里，诗人看到了女性的希望，故振兴女界，是她不能袖手旁观的天职，女子作为"国民"，应团结起来，男女携手并进，是她不懈追求的理想。秋瑾不仅对徐自华如此，对徐蕴华也欣赏如是。如《赠女弟子徐小淑和韵》：

素笺一幅忽相遗，字字簪花见俊姿。丽句天生谢道韫，史才人目汉班姬。
愧无秦聂英雄骨，有负阳春绝妙辞。我欲期君为女杰，莫抛心力苦吟诗。

诗人以谢道韫、班姬二位才女作比，盛赞了学生徐蕴华的诗才和史才，同时称赞了徐蕴华的书法，并提出殷切的希望，希望她能和自己一样，走上革命的道路。秋瑾和徐氏姐妹情谊深厚，不仅在生活中有诸多交往，在诗文中也时常唱和，如《病起谢徐寄尘小淑姊妹》：

朋友天涯胜兄弟，多君姊妹更深情。知音契洽心先慰，身世飘零感又生。劝药每劳亲执盏，加餐常代我调羹。病中忘却身为客，相对芝兰味自清。

秋瑾于1905年底回国后，入浔溪女校任教，因过于劳顿，心脏病复发，病居徐氏家，徐氏姐妹多方照顾，喂汤侍药，无微不至，让漂泊四方的诗人备感温暖，深深体会到朋友之情。病愈后的秋瑾异常感激徐氏姐妹，兴之所至写下这首七律，清新自然而又诗意盎然。此后，在许多重要的时机和场合，徐氏姐妹都陪伴在秋瑾身边，见证了她的革命义举。然革命道路曲折，让秋瑾备感苦闷。《寄徐伯荪》：

> 十日九不出，无端一雨秋。苍生纷痛哭，吾道例穷愁！

此诗约作于1906年初冬，秋瑾回绍兴，和浙江各会党取得联系，准备响应同盟会会员刘道一在江西、湖南发动的萍浏醴起义，起义不幸失败，秋瑾的革命计划全被打乱，心中异常悲痛，便作下此诗。《丁未二月四日偕寄尘泛舟西湖复登凤凰山绝顶望江相传此山南宋嫔妃葬地也口占志感》：

> 怀古伤今一黯然，东南天险好山川。武陵城郭围山势，罗刹湖声咽暮烟。啸傲不妨容我辈，相看何处有林泉？白杨荒冢同凭吊，儿女英雄尽可怜！

此诗写于1907年春，秋瑾此时正联络会党，准备反清起义，她与徐自华登上凤凰山顶，借着欣赏西湖的美景，观察杭州的地势，二人将清朝的浙江巡抚署和骑兵将军署，以及城厢内外出入径道绘成军事地图，以备将来武装起义攻打杭州之用。

《感愤》：

> 莽莽神州叹陆沉，救时无计愧偷生。抟沙有愿兴亡楚，博浪无椎击暴秦。
> 国破方知人种贱，义高不碍客囊贫。经营恨未酬同志，把剑悲歌涕泪横。

这首诗约作于1907年，此时诗人已是一位坚定的资产阶级民主革命战士。她一方面创办《中国女报》，积极投身于妇女解放运动；另一方面，联络会党，准备举行武装起义。但因泄密导致起义失败，革命党人或死或囚，秋瑾面对严峻的斗争形势，心情极其沉重，写下此诗。在严峻的革命同时，秋瑾亦不忘对女友的勉励，如《柬徐寄尘（二首）》：

第六章 巾帼须眉:秋瑾

祖国沦亡已若斯,家庭苦恋太情痴。只愁转眼瓜分惨,百首空成花蕊词。

何人慷慨说同仇?谁识当年郭解流?时局如斯危已甚,闺装愿尔换吴钩。

寄尘在浔溪女校与秋瑾相识,两人友情深厚。在秋瑾的影响下,寄尘思想进步很快,不吝财物,将其赠予秋瑾从事革命活动。但她受封建礼教影响较大,又怕连累自己的家庭,并未参与革命,秋瑾希望寄尘在祖国危亡关头,不要只迷恋于诗词,而应脱下闺服,换上战袍,投身于民族解放的大潮。不仅对于徐寄尘,而且对于寄尘的妹妹徐小淑,秋瑾也是寄予厚望,如《临行留别寄尘小淑·五章》:

临行赠我有新诗,更为君家进一辞。不唱阳关非忍者,实因无益漫含悲。

莽莽河山破碎时,天涯回首岂堪思?填胸万斛汪洋泪,不到伤心总不垂。

此别深愁再见难,临歧握手嘱加餐。从今莫把罗衣浣,留取行行别泪看!

惺惺相惜二心知,得一知音死不辞。欲为同胞添臂助,只言良友莫言师。

珍重香闺莫太痴,留君小影慰君思。不为无定河边骨,吹聚萍踪总有时。

1907年端午节前后,秋瑾自绍兴去徐寄尘家乡石门筹备军饷,临行前作此五首七绝相别。她对于和徐氏姐妹的分别,心情沉重又万般不舍,但革命的重任,让秋瑾与二姐妹不得不别离。她宽慰两姊妹,只要自己没有牺牲,就总还会有相聚的时候。不仅在诗歌中,而且在赴日后的辞赋中,秋瑾也是慷慨激昂,鉴侠革命争自立。《鹧鸪天》:

祖国沉沦感不禁，闲来海外觅知音。金瓯已缺终须补，为国牺牲敢惜身？　嗟险阻，叹飘零，关山万里作雄行。休言女子非英物，夜夜龙泉壁上鸣！

这是秋瑾赴日不久的作品，她哀叹祖国的沉沦危亡，东渡日本寻找革命志士，以期有所作为。《满江红》：

肮脏尘寰，问几个、男儿英哲？算只有、蛾眉队里，时闻杰出。良玉勋名襟上泪，云英事业心头血。醉摩挲、长剑作龙吟，声悲咽。　自由香，常思爇；家国恨，何时雪？劝吾侪今日，各宜努力。振拔须思安种类，繁华莫但夸衣袂。算弓鞋、三寸太无为，宜改革。

男女平权一直是秋瑾力倡的，原因在于她坚信女子并不弱于男性，这是对封建社会重男轻女观念的直接挑战，但她并未将男女平权仅局限于家庭之内，而是将之融入波澜壮阔的民族解放中，要求振兴女界必须以民族安危为计，呼吁女性不要沉溺于打扮，而应在拯救民族危亡的斗争中贡献才智。这就使她的妇女解放具有了历史的厚重感。《如此江山》：

萧斋谢女吟愁赋，潇潇滴檐剩雨。知己难逢，年光似瞬，双鬓飘零如许。愁情怕诉，算日暮穷途，此身独苦。世界凄凉，可怜生个凄凉女。　日"归也"、归何处？猛回头祖国，鼾眠如故。外侮侵陵，内容腐败，没个英雄作主。天乎太瞽！看如此江山，忍归胡虏？豆剖瓜分，都为吾故土。

词的上阕感叹知己难逢，韶华逝去，词人对身处黑暗现实的遭遇有着深深的体会。词的下阕忧虑祖国危亡，充溢着爱国主义热情。

《昭君怨》：

第六章　巾帼须眉:秋瑾

> 恨煞回天无力,只学子规啼血。愁恨感千端,拍危栏。
> 枉把栏干拍遍,难诉一腔幽怨。残雨一声声,不堪听!

词人借用辛弃疾的《水龙吟》中"把吴钩看了,栏杆拍遍,无人会,登临意",而又从形式上加以改变,嵌入时代因素,以悲凉低沉的语调,表达报国无术的幽怨。不仅在诗词创作中,而且在秋瑾的一系列文章中,也洋溢着她的爱国和女权思想。1904 年发表于《白话》的《敬告中国二万万女同胞》,以白话所写,开篇就为女子鸣不平。女子一出生,"又是一个没用的","将来是别人家的人",为女子不幸的一生拉开帷幕。缠足,嫁人,沿着既定的人生轨道,重复着千篇一律的结局,遇着安分的男人,"就算前生有福今生受了",遇着不好的,只能归结于"前生做了孽""运气不好"。配偶死了,女子不许二嫁,而男子却"新娘子早已进门"。作者以"个中人"特有的感受,控诉这种种遭遇,"确如声声泪、句句血,具有撕裂人心的控诉力量"[①],作者发出呐喊,"上天生人,男女原没有分别"[②]。她痛斥陈旧不堪的观念,希望唤醒妇女的觉醒,去掉依附男子的奴隶性,自立自强,"遇见丈夫好的要开学堂,不要阻他;儿子好的,要出洋留学,不要阻他","女儿也是如此,千万不要替他缠足。幼年姑娘的呢,若能够进学堂更好;就不进学堂,在家里也要常看书、习字","有钱作官的呢,就要劝丈夫开学堂、兴工厂","无钱的呢,就要帮着丈夫苦作,不要偷懒吃闲饭",[③]成为男子走上正确道路的指引人。

秋瑾的男女平权思想,固然和她的婚姻经历有关,同时也和她在北京期间阅读大量西方新思想和新理论关系密切。秋瑾曾对金兰姐妹吴芝瑛谈到,中国妇女要改变当下的奴隶状态,就要从家庭中走出去,接受教育,获得经济独立,争取男女平等。在《敬告姊妹们》中,秋瑾一针见血,对女同胞发警醒语,"我的二万万女同胞,还依然黑暗沉沦在十八

[①] 郭延礼编著:《解读秋瑾》(下册),山东教育出版社 2013 年版,第 144 页。
[②] 郭延礼、郭蓁选注:《秋瑾诗文选注》,人民文学出版社 2011 年版,第 4 页。
[③] 郭延礼、郭蓁选注:《秋瑾诗文选注》,人民文学出版社 2011 年版,第 5 页。

层地狱,一层也不想爬上来","一生只晓得依傍男子,穿的、吃的全靠着男子",巴巴结结做着"一世的囚徒,半生的牛马"。即使穿金戴银,让外人称羡的太太们,"却不晓得他在家里何尝不是受气受苦的","总是男的占主子的位子,女的处了奴隶的地位"。① 针对这令人无语苦恼的境地,秋瑾提出,女子"何尝不可求一个自立的基础,自活的艺业呢?如今女学堂也多了,女工艺也兴了,但学得科学工艺,做教习,开工厂,何尝不可自己养活自己吗?"② 秋瑾在这篇文章中,流露出朴素的女性主义思想,要求女性首先做到经济独立,然后才能求得政治上的解放。

不仅如此,秋瑾在文中还将旧时代女子与获得解放后的女子进行了鲜明的对比。旧式女子"足儿缠得小小的,头儿梳得光光的;花儿、朵儿,扎的、镶的,戴着;绸儿、缎儿,滚的、盘的,穿着;粉儿白白、脂儿红红的搽抹着。一生只晓得依傍男子,穿的、吃的全靠着男子。身儿是柔柔顺顺的媚着,气虐儿是闷闷的受着,泪珠是常常的滴着,生活是巴巴结结的做着:一世的囚徒,半生的牛马"③,对其奴性描述的酣畅淋漓。而获得解放后的女子,生活则充满了前景和光明,"夫妻携手同游,姊妹联袂而语;反目口角的事,都没有的。如再志趣高的,思想好的,或受高等的名誉,或为伟大的功业,中外称扬,通国敬慕"④。这美好的幸福,对于身处深闺、备受压抑和束缚的女子们而言,无疑是希望的号角。

借由吴芝瑛引荐,秋瑾结识了京师大学堂日语教习服部宇之吉的妻子服部繁子,秋瑾在与服部繁子交往时,身穿西服,女扮男装。服部繁子询问秋瑾这是出于何意,秋瑾言:"太太您是知道的,在中国是男子强,女子弱,女子受压迫。我要成为男人一样的强者,所以我要先从外貌上像个男人,再从心理也成为男人。"⑤ "成为男人",只是秋瑾早期妇

---

① 郭延礼、郭蓁选注:《秋瑾诗文选注》,人民文学出版社2011年版,第21页。
② 郭延礼、郭蓁选注:《秋瑾诗文选注》,人民文学出版社2011年版,第22页。
③ 郭延礼、郭蓁选注:《秋瑾诗文选注》,人民文学出版社2011年版,第21页。
④ 郭延礼、郭蓁选注:《秋瑾诗文选注》,人民文学出版社2011年版,第22页。
⑤ 郭延礼:《秋瑾研究资料》,山东教育出版社1987年版,第173页。

女解放思想的一种素朴表达,反映了秋瑾个人的意愿追求。从日本回国后,秋瑾更是喜爱男装,范文澜回忆少年时所见秋瑾形象,"我所看到的秋瑾总是男子装束,穿长衫、皮鞋,常常骑着马在街上走"①。而此时的秋瑾,"不仅在外部言行、举止、装扮、行事风格上仿效男子,更是在思想意识上把男性化情结演绎到纯粹"②,呈现出男子气概。

在作于1906年末至1907年初的《〈中国女报〉发刊辞》中,秋瑾将妇女解放融入国家命运前途之中,她已经清醒地认识到,女界之前途和中国之前途、教育界之境况是密切一体的,不可能脱离国情的现状而发展进步。在没有兴学堂之时,科举盛行,然而学堂兴起后,由于"大道不明,真理未出,求学者类皆无宗旨,无意识",造成"乃以多数聪颖子弟,养成翻译、买办之材料",或"以东瀛为终南捷径,以学堂为改良之科举矣"③,秋瑾对之深恶痛绝。当时浙江留学生胡道南,在排满革命和男女平权问题上,站在清廷和卫道者立场上,与秋瑾意见相左,秋瑾当面骂他为"死人"。徐自华在《秋瑾轶事》中,记述这样一件事情:

> 一日,余约女士及吕女士共游张园,小憩品著,见一留学生挟一雏妓,乘马车至,相将入,隔座恣谈笑谑,女士喟然叹曰:"君辈见留学界腐败形状乎?我往询是何处人,当面谏之。"余笑曰:"此辈半年居校,鸟入笼中,今来花姣柳媚之地,正欲赏心悦目,为消夏计,干卿甚事!"吕君亦曰:"目下暑假归国者,不知凡几,大半挟妓俊游,君如此干预,未免太劳。"女士不听。作东语询之,留学生与语,面有惭色,雏妓则怒目,独至阶下,即乘车去。余笑谓曰:"子真杀风景。"女士亦笑曰:"余如骨鲠在喉,不吐不快。"④

---

① 郭延礼编著:《解读秋瑾》(上册),山东教育出版社2013年版,第3—4页。
② 林丹娅:《从闺阁诗到散文:从秋瑾看女性写作近代之变》,《妇女研究论丛》2014年第6期。
③ 郭延礼、郭蓁选注:《秋瑾诗文选注》,人民文学出版社2011年版,第15页。
④ 郭延礼编著:《解读秋瑾》(上册),山东教育出版社2013年版,第22页。

秋瑾清楚地看到教育界的种种不正风气，"此等魔力必不能混入我女子世界中"，故创办《中国女报》，作为舆论阵地，"使我女子生机活泼，精神奋飞，绝尘而奔，以速进于大光明世界；为醒狮之前驱，为文明之先导，为迷津筏，为暗室灯"①。《勉女权歌》是秋瑾典型的一篇宣传男女平权和妇女解放的歌，她明确提出"女国民"，意谓女子生来就具备和男性一样的权利，故也应和男子一样，担负起拯救祖国危亡的神圣职责。

  吾辈爱自由，勉励自由一杯酒。男女平权天赋就，岂甘居牛后？
愿奋然自拔，一洗从前羞耻垢。愿安作同俦，恢复江山劳素手。
旧习最堪羞，女子竟同牛马偶。曙光新放文明候，独立占头筹。
愿奴隶根除，智识学问历练就。责任上肩头，国民女杰期无负。

女子只能靠自立，一洗从前无知识、无技能，"搽脂抹粉，评头束足，饰满髻之金珠，衣周身之锦绣，胁肩谄笑，献媚于男子之前，呼牛亦应，呼马亦应，作男子之玩物、奴隶而不知耻，受万重之压制而不知痛"②的羞耻，实现这一理想的关键，在于"独立占头筹"，即女子人格独立和经济独立。在秋瑾看来，这是女子解放自我的必由之路。十多年后，伟大的革命导师列宁也谈到了女性解放的核心问题，"要彻底解放妇女，要使她与男子真正平等，就必须有公共经济，必须让妇女参加共同的生产劳动。这样，妇女才会和男子处于同等地位"③。在弹词《精卫石》中，秋瑾采用了为大众喜爱的民间说唱形式，借《山海经·北山经》中精卫填海的故事，为弹词命名，鼓励女性要有百折不挠的斗志和坚忍不拔的毅力，填平迫害妇女的"恨海"，争取妇女解放。秋瑾感于女子生活之奴隶状，以生动的笔触虚构了女中豪杰黄鞠瑞形象，这是秋瑾本人的艺术化身，黄女生于官宦之家，家学渊源，奈何父亲重男轻女，纵有母

---

  ① 郭延礼、郭蓁选注：《秋瑾诗文选注》，人民文学出版社2011年版，第16页。
  ② 郭延礼、郭蓁选注：《秋瑾诗文选注》，人民文学出版社2011年版，第191页。
  ③ 中华人民共和国全国妇女联合会编：《马克思恩格斯列宁斯大林论妇女》，人民出版社1978年版，第295页。

亲百般怜爱，黄鞠瑞也必须尊秉"女子无才便是德"的祖训和父训，不能像兄长们那样读书识字。

幸运的是，家中为兄长请得授业师傅俞竹坡，是维新开明之士，感于黄鞠瑞"过目皆成诵，一目真能下十行"[1]，日后必为女中豪杰，说服黄父同意女儿和儿子一样读书，并不时购得介绍欧风美雨的书报，引荐给黄鞠瑞阅读，让她开阔视野、了解世界。机缘巧合，黄鞠瑞结识了同龄女子梁小玉、鲍爱群、左醒华、江振华四人，四人各有内心的苦闷，苦于无法脱离苦海，只能垂泪嗟叹，安时顺命。黄鞠瑞为众人指出出路，变卖衣饰，作为盘资，去国游学。最终，在俞师和义士侍女秀蓉的帮助下，五人成功逃家，前往日本求学。在日期间，结识了爱国志士陆本秀和史竟欧，在他们的鼓励下，加入革命党，甘为同胞掷血肉之躯。

与秋瑾本人的人生轨迹相似，带有自传性质的《精卫石》，记录了不甘于命运的几位女子追寻女性解放的路途。虽原因各有不同，或为反抗包办婚姻（黄鞠瑞）、或被家兄施以暴力而无力反抗（梁小玉）、或因"不许亲书史"、或因家庭矛盾之故，归根结底，还是女子"毫无自立的性质"所致。女子"不谋自己养活自己的学问艺业"[2]，"父母全凭媒妁言，婚姻草草便相联"[3]，"嫁出门时由你去，任人凌虐当无闻"[4]，这种种痛苦与不幸，摧压了无数旧时女子，"可怜女界无光彩，只恹恹待毙，恨海愁城"[5]。而黄鞠瑞却从这黑暗的世界中，走了出来。娜拉出走后怎么办，这个五四时期困扰着众多女性的问题，在黄鞠瑞这里，却前路明朗——带着众姐妹留学日本，投身民主革命大潮。黄鞠瑞的这一选择，"为广大妇女指出了一条求解放、争自由、实现真正的男女平等的革命道路，并从而为旧民主主义时期的妇女树立了革命的楷模"[6]。

---

[1] 郭延礼、郭蓁选注：《秋瑾诗文选注》，人民文学出版社2011年版，第216页。
[2] 郭延礼、郭蓁选注：《秋瑾诗文选注》，人民文学出版社2011年版，第199页。
[3] 郭延礼、郭蓁选注：《秋瑾诗文选注》，人民文学出版社2011年版，第200页。
[4] 郭延礼、郭蓁选注：《秋瑾诗文选注》，人民文学出版社2011年版，第239页。
[5] 郭延礼、郭蓁选注：《秋瑾诗文选注》，人民文学出版社2011年版，第192页。
[6] 郭延礼编著：《解读秋瑾》（下册），山东教育出版社2013年版，第155页。

当然，重要的一点，在于经济的支撑，即有足够的经济实力支持她们追求理想。五位女子虽出身于富贵之家，然由于封建家庭观念的桎梏，她们难以得到家庭的经济支持，解燃眉之急的方法是，先行变卖衣饰，后续再从长计议，"求得学问堪自食，手工工艺尽堪谋，教习学堂堪自养，经商执业亦不难筹。自活成时堪自立，女儿资格自然优"①。秋瑾是在1905—1907年写成的这篇弹词，而在1929年的英国，女性主义批评家弗吉尼亚·伍尔夫在《一间自己的屋子》中，明确提出，经济之于女子的重要性，"一个女人如果要想写小说一定要有钱，还要有一间自己的屋子"②，她是从女性作家写作的角度来谈经济问题，这里的"钱"和"屋子"已不再单指它们自身，而是象征女性要想独立创作，就必须有一定的经济基础。

　　伍尔夫以叙述者玛丽的口吻讲述了在牛桥（伍尔夫以此谑称牛津、剑桥之类的大学）这样的男性学院的一番经历，在这儿，她不可以越位走草皮路，不能单独进入学院图书馆，晚上她又访问了牛桥的女子学院，菲薄的晚餐同男性学院丰盛的午餐形成了鲜明的对比。从玛丽叙述的经历可以看出，女性经济地位的低下和生计方面的压抑，使她们无法受到良好的教育，更难以拥有思想的自由。事实上，这不光是女作家遭遇的难题，也是每个女性无法回避的现实问题，物质的匮乏让她们无法独立生活，只能或顺从于父母的安排，或依附于男性而生存，因此，经济问题成了限制女性自由发展的瓶颈。

　　虽然处于不同的时间和国度，但两位女作家却谈到了共性的问题，事实上，秋瑾在一系列文章中，也反复谈到"独立"之于女子的重要性，主要指经济方面，当然也包括精神领域，"欲脱男子之范围，非自立不可；欲自立，非求学艺不可，非合群不可"③，秋瑾并未泛泛而谈经济独立，或者像伍尔夫在《一间自己的屋子》设计的那样，继承一批遗产，

---

① 郭延礼、郭蓁选注：《秋瑾诗文选注》，人民文学出版社2011年版，第248页。
② ［英］弗吉尼亚·伍尔夫：《一间自己的屋子》，王还译，文化生活译丛1989年版，第2页。
③ 郭延礼、郭蓁选注：《秋瑾诗文选注》，人民文学出版社2011年版，第40页。

而是给出具体独立的策略。而且,除了"独立"要素,作为处于新旧交替特殊历史时期的秋瑾而言,她将女性的解放与民族解放运动结合起来,不再为女性个体的狭小空间所囿,不再为女性个体的生存自怨自艾,而是将女性个体融于广阔的民族国家范畴中,这使她所主张的"女性解放""男女平权"有了更突出的现代国民意识,呈现出一种历史的厚重感。

1907年春,秋瑾主持大通学校校务,为了更好地推动妇女解放运动,她想在女学生中推行军事体操,将她们编为女国民军,希冀通过强身健体增强女学生的意志力和体魄。她亲自训练,穿黑色制服,骑马带着学生到野外打靶训练,遭到部分顽固派家长的反对后,她改变计划,带领着学生到城外大操场进行严格的军事训练,希望推动女学生投身到革命运动中。

可以看出,秋瑾所主张的女性解放,是与她的爱国思想息息相关的。在日留学时,她就注意将留学生活与反帝爱国结合起来,1905年,日本政府颁布了《取缔清韩留学生规则》,让留学生异常愤怒,举行大规模罢课活动,以示抗议,当时在日的留学生分为两派,一派主张立即退学回国,一派主张暂时妥协。秋瑾属于激进派,"吾则义不受辱以贻我祖国之羞"[1],她于1905年夏历十二月初,和易本羲等一起回国,这当然是秋瑾爱国思想的真挚流露。回国后,即积极参与中国公学的筹办,以安置返回的留日学生,在她和诸留日归国学生的努力下,1906年春中国公学于上海正式开办,"由是瑾之信义,著于遐迩"[2]。

在日时,秋瑾善演说,"往会必抠衣登坛,多所陈说,其词淋漓悲壮,荡人心魂,与闻之者,鲜不感动愧赧而继之以泣也"[3],《警告我同胞》即是秋瑾于1904年在横滨一个中国留学生"演说练习会"上的演说稿。秋瑾明确谈了武力资源的问题。这本是描述日本百姓夹道欢送参加日俄战争的日军的热烈场面,"男男女女、老老小小都手执小国旗,像发

---

[1] 郭延礼编著:《解读秋瑾》(下册),山东教育出版社2013年版,第62页。
[2] 中华书局上海编辑所:《秋瑾集》,上海古籍出版社1979年版,第184页。
[3] 郭延礼编:《秋瑾研究资料》,山东教育出版社1987年版,第77页。

狂的一样,喊万岁,几千声,几万声,合成一声,嘈嘈杂杂,烟雾冲天"①,如此热烈的场景,加之举国上下对军人的厚待和尊重,和中国军人的状况形成了强烈的反差——被克扣军饷,没有地位,被抢占功劳,这些因素造成军人贪生怕死,"见了敌人,就一溜烟跑了"②,谈什么保家卫国。秋瑾并非空喊口号,而是从具体处入手,提出"第一要紧的事",便是"优待军人";同时兴办学堂,培育后起之才,培养国民智识;兴修铁路,兴造轮船,用好自己的矿产。这些都做好了,"那时间家也富了,国也强了"③。秋瑾基于现代实业的爱国主义思想得到完整体现。

《读〈警钟〉感赋》,是秋瑾对《警钟日报》的礼赞。《警钟日报》,原名《俄事警闻》,1904年创刊于上海,由蔡元培等主编,专录俄帝侵占中国东北的消息,并抨击清廷外交失败,故名"警钟",以唤起国人的关注。

  此钟何为铸?铸以警睡狮。狮魂快归来,来兮来兮莫再迟!我为同胞贺,更为同胞宣祝词。祝此《警钟》命悠久,贺我同胞得护持。遂见高撞自由钟,树起独立旗,革除奴隶性,抖擞英雄姿。伟哉伟哉人与事,万口同声齐称《警钟》所恩施!

秋瑾借1776年美国正式签订《独立宣言》时,曾撞"自由钟"致敬,呼吁学习西方资产阶级革命理论,争取民主、自由、独立和解放。秋瑾的爱国思想,是和对劳苦大众的同情密切联系在一起的,在《同胞苦》中,秋瑾深刻揭露了清统治者残酷地剥削和压迫人民的罪行,每一段都以"同胞苦,同胞之苦苦如苦黄连"作为开头,从地方虐政、割地赔款、苛捐杂税、横征暴敛等方面,反复强化清统治者的残酷和凶狠,表达对人民的深切关注。"地方虐政猛如虎,何日复见太平年?厘卡遍地

---

① 郭延礼、郭蓁选注:《秋瑾诗文选注》,人民文学出版社2011年版,第6页。
② 郭延礼、郭蓁选注:《秋瑾诗文选注》,人民文学出版社2011年版,第8页。
③ 郭延礼、郭蓁选注:《秋瑾诗文选注》,人民文学出版社2011年版,第12页。

如林立,巡丁司事亿万千","暴政四播逞奸蠹,民贼相继民鸣咽","赔款四百五十兆,竭我膏脂以付钱","鞭笞同胞同犬马,民贼自待若神仙。烟膏有捐酒有捐,房捐铺捐无不全","苛敛一倍复数倍,托名赔款自私焉"。①清廷各级统治者,为了满足穷奢极欲的生活,巧立名目,设计各种苛捐杂税,表面上是为了偿还庚子赔款,实则将榨取的百姓的血汗钱大都装入自己的腰包。这是一篇战斗的檄文,"对于暴露清王朝的反动本质,提高人们的认识水平,促使人们彻底与改良主义决裂并走上革命的道路,都是具有积极的现实意义的"②,思想的革命性决定了这首歌的人民性,在日益高涨的民主革命斗争中,发挥了巨大的号召力量。

文章《普告同胞檄稿》,作于1907年,这是秋瑾为组织光复军武装起义而写的告全国同胞书。文章首先分析了祖国危亡的形势,警醒人民已经被逼到死亡的边缘,"满贼汉奸,网罗交至,我同胞处于四面楚歌声里,犹不自知"③,在此等水深火热之中,腐朽的清统治者,仍残酷地压迫、剥削人民,"虽负尽纳税义务,而不与人以参政之权;民生则道路流离,而彼方升平歌舞"④。在政治方面,清统治者佯言"立宪",实则是为了缓和人民对清廷的不满,而故意制造的骗局,"佯言立宪,而专制乃得实行;名为集权,则汉人尽遭剥削"⑤。清廷对内残忍、对外屈膝投降,"况四邻逼处,彼乃举其防家贼、媚异族之手段,送我大好河山?"⑥ 面对如此黑暗的政权,秋瑾在文章中号召,凡关注祖国命运之人,都应思我汉祖先创业之艰辛,子孙后代无立足之所之悲况,"用是张我旗鼓,歼彼丑奴,为天下倡"⑦。文章具有充沛的感情,锋芒毕露,鼓舞力量不言而喻。

革命是秋瑾不懈的追求,这与她的爱国思想密切联系在一起。当然,将推翻封建专制的斗争,归结为满汉之斗争,表现出秋瑾作为资产阶级

---

① 郭延礼、郭蓁选注:《秋瑾诗文选注》,人民文学出版社2011年版,第184页。
② 郭延礼编著:《解读秋瑾》(下册),山东教育出版社2013年版,第104页。
③ 郭延礼、郭蓁选注:《秋瑾诗文选注》,人民文学出版社2011年版,第25页。
④ 郭延礼、郭蓁选注:《秋瑾诗文选注》,人民文学出版社2011年版,第26页。
⑤ 郭延礼、郭蓁选注:《秋瑾诗文选注》,人民文学出版社2011年版,第26页。
⑥ 郭延礼、郭蓁选注:《秋瑾诗文选注》,人民文学出版社2011年版,第26页。
⑦ 郭延礼、郭蓁选注:《秋瑾诗文选注》,人民文学出版社2011年版,第26页。

革命派具有局限性的一面,但她甘愿用一己之牺牲,来唤醒沉睡的民众,拯救祖国危亡,令人崇敬。及至牺牲前期,初衷未改,报国之雄心始终不变。《致徐小淑绝命词》:

> 痛同胞之醉梦犹昏,悲祖国之陆沉谁挽。日暮穷途,徒下新亭之泪;残山剩水,谁招志士之魂?不须三尺孤坟,中国已无干净土;好持一杯鲁酒,他年共唱摆仑歌。虽死犹生,牺牲尽我责任;即此永别,风潮取彼头颅。壮志犹虚,雄心未渝,中原回首肠堪断!

秋瑾殉国前五日,给同她有深厚友谊的学生徐蕴华写下了这首绝命词。她慨叹祖国危亡无人拯救,而自己又报国无术,"她看不到蕴藏在人民群众中的革命力量",发出"中原回首肠堪断"的哀叹,"这不是她的短见,而是时代和阶级的局限"[①]。虽如此,"志士仁人在当时死难者不能谓不多,然以弱女子而蹈火赴汤、视死如归者,仅得秋烈一人"[②]。

综观秋瑾赴日后的文学发展轨迹,她的革命思想的产生不是一蹴而就的,有一个萌芽及至成熟的过程。首先,与她生活的时代密切相关。秋瑾生活于近代中国社会急遽变动、中华民族灾难空前深重的时代,她出生后不久,中法战争、中日战争相继爆发,列强掀起了瓜分中国的狂潮,声势浩大的义和团运动,给殖民主义侵华势力以沉重打击。腐败的清政府,为了维护其摇摇欲坠的反动统治,一方面与帝国主义加紧勾结,提出"量中华之物力,结与国之欢心";另一方面又用"预备立宪"来麻痹人民的斗志。而保皇党所宣扬的改良主义,日渐显示出其反动性,革命已是"山雨欲来风满楼"。在这种形势下,"烈士目睹帝国主义者在中国之猖獗横行及满清政府之昏庸残暴,忧愤填胸,决然以救国为己任"[③]。

---

① 郭延礼编著:《解读秋瑾》(下册),山东教育出版社2013年版,第141页。
② 郭延礼编著:《解读秋瑾》(上册),山东教育出版社2013年版,第57页。
③ 郭延礼编著:《解读秋瑾》(上册),山东教育出版社2013年版,第47页。

第六章　巾帼须眉:秋瑾

其次,和秋瑾的侠义性格有关。她的侠义思想,与儿时喜读烈女侠义之士方面的书籍有关,徐锡麟在《致秋瑾书》中赞曰,"如同志者,有英雄之气魄,神圣之道德,麟实钦佩之至,毕生所崇拜者也"[①]。在秋瑾去日本前夕,闻戊戌党人王照因变法之事入狱,秋瑾佩服戊戌党人的爱国之情,便拿出东渡学费的一部分,帮助王照活动狱吏,并嘱咐不要告知己名。王照出狱后,得知此事,登门致谢,当时秋瑾已经去往日本。从此事中秋瑾的侠义精神可见一斑,这是秋瑾心系人民苦难的基础。被捕前,秋瑾有走避的机会,可她为了掩护浙江万余名义军,保存革命实力,决定挺身暴露,从容赴死,这种"虽万生而不辞的重诺轻死的侠义行为,也是侠义精神的内在要求与重要内容"[②]。

另外她不幸的婚姻,也让她由一己之痛推及女界之不幸。她和丈夫王廷钧观念不一致,尤其随丈夫到北京后,她看不惯王廷钧整日迎官拜客、阿谀奉迎,在学问方面没有追求。到京后的这年中秋,秋瑾第一次着男装偕小厮去戏院看戏,不料被王氏发觉,动手打了秋瑾,秋瑾一气之下,离家出走,住进客栈,"这是秋瑾与封建家庭第一次公开冲突"[③],为她日后与家庭决裂埋下了伏笔,"寝假王子芳而能如明诚子昂其人者,则当过其才子佳人美满之生活,所谓京兆画眉,虽南面王不易也。徒以天壤王郎之憾,致思想上起急剧之变化,卒归结于烈士殉名,可云不幸"[④]。

1904年赴日留学是秋瑾人生的一个重要转折点,具体从哪些层面进行转变,有不同的观点。有学者认为,"在行为方式上是从空谈到行动的转折,在活动空间上是从家庭到社会的转折,在角色转换上是从主妇到革命家的转折;而从其文学生涯的角度来看,则是其从诗歌创作到散文写作的转折"[⑤]。也有学者从诗歌创作方面,认为秋瑾以男性口吻抒情、

---

① 郭延礼编著:《解读秋瑾》(上册),山东教育出版社2013年版,第15页。
② 张吉珍:《中国文学中的侠义精神论释》,《湖南社会科学》2014年第5期。
③ 郭延礼编著:《解读秋瑾》(下册),山东教育出版社2013年版,第55页。
④ 郭延礼编著:《解读秋瑾》(上册),山东教育出版社2013年版,第66页。
⑤ 林丹娅:《从闺阁诗到散文:从秋瑾看女性写作近代之变》,《妇女研究论丛》2014年第6期。

言志，宣扬非主流的社会观念，诗风呈现出男性化的特点；从日常生活方面，秋瑾女扮男装，进入男性社会活动空间，试图从社会性别上消除男女间的差异；从行事方式方面，秋瑾效男性，执着家国理想，慨然赴死。通过这样三个层面的性别转换，秋瑾突破传统性别文化局囿。[①] 可以肯定的是，自赴日留学后，秋瑾在思想、行为和文学创作上，都发生了实质性的变化，这与她接触了很多爱国志士，耳濡目染，思想取得实质性进步有密切关系。而清政府昏聩无能，面对列强，割地赔款，屈膝投降，对百姓则残忍压迫、大肆剥夺，客观上激起了秋瑾的反清思想。当然，也和秋瑾的排满情绪有一定关系，在这多重因素的共同促使下，秋瑾走上了革命道路。

（本章所引秋瑾诗词均出自郭延礼、郭蓁选注《秋瑾诗文选注》，人民文学出版社2011年版。）

[①] 王炜：《论秋瑾性别角色转换的三个层面》，《湖北社会科学》2006年第2期。

第七章 女性小说

第一节 女学教育

　　女性教育伴随着历史发展进程中女性地位的变化，呈现出曲折的演变形态。原始社会时期，群婚造成了"生子不知父"，女子特有的生育功能带来的氏族繁荣，让女子成为被崇拜的对象，处于权力的支配地位。中国古代神话生动地展示了母系社会中女子的绝对优势，如华胥履人迹而生伏羲，安登感神龙而生神农，女枢感虹光而生颛顼，等等，"圣人无父，感天而生"的故事，是当时女性地位的形象反映。进入父系社会后，随着群婚制的崩溃，生子"既知其母，亦知其父"，女子"得天独厚"的优势丧失了。而对于强壮劳动力的需要，让男子逐渐在生产过程中处于主导地位，女性则由于承担生育哺乳后代的事务，不能更多地参与社会生产劳动，其社会地位逐渐下降，失去了对社会的主宰权，她们在社会生活中的地位也随之滑落，这种格局在父系时代逐渐形成。

　　五帝时期，礼教萌芽，经周公制定整理之后，大盛于前，加之孔子的大力宣扬，形成了影响中国数千年之久的"周孔之教"，并通过典籍明确了对于女性的要求。《礼记·仪礼》中"妇人以顺从为务，贞懿为首"，凸显了女性贞洁观的重要性。《礼记·曲礼》规定了女性在夫家的言行举止，但并非一味要求女子顺从，如果丈夫的言行合乎道义，妻子则言听计从；如若丈夫举止不符合道义的标准，妻子也可以拒绝。《礼记·昏义》指明了妇道的内容，"顺于舅姑，和于室人，而后当于夫"，女子的柔顺成为家庭稳定的重要保障。这种"贤妻良母"式的说教，"一定程度上表露出欺压、蔑视女子的倾向"①，通过家教范式，承续下去。

女子出嫁后，如何事夫是她们学习的重要内容，《仪礼》中有明确规定，要求有君臣之严，父子之敬，兄弟之道，朋友之谊以及夫妇之情。很显然，并不是建立在平等的基础上，而是在凸显妻子的顺从角色。当然，彼时并无专门的女子学校，教育的推行主要依托于家庭，为师者或为父母，或为家庭保姆，母亲在教育中承担的责任至关重要。《仪礼·士昏礼》中，记载女子出嫁前父母对她的教育，着重在于引导女儿顺从男子和他的父母。可以说，整个先秦时期，对女子教育的旨归在于把她们培养成"贤妻良母"，间或以简单的知识作以点缀，这种"家政"式的教育理念，将女子束缚在家务琐事之中，远离了社会。

作为生活于伦常观念发端时期的孔子，主张两性关系符合"礼"的标准，此处的"礼"，是建立于道德基础上约束人的思想言行的行为准则，比如男女之间的交往不能过于密切、男子克制自己的私欲等，将这些准则作为类似于法律性质的规范，约束男女的行为。针对女子，孔子提出"唯女子与小人为难养也"，被后世误读，孔子"成为阻挡女子接受教育的元凶"②。孟子重视女子对"妇道"的学习，他认为，女子不应独立，应依附男子，顺从丈夫是为妻的最高原则，否则可能造成女子与男子分庭抗礼。"男女授受不亲"，本质是反对两性之间频繁接触，在男女间筑起不可逾越的高墙，维护男女之大防。这一点被后世宋明理学断章取义，造成了不少人间悲剧。而"男有家，女有归"，则用"礼"强化了对"欲"的控制，一方面维护了社会的稳定，但同时也束缚了女性的思想。至此，女子教育的基调基本形成。

---

① 熊贤君：《中国女子教育史》，山西教育出版社 2006 年版，第 8 页。
② 熊贤君：《中国女子教育史》，山西教育出版社 2006 年版，第 16 页。

第七章 女性小说

秦时期"妇女地位远远低于以前任何一个时代"①，始皇帝出巡，每到一处，便通过石刻宣扬男女有别、贵男轻女，匡饬女子不重贞节的不良习俗。甚至男子盗窃，妻子也要代付责任。恢复了被明令禁止的人殉制度，为后世女子的低下地位做了铺垫。发展至汉代，三纲五常作为不易之"常"，成为女子受教育的重要内容，强调君、父、夫对臣、子、妻的绝对支配权，经统治者大力提倡，世代相因，也被女子奉为规范自己言行的教条。三纲五常和董仲舒推崇的男尊女卑观念互相推进，把女子受教育的内容，限制在做温顺的附庸，于是，三从四德渐渐成为女子的道德和行为准则，在家从父，既嫁从夫，夫死从子，这些内容和妇德、妇言、妇容、妇功一起，作为女子受教育的教条，成为古代女子的言行规范。

如果说，三纲五常中还有两性共同遵守的因素的话，那么三从四德则是专门为女子量身打造，成为后世延续两千年的女子教育内容。这一时期，出现了由才女班昭所著的反映女子教育的代表篇章《女诫》，从维护封建礼教出发，"将过去'男尊女卑'的主张，'夫为妻纲'的观念，'三从四德'的原则"②，糅合成自己的女教思想，让天下女子效法。《女诫·卑弱》篇中指出，女子之所以依附丈夫，原因在于"卑弱"，这决定了女子的角色，"晚寝早作，不惮夙夜，执务私事，不辞剧易"③。与之不同，丈夫乃"天也。天固不可违，夫故不可离也"④。对于女子而言，贞节乃是首要坚守之要义，"夫有再娶之义，妇无二适之文"⑤。求取丈夫的欢心，是为妻一生所求，"非谓佞媚苟亲也，固莫若专心正色"⑥，同时，专心侍奉舅姑，"故莫尚于曲从矣。姑云不尔而是，固宜从令；姑云是尔而非，犹宜顺命。勿得违戾是非，争分曲直"⑦。为了"不失意于舅姑"，

---

① 熊贤君：《中国女子教育史》，山西教育出版社2006年版，第22页。
② 熊贤君：《中国女子教育史》，山西教育出版社2006年版，第37页。
③ 班昭等：《女诫 忠经集校 物理论 素履子校注》，山东人民出版社2018年版，第10页。
④ 班昭等：《女诫 忠经集校 物理论 素履子校注》，山东人民出版社2018年版，第18页。
⑤ 班昭等：《女诫 忠经集校 物理论 素履子校注》，山东人民出版社2018年版，第18页。
⑥ 班昭等：《女诫 忠经集校 物理论 素履子校注》，山东人民出版社2018年版，第19页。
⑦ 班昭等：《女诫 忠经集校 物理论 素履子校注》，山东人民出版社2018年版，第21页。

对夫家之弟妹,"犹当和睦,以得其欢心"①,原因在于,"我之臧否毁誉,一由叔妹;叔妹之心,不可失也"②。班昭在《女诫》中,从家庭生活的方方面面入手,对女子说教其中的是非曲直,以女子在家庭中的劣势作为代价,维护封建家庭的和谐安宁。

  延续到魏晋南北朝时期,教育内容趋于多元化,书法、武功、儒家经典都出现在女子受教育内容中,涌现出很多才女,如谢道韫、左芬等。但总体而言,教育的核心仍限制在女性"四德"及顺从范畴内,尤其强调对丈夫的顺从。颜之推的《颜氏家训》,要求女子修身立德,宽容博爱,"异性宠则父母被怨,继亲虐则兄弟为仇,家有此者,皆门户之祸也"③。女子的职务在于操持家务,不干涉政事,"国不可使预政,家不可使干蛊"④。隋唐时期,出现了很多女子教育的教材,用来规范女子言行,以《女孝经》和《女论语》为典范。郑氏的《女孝经》强调女子"孝"的重要性,"否则匿神斩祚,败类玷躬。此又女子之孝得失之林也"⑤。孝首先表现在思尽妇道,"和柔贞顺,仁明孝慈,德行有成,可以无咎"⑥,这是开宗明义孝之总纲。具体到宫廷贵妇而言,"忧在进贤,不淫其色,朝思夕念,至于忧勤。而德教加于百姓,刑于四海"⑦。对于诸侯夫人而言,"居尊能约,守位无私,审其勤劳,明其视听"⑧。对于贵族之妻来说,"非礼教之法服,不敢服;非诗书之法言,不敢道;非信义之德行,不敢行"⑨。对于一般女子而言,"分义之利,先人后己,以事舅姑,纺绩裳衣"⑩。除了"孝",女子不可妒忌,"和柔无妒,理于幽闺"。尽心尽力处理好家庭关系,"女子之事舅姑也,竭力而尽礼,奉娣姒也,倾心而

---

① 班昭等:《女诫 忠经集校 物理论 素履子校注》,山东人民出版社2018年版,第21页。
② 班昭等:《女诫 忠经集校 物理论 素履子校注》,山东人民出版社2018年版,第22页。
③ 王利器集解:《颜氏家训集解》卷1《教子》,上海古籍出版社1980年版,第50页。
④ 王利器集解:《颜氏家训集解》卷1《教子》,上海古籍出版社1980年版,第59页。
⑤ 中华文化讲堂注译:《孝经·女孝经》,团结出版社2017年版,第47页。
⑥ 中华文化讲堂注译:《孝经·女孝经》,团结出版社2017年版,第57页。
⑦ 中华文化讲堂注译:《孝经·女孝经》,团结出版社2017年版,第59页。
⑧ 中华文化讲堂注译:《孝经·女孝经》,团结出版社2017年版,第61页。
⑨ 中华文化讲堂注译:《孝经·女孝经》,团结出版社2017年版,第63页。
⑩ 中华文化讲堂注译:《孝经·女孝经》,团结出版社2017年版,第65页。

馨义"①。对丈夫要有诚信,"然则丈夫百行,妇人一志。男有重婚之义,女无再醮之文"②。可以看出,《女孝经》中很多思想与班昭的《女诫》并无二致。除此之外,还有宋若华、宋若昭合著的《女论语》,主张女子清贞,"清则身洁,贞则身荣"③。同时女子要勤俭持家,"莫学懒妇,积小痴慵,不贪女务,不计春冬"④,"莫学懒妇,不解思量。黄昏一觉,直到天光。日高三丈,犹未离床"⑤。对待公婆就像对待自己的父母一样,"阿翁阿姑,夫家之主","供承看养,如同父母"⑥。丈夫是自己的主心骨,对待丈夫应百依百顺,如果夫妻生矛盾,妻子"不可生嗔,退身相让,忍气低声"⑦。可见,封建家庭是以女子的委曲求全换来家庭的整体和谐。

宋元理学日益推崇贞节观念,二程理学的"天理"观,将三纲五常、男尊女卑天理化。在这种情况下,女子的言行举止被严格规定。以宋代宫廷女子为例,她们被规诫遵守妇顺之德,杜绝跋扈淫逸,尽心竭力服侍皇家。对于宋代官家及普通女子而言,出嫁前主孝,嫁为人妻后,做柔顺之贤妻。《士昏礼》中提出嫁女前父母教以"为妇之道"的情形:"父送女,命之曰:'戒之敬之,夙夜无违命。'母施衿结帨曰:'勉之敬之,夙夜无违宫事。'庶母及门内施鞶,申之以父母之命,命之曰:'敬恭听宗尔父母之言,夙夜无愆,视诸衿鞶。'"⑧ 明代将"如何塑造一个温柔的女性形象"作为女子教育的重点,"将女性捆绑在家庭之中,成为家族发展的后备力量"⑨。周敦颐提出女子"饿死事小,失节事大",统治阶级甚至通过竖牌坊、嘉奖寡妇守节等方式,将女子的贞节强化到极致。

---

① 中华文化讲堂注译:《孝经·女孝经》,团结出版社2017年版,第83页。
② 中华文化讲堂注译:《孝经·女孝经》,团结出版社2017年版,第87页。
③ 班昭等:《蒙养书集成2》,三秦出版社1990年版,第12页。
④ 班昭等:《蒙养书集成2》,三秦出版社1990年版,第14页。
⑤ 班昭等:《蒙养书集成2》,三秦出版社1990年版,第17页。
⑥ 班昭等:《蒙养书集成2》,三秦出版社1990年版,第19页。
⑦ 班昭等:《蒙养书集成2》,三秦出版社1990年版,第22页。
⑧ 韩锡铎主编:《中华蒙学集成》,辽宁教育出版社1993年版,第150页。
⑨ 贾毅君:《明代女训研究》,硕士学位论文,黑龙江大学,2019年,第24页。

受当时社会主导风气的影响,任孝文皇后徐氏编撰的《内训》和明慈孝献皇后蒋氏编制的《女训》,集中反映了这一时期女子教育的核心要义。以《内训》为例,其将女子的"德性"列为首要,何谓"德性"?"贞静幽闲,端庄诚一"。可见,"德性"中"贞"为首要,女子唯"贞",方能"仁以居之,义以行之,智以烛之,信以守之,礼以体之"①。如何做到端庄?"目不视恶色,耳不听淫声,口不出傲言。"② 女子应少言,"言非所尚,多言多失,不如寡言",方谓"幽闲"。"缄口内修,重诺无尤,宁其心,定其志,和其气,守之以仁厚,持之以庄敬,质之以信义,一语一默,从容中道"③,达到这些标准才能被称为淑女。女子还应勤劳,"女勤于工","女惰则机杼空乏"④。男女有别,"夫上下之分,尊卑之等也;夫妇之道,阴阳之义也"⑤。侍奉舅姑,当"专心竭诚,毋敢有怠","舅姑所爱,妇亦爱之;舅姑所敬,妇亦敬之。乐其心,顺其志。有所行,不敢专;有所命,不敢缓"⑥。综之,不论皇室之女子,还是贵族、普通百姓之妻,皆应"贞静宽和,明大孝之端,广至仁之意,不专一己之欲,不蔽众下之美,务广君子之泽"⑦。除此之外,谢缙编撰的《古今列女传》,记述了皇室与官僚阶层女性的出众事迹及平民女性的事件,作为广大普通女子的学习标杆,侧重将女性打造成贞洁烈妇的形象。在女子侍夫方面,它与《内训》有着内在的一致性,要求恭顺柔和、尽心

---

① (明)仁孝文皇后等原典,(清)纪晓岚、陆锡熊等编注:《皇后内训 东宫备览》,内蒙古人民出版社2005年版,第3页。
② (明)仁孝文皇后等原典,(清)纪晓岚、陆锡熊等编注:《皇后内训 东宫备览》,内蒙古人民出版社2005年版,第4页。
③ (明)仁孝文皇后等原典,(清)纪晓岚、陆锡熊等编注:《皇后内训 东宫备览》,内蒙古人民出版社2005年版,第5页。
④ (明)仁孝文皇后等原典,(清)纪晓岚、陆锡熊等编注:《皇后内训 东宫备览》,内蒙古人民出版社2005年版,第7页。
⑤ (明)仁孝文皇后等原典,(清)纪晓岚、陆锡熊等编注:《皇后内训 东宫备览》,内蒙古人民出版社2005年版,第16页。
⑥ (明)仁孝文皇后等原典,(清)纪晓岚、陆锡熊等编注:《皇后内训 东宫备览》,内蒙古人民出版社2005年版,第17页。
⑦ (明)仁孝文皇后等原典,(清)纪晓岚、陆锡熊等编注:《皇后内训 东宫备览》,内蒙古人民出版社2005年版,第21页。

尽力。

　　明代对女子"三纲五常"的强化,到清代呈现出多元化趋势。一方面,统治者出于集权统治的需要,将女子的贞节教育制度化;另一方面,女子教育目标多样化,文学艺术教育和劳作教育均有涉及,其"女学"的内容和性质,虽仍限于"妇德""妇言",但已经将"识文墨"列为必不可少的内容。这一时期对女子的核心要求,仍然是贞洁、和顺、端庄,与之前并无实质区别。综观旧式女性教育的整个过程,将牺牲女性的独立、彰显女性对家庭的作用作为要旨,女性的素质潜力并未被开发,仍处于蒙昧状态,她们自始至终作为依附的"第二性",困于父权、夫权之中。

　　明末清初,伴随着资本主义萌芽的出现,以及传教士思想的影响,近代女子教育得以发展。教会和部分外国在华机构,创办女子学校、教授西学,培养女子谋生之能力。中国女子"接受了西方资本主义思想的启蒙教育和影响","中国之民俗得以开化,同时使得受教育者中的一些人成为中国最早的职业妇女"。[1] 尤其清末新政的实施,促使女子教育观念发生了大的转变。《女界钟》中很多文章论证女子天赋能力在男子之上,《女子世界》提出通过兴办女学让女子独立,《神州女报》和《女报》论及女子教育与民族国家之关系。舆论的先导,以及教会学校的成功开办,刺激了女子官学的设立及女子职业教育的起步,国人也开始创办女子学校,女子学堂如星星之火一般,在各省及沿海蔓延开来。上海务本女塾、上海爱国女校等纷纷出现,课程涵括广泛,包括作文、算学、英文、地理等,务本女塾以培养学生爱国心为己任,上海爱国女校以培养女子人格和革命觉悟为旨归。随着女子教育的社会影响日渐彰显,《女子小学堂章程》《女子师范学堂章程》相继出台,更刺激了女子学校的发展,女子师范学堂和一些专门的职业学堂相继涌现,结合社会需求,以教授女子专业技术为主要培养目标,为女子步入社会提供了专业的支持。风气的日开,刺激女性留学日渐增多,一些具有爱国情怀的女性,如秋瑾等,批判封建女子教育,呼吁女性接受新式学校教育,学习一门技艺,

---

[1] 熊贤君:《中国女子教育史》,山西教育出版社2006年版,第184页。

真正做到"自立、自活",加之思想开明的男性知识分子的大力提倡,唤醒了女性自我意识的觉醒。女子体育被提上日程,进步书刊传扬女子权利、婚姻自由、批判"妇德"等新理念,受到新形势的鼓舞,女性们开始走向社会,探索实现自我价值的多样化途径。

　　这样的一种时代氛围,必然会反映到触摸时代脉搏的文学创作中,尤以近代女性小说为典型代表。近代女作家们以细腻的视角和感触,彰显出在教育大变革的社会背景下,女性观念所发生的一系列变化。冰心发表于1915年的短篇小说《孤儿泪》,讲述了有志青年吴伯雄的坎坷身世。伯雄九岁时,母亲去世,父亲吴济川纳潘氏为妾,怎料潘氏"善媚而性淫",魅惑吴济川的同时,和家中小奴私通,并将吴伯雄视为眼中钉、肉中刺,几次欲加害之,怎奈吴济川年老昏聩,听信潘氏挑唆,对儿子不闻不问。吴伯雄被传染了喉症,几欲丧身,昏沉间梦见生母悲其苦,不觉"汗下如雨","喉痛顿止"。身体康复后,思索前路,"今日世界,竞尚洋务,而洋务必从洋文入手,且以英文尤为必要"[①]。于是投师苦学英文,三年后,被政府选拔送往美国留学,五年留洋期间,家中物是人非,父亲吴济川去世,家中失大火,潘氏等丧身火中。五年后吴伯雄学成归国,任职学务局长。冰心作为身处新旧交替时代的知识女性,已然感受到欧风美雨的浸润,觉察到时代赋予教育领域的新方向,已不同于延袭一千多年的科举考试,"尚洋务""习英文"乃是时代青年的新选择,这是形势赋予有志青年的新路径,不仅对于男性,对于女性也同样适用,这对被排除在科举之外、只能作男子附庸的女性而言,不失为解放之路径,让她们既能走在时代前列,又能真正于社会中有一番作为。

　　新式女学教育,让女子或习得知识,或有一技之长,她们走出闺门,进入社会,有机会接触更广阔的天地,的确对当时女性的思想和生活方式产生了实质性的影响,但是否能从根本上让她们实现西学所提倡的女性之独立,对这个问题,知识女性们持一种理性的审慎态度。以问题小说著称的幻影女士,创作了一系列揭露女学教育时弊的作品,呼吁社会

[①] 冰心:《孤儿泪》,《眉语》1915年第1卷第10期。

关注"女学"背后所掩盖的一系列现实问题。小说《不堪回首》中描述了一位女性"死者"友人的悲惨经历。友人值豆蔻年华之时，和亦兄亦友的叶氏往来甚密，或"往酒楼小酌"，或"观剧"，或"坐摩托车"，或"打麻雀"，而两家父母因是朋友关系，"时相过从"，并不干涉二人的交往。时叶氏已有家室，只是因新妇年龄幼小，尚未及家，但叶氏并不以为意，执意和发妻离婚，欲迎娶"死者"为正室，父母不许，怒绝其往来。二人私奔至澳门，叶氏将钱财赌尽后，轻浮本性毕露，将"死者"骗往佛山，卖进娼寮。"死者"虽后来又嫁作商人妾，但生活并不如意，受尽商人妻的排挤，最终抑郁而死。

在小说中，幻影女士借"死者"朋友规劝之口，谈到了对女子教育的看法。时中国女学效仿欧美，崇尚社会交际，但欧美社交，"犹多遗憾"，中国女学，"不从事于学问，而徒效他人之皮毛"，徒贻人口实，女子应"慎修厥身"，爱情亦是如此，"贵得其正"，"既爱其人，当勉之进德修业，为爱国益群之伟人"，方不辱"高尚之情字"。① 而"死者"与叶氏之所为，实"灭女学前途之光明"。不若将一己之爱，扩而广之，"残疾之老弱，无教之贫儿，被弃之婴女"，均可成为爱的践行对象。幻影女士借"死者"友人的悲剧，发振聋发聩之呼吁，对当时女学之积弊，的确起到有的放矢之功效。这也说明随着西学的涌入，中西文化的碰撞，影响到了中国女性知识分子对女子教育的思考，她们既不囿于封建教育之规训，又不盲从于西方，而是择二者之善从之。对待西学，她们并非毫无批判地接受，而是在冷静观察的基础上，理性思考，择西方女学之先进。对待中国传统文化，她们也并非一味批判，而是吸取其精髓，将中西之学进行糅合，取其精华，弃其糟粕，彰显出处在艰难转型过程中的女性观念的审慎。这种中西合璧式的女学教育思路，是近代知识分子包括一部分知识女性，面对社会之现实，探索出的适合中国国情的女学教育之方向。

这也说明了，当时的知识女性已经清楚认识到，"兴女学"并非能一

---

① 幻影女士：《不堪回首》，《礼拜六》1915 年第 67 期。

劳永逸地解决女性所面临的困境，女性的生存发展状况，是一个社会问题，与社会方方面面都有着千丝万缕的联系，在这种情况下，摩登的"女学"往往呈现为社会的晴雨表。在小说《伤心人》中，幻影女士描述了一位"天良未泯"的女学生之遭遇。她的母亲是妓女，父亲是一位成功的商人。父亲将母亲从妓院赎出后，母亲接连生了五个儿女，然而已纳数妾的父亲竟无情地抛弃了他们。为养活母亲和弟弟，女学生不得已沦为私娼，"求生不可，求死不能"，幻影女士喟叹之曰"世之伤心人"。作为典型的社会问题小说，《伤心人》说明了在社会新旧之交，教育虽经大力推举，对于女性仍非万能，一方面，接受教育于许多女性而言，还是奢侈品；另一方面，女子教育并不能从根本上改变社会之积弊。现代作家老舍在小说《月牙儿》中，也探讨了同样的问题，"我"接受了学校教育，所学的知识和技能在社会中却一无用处，"我"仍然找不到工作，为了糊口最终只能沦为暗娼。幻影女士清晰地看到，近代社会女子的不独立，根本原因在于经济的不独立，而经济问题是一个社会问题，和女子的原生家庭、社会婚姻制度等多方面因素密切相关，故而呼吁通过教育使女性走向自立，在当时的社会，仍有流于口号之嫌。

小说《坟场谈话录》也同样探讨了"女学"的出路问题。谢韵薇幼时丧母，和妹妹与庶祖母生活在一起，与父亲及继母居于对海，每周必渡海看望父母。她在一次渡海途中，偶遇一少年，在少年的不懈追求下，与其结为姻缘。韵薇由是放弃求学，在夫家谨遵新妇之道，怎奈婚后不久得了胎里抽筋症，延请著名西医诊治，终因创处发炎，香消玉殒。谢韵薇作为一女学生，"温顺贞淑，诚世间难得之好女子"，前往某校学习师范，本可和"我"一样，通过学习知识，进入社会谋生自立，然终因一次偶遇，改变了人生轨道，以悲剧收场。幻影女士由是喟叹，"试问落残几许花，方能结果。然而佳果既结，任人采撷与否，不数日，必尽腐烂矣。况尘世扰扰，安有佳果"[①]。作者虽将谢君的悲剧归结为"撒旦造此恶因"，但也隐含了她对女子面对婚姻和求学两难选择的指向，虽不能

---

① 幻影女士：《坟场谈话录》，《礼拜六》1914年第19期。

一言以蔽之曰何去何从，但幻影女士的感慨，已委婉道出她所期待的女性出路，对彼时的广大女子而言，未尝不是一剂良药。

无独有偶，家庭小说《隐恨》也探讨了对女性而言，求学和婚姻无法调和的矛盾。李敏贞"学问淹博，性行端淑，为不可多得之好女子"，于女子中学毕业后，专修图画，本可以在这一领域做出一些成绩，孰料嫁给张锡新后，坠入万劫之渊。公公留恋烟花之地，整日不归家；婆婆嗜赌，每每向敏贞索要首饰典押。而祖父张昭德留给孙子张锡新的遗产，也被他父母据为己有。经济的困苦，让敏贞痛苦不堪，还要支援丈夫未完成的学业，忍受家中婆姨的挑拨离间，长此以往，敏贞"通晓饮泣不寐，狂热谵语，歌哭无端"。而此时，婆婆正在谋划为儿子娶平妻刘氏，因刘氏"夤资更富，世阀名姝"，可以满足婆婆无法填平的赌欲。幻影女士借敏贞之口，感叹不幸之婚姻对女性的剥夺和毁灭，"天下事莫难于婚姻，为父母者，孰不欲子女得所，而终不能无憾者，子女之命也，数也"[①]。虽李敏贞未能客观认识到自身悲剧的根本原因何在，但作为一个时代的缩影，她的形象表征了近代接受新式教育的女子，在追求理想与困守婚姻两难困境中的挣扎。当然，教育于女子而言，虽非万能，但在某些方面，也确可起到遮风挡雨之效，对于这一点，擅长揭露问题的幻影女士也不否认。小说《回头是岸》中，女士情场失意，痛苦万分，与母弟诀别，背井离乡，前往育婴堂，将身心致力于弃婴的教育事业。其志之坚，其愿之真，深得作者的赞叹，幻影女士认为，这是有知识的女性所应该具备的高尚觉悟。"吾闻欧洲高洁之妇女，遇失意事，辄寄其情于慈善事业，或来我国设婴堂，立学校，以教养华人"，而中国妇女，"凡失意者，皆以一死自了绝"，[②] 两者相较，中国女学教育的失落之处，显而易见。幻影女士在清楚洞察的基础上，塑造了小学校长妙女士，慈蔼可亲，将被弃女婴拾而育之，如慈母一般爱护她们，实为知识女性之楷模。

[①] 幻影女士：《隐恨》，《游戏杂志》1915年第18期。
[②] 幻影女士：《回头是岸》，《礼拜六》1915年第48期。

在小说《小学生语》中，幻影女士借两个十四五岁于新学学堂学习之兄妹的案前聊天，揭露了中国彼时教育领域的落后，以及西方人眼中的中国之情形。妹因读中国历史，感叹越王勾践卧薪尝胆之志，最终使越国强盛，认识到只有忍得辱，方能促人振作。哥探问妹之意方知，妹之英文教师崇洋媚外，"授课一小时间，大英二字几逾百"，致使班内中国籍之学生异常愤怒。尤其不能忍受的是，当学生被问及课业，若偶有遗忘，英文教师便恶言相向，"毋怪日本人谓中国人如豕，只知饮食与酣睡也"。对于中国女子，英文教师态度更为极端，认为她们"只知赌博、看戏、装饰"，爱慕虚荣，"于国家事一无所知"，而白人女子则不同，她们的丈夫若出征，她们"或入红十字救护伤兵"，"必抽暇助作军用品"，"合亲友纠银成征衣会，缝厚绒衣服，寄赠军人"。英文教师对中国女子之轻蔑，让妹谈及此愤愤不已。哥听闻妹语后，回忆中秋乘轮渡过海时，偶听同船两白人咸勿顿与葛登高谈中日交涉之事，称中国"起且无力，遑论战"，虽兴新学堂之教育，但"缺点仍多"，"家庭教育更无可言"。论及中国女子，世风日下，借观新剧，"作不规则之聚会"，致使"礼教日益堕落"。幻影女士通过笔下两童之对话，借助教育一隅，对时局的忧心忡忡跃然纸上，"祖国河山，日见侵于异族，沉沉大梦，何日方醒"。在幻影女士看来，时中国官场之腐败，女界之不振，商务之困顿，究其原因，乃是国人"久处专制政体之下，受不完全之教育"所致，她把问题的焦点又一次对准"教育"，渴望通过整顿教育，消除时弊，"愿吾人养成深沉远虑之性质，自行其道，敌国亦无如我何"。[①] 此深谋远虑之思，深可现中国知识女性之洞见，这充分说明了时代大变革时期的近代女学教育，毋庸置疑给女性带来了巨大的影响，促使她们的思想观念发生了深刻的变化，当时一系列的女性小说突出表征了这种转变。

如问渔女史的《侠义佳人》，围绕江南诸省兴办女学过程中出现的纷争，倡导女性接受新式教育。小说塑造的萧芷芬，先后到东洋、西洋留学，习得渊博的知识，在辩论中才华横溢。除此之外，王妙如的《女狱

---

① 幻影女士：《小学生语》，《礼拜六》1915 年第 82 期。

花》、红叶的《十年游学记》等小说，都表达出对新式女性教育的赞同和支持。朱惠贞等指出，中国女子能识字的人不多，"吾二万万之女同胞中，识字者能有几人。识字而能阅读书者，能有几人"。鉴于此，她主张报刊开白话专栏，以浅近文字，附易解之插画，助益于女子阅读。而女子要识字阅读，须得参与女学，朱惠贞等发现，女学之学费，甚是昂贵，致使能读书者多为家庭富足之人，而所缴学费，又往往被校长一人中饱私囊，使广大贫困家庭的女子，无缘接受教育，不利于女学教育的普及，实乃女学之一大积弊。涉及女学内容，朱惠贞等呼吁应和女子的生活结合起来，以实业为主，真正能为女子的现实生活提供帮助，比如，女学设桑蚕专科，女性在选择华美的衣服和色料时，应知道它们是如何来的，否则"与妇织之旨，相违已甚"。同时，女学应教给女子手工制作，"不妨于手工中加入编织一类，织布织带，其用甚巨"①，而编织所需之线，皆可自制，以此自给自足。这些切中时弊的观点，有益于女学真正实现其根本之功效。

朱惠贞在小说《漆室女》中，塑造了有识之女子戚琬珍的形象。她本是刺史之女，母亲亦是大家闺秀，随着二老相继逝去，琬珍和寡居姨母相依为命。姨母一意为琬珍物色快婿，然琬珍意不在此。当时正值新政兴女学之时，琬珍遂请来女学刚毕业的莹，教她历史、地理、格致、算术等，琬珍心思敏捷，进步神速。莹有个兄弟叫斌，目睹琬珍芳容，求姐姐介绍认识，想与其缔结婚姻。而琬珍姨母也有人选，但她尊重琬珍的态度，未武断决定。琬珍内心早已有抉择，"盖琬痛女权之丧失，国事之颠危，已坚持勿嫁之志久矣"。暑假的一日，斌和莹陪同琬珍于湖边欣赏美景，琬珍谈及秋瑾因安徽巡抚遇刺案被捕入狱之事，莹非常敬佩秋瑾的学问与见识，斌则认为，秋瑾"为人跳荡不羁"，莹很反感这种观点，认为"尔辈男子必以束缚女子为志"②，琬珍对此深表认同，她认为，男子将女子视作玩物，而大多数女子也甘做玩物，并以得不到男子的

---

① 朱惠贞等的这篇文章原载于《妇女时报》1911年第3期，刊发时并无标题。
② 朱惠贞：《漆室女》，《妇女时报》1911年第2期。

"爱玩"为遗憾事，真乃女界耻辱。琬珍表明心意，甘愿做漆室女第二，与国同休戚，希望莹能体谅她的心意，莹真正体悟到琬珍的决心，绝口不再提婚姻之事。

在这里，琬珍和莹都是接受了新式女学教育的"新女性"，她们的认知和思想，远高于传统旧式女子，已不再局限于一家一己之幸福，而将命运与国事联系在一起，实乃空谷响音、振聋发聩。这是当时时代的大趋势，今天来反观那个时代，仍不可否认，兴女学乃是顺应时代潮流的正确举措。但女学作为一种社会现象，和当时的政治、经济、文化、社会体制、婚姻制度等各方面息息相关，不可能独立于社会而存在，这决定了女学在时代主流裹挟下，会不可避免地出现一些不和谐音，幻影女士和朱惠贞等女作家敏锐地发现了这些不和谐，并从问题意识出发，在作品中集中反映出这些方面，提出解决的良方，引发世人警醒，这并不是出于对新式女学的否定，而是顺应时代，践行推举新学之意，揭露出其弊病，以期促使其更健康之发展。从中也可以鲜明地看出，习得女学之女性，她们的思想观念和旧式女性相比，发生了实质性转变，她们有了自我意识，有了独立的要求和参与社会事务的志向，面对诸多不平等，产生了抗争的倾向，这是新旧时代交替背景下兴女学的必然结果。

第二节 女性婚恋

在长期的封建社会中，父权与夫权的权威，形塑了女性的附属地位，使女性受限于男性宇宙中，沦为"第二性"，在婚恋领域有着典型的表现，守节是其中之一。汉代刘向编纂的《列女传》中记载了大量女子守节之事，如高行割鼻、蔡人之妻等，她们的故事为后世女性树立了榜样。若以婚姻为例，随着"父母之命，媒妁之言"在父系氏族的确立，女子成为家族的私有财产，到了合适年龄，必得嫁为人妻。但她们不能自主决定婚姻，而是由父母决定，如何择偶以及择什么样的偶。她们成了家族利益的砝码，抑或为了回报父母的养育之恩，抑或为了家族政治、经济之目的，个人的真实思想情感往往被忽略甚至被压抑。一旦个人意愿与父母、家族的意志出现矛盾，女子须得屈从父母、家族的意志，否则，就会成为世人眼中的逆子甚至家族的耻辱。到了近代，随着国门渐开，中西间不断的交流碰撞，女性的婚恋状况与以往相较，出现了一些改善，但并未从根本上动摇这种延续了上千年的婚姻制度，对于这一点，近代女性小说中时有鲜明呈现。毛秀英的哀情小说《奈何》，塑造了一对青梅竹马的恋人勃兰与玛格兰，勃兰自幼便钟爱玛格兰，每逢假期必与之相见，随着年龄的增长，勃兰的爱慕之心愈增，"须臾不能释"。玛格兰之父本为退伍军官，将养老俸度投资某公司，但公司倒闭，玛格兰之父经济极度困顿。玛格兰之母常年卧病在床，幼弟弱妹又处于学龄，玛格兰不得已向父亲隐瞒了自己与勃兰的恋情，认为"为子女者，当分父母之忧"，接受了父亲给自己觅得的富婿，放弃了与之相爱许久的勃兰。面对悲伤不能自已的勃兰，玛格兰劝慰曰，"予于君之一方面为私情，于家庭一方面为大义"，"不能不割私情而全大义"。在小说结尾，作者感叹"金钱之厄人有如是耶"[①]。从表面看，勃兰与玛格兰不能有情人终成眷属，是金钱造成的恶果，但事实却是父系社会的运行规则在个体家庭中的典型体现。玛格兰作为家中长女，面对家庭的困境，不得已牺牲一己之情爱，拯救整个家族。无独有偶，吕韵清的小说《石姻缘》中，珍蕤与筠琊青梅竹马，后筠琊赴省校学习，原本计划等筠琊毕业后两人完婚，但龙灯会上珍蕤被官宦大户赵公子看上，通过珍蕤之伯父前来提婚，被珍蕤之母吴氏拒绝，很快珍蕤大伯母来哭诉，说丈夫要吃官司，危言耸听，珍蕤为保母亲和筠琊，立下字据，为母亲和筠琊日后的生活作了全面安排，在结婚之夜自杀身亡。这悲剧原竟是珍蕤伯父一家自导自演的假戏，原因是为了得到赵家的一大笔彩礼钱，不惜把亲侄女送进火坑。在这里，封建家族为了利益，不惜出卖亲人的血肉之躯，女子成了家族利益的牺牲品。

在《孔子家语·本命解》中，孔子提出，"男子二十而冠，有为人父

[①] 毛秀英：《奈何》，《游戏杂志》1915年第19期。

之端。女子十五许嫁，有适人之道"①，规定了男女生理意义上婚配的合适年龄。到了这个年龄，经过一系列烦琐的礼仪，女子必须嫁入某男性之家，作为妻子，不仅要处理好家庭内部的各种关系，还要负责传宗接代，相夫教子，上事高堂舅姑，下抚幼儿，遵从三从四德、男尊女卑，作为标准的贤妻良母，被禁锢在家庭之内。作为从属于丈夫的家属，她是"丈夫用来照管家务的一种物件"②，被当作没有思想和情感的摆设，维持着符合礼制的社会关系。若丈夫顾念情谊还好，否则处境形同水火，一旦触犯家族的兴旺和血脉的延绵，"七出"之中的任何一条，如不顺父母、无子、妒忌、恶疾等，都可以被丈夫毫不犹豫地休弃，甚至失去性命。历史上的吴起杀妻，就是一个典型的例子，齐国攻打鲁国，鲁国国君想要任命吴起为将，但因他的妻子是齐国人，鲁人对吴起的忠诚有所怀疑，吴起为了能得到大将职位，成就其声名富贵，竟将妻子杀死以明己志，用这种方式得到鲁国国君的信任，血淋淋的事件表明了女子在家庭中的真实生存境况。尤其对女子贞洁的强调，自宋中期程朱理学推行后，愈加强烈，封建统治者通过立贞节牌坊表旌门庭，鼓励女子节烈之为，要求女子从一而终，让女性忍受非人道的痛苦煎熬。千百年来，女性们重复着这种惯常的模式，被牢牢锁定在家庭之内，学习如何持家、如何维持家庭内部各成员之间的联系，不得僭越礼制，被严格禁止了解家庭之外的事情，甚至被剥夺受教育的权利，蜷缩在"女子无才便是德"的谎言之中。即使接受教育，也仅限于学习彰显女德之类的《女诫》《女孝经》《女论语》《女训》等教科书，让自己的思想符合男权的要求。这种模式直到近代开始出现变化，随着女性一定程度上走出闺门、步入社会，她们见识了更广阔的世界，了解了更丰富的知识，她们的眼界、思想随之发生了根本性的转变，直接影响了她们对待婚恋的态度，自主意识明显增强，有了更多自由选择空间，不再将婚姻作为必须唯一

---

① 东篱子解译：《孔子家语全鉴：典藏诵读版》，中国纺织出版社2019年版，第205页。
② 邢丽凤、刘彩霞、唐明辉：《天理与人欲——传统儒家文化视野中的女性婚姻生活》，武汉大学出版社2005年版，第61页。

之出路。幻影女士敏锐地发现了这个现象，她创作的小说《絮萍》，鲜明地反映出这个问题。小学教师范絮萍，母亲嫁予富人为妾，由于富人妻的强悍，父亲无力庇护絮萍之母，絮萍出生百日，母亲被迫将女儿交给絮萍之庶叔祖母吴氏抚养，自己遁入空门。絮萍与吴氏相依为命，随着年龄的增长，同居于一地的富人之妾刘氏之子，表达了愿与其结秦晋之好的意愿，吴氏考虑到刘氏之子乃有为之青年，且刘氏母子喜爱絮萍甚然，便将絮萍身世全盘告知她，希望自己能不负絮萍之生母所托，为絮萍找寻到终身依靠。

然而生母的痛苦遭遇，让絮萍感知到"家庭之变相实地狱也"，若从养母之命，则违背了自己一生之志愿，其志愿为何？"待至三十以后，择一乡僻之地，从事于贫民教育。"如若不婚，"犹得少受一重苦楚，终以坚执己见为佳"。打定主意，絮萍面对刘氏之子愈冷静，以绝其念。刘氏之子无奈之下娶富家女为妻，岂料富家女不知妇德，吴氏嗟叹刘氏之子虽为品学兼优之少年，然"娶妇不贤，一生已矣"。絮萍对此表达了不同的看法，她认为"夫人初生，原无善恶"[1]，为人皆有良知，只是在个人成长过程中，受世风之影响，沾染了不同的习气，人格由此各异。教师的作用就在于教育、监督学生，避免其堕入邪恶，同时启发学生之良知，使之"虽不能为圣贤，亦不致为奸恶"，如若教之不善，则咎在教师。对刘氏之妻，絮萍"讽以微言，涵以德性，宛转规劝"[2]，终使其转变，刘氏之子甚为感激，絮萍则一生践行自己教书育人的志向。观絮萍之人生轨迹，与旧式女子不同，她并未盲从长辈之命，以婚姻作为人生最终目的，而是在个人志向与婚姻之间权衡良久、分析利弊，做出坚守志向之抉择。这并不是幻影女士毫无根据的想象，而是时代背景下部分知识女性群体的真实缩影，她们深刻认识到千百年来旧式婚姻流俗的弊病，于很多女性而言，毁其心智，损其身体，断绝其志向，而社会风气的逐渐改善，使她们有了更多的自由抉择空间，摆脱旧式女子的依附性，在社

---

[1] 幻影女士：《絮萍》，《礼拜六》1916 年第 86 期。
[2] 幻影女士：《絮萍》，《礼拜六》1916 年第 86 期。

会中自谋其职,无须在家庭中仰男人之鼻息,终赢得社会对其的认可与尊重。在小说中,幻影的讽喻之意不言而喻,絮萍显然是她着力赞美的时代新女性,在她身上,体现了近代大变革背景下女性在婚恋问题上的根本性思想变化。

事实上,女性对待婚恋的自主性增强,并非幻影女士一人之发现,在一系列近代女作家的小说中均有反映。女作家吕韵清在小说《秋窗夜啸》中,讲述了一个伤感的故事。去凤与梅生青梅竹马,两家情同至戚,去凤十二岁之时,因其父远赴北方上任,携全家而去,去凤与梅生不得已分离。后梅生娶妻沈氏,八年后,去凤之父死于任上,去凤之母携女归乡,拜托梅生寻找住所。梅生对去凤不能忘情,然去凤人格高贵,梅生只得将感情埋于心底,对去凤母女尽心照顾。无奈去凤之兄长晋叔,不学无术,迷恋烟花之地且嗜赌,败坏家业,致使一家人生活陷于困顿。在万分艰难之际,去凤靠一己之才气,担任龚观察爱女之师,并"出其法书,刊润取资",养活母亲。面对慕其才气而来的众多求婚者,去凤以"'奉母终天始嫁'一语绝之"。然而其兄长愈加过分,每次赌博输钱,均向去凤索要,一家人生活之重担,落于去凤一人之身,去凤"常拔剑斫地,纵酒啸天"[①],排遣苦闷。梅生对去凤早已情根深种,"数年郁郁,疾已种根"[②],去凤的境况,让他愈加怜悯,而梅生的深情,让去凤意识到,唯有远去,方可断其情根。于是,去凤联合梅生之妻沈氏,夜间吹乐瓶、作鬼声,家人皆惊惧,遂迁走,并隐瞒所往之处,梅生终理解去凤一片苦心。

吕韵清笔下的去凤,是作者心中理想女性之典型,她自尊、自爱、自强,面对感情,不再以柔弱者示人,而代之以理性思考,对感情有清醒的把控和明确的抉择。她摆脱了旧式女子将婚姻作为人生唯一之选择的局限性,不依附男性,独立地支撑自己的人生,彰显格局和气度。面对家庭的困境,她毫无畏惧,勇敢地承担起养家之责任,用自己的才情,

---

[①] 郭长海、郭君兮编校:《吕韵清集》,浙江古籍出版社2018年版,第120页。
[②] 郭长海、郭君兮编校:《吕韵清集》,浙江古籍出版社2018年版,第121页。

赢得生存的底气和社会的尊重。去凤形象已经彰显出鲜明的女性意识,当面对男权的压迫,她并未自怨自艾,也未极端对抗,而是在两者之间找寻出一个平衡点,表现出明确的反抗精神和反抗意识。即使在今天,去凤也可被称为当之无愧的巾帼女杰,吕韵清以超越时代的笔触,刻画出这样一位集智慧、勇气和格局于一体的奇女子,这样的女性是时代发展的必然趋势。事实上,去凤的不婚,决非吕韵清毫无根据的杜撰,不婚是近代部分知识女性群体的一种普遍选择,是封建时代千百年来女性在家庭婚姻中被压迫、被剥夺的一种反映,是女性人格自我完善的一种路径,当然也是多方面因素综合作用的无奈之举。作为彰显女性主体意识的一种反抗方式,某种程度上体现出知识女性的积极主动性,对于其他女性群体而言,不无启发。在吕韵清的怨情小说《蘼芜怨》中,她塑造了官宦之女沈畹君的形象,畹君"眉蛾目凤,面小圆而微尖。檀口如樱,双涡欲笑","美实无匹"[1],此绝代佳人,本为父母掌上明珠,可是在婚姻问题上,她却坠入万劫不复之渊。

原本畹君之父早已为女儿物色好合适人选高兰史,与沈家相临而居,"当清晓深宵,书声咿唔不绝",沈父甚为欣赏,通过向邻里打听,方知兰史家世,"父殁家贫,事母綦孝",约兰史相见,阅其文章,"击赏不置"。在父亲的引荐下,畹君亦与兰史相见,"私庆得所"[2],而兰史亦对畹君一见倾心。但畹君之母另有打算,因丈夫久告病归,"宦橐萧然",她私自为女儿定下了"复得粤海关缺"的黎翰卿之长子黎荷生。岂料黎荷生婚后留情勾栏,欲娶妓女迟云,老鸨得知后,向黎荷生索要三千金,黎荷生无力筹措,畹君便自制《南词》一曲,向迟云逐句解释,盼她早离火坑。迟云认为受到了畹君的讽刺,便在黎荷生面前挑拨是非,畹君与丈夫"伉俪之情,于焉日薄矣"[3]。此时的畹君"母亡未及半载,父又溘逝",内心极为哀痛,而黎荷生又以断绝夫妻之义逼迫畹君致辞高堂索

---

[1] 郭长海、郭君兮编校:《吕韵清集》,浙江古籍出版社2018年版,第108页。
[2] 郭长海、郭君兮编校:《吕韵清集》,浙江古籍出版社2018年版,第112页。
[3] 郭长海、郭君兮编校:《吕韵清集》,浙江古籍出版社2018年版,第110页。

二千金，畹君不得已求堂上，遭到严斥后，丈夫将责任全归于畹君一人。随着畹君母家的衰微，加之畹君婆母又为次子娶了显贵之女，婆家对畹君日渐冷落，"畹势愈孤，泪眼光阴，生趣已绝矣"①。她每日典当衣饰，购买名茶名酒，宴请姒娣诸姑，终于一日蟹酒之后吞鸦片死，黎荷生后悔晚矣，至于所娶迟云，与账房姓陆之人卷资私奔。唯有高兰史，因伤畹君另嫁，终身不娶正室，后奉母命纳妾生子，"闻沈殁家贫，时恤其家"，为畹君之弟延师，"卒赖成名"②。

很显然，与《秋窗夜啸》中的去凤相较，这个悲情故事中的畹君，是典型的传统女子。婚姻尊奉"父母之命，媒妁之言"，在婚姻内从一而终，忍辱负重，遵从"夫为妻纲"的正统礼教，以三从四德作为准则，温婉柔顺，尽心侍奉婆家高堂，处理好与姒娣婆姨们的关系。丈夫纳妾，不仅不妒，还竭力帮助丈夫，面对丈夫的咄咄逼人，忍受委屈，从不反驳。如此顺从贤惠，却在夫家没有任何地位，被薄情的丈夫疏远，被势力的婆婆冷落，最终被封建礼教吞噬。虽然小说《蘼芜怨》以悬念取胜，但从人物形象的丰富性而言，畹君比之去凤单薄很多，尤其最后畹君的消极被动之"反抗"，更多的是在泣诉命运不公，并没有清醒认识到命运悲舛的原因，也并未采取积极之行动改变命运的不幸。从这个意义上说，虽同为抗争，去凤堪比畹君更彻底，更能彰显出近代社会转型期女性思想的实质性变革。事实上，吕韵清笔下的畹君，是封建时代千百年来女性集体无意识的集中体现，是女性悲剧命运的典型表征。她们出嫁前生存空间被限制在狭小的深闺之内，被"父为子纲"的教条严格规范着思想，不能抛头露面，生活没有自由，从母亲或家庭女眷那里接受手工活动与家务训练，有条件的话，进一步学习琴棋书画，为自己的身价增加砝码，同时接受三从四德的伦理教育。她们作为父权家庭的财产，人身支配权归属于父系家长，父亲对她们有赠送、许配甚至出卖的权利。比如灾荒之年，生活无以为继的穷人，为了延续一家人的性命，女儿往往

---

① 郭长海、郭君兮编校：《吕韵清集》，浙江古籍出版社2018年版，第111页。
② 郭长海、郭君兮编校：《吕韵清集》，浙江古籍出版社2018年版，第112页。

成为被牺牲的那个人，或被卖作大户丫鬟，或被卖作他人妻妾。尤其就婚嫁而言，决定权在父母，所谓媒妁，事实上也只是父母利益的践行者，凭借三寸不烂之舌，周旋于两家之间，穿针引线，达成各方利益的共谋。女子如若无视父母的意见，私自约会意中人，轻者受到父母的责骂，严重者遭到整个社会的唾弃。《诗经·郑风·将仲子》中，一位陷于热恋中的女子，谆谆告诫自己的情人，"无逾我里，无折我树杞"，"无逾我墙，无折我树桑"，"无逾我园，无折我树檀"，哪里是不舍得所种的树木，而是"父母之言亦可畏也"，"诸兄之言亦可畏也"，"人之多言亦可畏也"。女子在舆论压迫下的畏惧、矛盾心理被刻画得入木三分。

周礼建立之后，约束更加严格，《诗经·齐风·南山》中，"取妻如之何？必告父母。既曰告止，曷又鞠止？析薪如之何？匪斧不克。取妻如之何？匪媒不得"，明确说明了娶妻的前提，必告父母，必须有媒人。这一点在《孟子·滕文公下》中也有明晰的表述，"不待父母之命，媒妁之言，钻穴隙相窥，逾墙相从，则父母国人皆贱之"[1]。订下婚约之后，女子即将离开母家，去往夫家，"女子之嫁也，母命之，往送之门，戒之曰：'往之女家，必敬必戒，无违夫子？'以顺为正者，妾妇之道也"[2]。男尊女卑的既定模式决定了夫妻关系的不平等，齐眉举案这种平等而美好的婚姻凤毛麟角，女子嫁入夫家，原本的姓氏被剥夺，被冠以夫家之姓，以某某氏作为称呼，她的地位和人格，都由丈夫决定，一荣俱荣，一损俱损。等级森严的封建礼教限制了女子的发展空间，"女从男"被当作夫妇之义和妻子的美德，她们的命运被封建礼教强制性地形塑而成，她们安静顺从，遵守日常生活中的各种繁文缛节和条条框框，被礼教愈加严格地约束言行举止，心灵慢慢麻痹，最终成为父权制的陪衬物。虽说"女子无才便是德"，但教导子孙后代使之功成名遂、光耀门楣的"贤母"却被大力推崇，借以母凭子贵，获得极为难得的人间荣耀。论及贞洁，是父系社会财产私有化的结果，女子作为男子的私有财产，一旦失

---

[1] 吴天明、程继松评析：《孟子》，崇文书局2003年版，第98页。
[2] 吴天明、程继松评析：《孟子》，崇文书局2003年版，第96页。

去贞洁,就破坏了男子后代血统的纯正性和家族财产的安全延续,于是封建礼教配合私有制和父权制,将贞洁作为女子毕生的坚守,贯穿于婚前、婚后和夫死整个阶段。如果女子失去贞洁,要么个人和家族名誉受损,要么遭到宗法制度的迫害,影响婚姻和一生的幸福。自宋以后的封建统治阶级大力提倡女子贞洁观,尤其"饿死事小,失节事大"被作为至理名言加以推举,通过立贞节牌坊、编纂烈女录等方式,将女子牢牢压迫在礼教之下。吴敬梓的《儒林外史》第四十八回"徽州府烈夫殉夫"中,王玉辉的女婿病死,女儿三姑娘执意以死殉夫,公婆大为震惊,极力反对,但王玉辉却认为女儿此举是"青史上留名的事",即刻启程回家叫来妻子和女儿诀别。母亲和婆婆千方百计地劝,但三姑娘心意已决,绝食而死,三姑娘的母亲哭死了过去,王玉辉却认为女儿死得好,对妻子说,"你这老人家真正是个呆子!三女儿他而今已是成了仙了,你哭他怎的?他这死的好,只怕我将来不能像他这一个好题目死哩!"①

从这个意义上说,吕韵清笔下的畹君,其思想中有了对父权、夫权的反抗意识,虽其反抗行为仍较为软弱,是一种消极之为,缺乏彻底斗争的勇气,但比之湮没在封建父系制下的无数女性而言,的确有了实质性的进步。事实上,就作家吕韵清本人而言,她笔下所塑造的诸多女性,都或隐或显地流露出一种反思命运和处境的自觉意识,虽因作者本人认识觉悟的局限性,为女性们寻找解放之路径,其价值性有所降低,但她清醒地对女性在婚姻中的地位、处境进行了深刻剖析,对男权进行了毫不留情的反思和批判,彰显出积极的社会意义。吕韵清的小说中,对女性于婚姻中的痛苦有很多表露。《彩云来》中,她塑造了两位女性形象——影娥和絮姑,絮姑彼时已定下婚约,是哥哥景荣的同学,名金子华,"为粤中巨富",因慕絮姑之才名,"露求婚意",一开始哥哥景荣认为,金子华不学无术,而妹妹才情极高,颇为踌躇,但当母亲生辰之时,金子华献上礼物,"得未曾有",打动絮姑之心,"而婚议成矣"。虽然金子华已有二妾,成婚后二三月内,他"奉絮才若天人","絮才意有所欲,

---

① 吴敬梓:《儒林外史》,华文出版社2018年版,第401页。

无不竭诚供奉",然而很快其喜新厌旧之本性毕露,"复恋南妓翠金",将其纳于家,并将之前送给絮姑的珍饰悉数索回,转送给翠金,加之翠金时常在二人之间挑唆,长此以往,絮姑"郁郁成痾而亡"。影娥家人观絮姑之不幸遭遇,对影娥的择偶愈加慎重,选择了品学兼优的余执甫,然余生"性情褊浅多疑,而吝啬已甚"[1],喜欢数理、西文,与性耽吟咏的影娥缺乏共同话语,常常阻止影娥的爱好兴趣,更甚者,因一把题诗的蒲扇,余生心生多疑,将影娥送归娘家,影娥无奈之下和弟媳一起,以养蚕为生,因一次偶然,一把破扇被蚕所吐之丝布满,绵密光滑,影娥遂施以彩画,售于市场,大受欢迎,影娥很快成为巨富,她又开设工厂,收留贫困妇女,为善一方。反观余生,却已客死异乡。

吕韵清借两个女子的迥异之命运,真实地呈现了婚姻对女性的重要影响。男怕入错行,女怕嫁错郎,是千百年来戴在女性头上的紧箍咒。吕韵清借影娥之口道出真相,"古人谓落花随风,帘裀藩溷,惟其所适。此殆喻女子适人欤!幸而得所,即如花之落于帘裀间者。彼堕于泥淖、被蹂践而无人顾惜,与遇人不淑之女子,有以异耶?"[2] 男大当婚、女大当嫁的理念代代延续相传,不论是影娥还是絮姑,都受这种观念的深刻影响,关键是两个人选择的道路有实质性的不同。絮姑受了委屈,郁愤而死,断送了一世才情,影娥同样受了委屈,态度却由开始的委曲求全,转变为坚强自立,通过经济的自足实现人生的飞跃,迎来光明的前途。正如吕韵清在小说开头所言,"我为蛾眉同吐气,挥毫又著《彩云来》",其用意不言自明,她作为封建社会的亲历者,对旧式女子的悲苦命运有着清楚的认识,她笔下的絮姑是无数被戕害的这一时代女子的缩影,而影娥却蕴含着作者的理想和希望——女子只有经济独立,才可不必仰男人的鼻息,实现生命的自由,流露出朴素的女性主义意识。可以说,在近代风云变幻的时代背景下,有这样的意识,是难能可贵的,这当然和吕韵清的经历息息相关,她十二岁时,随母亲入徐府,为十岁的徐自华

---

[1] 郭长海、郭君兮编校:《吕韵清集》,浙江古籍出版社2018年版,第125—126页。
[2] 郭长海、郭君兮编校:《吕韵清集》,浙江古籍出版社2018年版,第123页。

做伴读。而当时中国正处于近代社会大变动时期,女权运动风起云涌,两广、江浙和两湖是响应最热烈之地,广东的张竹君、浙江的秋瑾以及湖南的陈撷芬,都是其中的翘楚。浔溪女学成立后,徐自华任校长,吕韵清入校授课,协助徐自华打理校务。1906年,秋瑾经人介绍,到浔溪女学任教,和徐自华两人一见如故,吕韵清也就顺理成章地和秋瑾成了知交,她深刻感受到秋瑾的革命热情,见证了鉴湖女侠为革命的无畏献身,这些经历都刻印在吕韵清的思想中,形塑着她的认知,她将对女性感同身受的悲悯和关爱融进作品,融进她笔下的女性形象。吕韵清尤其关注女性婚恋,她的思考并未浮于表面,而是挖掘造成旧时代女子婚姻痛苦的多层面因素,这些因素作为漫长时间积淀的结果,当然也决非某个人或某个群体能从根本上解决的。吕韵清一方面呈现出女性在婚恋中经受的压抑和痛楚;一方面试图为女性找到自救的出路,她并不鼓励女性安常处顺、被动忍受,而是警醒女性意识到她们在婚姻中的地位和角色,引导女性思考怎样改变这种现状,所以就吕韵清来说,"反抗"是她塑造女性形象的一个重要着力点,对于父权制的反抗,对于女性陈规刻板形象的反抗,对于千百年来不平等婚姻模式的反抗,是她小说创作的一个重要任务。

　　同样着力塑造"反抗"女性形象的近代女作家徐赋灵,在反抗的力度上更深入。在小说《桃花人面》中,徐赋灵以"我"的口吻,讲述了女子灵芝的故事。"我"和灵芝是关系甚为密切的同窗,灵芝家庭出身好,毕业后就嫁给了在银行工作的孙某,生活无忧。然而灵芝性格桀骜,反抗之心甚强,男女交往不拘小节。一次丈夫赴汉口公干时,灵芝久未谋面的表弟来访,二人聊天甚欢,灵芝想到他们是亲戚,家中又有婢女,并未设防,当天色晚时便留宿表弟。岂料孙某听信了外面的风言风语,认为灵芝不守妇道。灵芝非常反感丈夫的多疑和独断,认为自己并无过错,对"我"说,"丈夫把妻子奴隶似的压制着,束缚意志自由,只叫人绝对的服从,妻子仿佛是一件玩具","我"劝灵芝道,"现在的社会还是尊男主义,对于女子颇不公平。中国的妇人,大多数处于奴隶的境遇,世间虽是鼓励女子要进取主义,其实暗中还是以退守主义为美德"。最终

第七章 女性小说

灵芝与丈夫离婚,并一语道破男子对于离婚的态度,"与妻子离婚,也是男子的虚荣心,以示他的强硬,我实是做了这虚荣心的牺牲了"[①]。灵芝再婚后,非常反感夫家女眷的监视和翁姑的约束,她又一次陷入离婚的风波中,但这一次她不再畏惧,与表弟公然在大庭广众之下亲密携手同行,以示抗议。灵芝是男权不折不扣的反抗者,虽然她的反抗带着一种情绪化的个人英雄主义,但已经具有鲜明的女权意味,她是走在时代前列的践行者,追求自由平等的两性关系,不再屈服于父权和夫权的压制,借由反抗婚姻来实现对男权的抵制,她的形象是出走的娜拉之前身。娜拉们经过五四新文化运动的洗礼,由家庭内的觉醒者转变为家庭的反叛者,当然这个转变不是一蹴而就的,需要外在环境的影响和女性自身的积淀。徐赋灵赋予笔下的灵芝以近代社会颇具有异端色彩的女性形象,与之相较,吕韵清笔下的女性,鲜少此类形象,她对女性在婚姻中应当担当的角色,有着明确的定位,这是吕韵清与西方部分激进的女性主义者根本不同之处。

在吕韵清的小说《花镜》中,"才识干练,历充宪幕"的禄卿,娶继室绶珠。绶珠出身富商之家,衣食无忧,喜欢打扮享乐,将家中大小事务,悉数交给用人处理,"米盐不食自尽,器服无翼自飞"[②]。禄卿虽名场得意,家有千金,毕竟以寒士起家,深知生活之不易,他劝说绶珠学习持家御下之道。绶珠初闻,有幡然醒悟之意,奈何禄卿经常不在家,绶珠经不住用人的撺掇,仍然奢靡无度。一日禄卿因事出门,偶遇同学廉甫,方知两家同住一条里弄,因南北各开各门,恰成反向,故相居多年,并未相见。此次相遇后,两家来往更多,更加亲密。禄卿前往拜访廉甫,始知其妻周新藻,"工诗,尤善绘绣",对衣食住有独特的要求,"谓屋无求华焕,但能雅洁整齐,茅庐胜广厦矣。食无求珍错,烹调得宜,蔬笋亦饶真味",至于衣物,"质取耐浣,色尚雅淡,长短适体,足矣!"禄卿

[①] 徐赋灵:《桃花人面》,《小说画报》1918年第13期。
[②] 郭长海、郭君兮编校:《吕韵清集》,浙江古籍出版社2018年版,第130页。

赞叹"今之模范家庭,实由贤助相成也"①,他深感贤内助之于家庭的重要性,在赴任山西之前,拜托廉甫之妻随时教诲绶珠,主持家庭内仆役之事务。禄卿走后,绶珠受用人倪妇摆布,结识一些商人外室和宦家弃妾,"相与雀戏","时而昼而夜,金迷纸醉,燕叱莺啼,食息无时,晨昏莫辨"②。用人倪妇又从中挑唆绶珠与新藻之关系,让绶珠彻底沉溺于行乐之中不能自拔,用人们趁机各顺其手,家资几乎荡然。一日中午,新藻送来两封禄卿所写书信,一封写予绶珠,一封写予廉甫,内容大致相同,因公款事宜,禄卿已入狱,须绶珠筹得千金,方可救急。绶珠惘然无措,只得向廉甫求助,廉甫命取其银行存据。绶珠想起平日里结交的"挚友",想向她们借钱缓急,然而她们只可同享乐,决无共患难之可能,绶珠只得变卖首饰,可发现"零星者,不翼而飞,综计数亦不资",倪妇得知事情败露,"遂远飏焉"③。经过这一件事的洗礼,绶珠终于认清谁才是真正的朋友,她洗尽铅华,成为贤妻良母。而这正是廉甫夫妇的苦心孤诣,他们当初看到绶珠渐入迷途,又劝说不得,便想出这个计策,等禄卿归来后,廉甫夫妇将银行存据和首饰悉数奉还,禄卿得知事情原委,感激不尽。

从这个故事中看出,吕韵清对女子如何为人妻、为人母,有着清醒的认识,不同于西方激进的女性主义,以不结婚、不要孩子来空洞地反对男权制,徒呈现出思想行为的虚弱无力,不具有任何实质性价值。吕韵清不只关注男权对女子的戕害,她还眼光独特地把女性命运的立足点放置于女性自身,即一个女子在婚恋中幸福与否,和她个人的思想行为有直接关联。就小说《花镜》中的绶珠而言,她原生家庭富裕,嫁给仕途上进的禄卿,生活无忧,但因她不善于管理家务和用人,不分善恶,当原本幸福的家庭陷于困境时,竟一筹莫展,无能力挽救。反观新藻,将家庭内的一切打理得妥妥当当,教导仆人明事理,从不埋怨丈夫仕途

---

① 郭长海、郭君兮编校:《吕韵清集》,浙江古籍出版社2018年版,第135页。
② 郭长海、郭君兮编校:《吕韵清集》,浙江古籍出版社2018年版,第136页。
③ 郭长海、郭君兮编校:《吕韵清集》,浙江古籍出版社2018年版,第138页。

第七章　女性小说

不利,而是让他感受到家庭的温馨。通过这两个女性角色的对比,吕韵清的用意不言自明,女子之于家庭具有重要意义,外在环境固然难以改变,但女性自身的素养和能力,包括她的学识、格局、思想、生活习惯等因素,都决定着女性于家庭生活中幸福感的获得。《花镜》这篇小说发表于1915年,无独有偶,四年后冰心发表的小说《两个家庭》,探讨了同样的问题,家庭主妇的文化教养不同,导致两个家庭出现截然不同的结局。陈太太不善家政,不懂得教育孩子,每日热衷打牌,家庭杂乱无章,丈夫感觉不到家庭的温暖,自暴自弃,英年早逝。与之相较的三嫂,和丈夫学识相当,把孩子教育得听话明事理,把家庭管理得洁净规整,像个乐园,三哥得以投入自己所热爱的事业,一家人其乐融融、幸福和谐。近代女作家们用自己细腻的笔触,探讨了女性在婚姻中应当承担的角色,在吕韵清看来,这恰恰是影响近代女性在婚恋中能否确立主体性的关键因素。小说《金夫梦》可谓女子的忏悔录,"一念虚荣,六州错铸",吕韵清讲述了女子因虚荣心而坠入不复之渊,足以警诫后人。女主人公佩秋八岁时和兄长棣生就读于远戚姚氏家塾,姚氏有一子蓉初,好学勿倦,擅长工艺制作,心灵手巧。孩提时的相处,佩秋和蓉初"两小无猜,相爱愈于手足",两家长辈早已看在眼中,"婚议早有成言",只因两人年龄尚幼,并未对外宣布。

武昌起义爆发,佩秋之父病危,全凭姚翁相助,此时蓉初已投考工校,两人的婚事,"一再磋商,踌躇勿能遽决"[①]。因形势所迫,姚翁一家移家避险,本欲携佩秋同行,怎奈佩秋之父仅存一息,其母亲亦因病行动不便,佩秋不得已与蓉初分离,离别时,佩秋对蓉初立下誓言。兵荒马乱之中,蓉初之父病逝,依赖邻居贺家相助成殓营葬,在贺家结识了革命党人李起文。佩秋之兄将李的照片送给妹妹,转告李的求凰之意,佩秋观照片,见李"星眼剑眉,英姿飒爽",立刻被其吸引,认为李"国士无双,斯人当之无愧"[②]。用人宋氏提醒佩秋,不可被其外貌所骗,蓉

[①] 郭长海、郭君兮编校:《吕韵清集》,浙江古籍出版社2018年版,第143页。
[②] 郭长海、郭君兮编校:《吕韵清集》,浙江古籍出版社2018年版,第144页。

初性格温厚，不可辜负君意。但因佩秋听闻李将代某督，前程无量，又感姚氏家贫，遂将曾经所立誓言抛于九霄云外，不听宋氏一再提醒，改弦更张，嫁给李起文。婚后不久，佩秋发现，李乃好色之徒，频频留恋室外女子，佩秋满腔苦涩，却无可奈何。祸不单行，很快李以党案被捕，随即被处决，佩秋狼狈南归，其母闻噩耗一病而亡，更令佩秋伤心的是，她曾背叛的蓉初，此时已成巨富，携新妇婚姻幸福美满。这是一个警示意义十足的故事，原本可以幸福的佩秋，却因自己的喜新厌旧、嫌贫爱富、以貌取人，最终落得茕茕子立。当然，吕韵清这篇小说将女性能否实现个体价值，寄托于某一男子，从思想上而言，存在一定的局限性，但其所传达的命意，在今天仍具有现实意义。自古以来，有不少文艺作品批判男性的见异思迁，如包拯铡刀下的陈世美，忘恩负义，抛妻弃子。揭露男性的移情别恋，本身就是对父权的批判，鲜少有反映女性见异思迁的作品，原因在于女性在父系权力关系网络中处于弱者地位。但近代社会特殊的历史阶段，生成了色彩斑斓的女性群体，旧式和新潮的碰撞，演绎出迥然不同的女性命运，出现"佩秋式"的女性也是时代发展的必然。所以吕韵清的这篇小说在彼时就具有了充分的警诫力量，虽然近代大变革时期，女性较之以前，有了较多的选择权利和较宽松的选择空间，但如何利用好这种来之不易的权利和空间，实现女性之于家庭中的主体价值，却是女性首先要考虑的论题，也是近代女性婚恋中现实存在的问题。

女性的原生家庭环境、所接受的教育以及思维方式等，都成了影响近代女性婚恋的重要因素，这超越了单纯父权制所涵括的范畴，成为一个复杂的社会性问题。就小说《金夫梦》而言，虽然吕韵清创作时对时事有所规避，但仍然可以清晰地看到时代背景的反射，包括民国成立，袁世凯窃取中华民国临时大总统，蔡锷被调入北京后设计出逃等历史事件，在小说中都有影影绰绰的表露，将女性安置于这样一个复杂的社会背景中，具有了强烈的时代意义，脱离了女性写作的私语化和情绪化，使女性形象和近代社会独特的文化、政治、社会密切联系在一起，更具有厚重感和真实性，从中也可以看出近代女作家们的良苦用心。还有一种女性形象，因各种原因，徘徊于传统婚恋的边缘地带，经受着多重剥削和压迫，像一束罂粟花，以卖笑风尘解构着道学家们建构的"三从四德"。在中国，娼妓可追溯至商代，最初通过从事宗教活动献出自己的身体。随着奴隶制的确立，她们逐渐由为神灵服务转变为为人服务，直至封建时代，娼妓成为一种普遍的社会现象，根据所居住之地，划分为三六九等。其中青楼女子地位较高，接受琴棋书画等风雅层面的培训，"弹筝酒歌、低唱浅酌、诗词酬答、采兰赠芍之类，是她们日常生活的主要内容"①，为具有较高文化素养的文人世大夫阶层，提供娱乐消遣。历史中也不乏有骨气和远见的青楼女子，出淤泥而不染，在生命的困境中绽放着熠熠光辉。这一群体的女子作为父权制的产物，背负着红颜祸水的骂名，点缀着王公贵胄的腐靡生活，她们也未曾不想婚姻的成全，但因种种条件的制约，减损了她们对男性的期待，熄灭了她们内心的渴望，比如李香君之于侯方域、薛涛之于元稹等，成为后世文人骚客津津乐道的话题。近代女作家们同样关注这个女性群体的情感生活，呈现她们爱而不得，在期待与绝望的炼狱中痛苦辗转。

毛秀英的苦情小说《青楼恨》，讲述了金陵城中大家闺秀金丽华，生得"明眸秀靥，玉骨冰肌"，且"精通诗文，雅擅刺绣"，城中求婚者甚众。怎奈平地起风波，武昌起义爆发，辫子军于金陵城中大肆奸掠，而此时，丽华之父已经去世，只有她和母亲相依为命。当一伙兵痞入室抢劫时，丽华之母仓皇中带了一些金钱从后门逃走，丽华没有得以逃脱，被迫将家中金钱悉数指给兵匪。待兵匪走后，母亲已不知去向，丽华想起苏州舅舅一家尚可投靠，但坐火车到苏州后，在车站被一外貌敦厚之人骗卖至娼寮，万般无奈之下，丽华"不得不含垢忍辱以委屈于一时"。客人中有一钱姓之人，性情温厚，为丽华所爱，愿与其订婚约，钱姓之人以五百金作为赠奉，承诺会很快给其答复，但二人分别后许久，钱姓人寄来一封书信，以家风甚严为由，婉拒了丽华。而此时，丽华被老鸨

---

① 邢丽凤、刘彩霞、唐明辉：《天理与人欲——传统儒家文化视野中的女性婚姻生活》，武汉大学出版社2005年版，第188页。

的情人纠缠,频频向她索要财物以满足自己的大烟瘾,丽华不堪其扰,绝望之下,给钱姓人写了一封绝笔信,吞鸦片自杀。作者感叹曰,"以良家女而堕落风尘,结果竟致如此"①。金丽华的形象是无数被剥夺自由的女性的缩影,和罗丹塑造的《老娼妓》异曲同工,近代中国半殖民地半封建的社会现实,千百年来女性被压抑至第二性的境况,以及父权的阴影,挤压着她们的生存空间。就小说《青楼恨》而言,情节较为简单,毛秀英沿用了误入风尘女子的悲惨故事模式,以武昌起义作为背景,将古老的故事原型放置于近代社会加以改造,虽有情节上难以自圆其说的盲点,但也可见作者的用心。综之,就近代女性小说而论,女性婚恋是其关注的重点话题,其与女性自身直接相关,牵涉到社会生活的方方面面,是洞察女性问题的晴雨表,从中可以清晰地窥见女性真实的生存境况。从总体趋向而言,近代女性在婚恋中的独立性增强,这和她们经济地位的变化、步入社会的机会增多有关,也是近代社会大变动的结果,女性"大门不出,二门不迈"的格局已经有所改变,她们通过接受学堂教育,可以在社会中自谋职业。当然,近代女性群体的情况比较复杂,新旧的碰撞交替,呈现出参差错落的层面,不能一概而论,这也造就了近代女性小说中女性婚恋情况的错综复杂。

---

① 毛秀英:《青楼恨》,《礼拜六》1915年第70期。

结　语

　　近代中国女性文学视域下女性观念的全方位转型，是近代社会发展的必然趋势，与女禁的开放、废缠足的实施、女子教育的兴起以及媒体的推波助澜等各方面因素密切相关。在这个过程中，男性知识精英的呼吁起了积极的催化作用。综观这个漫长的过程，女性思想观念的变化并非一蹴而就，也有一个曲折甚至艰难的裂变，首先和女性自身性别意识的觉醒有关，打破传统女子"大门不出，二门不迈"的心理桎梏，走出深闺，甚至走出国门，极大地开阔了她们的视野、增长了她们的见识，让她们突破狭隘的一己之限，放眼社会，关注国情，关注民生。同时也和女性接受教育密切相关，各种层次和类别的教育尤其高等教育的实施，培养了女性的生存技能，使她们的经济独立成为可能，有助于锻造她们独立的人格和自由的精神，让她们于男性而言，不再是附庸，而是辅助，有助于两性平等关系的构筑。

　　男性知识分子对女性的期待和引导也是引起她们观念变化的重要原因。和女性关注自身角色定位不同，男性更多地将女性作为介入社会进而改变社会的媒介。他们认识到作为占社会大多数的群体，女性不仅在家庭单元，包括在社会事务中都可以成为男性不可或缺的助力，通过改造女性可以达到救治社会的目的。比如呼吁女性放足，就是具有代表性的一例。在近代女性形成主体身份和女性意识的过程中，媒体起了重要的引导作用。比如上海广学会创办的《女星》，受众对象主要是半文盲的中下层妇女，初始旨在帮助她们家庭生活更和谐，随着时局的变化，《女星》开始注重培养女性的社会责任意识。再比如上海商务印书馆创刊的《妇女杂志》，所塑造的一系列中国近代都市新女性形象，呈现出近代都市女性的身体意向、生活理念和价值取向的建构与变化过程。社会各个方面的巨大变化，让女性的生活和思想都不可避免地随之出现前所未有的改变，女性文学，作为社会文化思潮的敏感载体，必然会对这一时期的女性变化作出回应，尤其是在女性诗词和女性小说领域。吴藻、沈鹊应、单士厘、南社徐氏姐妹，以及吕碧城、秋瑾等，借诗词创作，展现出作为女性个体，其人生不同时期的观念变化。而幻影女士、吕韵清等近代女性小说家，则借由女学教育、女性婚恋等话题，呈现出近代女性群体与旧式女性群体相较，在思想观念领域发生的实质性转变。

　　研究近代女性文学视域中女性观念的转型，对后世女性文学创作具有重要的指导价值。在中国近代文学文本中，女性性别意识的萌芽和彰显、女性主义思想的形成、女性之间的交游和结盟在文学中的具体呈现，与当代女性文学具有内在的一脉相承性。当然，近代具有素朴的女性主义意识或鲜明女性主义思想的女作家，将冲破封建壁垒、追求男女平权的新思想体现在创作中，并对具有相似命运的女性作家给予支持和鼓励，比如秋瑾对南社女作家徐自华、徐蕴华姐妹及其创作的推崇，吕碧城与秋瑾的交游经历对她日后创作的重要影响，等等。这种立场源于"姐妹情谊"，是身处于男权文化中的女性发声的重要方式。倡导姐妹情谊是女性主义文学批评的理想之一，伊莱恩·肖瓦尔特将姐妹情谊定义为"女性团结一致的强烈情感"，她认为，"从开始起，女小说家之间的相互意识及她们对其女性读者的意识就表现出一种潜藏的团结，有时这种团结成了一时的时髦"[1]。对于女性主义批评而言，"姐妹情谊是女性主义的理论和批评的基本原则，也是女性文学乐于建构的理想国，它的动因在于女性作家、批评家争取女性团结以获得力量的愿望，也基于女性四分五

---

[1] Elane Showalter, *A Literature of Their Own: British Women Novelists from Bronte to Lessing*, Beijing Foreign Language Teaching and Research Press & Princeton University Press, 2004, pp. 56 – 58.

裂而无力反抗压迫的实际"①。

同样，姐妹情谊也是女性主义文学批评的重要组成部分，在男性处于支配地位的世界，姐妹情谊是广大女性谋生存、求发展的精神、物质双重保证。它将分散的个体凝聚成集体力量形成巨大的推动力。② 中国许多女性作家都在写作中探索姐妹情谊的建构，无论态度是批判抑或希冀，都表明她们对这个问题的关注。而近代中国女性作家们的唱和和交游则是姐妹情谊的重要表现，是她们在封建男权社会中相互支持的重要形式。作为由旧时代向新时代的转变，近代中国社会是重要的过渡阶段，而女性文学一隅既可以折射出时代演变的脉络和轨迹，亦可以呈现中国女性观念的转变过程。具体而言，近代女性观念转型源于以下几个方面的因素。

第一节　放足

传统的中国社会是个安土重迁的农业社会，依照封建伦理纲常运转，社会结构固若金汤。一方面这和东方王朝长期闭关锁国有关；另一方面也和占主导的农耕经济密不可分。纵观整个清王朝，除了康熙年间有过短暂的对外开放，大多数时间都处于与世隔绝的状态之中，造成了封建统治者的妄自尊大和愚昧无知。这种社会结构和经济格局，形塑了以男性为主导的社会性别建构，表现在两性关系中，女性明显处于性别天平中劣势的一端，女性的价值，要通过男性才能得以实现。这一点在古典戏曲中表现得很明显，不论是明传奇《五伦记》，还是元杂剧《秋胡戏妻》，不论是南戏《荆钗记》，还是清初传奇《娇红记》，都深深地烙上了男权统治中心的印记。"洞房花烛夜，金榜题名时"被视为男人最重要的课题，而"女子无才便是德"，她们凭借着美丽、温柔、贞洁、善良，把自己的终生幸福抵押在男人身上，期待着通过男人的功成名就，依靠

---

① 魏天真：《"姐妹情谊"如何可能？》，《读书》2003年第6期。
② 嵇敏：《美国黑人女权主义批评概观》，《外国文学研究》2000年第4期。

在丈夫这棵大树上享受荣华富贵。尤其明代传奇《浣纱记》,更是将两性的不平等演绎得淋漓尽致,西施宁可以个人的"牺牲",换得帮助范蠡击败吴王的政治目标,西施心甘情愿地充当了男权政治的祭品。这种"统治与依附"的异化形态,强调女性的"恪尽职分"和"贤德",实质是剥离女性的人格和独立意识,让她们以"尊卑""纲常"观念"以命自安,以分自守"。传统文化以"天人合一"为宗旨,构造和谐的家庭就成了女性的重要职责,而家的观念又被纳入儒家的伦理框架,认为家和而国治,家的稳定是治国、平天下的先决条件。如此一来,以女性的服从换取家庭的稳定,以稳定男权社会的家庭秩序,就成了传统文化所认同的女性职能和价值所在。表现在教育方面,针对男女实施的是迥然相异的教育内容和教育理念。女性不能参与学校教育,只能在家中接受教育,教育目的就是培养以三从四德、三纲五常等为做人原则的、善于家务女红的"贤妻良母",她们被要求"不要窥探墙外,不要走出庭院。探视墙外,必要遮住颜面;走出庭院,定要掩藏身形"①,削弱了她们的独立性,有悖于人性的发展。

鸦片战争后,在西方殖民主义坚船利炮的冲击下,延续了两千多年的格局开始裂变,闭关锁国的姿态在西方资本主义的强势文明面前,也开始改变,"师夷制夷"的理念成为救国的手段。在东西方文明的撞击下,"西学""西艺"大规模涌入,而女性主义理论便是"西风东渐"过程中,对近代中国社会产生重大影响的学术思想之一。女性主义理论是政治运动深入文化领域的产物,早在 18 世纪的法国,女性领袖奥伦比·德·古日就发表了著名的《女权宣言》,文章开宗明义,主张女性与男性应该享有同样的天赋人权,但事实是,女性在行使天赋权利时遇到了男性霸道的限制,应该通过自然法和理性去除这些限制。虽然奥伦比所强调的平等观主要表现在与女性现实生活密切相关的方面,但毕竟折射出了历史前进的轨迹。而当时在与法国隔水相望的英国,玛丽·沃尔斯通

---

① (明)秦淮寓客编:《女史——解码古代闺阁私密》卷一,王金玲、于淑霞等译,江苏人民出版社 2011 年版,第 2 页。

结　语

克拉夫特写下了《女权辩护》，直接打出了维护女性权利的旗号，抨击卢梭等启蒙作家对女性的偏见。在此书中，沃尔斯通克拉夫特为女性的平等受教育和受平等教育的权利进行了"辩护"。她认为，男性施加给女性的教育不是真理和知识，而是教导她们安于做男性的附属物，如此教育不利于人类知识和美德的提升，要让女性成为文明发展的贡献者，就必须进行教育的改革。这些强调"自由"和"男女平等"观念的理论，最初是作为一种救亡理论，主要由马君武等引入中国，来论证男女平权，反对对女性实行专制，将女性的生存状况作为衡量国家文明进步的重要尺度，传入中国后备受思想界关注，并且启发了知识分子重新考虑国家与个人的关系，尤其是女性修为与家国兴盛的关系，也由此开启了近代社会女性问题的研究与讨论。

首先是维新派知识分子。由于西方资本主义列强的入侵，近代中国社会经历了经济形态、社会格局、文化思想等全方位的大变动，正如李鸿章所慨叹的"三千年一大变局"。早期维新派通过不同途径接触感受西方文明，以"废缠足""兴女学"为突破口，将女性解放放置在了救亡图存、强国保种的位置上。1898年8月13日，康有为正式上《请禁妇女裹足折》，指出缠足使妇女"血气不流，气息污秽，足疾易作，上传身体，或流传孙子，奕世体弱，是皆国民也，羸弱流传，何以为兵乎？"[①] 康有为不仅同情缠足给女性个体带来的身体痛苦，同时将之与国家的兴衰联系在一起，引起广泛有志之士的共鸣。而同年6月，中国在上海正式开办的第一个女学——中国女学堂，早有梁启超于1897年12月发表的《上海新设中国女学堂章程》为之制造声势。康有为更是为女性走出家庭接受教育而大声疾呼，他深感"泰西之强由于人才，人才出于学校"，女子求学是妇女独立的必由之路，无专门之学，何以自营而养生；无普通之学，何以通力而济众，无与男子平等之学，何以成名誉而合大群，何以竞职业而任师长，所以人求独立，非学不成。以康、梁为代表的维新派，提出的妇女问题具有极大的国家民族主义色彩，在中国

---

① 汤志钧编：《康有为政论集》（上册），中华书局1981年版，第336页。

传统社会中具有极强的感染力。其次是新文化知识分子,以陈独秀、李大钊等为代表。他们纷纷撰写文章阐述自己对女性问题的看法,将女性问题的研究进一步具体化。他们指出女性受压迫的根源,在于封建制度的桎梏,女性要实现解放,首先必须获得经济的独立,将女性解放提高到人的解放的高度予以肯定,倡导女性的反抗意识。尤其胡适和周作人,更是提出用知识的更新和思想的改造,来实现女性的个人觉醒,从而达到女性的自我解放。很显然,相较于中国几千年封建文化所形塑的传统女性观以及维新派志士带有启蒙性质的女性观而言,新文化知识分子已经呈现出鲜明的女性解放意识,在那个新旧更替的特殊时代,无疑具有开创性意义。

同时,由于西方"自然法权"和"天赋人权"思想的传入,以及反"男尊女卑"传统因素的进一步深化,唤醒了近代中国女性自我意识的觉醒。首先受到震动的是资产阶级上层女性知识分子,她们基于自己的实际观察和切身感受,纷纷提出自己的女性观。具有代表性的如金天翮"做国民之母":"汝(女性)之身天赋人权完全高尚神圣不可侵犯之身也。汝之价值千金之价值也。汝之地位国民之母之地位也。"[①] 秋瑾提出"尽与男子一样的任务",她在《敬告中国二万万女同胞》中说:"上天生人,男女原没有分别","我的二万万女同胞,还依然黑暗沉沦在十八层地狱,一层也不想爬上来",[②] 只有摆脱传统女性的性别角色,才能实现女性自立。张竹君倡导女性"摸索新角色",作为一位女医师,张竹君发现缠足和化妆对女性的身体伤害很大,虽然这是女性讨好男性的手段,但张竹君还是主张"故予窃欲吾侪女子汲汲讲求卫生,久久从事工业,以求自强,以求自养,而去其昔日之依赖"[③]。只有摆脱对男性的依赖,才能做一个自立的"人"。此外还有"拒绝做女国民"的何震,作为一位无政府主义者,何震根本否定建设民族国家的目的,她追求的始终是社

----

① 爱自由者金一:《女界钟》,载李又宁《华族女性史料丛编》(1),纽约天外出版社2003年版,第84页。
② 秋瑾:《敬告姊妹们》,《中国女报》1907年第1期。
③ 张竹君:《卫生讲习会演说》,《警钟日报》1904年5月25日。

结　语

会革命，她主张非军备主义，以此否定作为男女国民区别标准的当兵制度，进而在国家框架之外实现女性解放。虽然对许多革命派知识分子来说，何震的主张并无实际意义，但毕竟对其他女权论者造成了强烈冲击。比较上述男性知识分子和女性知识分子各自不同的女性观，可以发现，男性是在强国保种的层面上思考女性问题，他们不自觉地将女性放进国家民族的大框架下，将女性放置在客体的位置上，作为实现民族救亡的手段。而女性则更多地体现出自我意识和主体意识的觉醒，她们摆脱了被动等待，提出女性权利的获得要靠自身去争取，打破传统的性别角色，体现出更鲜明的性别色彩，同时也饱含着爱国意识和对民族国家的责任感。综上可见，虽然男性知识分子和女性知识分子对女性的社会定位不同，但作为近代女性主义的启蒙者，他们对近代中国女性观念的更新都起到了极大的推动作用。

具体而言，近代社会对女性思想观念变化影响较大的体现在以下几个方面，首先是放足。缠足是中国封建社会独有的一种习俗，据考证应始于五代，在中国盛行了近千年，尤以明清两代为盛，是否缠足成了衡量女性美的重要标准。从本质上说，缠足是父权制社会对女性精神和身体的戕害，蕴含着性别权力的内涵。由于满族女子从不缠足，所以清军入关后，一再下令禁止缠足，如清顺治帝曾三次下禁令，康熙三年清廷规定："元年以后所生之女，若有违法缠足者，其父有官者交吏兵二部议处，兵民则交付刑部责四十板"，"该管督抚以下文职官员有疏忽失于觉察者，听吏兵二部议处在案"。[①] 但由于此禁令违背了社会的民情风俗，而遭到汉族士大夫的强烈反对，引出了汉族女子以缠足作为彰显民族气节的手段，"男降女不降"，以至于缠足习俗愈演愈烈，很多八旗女子也开始效仿，禁令只得被废除。在某些地方，缠足表现出较强的等级观念和地域性，比如闽南就有"小足是娘，赤脚是婢"的谚语，是否缠足成了身份贵贱的标志。缠足之所以被如此推崇，首先是因为它符合传统社会对女性美的期待。缠足作为象征男女性别差异的标志，直到民国时期，都是女性特有的身体

[①] 钱泳：《履园丛话》，中华书局1979年版，第630页。

符号,"女人不缠脚就没女人像"①的观念根深蒂固。很显然,人为的身体改造被认为是正常的,女性对身体美的追求打上了社会性烙印,在缠足与大脚之间,大脚被认为是丑陋的,甚至被比作"好大的蹄子"②"大黄猫"③等,而缠足则成了女性"显得更美的诀窍"④。因小脚能体现出女性的柔弱和纤小之美,因此受到社会的推崇与认同,这使当时的很多女性为了满足爱美之心,追风赶潮,为之付出代价也在所不惜。

其次,缠足决定着女性的生存状况。"新嫁娘之夫家重纤莲逾于姿首。入门后,足之大小,荣辱系之矣。初娶至门,村众环喜轿或喜车凝眸逼视者,首为莲足。吉时既至,舒足下车,纤妙者立邀高誉,戚朋以为赞,翁姑以为慰。拜堂后,新郎已睹真象,小则安,大则戚,爱憎已预判焉。"⑤这说明缠足与婚姻是紧密联系在一起的,因为传统社会里,包括婚姻在内的许多事情都与家族的兴旺和子孙后代的繁衍有关系,近似于三角形的小脚实为女性生殖器及其旺盛生育力的象征符号⑥,而传统社会极其重视女性生儿育女的能力,因此贫家小户都以与小脚女子结婚为荣。"但求脚小出人前",表明了女性在丧失社会权利的前提下,通过改造身体来改善生存环境的愿望。"有闺女[的人家],包脚很要紧,闺女脚包不好,有的妈就被骂,甚至挨打"⑦,"脚大了不敢见人。好脸,脚大,寻不着婆家。脸差点,脚小,也能寻个好婆家"⑧。由此可见,缠足

---

① 李小江主编:《让女人自己说话——文化寻踪》,生活·读书·新知三联书店2003年版,第248页。
② 李小江主编:《让女人自己说话——文化寻踪》,生活·读书·新知三联书店2003年版,第238页。
③ 李小江主编:《让女人自己说话——文化寻踪》,生活·读书·新知三联书店2003年版,第240页。
④ [美]伊沛霞:《内闱:宋代婚姻和妇女生活》,胡志宏译,江苏人民出版社2004年版,第37页。
⑤ 姚灵犀:《采菲录》,上海书店出版社1998年版,第47页。
⑥ 聂翠青:《晾脚会》,《民间文化论坛》1997年第3期。
⑦ 李小江:《让女人自己说话——文化寻踪》,生活·读书·新知三联书店2003年版,第237页。
⑧ 李小江:《让女人自己说话——文化寻踪》,生活·读书·新知三联书店2003年版,第239页。

结 语

虽然发生在女性身上,却影射出了男性中心社会和男性审美意识的主导地位,使女性缠足尽管遭受巨大的身心伤害,也无怨无悔。缠足一般在女童三岁到八岁的时候开始,将除大脚趾的四个脚趾蜷握,再将脚掌上的外侧部分扭曲。有时为了将脚裹得更好看,还会采用石板压迫、裹入碎片等方法,缠足后女子大约要经过一年时间才能下地走路,但大多数人都因为脚严重变形,走起路来异常艰难,对于从事劳动的普通妇女来说,更是巨大的折磨。"包脚真是受罪,痛得要命,走都没法走,都是我妈背我上厕所,我两只脚的小脚趾头全部烂掉了,现在我每只脚只有四个脚趾头"[①],"裹得脚面上都黑肿啊,那血都紫的!"[②]

不仅如此,缠足还会引发女性之间的竞争甚至敌对意识。赛足会的出现,就是对女人小脚追求到病态的结果,传说始于明代正德年间,以山西和直隶两地最盛,在庙会、集市之上,士女云集,或头上蒙着盖头围坐于空场,或坐于车中,或坐在家里门首,把自己的双足亮出来,供游人点评。然后,由看够了小脚的众男人,定出状元、榜眼、探花,优胜者,从此名传遐迩,如果未嫁,那么必定身价百倍,媒婆盈门。直到20世纪20年代,云南女子还以比赛小脚为荣:"她们的脚若是缠得不小,社会上也就要批评她们是个大脚丫头,她们得了这个称号,便觉得是奇耻大辱,所以缠足的竞争,一天更甚是一天,到今日她们缠足的气焰,还是很热烈的燃着。"[③] 可见,对于缠足成习的女性来说,"缠足不仅是一种生活方式,而且更是一种精神信念"[④]。但是,缠足后的女子行走不便,拄杖持杆,行必扶墙。即使由婢女扶持,"扶婢仅能步中庭",如若孤立无援,那么临室之间的移动也难以做到。至于出门行路,走不了多远便难以为继,只能摸捏莲钩解痛除乏。这样一来,她们自然无法参加社会

---

① 李小江:《让女人自己说话——文化寻踪》,生活·读书·新知三联书店2003年版,第237页。
② 李小江:《让女人自己说话——文化寻踪》,生活·读书·新知三联书店2003年版,第240页。
③ 崔崇仁:《云南缅宁的妇女状况》,《妇女杂志》1928年第14卷第1号。
④ 杨剑利:《女性与近代中国社会》,中国社会出版社2007年版,第61页。

劳动，这便造成了女子在现实生活中与土地分离。而经济基础决定上层建筑，女子缠足后无法参与社会劳动，无法进行家庭劳作，只能享受由男子创造出的社会和家庭财富，只能作为男性的附属。鉴于缠足给女性带来的消极影响，随着近代西方文明的传入，来华的西方传教士通过媒体抨击缠足陋习。1875年，厦门伦敦传教会迈克高望牧师组织了中国第一个"戒缠足会"，三年间入会者有80多个家庭，虽然入会的大多是那些得不到温饱、需要教会女校衣食救济的女孩子，但毕竟开启了近代中国女性的解放之路。1895年4月，由外籍女性发起在上海成立了"天足会"，会长立德夫人的足迹遍及岭南塞北，争取各地督抚大员的支持，直到20世纪初，她始终是不缠足运动的主力。

甲午战争后，维新人士将废缠足提升到了"国之存亡"的高度，"我中国岂无人之国乎？然缠足之习不除，则女人二万万已去其半也；且不待去其半，减其数而已"①。缠足不仅使女性失去抵御外辱的能力，也使男性纵"有四方之志"，但"内顾多虞"。② 维新思想家郑观应慨叹："人生不幸作女子身，更不幸而为中国女子，戕贼肢体，迫束筋骸，血肉淋漓，如膺大戮，如负重疾，如觏沈灾。"③ 缠足的种种弊端，使维新人士采取措施，付诸废缠足实践。1895年，康有为、康广仁在广东创办了粤中不缠足会，康有为以身作则，坚决不让女儿缠足。1897年，梁启超起草《试办不缠足会简明章程》，同年6月，上海不缠足会正式成立，会员有数万人，不缠足运动在全国开展起来，遍及长江流域与东南沿海地区。在戊戌知识分子的推动下，民间的废缠足呼声逐渐高涨。真正向基层社会推行放足始于清末新政，义和团被剿灭后，慈禧太后在结束逃亡的回京途中，颁布了第一道劝诫妇女缠足的诏谕，继而，清廷学部审查通过了翰林院书局刊行的《劝不缠足浅说》，将之列为各省通行的教科书④，"奉旨放脚"有力地推动了民间放足的进程。伴随着废缠足轰轰烈烈的声

---

① 新化曾继辉：《不缠足会驳议》，《湘报》1898年9月10日第151号。
② 新化曾继辉：《不缠足会驳议》，《湘报》1898年9月10日第151号。
③ 郑观应：《郑观应集》（上册），上海人民出版社1982年版，第288页。
④ 《通行各省宣讲所应讲各书文》，《学部官报》1906年第4期。

结 语

浪，这个禁锢中国女子长达千余年的历史堡垒开始动摇。当然，这个过程并非一帆风顺，有的女性甚至为放足付出了生命代价，比如当时轰动一时的"胡仿兰案"。1907年4月24日，江苏沭阳县上马台村徐嘉楸的儿媳胡仿兰因自愿放足事由，遭公婆逼迫，服毒身亡。胡氏平日酷嗜书史，喜爱购阅书报，在婆家已不得旧式翁姑的欢心，再加上她以振兴女学为己任，躬行放足，并劝导戚族姊妹天足的好处，使翁姑"疾首痛心，若负大仇"[①]，将胡氏禁闭房中，逼她喝毒药自尽。此"自愿放足逼命于翁姑之奇闻"经过媒体的披露，成为一桩轰动全国、惊动官府的重大事件。上海"天足会"为胡女士开追悼会，江苏教育总会秉请两江总督惩办此事，最终以罚徐家田五顷了结此案，并将所罚之田地用于办学之资。辛亥革命后，国民政府实施了女子放足与男子剪辫两项新政举措。1912年3月，中华民国临时政府颁布《大总统令内务府部通饬各省劝禁缠足文》；1915年夏，内务部相继发布《地方自治试行条例》和《施行细则》，女子天足成为地方自治事业中的风俗行政。放足从一定程度上解放了女性的身心，客观上推动了近代女性的解放进程，使深藏于闺阁之中的女性，由以前的大门不出、二门不迈，到勇敢地走出家门，接受教育，甚至接受欧风美雨的洗礼，向社会各个行业渗透，打破了职业领域男子占统治地位的状况，不仅提高了女性整体的素质，也使女性可以独立谋生，成为近代中国女性的荣耀。在这个过程中，"小脚"成为野蛮和落后的象征，越来越让人们引以为耻，风尚之变，如此之大，以至于小脚女子的婚姻都成了问题。1907年天津的一个刊物记载这样一则事情：浙江平湖邑富绅王某，有一女适婚，托媒人为其作媒，但媒婆指责其女的小脚是"诲淫之具"，虽有亭亭玉立之姿，却无学识，恐怕有一定地位的家庭都不肯来说亲，因而拒绝。当崇尚天足成为一种潮流和趋势时，女性的思维方式和观念必然会发生实质性的变化，而这种变化，对于女性婚姻以及生活方式的选择，都会产生重大影响。

[①] 《江苏教育总会接沭阳宋观察敦甫来函》，《时报》1907年6月15日。

第二节　兴女学

与放足差不多同时进行的，便是近代"兴女学"，女性教育权利的获得是教育近代化的结果。在传统中国，女性遵从三从四德、三纲五常，"女子无才便是德"的思想深入人心，即使在家庭内设有私塾，学习的也是《女诫》《女则》《列女传》等，这种带有性别色彩的教育使女性慢慢脱离了社会，目的是为封建政治统治服务。1844年，受"东方女子教育会"委托，英国人阿尔德赛女士在宁波设立了近代中国第一所女子学校，之后，教会女校如雨后春笋，纷纷涌现，但由于当时受到国人根深蒂固的性别歧视观念的排斥，再加上对西人宗教目的与文化侵略野心的警惕，教会女校在发展之初困难重重。后来随着西风东渐的浸润，国人眼界渐开，教会女校摆脱初创期的阻力，向女子中等教育甚至高等教育纵深发展，招收的对象也由起始的贫苦人家子弟转变为社会上层家庭女子。教会女校让国人感受到西方新兴文化的进步性，让饱受歧视的中国女性接触到西方科学文化新知，是近代中国女子教育的先声。清朝末年，伴随着政治的腐败、国势的衰微，再加上西人在中国兴办女学的激发，在民族危亡的关头，女子教育作为"强国保种"的重要手段，被维新派知识分子首先提出来："天下积弱之本，则必自妇人不学始。""蒙养之本，必自母教始，母教之本，必自妇学始，故妇学实天下存亡强弱之大原也。"①"使国中之妇女自强，为国政至深之根本"②，但封建顽固势力的阻挠使官方迟迟未将女子教育纳入正规的学校教育。1902年8月，清政府制定了"壬寅学制"，作为开始与西方教育制度接轨的教育体制，但并未涉及女子教育问题。1904年1月，清政府又颁布了"癸卯学制"，明确将女子教

---

① 梁启超：《变法通议·论女学》，载《饮冰室合集·文集》（第一册），中华书局1989年版，第38—41页。

② 董宝良：《中国教育史纲》，人民教育出版社1990年版，第228页。

结　语

育排斥在学校教育之外，"中国此时情形，若设女学，其间流弊甚多，断不相宜"，规定女子"只可于家庭教之，或受母教，或受保姆之教"。① 对于民间兴办女学，清政府并不反对，但主张民间女学以蒙养教育为旨归。1898 年 5 月，经元善在上海城南创办了经正女学堂，这是中国历史上第一所国人自办的女学堂，学校开设中西两科，中文以培养女性的传统角色为宗旨。清政府新政后，民间办女学得到了蓬勃发展。1906 年慈禧太后面谕学部实行女学，女学正式解禁。1907 年学部奏设女学，拟定《女子小学章程 26 条》和《女子师范学堂章程 36 条》，女子教育被正式纳入社会教育体系。中华民国建立后，教育部于 1913 年颁布了"壬子癸丑学制"，规定为女子单独设立中学、师范和各类实业学校，小学男女可以同校，标志着清末两性双轨制学制根基开始松动。随着五四新文化运动的发展，女子教育出现了新状况，1920 年北京大学首次招收女生，1921 年以后，各大学都招收女生，开始实行男女同校。1922 年，"壬戌学制"由国民政府教育部颁布，规定男女享有完全平等的教育权利，成为中国教育近代化的标志性成果。自此以后，女子教育完全被纳入国民教育系统，标志着两性双轨制向单轨制过渡的完成。

由近代中国女性教育权利的获得过程，可以窥见女性教育近代化的艰难与不易。就教会女学而论，虽然它是西方传教士对中国进行文化侵略的一部分，但客观上打破了中国女子教育的禁区，有力地挑战了中国传统社会陋习，推动了女性思想解放。此后，近代女子教育大体经历了贤妻良母论（戊戌维新）、女国民论（辛亥革命）、男女平等教育论（五四新文化运动）、新女性论（国民革命）和母性主义观（南京国民政府）几个阶段。② 与之相伴的，则是女性身份的重新界定，由传统女性角色演变出"女国民""新女性"等新形象，甚至出现了"女同志""现代女性"等彰显政治色彩的称谓。这些名称的出现，描述了女性在现代知识

---

① 朱有瓛主编：《中国近代学制史料》（第二辑，下册），华东师范大学出版社 1989 年版，第 573 页。
② 万琼华：《近代女子教育思潮与女性主体身份建构——以周南女校（1905—1938）为中心的考察》，《文史哲》2009 年第 6 期。

的启蒙下,女性意识不断觉醒、主体身份不断建构的历史进程,而这客观上培养了中国女子的参政意识。比如部分知识女性认为,男女同为国家的一分子,智力并无明显差异,在接受同等教育的前提下,应该尽同样的义务,并享有平等的权利,所以她们热烈地表达政治诉求,有不少女性投身革命,比如秋瑾、何香凝等。武昌起义爆发后的11月份,女子参政同志会在上海成立,以"普及女子之政治学识,养成女子之政治能力,获得国民之完全参政权"为宗旨。南京政府成立后,女子参政同志会的主持人林宗素谒见孙中山总统,介绍组织情况。1912年2月,女子参政同盟会在南京成立,其上书参议院,要求男女享有平等选举权和被选举权。同时,中国近代女学的发展,也激发了女性的社会责任感。近代中国,外忧内患,社会现状激发了中国知识女性的爱国热情。1905年,知识女性积极参与抵制美国禁止华工条约运动,五四运动中,北京女子高等师范的学生们走出校门,游行示威,要求释放被捕学生。知识女性已然成为反帝爱国斗争的重要力量,实现了传统角色的近代转换。当然,在这个过程中,女性也树立起了现代职业观。中国传统女性遵守"嫁鸡随鸡,嫁狗随狗"的妇道,无一技之长,失去了与社会接触的能力,经济无法自立。而近代中国的兴女学,催生了女子职业学校大量涌现,包括女子医学堂、保姆讲习所、女子手工传习所以及女子艺术、政法类的专门学堂等,[①] 这些学校教给女性谋生的技术,培养她们独立的人格,开阔她们的眼界,让她们进入由男性独占的职业领域,养成了她们自尊、自强和自信的品格。

但是由于近代中国总体生产力水平低下、经济落后、战乱频繁以及男尊女卑落后观念等因素的存在,女性教育经费投入严重不足,曾出现女性为存女学而自杀的事件。比如1905年12月21日,杭州贞文女学的创始人惠兴,因学校经费无着,被迫停课,为请求当局常年拨经费,她以死谏殉学。因其个人家产已为办女学"贴用罄尽",以致购买用来服毒

---

① 高波、庄雅玲:《二十世纪初中国女子职业学校的类型》,《石家庄职业技术学院学报》2005年第1期。

自尽的鸦片时,也须靠"典质一铜脸盆"而得资。同时,还存在着女性专业人才分布不均衡以及教育观念的不健全等问题,比如一些女性接受一般教育包括高等教育,只是为了在婚姻市场上更有优势,而并非为了培养自己成为一个拥有知识和健全人格的"人"。"有些受过教育的所谓新女性,整日在消费上讲究,呼奴唤仆,好逸恶劳,有些更以出嫁为职业,则女子求学则是为了求夫的准备或手段了。"① 尽管有以上种种不足,作为救国良策的"兴女学",被精英知识分子纳入话语体系,使女子教育自起始之日起,就"集传统与现代、中国与西方、个体与国家多重矛盾于一身"②。而这种教育为近代女性主体身份建构提供原动力,"使女性在变革社会性别观念、建构主体身份的过程中由不自觉到自觉、由被动到主动,进而推动女子教育思潮不断向前,导致近代知识分子的性别构成、思想观念、思维方式等发生深刻变化"③。不仅如此,晚清的报刊如《中国新女界杂志》《女学报》等也大力推行女子教育,认为此举既可以改变中国女性的羸弱和目光短浅的现状,也可以提高中国的国际地位,所以报刊撰稿人较少翻译有关西方女性小说家、画家或诗人的故事,虽然关涉到这些人物的材料容易获得,但他们认为这些故事并不适合中国女性的民族性的培养,他们更倾向于采纳西方女子教育家的生平事迹,以此激励国人。比如《中国新女界杂志》1907年刊载了一篇美国教育家玛丽·莱昂的传记,介绍了莱昂的个人背景及她的成就,描述了莱昂在生活的磨难下依然全神贯注于个人学业,17岁时开始执教,并在1837年创立了曼荷莲女子神学院的事迹。认为莱昂的教导对于她的学生、对于美国女性,甚至对于美利坚民族而言,都是具有革命性的。④ 这种将莱昂塑造成"英雄""人杰"的宣传,不单单向国人传达了女子教学、办学的伟大和高尚,也推动了近代中国女学的发展。在教育制度变革和大力宣传女子教育的趋势下,近代女性观念发生变化也是必然的趋势了。

---

① 卢燕贞:《中国近现代女子教育史》,台北:文史哲出版社1989年版,第187页。
② 万琼华:《近代女子教育思潮与女性主体身份建构》,《文史哲》2009年第6期。
③ 万琼华:《近代女子教育思潮与女性主体身份建构》,《文史哲》2009年第6期。
④ 灵希:《美国大教育家梨痕女士传》,《中国新女界杂志》1907年3月5日第2期。

第三节　媒体的推动

同时，媒体也在近代中国女性观念的变化中起了重要的推动作用。对近代妇女生活产生重大影响的代表性期刊，有《妇女杂志》《妇女周刊》《醒俗画报》《女星》等，这些杂志针对女性问题传达的理念不尽一致，有的站在男性精英知识分子的立场上，强调女性之于"一夫一妻"小家庭的重要性；有的则通过普及家庭常识，激发女性树立主体身份，以实现自我解放；还有的将基督教推进家庭，帮助家庭成员生活更加充实。不论秉持着哪一种理念，对女性传统角色都是一种突破。以《妇女杂志》为例。辛亥革命后，女性期刊从权利话语变为民间话语，通俗消遣的女性刊物涌现，以传授家庭卫生和家政常识为主，培养"贤妻"的现代意识，满足男性知识分子对生活的想象。在这种情况下，《妇女杂志》着力发表一些形塑新型"贤妻"的文章，如余天遂的《余之女子教育观》、信庸的《我的意见如此》等，不同于传统"贤妻"重"媳"而不重"妻"的要求，近代"贤妻"将其从"子媳"身份中解放出来，更彰显其对丈夫的责任和营造一夫一妻小家庭的重要性。这于无形中彰显了"妻性"，但同时也提高了对妻子的要求。与此同时，《妇女杂志》还推出一些文学作品，栩栩如生地向大众描绘理想"贤妻"的标准，如叶圣陶的《春燕琐谭》、王剑三的《纪念》等，虽然故事情节各有千秋，但却殊途同归，都强调女性掌握现代技能的重要性，能够成为丈夫的贤内助。从期刊宣传的理念可见，随着近代以来的西风东渐，受西方"自由恋爱""男女平等"思潮的影响，旧式女子已很难满足男性青年的需求，他们更需要"对其夫为学业上之辅助，则如良师；身体上之爱护，则如慈母；生活上之扶持，则如爱友，患难之中不但力能营解，而能兴以精神上之快乐，使不觉失意之苦，仍励其进取之志"[①] 的"知情知义的贤

[①] 余天遂：《余之女子教育观》，《妇女杂志》1915年第1卷第1期。

妻"。这是近代女子教育发展的结果，也是民初社会秩序和道德风范亟须重建所需要的，这种择偶标准通过报刊媒体的宣传，"飞入寻常百姓家"，刺激着男性知识分子的视界，让他们意识到，拥有一个"现代"的妻子，有助于他们建立现代家庭、营造现代生活方式，而这些恰恰意味着他们与过去的告别。而这种女性形象的塑造，也鼓励女性从旧式的宗法制大家庭中走出来，变成家庭中的女主人，客观上提高了女性的家庭地位。这对于重塑近代中国女性的价值观和思维方式都有重大影响。冰心发表于1919年的小说《两个家庭》，显然受到了这种社会风潮的影响，彰显出了对这种家庭单元中女性的憧憬。在小说中，冰心以对比的方式塑造了两个家庭：三哥和三嫂，三哥的同学陈先生和妻子陈太太。三嫂是知识女性，持家有方，以科学的态度教育孩子，是丈夫事业的得力助手；陈太太则每日沉溺于应酬，将教育孩子和管理家务弃之不顾，经常以"不尊重女权""不平等"作为争执的借口和丈夫爆发战争。这两种截然不同的家庭模式，造成了截然不同的结果：三哥拥有幸福的生活，对未来充满憧憬；而陈先生则自暴自弃，英年早逝。很显然，冰心希望通过小说探讨女性在家庭中所应承担的角色，作为受过中西方教育的知识女性，冰心的看法已突破传统的规约，在她看来，女性接受教育是必须的，不仅有益于提高自身素质，对于教育子女、扶持丈夫乃至维护家庭的和谐都有重要的作用。同时，还可以作为营造家庭情调的砝码，"几张洋式的桌椅，一座钢琴，几件古玩，几盆花草，几张图画和照片，错错落落的点缀得非常静雅。右边一个门开着，里面几张书橱，垒着满满的中西书籍"[①]。小说中的三嫂亚茜显然是一种"现代"型的家庭女主人，这种形象演绎，符合男性知识分子思索的"家庭的幸福和苦痛，与男子建设事业能力的影响"这样一个命题，也因此而成为近代中国知识女性追求的样板和风尚。事实上，对于大多数城市中的普通妇女和农村妇女而言，她们鲜少拥有读书机会，与社会接轨的空间狭窄，但她们是社会中的广大群体，她们对社会活动的介入和参与，也一样会对社会变革

[①] 冰心：《冰心全集》（第一卷），海峡文艺出版社1994年版，第14页。

产生不可小觑的推动力。一些媒体报刊发现了她们的力量,把她们纳入受众范围,通过引导和教育,以期激发她们的社会责任感和国民意识。比如上海广学会创办的《女星》,就以文化程度较低的女性为对象,为降低阅读难度,采取缩减篇幅、出现生僻字用注音符号标注的方式,且行文通俗易懂。可以说,《女星》的刊行,大大开阔了中下层女性的文化视野。同时,此刊物注重将女性推进到社会事务中去,发掘她们的社会参与意识,将她们个体的命运与国家前途联系在一起。比如抗日战争爆发时,《女星》就通过塑造女性典型的报道,鼓励女性参与社会救助。这些举措,从客观上说,对近代中国女性走出家庭、走入社会有启蒙之效。

　　是否具有"主体性",是判断女性意识是否觉醒的一个重要标志,而女性意识则是女性解放的思想前提和准备。伴随着近代欧风美雨对女性思想的洗礼,接受新式教育的她们,艰难地摆脱"男尊女卑"的束缚,彰显独立精神。顺应趋势,一些报刊审时度势地把视觉对准不同阶层的女性,通过激发她们的主体性,推动女性解放的进程。较有代表性的如《妇女周刊》,它是由民国四大报刊之一《益世报》推出的,凸显知识女性在推进女性进步和解放过程中的主体性。《妇女周刊》将不同身份人群的声音汇集起来,通过讨论发挥舆论效应。出于人道主义的立场,它非常关注等待解救的边缘女性——娼妓的生存状态,编者和作者将关注点集中在妓女卑微的底层身份以及其生活的痛苦和艰辛上。由于经济的贫困、政治的不稳定和政策的多变,很多穷人家的女子经常面对被诱拐或被强迫卖身的危险,即使日后想要从良,仍然面临许多障碍。为此一些妓女力图嫁给高官或士绅,作为获得安全和保护的一种策略。[①] 考虑到娼妓危害社会安定和社会进步,《妇女周刊》将解放妓女的任务提升到关乎国家民族兴衰的高度,在这个前提下,将解救妓女的重任交付给知识女性,以此凸显知识女性作为解放者的主体功能。对于城市中的有闲阶级女性,《妇女周刊》着力激发她们对社会性事务和妇女运动的热心参与,

---

① 《通俗日报》1909年12月27日。

结 语

对于追逐摩登的小姐、太太们，杂志将她们的注意力从对外表时尚的关注，转移到思想和知识的摩登上来，因为"中国城市女性所急需的是思想上的现代化以及事业的现代化"①，而让城市女性思想"摩登"，正是为了唤起她们的主体意识，这恰恰是《妇女周刊》自觉自愿承担起的责任。对于知识女性更不必待言，《妇女周刊》的女性编者和作者本身就是知识女性，她们看到了知识女性所蕴含的巨大潜力和自身存在的问题，如何培养她们作为现代女性的基本素质、形塑她们的独立性和主体性，是周刊首先思考的问题。通过对广大知识女性婚恋及参与妇运的观察，周刊将希望寄托在为数少之又少的那一部分，"这少之又少的女性才是中国现代化进程中所急需的，也只有她们才能拯救那些被传统性别制度束缚的女性，为妇女运动把握正确的方向"②。很显然，《妇女周刊》通过媒体这个利器，彰显了知识女性在社会性别关系建构中的主体能动性。同样的，天津女星社创办的刊物《女星》，为女性提供了自我表达及参与公共议题讨论的平台，通过这一平台，女性由被言说者转变为言说的主体，她们在与男性合作的过程中，拓宽了话语空间，主动言说她们对性别关系和现代国家的构想，打破了男性对话语权的垄断，推动近代中国女权运动发展的同时，彰显了女性在话语权方面的主体性，而这种主体性的建构，对于她们身份的转变和观念的求新都具有指导意义。

婚姻关系是揭秘近代转型期社会风貌的重要表征，更能展现社会下层处于"失语"的女性群体的真实状态。而报刊是描述婚姻关系的重要渠道，通过对于婚姻缔结过程的描述和对传统婚姻仪式的反思，表达近代社会人们婚姻观念的转变，在这个过程中，女性对于婚姻的态度和选择成为媒体关注的焦点。发行于1907年的《醒俗画报》，以报道琐碎的"市井新闻"为主题，它曾以《结婚新礼》为题，对教育家张伯苓之妹张

---

① 素：《时装表演》，《益世报·妇女周刊》1934年2月22日。
② 李净昉：《媒体与民国时期女性主体性的建构——以天津〈益世报·妇女周刊〉为例》，《南方论丛》2009年第1期。

祝春与南开学校教员马千里的恋爱和结合进行了报道。张祝春经人介绍结识了马千里，初次见面，彼此都比较满意，便自愿订婚，而后通过了解的加深，两人在张祝春工作的学校礼堂举行了仪式简约的新式婚礼，《醒俗画报》对之赞曰："一时雍雍济济，诚创举亦盛举也。社会上果慕而效之，未始非改良风俗之一端也。"（结婚新礼）[①] 这对于"父母之命，媒妁之言"的传统婚姻规范，无疑是一大挑战，对于传统婚姻烦琐的仪式，无疑也是一大改观。而女性在缔结婚约过程中的主体性，也得以凸显，相较于传统社会为女性制定的三从四德、嫁给不需要有情感寄托的男人而言，近代女性的婚姻观念发生了实质性的改变，"男女平等""自由恋爱"和"婚姻自主"在媒体的宣传推动下，成为时代的强音。当然，这种变化主要是在接受西方文化洗礼的男性知识分子的带动下进行的，虽然古风尚存，但表明女性在私人家庭空间内获得了一定程度的解放。此外，还有一些以维护女性权利为宗旨的女性维权报刊，其创办者和撰稿者多为资产阶级民主人士，她们通过媒体主张维护女性的参政权、受教育权等，指引近代中国女性维护自身权利，走出封建礼教的桎梏。维权报刊呈现出以上海、北京南北两个城市为中心的格局，南方以《女学报》《女报》《中国女报》为代表，北方以《北京女报》为典型。这些报刊唤起了中国近代女性的觉醒，促进了妇女解放运动的萌芽。

第四节　新文化思潮的催生

此外，近代中国新文化思潮的产生，对女性思想观念的转变起了重大作用。新文化运动是我国历史上思想文化领域的大变革与大重组，中国的精英知识分子高举"民主"与"科学"的旗帜，否定传统和权威，而女性主义的兴起则是这场文化革新运动的重要内容之一。因此，国内有学者认为，新文化运动的兴起及对女性问题认识的深化，促成了中国

[①]《醒俗画报·结婚新礼》，天津醒俗画报馆1906—1913年石印本。

结 语 ❖❖❖

近代女性主义运动的产生。① 这个时期的女性主义运动,通过创办女性刊物,组织女性团体,反对封建伦理道德,争取女性婚姻自主和经济独立,突破了以往个体女性零星点缀的局面,而有了广泛的社会基础,同时,把女性解放与反帝爱国结合起来,让女性运动向纵深方向发展。正是如此,近代中国新文化运动对女性思想生活各方面的影响是巨大的。吕美颐等认为,早期新文化运动通过批判传统贞操观念,讨论女性的婚姻自主、教育平等、社交自由以及经济独立等问题,强调了女性的人格独立,取得了大学开放女禁、男女社交公开的成效。② 还有学者认为,新文化运动将女性的人格独立与社会制度变革联系起来,挑战封建大家族制度对女性的压制,倡导建立基于爱情的小家庭制,破除封建文化中"男尊女卑"的观念,引导女性步入新文化殿堂。③ 阎文芬则认为,新文化运动使女子教育步入科学化发展阶段,女性认识到自己作为人的独立存在,认识了自身的主体地位。④ 不仅如此,伴随着新文化运动,《新青年》应运而生,冲破袁世凯独裁的高压,并率先用马克思主义观点研究女性问题,重新提出女性解放。

这一时期,一些著名人物纷纷提出自己的女性观。如陈独秀,他认为女性解放和无产阶级革命具有内在的统一性,只有社会主义才能解放女性。他从中西女性的异同之处入手,倡导女性解放,希望中国女性有勇气冲破封建樊篱,并以《孔子之道与现代生活》之文,将西洋女性的文明生活与中国传统女性生活相比较,以示褒贬。李大钊则用阶级观点分析女性问题,他认为,经济状况的变化决定女性社会地位的变化,而经济是社会制度的基础,只有通过阶级斗争才能解决经济问题,为女性

---

① 吕美颐、郑永福:《中国妇女运动(1840—1921)》,河南人民出版社1990年版,第278—292页。

② 吕美颐、郑永福:《中国妇女运动(1840—1921)》,河南人民出版社1990年版,第278—368页。

③ 汪丹:《"五四"时期妇女解放观的几个层面》,《天津师大学报》(社会科学版)1999年第2期。

④ 阎文芬:《中国女子教育的近代化历程、特点及启示》,《华东师范大学学报》(教育科学版)1996年第2期。

解放指出了社会主义方向。鲁迅主要论述了经济独立在女性解放进程中的重要意义，指出封建思想对女性的毒害，并对女性自身的弱点进行了批判。胡适对封建礼教下的贞操观念进行了反思，他认为"贞操不是个人的事，乃是人对人的事；不是一方面的事，乃是双方面的事"①，贬斥了"狎妓"这一中国封建社会的陋习。封建道德一贯认为，娼妓的出现及所带来的恶性后果，都应该归咎于女性道德沦丧和人格堕落，胡适则认为，以男权为中心的文化才是娼妓产生并存而不灭的根本原因，他同时谴责了"男女有别"的中国传统伦理道德的基本原则。向警予从改变中国女性悲惨的社会地位出发，主张采用政治革命的途径，通过依靠劳动女性，建立自由平等的社会制度。吴虞则在《女权评议》一文中，从礼法、习俗等因素中寻找男女不平等的历史渊源，在此基础上，与欧美诸国的女权兴盛相比较，提出"夫谓女子二千年来受儒教之毒，压抑束缚，蔽聪塞明，无学问，无能力，现在不可与欧美并论"②的看法。可以说，新文化运动就其本质而言，是一场反封建的思想运动，新文化运动初期，女性解放的领域更广泛，关于女性解放的思考也更深刻。如果将上述各种提议综合起来，可以概括为一句话，即"女子应有独立的人格"，所谓独立，就要在政治、经济等方面享有独立的权利，就必须不盲从而有自己的主见，这与封建的"男尊女卑"观念是背道而驰的，因此"将矛头直指封建伦理道德和封建文化"③。可以看出，近代中国女性的解放，已经从单纯摆脱身体的束缚，发展到追求精神的解放，从被剥夺人格过渡到追求人格独立，其范围的拓展和程度的深化，很大程度上改变了男性知识精英对女性的看法。在精英的笔下，女性的公共形象通常是消极的，"中国之女子，既无高尚之旨趣，又无奇特之思想；既无独立之

---

① 中华全国妇女联合会妇女运动历史研究室编：《五四时期妇女问题文选》，生活·读书·新知三联书店1981年版，第108页。
② 中华全国妇女联合会妇女运动历史研究室编：《五四时期妇女问题文选》，生活·读书·新知三联书店1981年版，第8页。
③ 刘芙君：《近代中国女性解放历程的嬗变特点及原因》，《辽宁师范大学学报》（社会科学版）2009年第4期。

主义，又无伟大之事业。廉耻尽丧，依赖性成，奈何奈何。"① 傅崇矩在所编《成都通览》中，认为成都90%的妇女喜欢看戏，80%的妇女喜欢打麻将，70%的妇女喜欢逛庙②。此种种"陋习"，随着社会发展的进程逐渐得以扭转，新旧的转变在近代女性身上得以充分体现。大都市中，"摩登女郎"开始出现，她们穿着流行服装，留着"最新式的"发型，与女伴手拉手在街头行走。卷曲的短发开始流行，"社会年来大不同，女郎剪发遍城中"，虽然引发某些男性精英的讥讽，但作为一种新趋势引领时尚潮流。女性开始在公共娱乐场所公开露面，演讲厅、新式商场、戏院、茶馆都向女性开放，以至于女性的公开露面一度与平等联系起来，正如一位地方文人所写："社交男女要公开，才把平权博得来。若问社交何处所，维新茶社大家挨。"这表明以男性为中心，男主外、女主内的传统生产生活方式发生了改变。如果说19世纪70年代到娱乐场所抛头露面的女子，还是以娼妓、女佣及中小人家妇女为主，那么到了80年代，大家闺秀、商宦眷属也乐于往游，③"有三五成群，韶年秀质，举止羞涩，不类闲花者"④。此举打破了女性严守闺门之戒的旧习，有助于男女平等之实现。在这种情况下，女性尤其是知识分子女性，其思想观念和历史命运不可避免地出现变化，而女性文学，作为社会文化思潮的敏感载体，必然会对这一时期她们的变化作出回应。近代历史上留有其名的知识女性数目众多，从她们的文学创作中可以窥见近代女性观念的转型轨迹。

---

① 徐天啸：《神州女子新史》，神州书局1913年版，第2页。
② 傅崇矩：《成都通览》，天地出版社2014年版，第69页。
③ 李长莉：《晚清上海社会的变迁——生活与伦理的近代化》，天津人民出版社2002年版，第433页。
④ 《洋场妇女出入烟馆茶楼说》，《申报》1885年1月9日。

参考文献

一　中文著作

包铭新主编：《中国旗袍》，上海文化出版社1998年版。

冰心：《冰心全集》，海峡文艺出版社1994年版。

陈景磐：《中国近代教育史》，人民出版社1983年版。

陈荣广、伯熙：《老上海》，泰东图书局1919年版。

邓红梅：《女性词史》，山东教育出版社2000年版。

董宝良：《中国教育史纲》，人民教育出版社1990年版。

杜芳琴、王政：《中国历史中的妇女与性别》，天津人民出版社2004年版。

冯沅君：《古剧说汇》，商务印书馆1947年版。

复旦大学历史学系编：《新文化史与中国近代史研究》，上海古籍出版社2009年版。

傅崇矩：《成都通览》，天地出版社2014年版。

顾炳权：《上海历代竹枝词》，上海书店出版社2001年版。

郭延礼：《中国近代文学发展史》，高等教育出版社2001年版。

郭延礼编校：《徐自华诗文集》，中华书局1990年版。

胡朴安等：《南社丛选》，解放军文艺出版社2000年版。

胡卫青：《普遍主义的挑战：近代中国基督教教育研究（1877—1927）》，上海人民出版社2000年版。

黄金麟：《历史、身体、国家——近代中国的身体形成（1895—1937）》，新星出版社 2006 年版。

黄霖：《近代文学批评史》，上海古籍出版社 1996 年版。

黄士龙：《中国服饰史略》，上海文化出版社 2007 年版。

黄新宪：《中国近现代女子教育》，福建出版社 1992 年版。

黄嫣梨：《清代四大女词人——转型中的清代知识女性》，汉语大词典出版社 2002 年版。

江民繁：《吴藻词传：读骚饮酒旧生涯》，浙江大学出版社 2014 年版。

姜亮夫纂定，陶秋英校：《历代人物年里碑传综表》，中华书局 1959 年版。

焦润明：《中国近代文化史》，辽宁大学出版社 1999 年版。

金天翮：《女界钟》，上海古籍出版社 2003 年版。

康有为、梁启超、钱单士厘：《欧洲十一国游记二种·新大陆游记及其他·癸卯旅行记·归潜记》，钟叔河主编"走向世界丛书"，岳麓书社 1985 年版。

孔庆茂：《林纾传》，团结出版社 1998 年版。

乐黛云、勒·比松主编：《独角兽与龙——在寻找中西文化普遍性中的误读》，北京大学出版社 1995 年版。

李保民：《一抹春痕梦里收——吕碧城诗词注评》，上海古籍出版社 2004 年版。

李小江主编：《让女人自己说话——文化寻踪》，生活·读书·新知三联书店 2003 年版。

李长莉：《晚清上海社会的变迁——生活与伦理的近代化》，天津人民出版社 2002 年版。

李子云等：《百年中国女性形象》，珠海出版社 2002 年版。

李子云等主编：《美镜头——百年中国女性形象》，珠海出版社 2004 年版。

梁启超：《饮冰室合集》，中华书局 1989 年版。

梁巧娜：《性别意识与女性形象》，中央民族大学出版社 2004 年版。

刘慧英编著：《遭遇解放：1890—1930 年代的中国女性》，中央编译出版社 2005 年版。

刘巨才：《中国近代妇女运动史》，中国妇女出版社 1989 年版。

刘志琴主编：《近代中国社会文化变迁录》（第二卷），浙江人民出版社1998年版。

卢燕贞：《中国近代女子教育史（1895—1945）》，文史哲出版社1989年版。

陆萼庭：《清代戏曲家丛考》，学林出版社1995年版。

罗苏文：《女性与近代中国社会》，上海人民出版社1996年版。

吕美颐、郑永福：《中国妇女运动（1840—1921）》，河南人民出版社1990年版。

马庚存：《中国近代妇女史》，青岛出版社1995年版。

（清）钱泳：《履园丛话》，中华书局1979年版。

钱仲联选注：《清词三百首》，岳麓书社1992年版。

（明）秦淮寓客：《女史——解码古代闺阁私密》，王金玲、于淑霞等译，江苏人民出版社2011年版。

任访秋主编：《中国近代文学史》，河南大学出版社1988年版。

单士厘：《受兹室诗稿》，湖南文艺出版社1986年版。

沈从文编著：《中国古代服饰研究》，上海书店出版社2002年版。

（清）沈瑜庆等：《涛园集（外二种）》，福建人民出版社2010年版。

舒芜编录：《女性的发现》，文化艺术出版社1990年版。

孙燕京：《晚清社会风尚研究》，中国人民大学出版社2002年版。

谭正璧：《中国女性文学史——女性词话》，上海古籍出版社2012年版。

汤清：《中国基督教百年史》，香港：道声出版社1987年版。

汤志钧编：《康有为政论集》（上册），中华书局1981年版。

王德威：《被压抑的现代性：晚清小说新论》，北京大学出版社2005年版。

王笛：《街头文化：成都公共空间、下层民众与地方政治，1870—1930》，中国人民大学出版社2006年版。

王绯：《空前之迹——1851—1930：中国妇女思想与文学发展史论》，商务印书馆2004年版。

王智毅编：《周瘦鹃研究资料》，天津人民出版社1993年版。

吴贵明：《中国女性职业生涯发展研究》，中国社会科学出版社2004年版。

夏东元编：《郑观应集》，上海人民出版社1982年版。

夏晓虹：《晚清女性与近代中国》，北京大学出版社2004年版。

夏晓虹：《晚清上海片影》，上海古籍出版社2009年版。

夏晓虹：《晚清文人妇女观》，作家出版社1995年版。

谢秋萍编：《吴藻词》，文力出版社1947年版。

熊贤君：《中国女子教育史》，山西教育出版社2006年版。

徐珂：《清稗类钞》，中华书局2010年版。

徐天啸：《神州女子新史》，神州图书局1913年版。

许晖：《身体的媚术——中国历史上的身体政治学》，北京图书馆出版社2007年版。

许慧琦：《"娜拉"在中国：新女性形象的塑造及其演变（1900S—1930S）》，鸿柏印刷事业股份有限公司2003年版。

严昌洪：《20世纪中国社会生活变迁史》，人民出版社2007年版。

杨剑利：《女性与近代中国社会》，中国社会出版社2007年版。

尤振中、尤以丁编著：《清词纪事会评》，黄山书社1995年版。

袁进：《近代文学的突围》，上海人民出版社2001年版。

岳庆平：《中国民国习俗史》，人民出版社1994年版。

张福记：《近代中国社会演化与革命》，人民出版社2002年版。

郑光仪主编：《中国历代才女诗歌鉴赏辞典》，中国工人出版社1991年版。

郑庆君：《手机短信中的语言学》，湖南大学出版社2008年版。

郑逸梅：《近代名人丛话》，中华书局2005年版。

郑逸梅编著：《南社丛谈——历史与人物》，中华书局2006年版。

郑永福、吕美颐：《近代中国妇女生活》，河南人民出版社1993年版。

郑振铎：《中国俗文学史》，商务印书馆1998年版。

中华全国妇女联合会妇女运动历史研究室编：《五四时期妇女问题文选》，生活·读书·新知三联书店1981年版。

周永珍编：《徐蕴华、林寒碧诗文合集》，社会科学文献出版社1999年版。

朱有瓛主编：《中国近代学制史料》，华东师范大学出版社1989年版。

二　中文译著

[美]高彦颐：《缠足——金莲崇拜盛极而衰的演变》，苗延威译，江苏人民出版社2009年版。

[美]贺萧：《危险的愉悦——20世纪上海的娼妓问题与现代性》，韩敏中、盛宁泽，江苏人民出版社2003年版。

[美]伊沛霞：《内闱——宋代的婚姻和妇女生活》，胡志宏译，江苏人民出版社2004年版。

三　学位论文

董玮：《近代女子海外游研究》，硕士学位论文，上海师范大学，2005年。

四　期刊论文

蔡锋：《近代女性高等教育简论》，《山西师大学报》（社会科学版）2004年第3期。

曹辛华：《论南社诸子对词境的开拓》，《河南师范大学学报》（哲学社会科学版）2007年第2期。

戴燕：《基督教与近代中国女性意识的觉醒——以心态史学为视角的历史考察》，《兰州大学学报》（社会科学版）2007年第5期。

邓年刚：《从伦理角度看娜拉离家出走》，《襄樊学院学报》2011年第7期。

丁柏传：《试论近代中国教会女学与中西文化的交融》，《中共济南市委党校济南市行政学院济南市社会主义学院学报》2003年第1期。

董博宇：《近代妇女期刊中的"侠女"形象——以〈香艳杂志〉为例》，《华章》2011年第30期。

董卓然：《民国初期的女子教育》，《新疆地方志》2011年第1期。

杜环欢：《康有为与女性话语权的塑构》，《佛山科学技术学院学报》（社会科学版）2008年第1期。

郭延礼、郭蓁：《南社女性作家论》，《学术研究》2011年第2期。

韩磊：《论徐自华诗歌创作的发展与变革》，《语文学刊》2009年第5期。

胡璟：《"功架"想像——海派狭邪小说中妓女择偶观的新变》，《北京科技大学学报》（社会科学版）2010 年第 3 期。

黄高宪：《近代女词人沈鹊应词新探》，《闽江学院学报》2008 年第 3 期。

黄海燕：《"中和"之美——试析单士厘游记中的近代女性形象》，《长春工程学院学报》（社会科学版）2008 年第 1 期。

蒋民国：《浅谈清末民初婚姻的新气象》，《世纪桥》2009 年第 10 期。

姜艳：《民国女词人徐自华词作简论》，《文教资料》2008 年 10 月号上旬刊。

李净昉：《媒体与民国时期女性主体性的建构——以天津〈益世报·妇女周刊〉为例》，《南方论丛》2009 年第 1 期。

李净昉：《公共空间的性别构建——以 20 世纪 20 年代天津〈女星〉为中心的探讨》，《郑州大学学报》（哲学社会科学版）2011 年第 5 期。

李为香：《从缠足到高跟鞋——中国近代女性身体审美符号的变迁》，《山东女子学院学报》2011 年第 1 期。

李逸飞：《女性在近代战争中的角色》，《山东省农业管理干部学院学报》2011 年第 1 期。

李钊：《近代转型中的婚姻家庭——以〈醒俗画报〉为中心的考察》，《牡丹江师范学院学报》（哲学社会科学版）2005 年第 1 期。

李自强：《论中国历史上的缠足风俗变迁》，《美与时代》（下）2011 年第 1 期。

梁锦丽：《近代婚恋民歌中的女性形象分析》，《语文学刊》2006 年第 8 期。

刘峰：《"王朝末期"最后的风华——从徐氏姊妹窥南社女性写作姿态》，《信阳师范学院学报》（哲学社会科学版）2010 年第 4 期。

刘芙君：《近代中国女性解放历程的嬗变特点及原因》，《辽宁师范大学学报》（社会科学版）2009 年第 4 期。

逯慧娟：《略论清末民初知识女性的职业状况》，《石家庄学院学报》2008 年第 1 期。

马方方：《传统与现代之间：近代知识女性独身原因的再探讨》，《长白学刊》2008 年第 3 期。

苗丽：《徐自华、徐蕴华姊妹诗人研究综述》，《临沂师范学院学报》2010年第4期。

苗丽、罗时进：《论晚清语溪徐氏姊妹诗歌创作》，《苏州大学学报》（哲学社会科学版）2011年第3期。

乔以钢、刘堃：《"女国民"的兴起：近代中国女性主体身份与文学实践》，《南开学报》（哲学社会科学版）2008年第4期。

邱远猷：《黄遵宪的女性观及"男女同权论"》，《中华女子学院学报》2006年第4期。

沈敦忠：《近代女子教育与五四爱情小说》，《求索》2005年第3期。

陶春军：《〈小说月报〉（1910—1920）中妇女与婚姻问题——以封面与插图之副文本为中心》，《宝鸡文理学院学报》（社会科学版）2011年第4期。

万国庆：《从闺阁悲吟到为反清革命歌呼——南社女诗人徐自华简论》，《嘉兴学院学报》2006年第6期。

万琼华：《近代女子教育思潮与女性主体身份建构——以周南女校（1905—1938）为中心的考察》，《文史哲》2009年第6期。

王晓丹：《近代中国社会转型与女性婚恋观的变迁》，《牡丹江大学学报》2007年第2期。

王秀田：《男性爱情启蒙下的"贤妻"话语——以〈妇女杂志〉为考察对象》，《山西师大学报》（社会科学版）2010年第5期。

王印焕：《近代学生群体中文化教育与传统婚姻的冲突》，《史学月刊》2004年第4期。

王永红：《描述与真实之间——关于近代女性形象的几点思考》，《赤峰学院学报》（汉文哲学社会科学版）2008年第5期。

吴萍萍：《近代狎邪小说中的女性形象》，《山花》2011年第5期。

向仁富、谢放：《近代中国女权产生的思想文化渊源》，《求索》2008年第7期。

邢微：《浅析民国前期女子教育发展动因》，《学理论》2011年第2期。

徐栩：《论中国近代女性维权报刊的兴起》，《商业文化》（下半月）2011

年第 4 期。

徐有礼：《论民国初年女子教育宗旨的转换和开放大学"女禁"》，《中州学刊》2008 年第 6 期。

杨春龙：《略谈辛亥革命前后的女子参政运动》，《科学咨询》（科技管理）2010 年第 8 期。

杨剑利：《近代中国社会的放足运动》，《河北学刊》2007 年第 3 期。

杨银权：《科举制的废除与近代女子学校教育的萌芽与发展》，《兰州教育学院学报》2010 年第 1 期。

杨照蓬：《基督教妇女传媒与近代中国女性角色的建构——以家庭平民月刊〈女星〉为例》，《黑龙江史志》2010 年第 21 期。

叶长青：《论胡适对封建女性旧价值观的批判》，《长城》2011 年第 6 期。

易晓萍：《略论近代中国教会女校对近代中国的影响》，《内蒙古农业大学学报》（社会科学版）2006 年第 1 期。

张娟：《浅析近代女性放足的原因》，《辽宁行政学院学报》2007 年第 6 期。

赵霞：《辛亥革命前后陈去病、徐自华的政治活动与交游唱和》，《南京理工大学学报》（社会科学版）2011 年第 6 期。

郑晓文：《清末新政对中国近代妇女解放运动的作用》，《平顶山学院学报》2008 年第 6 期。

钟振国：《反抗男权的第一波——试论近代我国女子学堂（校）课程的女性主义思想》，《牡丹江师范学院学报》（哲学社会科学版）2006 年第 6 期。

后　记

　　这部专著由我的博士后出站报告整理而成，是我利用教学时间之余，历经几个春秋，一点一滴慢慢积累所得，其中的辛苦深有感触。当初在选题时，颇为踌躇，如何从自己感兴趣的近代女性文学一隅入手，管中窥豹，探究近代社会大变革时期的政治、文化、教育等方面，对我而言，的确是一个比较大的挑战。如果能完成书稿写作，我就将对女性文学的兴趣由西方文论和中国现当代文学领域转移到中国近代文学领域，于我是个突破，对我的教学和科研来说，也是很大的提升，我决定尝试一下。有了这个想法，我便开始拓展自己的读书面，向近代文学延伸。我在探索一个未知的领域，尤其在读近代女作家作品的时候，遇到很多未曾预料的考验，我坚持下来了。

　　在阅读近代女作家作品的过程中，我每每沉浸其中，就像在和她们面对面交流，为她们的智思击节称叹。在那个时代，她们或者不落窠臼、特立独行，或者洞察深远、参透人生。她们有思想，有追求，有热情，更有理性。读她们的作品，既像倾听前辈的谆谆告诫，又像和智者促膝长谈，受益匪浅。书稿中所论及的女作家们，虽人生经历各异，但她们的笔端都饱含着对女性的关切和珍视，而这一点，正是让我强烈共鸣之处，也是我研究的不竭动力。就是在这个学习过程中，我了解了近代中国大变革时期的整体风貌，了解了那个时代女性生活的方方面面，在叹为观止的同时，也甚为欣慰，自己的付出终于有了收获。

后 记 ❖❖❖

能完成此书的写作，首先感谢河南大学关爱和教授，作为我的博士后出站报告指导教师，关老师给予了我至关重要的指导，他的点拨如拨云见日，让我茅塞顿开。同时还要感谢河南大学武新军教授、胡全章教授、刘涛教授，他们在资料搜集和论文思路等方面，都给了我中肯的建议。感谢我的父母，他们时时督促我写作，并在生活上给予了我无微不至的关怀与照顾。感谢所有支持与帮助过我的人。

赵思奇

2021 年 10 月 20 日